审计使命

康俊廷 〔著〕

作家出版社

图书在版编目（CIP）数据

审计使命 / 康俊廷著 . —北京：作家出版社，2023.8
ISBN 978-7-5212-2370-5

Ⅰ.①审… Ⅱ.①康… Ⅲ.①长篇小说—中国—当代 Ⅳ.① I247.5

中国国家版本馆 CIP 数据核字（2023）第 116825 号

审计使命

作　　者：康俊廷
责任编辑：丁文梅
装帧设计：丁奔亮
出版发行：作家出版社有限公司
社　　址：北京农展馆南里 10 号　　邮　编：100125
电话传真：86-10-65067186（发行中心及邮购部）
　　　　　86-10-65004079（总编室）
E-mail:zuojia@zuojia.net.cn
http://www.zuojiachubanshe.com
印　　刷：唐山嘉德印刷有限公司
成品尺寸：152×230
字　　数：370 千
印　　张：28.5
版　　次：2023 年 8 月第 1 版
印　　次：2023 年 8 月第 1 次印刷
ISBN 978-7-5212-2370-5
定　　价：58.00 元

作家版图书，版权所有，侵权必究。
作家版图书，印装错误可随时退换。

目 录

第一章　山雨欲来 / 001

第二章　波谲云诡 / 027

第三章　疑云迷雾 / 057

第四章　戏中有戏 / 086

第五章　短兵相接 / 112

第六章　风雨沧桑 / 141

第七章　硝烟无形 / 168

第八章　危机四伏 / 192

第九章　山重水复 / 213

第十章　一波三折 / 239

第十一章　进退之间 / 263

第十二章　花明柳暗 / 285

第十三章　危中孕机 / 305

第十四章　决战时刻 / 327

第十五章　步步惊心 / 350

第十六章　思维陷阱 / 378

第十七章　大雪无痕 / 400

第十八章　商城早春 / 418

后记　审计为共和国保驾护航 / 439

第一章 山雨欲来

一

2010年深秋的一天，浓雾又一次光临了我国中部经济强市华原市。浓雾笼罩下的华原，天气阴沉，空气凝重，朦朦胧胧。此刻，华原市市长秦大川伫立在办公室的落地窗前，凝视着窗外飘忽不定的浓雾，陷入了沉思之中。即将接受经济责任审计考验的他，心情是沉重的，也是压抑的。且不说，外部环境所造成的心理冲击，单就政府内部而言，情况似乎也并不乐观。华原市委常委、常务副市长高继元，自视清高，时常与自己保持着距离，这种距离已成为一个潜在的隐忧；市委常委兼商州市长郑桐图谋华原市市长的野心昭然若揭，不排除关键时候来个致命一击；国土资源局局长范琦贪婪成性，见风使舵，关键时候能否靠得住都是疑问。略微感到欣慰的是其他班子成员及主要局委的"一把手"表现良好，可以适时调动他们的积极性，在防范化解审计风险之中发挥特殊作用。就内部情况而言，虽然存在隐忧，但总体风险可控，难以预料的是"黑天鹅"事件的突然发生，一场真正的考验即将袭来。

与此同时，在华原市政府会议室里，市政府班子成员、华原市相关局委领导、华原市所属市县区政府负责人正在兴致勃勃地点评着墙上新挂的两首五言律诗。

黄河

天势围苍野，河流出断山。
萦回向东去，激荡动雄关。
大漠寒宵月，荒原霜雪天。
胸怀沧海梦，浩气满人间。

长城

荒塞对残阳，乱云绕古墙。
依稀马飞雪，隐约剑凝霜。
莽野关河冷，秋风草木黄。
千年风雨过，华夏正图强。

《黄河》《长城》浓缩了华原市悠久的历史文明和美丽的自然风光，从一个侧面展示了山河如此多娇的历史画卷。两幅书法作品，相映成趣，相得益彰。这两幅作品引起了与会者的热议，他们指点着、评论着，笑语声喧，气氛热烈。这两首诗是秦大川为提振士气，营造团结向上的氛围特意安排办公室的人员挂上的，其真实用意远超出一般人的认知。

此时，秘书赵琼推门进来，说了声秦市长到了。与会者不约而同地转身注视着会议室门口。

在高继元、市政府秘书长刘国政的陪同下，秦大川市长一脸严肃地走了进来。秦大川相貌儒雅，刚柔相济，他缓缓地巡视着会场，沉声道："今天开会专题研究配合市长经济责任审计事项。"随后，他对刘国政说："刘秘书长，你负责拟订的市政府配合市长经济责任审计实施方案总体不错，你重点介绍一下审计组主要成员的情况吧。"

刘国政点头介绍道："这次市长经济责任审计是依据法律规定

及省委授权，由审计厅统一组织，审计厅经责办具体实施的一次专项审计。审计组组长东方是审计厅党组成员，常务副厅长，博士生导师，也是具有国际影响力的知名学者。副组长凌钢原为华原市审计局财政审计处处长，后调入审计厅任综合处处长，之后提拔为副厅长，半年前调任审计厅经责办主任，是全国审计系统有名的审计专家，他组织查处了多起大案要案，产生了较大的社会影响。"

提起凌钢，秦大川的心情是复杂的。凌钢曾是他的老部下，他也曾给予过适度的关照。可人是会变化的，自从凌钢回到华原就任经责办主任后，秦大川越来越感到此人的原则性太强，难以驾驭，尤其是华原市重点引进的化工厂项目被迫停建，就与凌钢有直接的关系，此事已引起秦大川的不满。但秦大川内心深处还是希望凌钢在这次审计中能灵活处事，帮助自己化解一些潜在的风险，使自己能顺利过关。至于能否实现自己的愿望，还有待观察，这也是秦大川比较纠结的地方。

想到这些，秦大川插话道："凌钢这个人精于谋划，善出奇招。就说这次审前调查吧，他不仅派人有针对性地调查了全市财政收支基本情况，而且还派人重点调查了全市经济社会发展规划、政府决策文件、会议纪要等情况，出乎我们的预料。"

刘国政附和道："这也是我正在思考的问题，要密切关注他下一步棋的具体走向。"秦大川示意刘国政继续介绍，刘国政接着说："副主任谢东正是有名的查案专业户，人称黑脸包公，审计起来六亲不认。"

在秦大川的印象中，谢东正既是一个正直的人，也是一个最难沟通的人。他不理解的是，像谢东正这样的人为什么能够担任审计经责办的领导？此人的主要特点就是只有原则性，没有灵活性，换句话说，就是一根筋。与这种人打交道，难度可想而知，秦大川想想就心累。

刘国政继续介绍情况："审计组主审梁丽燕是审计系统有名的

'铁娘子'。我们收到审计厅下发的审计通知书及秦市长的批示后，市政府办公厅进行了认真的研究，及时组织相关局、委及所属市县区财政部门进行了财政资金自查工作，同时着手制定配合审计实施方案，明确了市直各单位责任及分工……"

高继元打断道："仅仅把自查内容锁定在财政资金方面是远远不够的，市政府的重要决策文件、会议纪要及各位领导的批示都是经济责任审计的重要内容，市政府各职能部门贯彻落实市委、市政府决策情况也是这次审计关注的重点内容。这次审计关注的重点就是经济责任履行情况，这一点务必请同志们高度重视。"

秦大川用赞赏的目光看了高继元一眼，朗声说："高副市长分析得非常正确，请大家认真执行。"秦大川的目光又看向刘国政，接着说："刘秘书长，你作为市政府配合经济责任审计的总联络人，一定要把注意力集中在东方、凌钢、谢东正这三个人的身上，当然，也不能忽视那个女处长，密切关注他们的动向，重大事项及时报告。"

刘国政点头称是。高继元一愣，暗中思忖，把注意力集中在东方、凌钢等人身上是什么意思。

秦大川继续说："总之，每个单位都要制定配合审计方案，层层压实责任，坚持'守土有责、守土担责、守土尽责'的原则，只有严防死守，才能确保万无一失。"

高继元看了秦大川一眼，心中惊讶，严防死守？守的是什么？秦大川的话到底是什么意思？

秦大川呷了口茶，似不经意地问："刘秘书长，你认为他们审计的重点会放在哪些部门？"

刘国政思考了一会儿，谨慎地答道："根据经责办前期的调查情况，我认为他们可能将发改委、财政局、国土资源局、交通局作为审计的重点部门。"

秦大川轻轻地转动着茶杯，点了点头："发改委掌管全市投资项目，财政局掌管全市财政资金，国土资源局掌管全市土地及矿产资源配置，交通局掌管全市公路建设，这些都是市政府的重要职能部门，也是重大经济决策事项相对集中的部门。经责办目前共有十个处室、一百余人，除财政审计处外，其他每个业务处都有审计任务，他们不可能派出更多的人参加经济责任审计，我认为他们审计的重点应该是财政局和发改委。"说完，他特意看了看发改委主任姚雨晨、财政局局长孙大虎两人。

姚雨晨、孙大虎两人会意，异口同声道："一切都按秦市长的要求办。"

秦大川补充道："国土资源局和交通局也应是他们重点审计的单位。另外，环境保护是一项基本国策，也是中央反复强调要坚决打好的攻坚战之一，审计组很有可能将环境保护局列入审计重点单位，赵局长你也要做好充分的准备。"

被点到名的三家单位的领导，国土资源局局长范琦、交通局局长常发迹、环境保护局局长赵玉民纷纷点头称是。赵玉民当场还做出了承诺："请秦市长放心，环境保护局有信心打赢应对审计这一仗。"

高继元眉头一蹙，应对审计？配合审计怎么变成了应对审计了？

秦大川依据经验判断："华原市所属市县区政府也是经济责任审计关注的对象，商州市作为华原市的重要工业市自然也是审计关注的重点，请郑桐市长务必重视。"

郑桐颇为自信地回答："请秦市长放心，商州市已做好了相应的准备。"

一直颇受秦大川器重的范琦建议道："我们不能只被动地接受审计、配合审计，可以考虑改变传统的配合模式，实施防御与进攻相结合的审计配合模式。"

秦大川不动声色地问："范局长，能否说具体一些？"

范琦胸有成竹地解释说："如果把这次配合审计比作一场足球比赛，那么仅靠防守是无法赢得比赛的，必须强化进攻，变被动为主动。如果一味地按审计要求进行配合，仅仅是防御性的，是无法赢得最终胜利的。为了取得胜利，我们应该采取更加积极有效的策略，审慎对待资料提供、情况介绍及问题认证。"

秦大川听完不置可否。高继元震惊了，这是要干扰经济责任审计吗？秦大川对范琦的这种错误认知为什么无动于衷？疑惑不安间，秦大川看向他并问道："高副市长，这种配合策略怎么样？"

高继元一愣，没有想到秦大川会现场征求他的意见，含糊答道："我在认真领会审计配合策略。"

这时，郑桐主动说："'甘瓜抱苦蒂，美枣生荆棘。'再甘甜的瓜，它所连接的瓜蒂都是苦的；再美味的枣子，都长在荆棘上。审计也不例外，它本身就是一把双刃剑，审计人在监督别人的同时，也得接受别人的监督。"

秦大川看了高继元一眼，自言自语道："'沧浪之水清兮，可以濯吾缨；沧浪之水浊兮，可以濯吾足。'面对审计风暴可能卷起的沧浪之水，我们该如何趋利避害呢？"

虽然秦大川的语气轻松，但还是引起了与会者的关注，他们面面相觑，都在认真思考这番话的真实含义。

此刻秦大川的心情是郁闷的，也是复杂的。坦率地说，他不欢迎这次审计，在华原市政府换届之际接受审计，无论结果如何对自己的影响都是弊大于利。为避免这次审计他之前做了很多工作，却事与愿违，不但没能阻止这次审计，还受到省委主要领导同志的批评。

二

平原省审计厅常务副厅长东方的内心也不轻松，作为审计组组长他所承受的压力非常大。这次审计是审计厅第一次组织实施的地市级领导干部经济责任审计，缺乏基本的经验，而且审计对象是经济强市市长秦大川。秦大川在华原深耕多年，树大根深，在全省政界的影响力非同寻常，审计尚未开始，就有各种关系开始打招呼。

此时，秘书敲门进来报告说参加会议的领导到了，平原省经济责任审计联络办主任、审计厅党组成员董兴华，审计厅经济责任审计局局长齐华，审计厅经责办主任、华原市市长经济责任审计组副组长凌钢依次走进东方的办公室。

董兴华将《审计动态》递给东方，东方扫了一眼，意味深长地说："最近几天我看了几个经责审计组上报的《审计动态》，对地市级领导干部经济责任审计工作有了初步的了解，其中对经责办的审计准备工作印象深刻。"东方深邃的目光看向棱角分明、身材瘦削的凌钢，继续道："我受周山厅长的委托，请你们几位来，主要是为了了解华原市秦大川市长经济责任审计的准备情况，共同研究审计实施方案。"

齐华将经责办上报的经济责任审计实施方案递给了东方，东方一边随手翻看审计实施方案，一边听取凌钢的汇报。

凌钢扼要地汇报了审计准备情况："为了制定一份目标明确、重点突出、操作性强的审计实施方案，我们认真学习了党中央和国务院关于加强领导干部经济责任审计的文件精神，深入研究了审计厅的审计工作方案，紧紧围绕'权力运行、责任履行'这条主线，以落实中央领导、平原省委对华原市经济社会发展的重要批示、指示为切入点，反复讨论修改，形成了华原市市长秦大川同志经济责任审计实施方案。"

东方神情严肃地听着，点评道："地市级领导干部经济责任审计，既要注重总体谋划，把握总体情况，又要突出重点，注重审计实效。围绕'权力运行、责任履行'主线开展审计的思路非常正确，应该说抓住了问题的关键。"

东方提示凌钢重点汇报审计关注点，凌钢胸有成竹归纳了若干方面："紧紧围绕中央、省委重大方针政策及决策部署贯彻落实情况是审计首先关注的重点，履行推动华原市经济社会发展职责情况则是审计关注的又一个重点。主要包括华原市政府推进全市经济社会发展规划、重大民生工程、国有企业改革、重大改革任务、重大投资项目等重大决策。与此同时，履行民生保障、改善情况也是不容忽视的审计内容，具体包括发展经济和教育、就业、医疗、住房、养老、精准脱贫等民生政策、规划和措施。其中，履行财政管理职责和经济风险防范情况是审计关注的基本问题。涉及贯彻国家财政政策、深化财税体制改革、财政收支及绩效、财政金融风险防控等情况。需要重点关注的问题，还有自然资源管理和生态保护重大决策情况，这是正确评价领导干部履行环境保护职责的重要内容。涉及自然资源资产管理、生态环境保护、矿产资源开发利用、矿业权转让、土地资源配置等情况。总之一句话，就是通过审计，查找华原市政府及秦大川市长在履行经济责任过程中存在的突出问题，有针对性地提出审计建议，防范和化解经济风险。"

东方思索着，询问凌钢拟采取什么措施，凌钢胸有成竹地说："构建大数据运用平台，以此为抓手，着力把握全市经济运行的总体特征及发展变化趋势；在此基础上，以财政数据分析为主线，以投资项目为抓手，重点关注工商、税务、金融、环保、扶贫等相关数据，尤其是与风险防控、环境治理等攻坚战相关的数据，分类型构建大数据审计模型，有效发挥大数据运用的综合效率。"

接着，凌钢补充道："以市政府重大经济决策为重点，客观研判经济社会运行中出现的新情况、新问题、新趋势，重点揭示领导干部职责履行中存在的突出问题。当然，这只是我们的基本思路，我今天来厅里，主要是听取厅领导的重要指示。"

东方听完看着凌钢强调说："首先，要提高政治站位，正确认识这次经济责任审计的重要意义；其次，还要紧密联系市长任职期间当地经济社会发展状况与特点，从你们前期调查的情况看，秦大川担任华原市市长四年来，全市经济社会发展强劲，GDP 增幅较大，固定资产投资增长较快，财政收入逐年提高，国企改制进展顺利，环境治理取得了成效，我们对其真实性应重点关注。"

接着东方提出了具体的要求："审计厅第一次对地市级领导干部开展经济责任审计，难免会遇到一定的困难与阻力，对此，你们一定要有充分的心理准备，打有准备、有把握之仗。每个审计小组及每个审计项目都要制定审计预案，真正做到先谋后动，切实提高审计质量与效率。另外，重点审计哪些单位？"

凌钢回答道："重点审计华原市财政局和发改委，全面掌握全市财政收支及固定资产投资的总体情况，坚持以财政资金流向为线索，以固定资产投资项目为抓手，再延伸到资金投向较多的交通、国土、环保三个行业，分头对交通局、国土资源局、环境保护局贯彻执行华原市政府重大经济决策情况展开重点审计。"

东方听完微笑着点头说："事关华原市市长经济责任审计全局的开篇，你们一定要做到初战必胜。"

领导的要求十分明确，但面临的问题又客观存在，凌钢借机说出了自己的顾虑："我现在隐隐约约地感觉到，这次审计不会一帆风顺。"

董兴华明白凌钢的心思，也深知这次审计面临的困难，关切地询问："是不是审计力量不足？"

没有远虑，必有近忧。为争取工作的主动，最大限度地取得领导的支持，凌钢有意识地把困难摆在前面，实话实说："一方面，审计力量严重不足，今年经责办承担的项目较多，能够投入经济责任审计的只有两个业务处，总共有二十人，还都是第一次参加市长经济责任审计，缺乏经验；另一方面，相关部门配合不会很积极，这从审前调查时就可以明显感觉到，不排除个别单位少数人设置障碍，甚至阻挠审计。"

东方侧面观察凌钢，只见他眉头紧锁，脸上写满了忧虑。东方理解他的心情及面临的现实困难，思索了片刻给出解决问题的思路："关于审计力量不足的问题，你们要创新审计组织方式，可以通过整合内部审计资源的办法解决，人员统一由办内调配，充分运用大数据的优势，加大非现场审计力度；关于个别单位少数人不配合甚至阻挠审计的问题，应该说有一定的客观性，在坚持依法审计与文明审计的同时，一定要注意审计策略与方法，相信你们有应对反制审计的经验与办法。"

董兴华的性格外柔内刚，关键时候敢于表达自己的意见："搞好地市级领导干部经济责任审计，必须正确处理战略与战术的关系，战术上的过度勤奋，必然会造成战略上的误判。你们一定要拿出更多的时间和精力研究战略问题，深度谋划整体工作，真正做到谋定而后动，知止而有得。另外，减少对企业的现场审计、对民营企业的审计调查要慎之又慎，这些对完成这次审计任务至关重要，请你们一定要重视这个问题。"

东方意味深长地说："你回去告诉大家，你们的人是少些，具体困难肯定也很多，但你们只要认真贯彻执行审计厅党组的决策部署，紧紧依靠地方党委和政府，团结全办同志就会形成强大的合力，就一定会迎难而上、战无不胜，一定会圆满完成这次审计任务。"

凌钢语气坚定地回答道："是！我回去就落实您的重要指示。"

说来奇怪，汇报之前凌钢可谓压力山大，经过两位领导的点拨，化解压力于无形之中，从而进一步明确了审计目标，增强了战胜困难的信心。尤其是东方那高屋建瓴、举重若轻的处事风格，给凌钢以深刻的启示。

三

平原省审计厅经责办位于华原市新城区环湖大道，U字形的建筑造型及错落有致的主副楼组合，呈现出浓郁的现代建筑艺术气息。

此时，一次不寻常的审计干部会议正在大楼六楼会议室进行。

会议室的大屏幕上滚动着华原市市长经济责任审计实施方案，参加会议的同志们都在全神贯注地倾听凌钢的讲话："审计厅已正式批复了我办上报的审计实施方案，根据方案要求，东方副厅长任审计组组长，我任副组长，梁丽燕任主审，经济责任审计组下设综合组和五个审计小组。梁丽燕兼综合组组长，五个审计小组组长分别由张莉嘉、陈晓、白露、张帆、赵建五位同志担任。"

凌钢停了一下，用温和的目光缓缓地扫视了一下会场，接着道："从明日起，综合组进驻华原市政府办公厅，五个审计小组分别进驻市财政局、发改委、交通局、国土资源局、环境保护局，根据审计需要，各小组分工可及时调整。这次审计要求参加审计的人员牢固树立全办'一盘棋'的理念，综合组与审计小组之间应相互配合，各司其职。下面由财政审计处梁丽燕处长介绍各小组的主要职责及人员分工。"

梁丽燕用蓝色铅笔指着电脑投影屏幕讲解道："根据审计实施方案要求，综合组的主要职责除承担'上情下达，下情上传'综合协调外，还要重点做好以下的工作：认真研究中央领导、省委主要领导同志考察华原市时的重要讲话精神，及对华原市经济社会发展情况的重要指示、批示等重大要求；在此基础上，加强对全市经济社会发展数据的分析力度，尽快完成财政、税务、工商等行业大数据的采集与分析工作，发现疑点或线索及时下发相关审计小组，有效发挥大数据的引领作用；同时，还应加大对市政府有关文件、会议纪要及重要批示等问题线索的筛选力度，注意揭示普遍性和倾向性的重大问题。"

梁丽燕接着介绍了具体分工，由她带领综合组进驻华原市政府办公厅，张莉嘉带领第一审计小组进驻财政局，陈晓带领第二审计小组进驻发改委，白露带领第三审计小组进驻交通局，张帆带领第四审计小组进驻国土资源局，赵建带领第五审计小组进驻环境保护局，各小组人员分工见实施方案。

梁丽燕说完后，凌钢的目光落到了身材魁梧、浓眉大眼、面相威严的谢东正身上："谢主任，你还有什么要求没有？"

谢东正严肃的目光扫过全场，沉稳地说："这次审计，是我们经责办第一次独立承担的地市级领导干部经济责任审计，对我们每位参审的干部来说既是一次严格的检阅，也是一次严峻的考验，可谓责任重大、使命光荣。因此，我们必须严格落实审计厅的决策部署，紧扣审计实施方案，坚持依法审计与文明审计，坚决打赢这一仗，一定要做到初战必胜。"

四

很快，华原市秦大川市长经济责任审计进点会在华原市召开，市委书记陈锋主持了会议，审计厅经责办主任、审计组副组长凌钢宣读了审计通知书，审计厅副厅长、审计组组长东方发表了重要讲话，他在讲话中全面阐述了这次经济责任审计的指导思想、重要意义、内容重点、审计目标等具体事项，对华原市市委、市政府如何配合审计工作提出了明确要求；华原市委副书记、市长秦大川向大会作了履行市长经济责任的述职报告，陈锋书记代表市委、市政府作了表态性发言。市委、市政府领导及其相关职能部门的负责同志及部分市县区负责同志参加了这次不寻常的会议。审计进点会议的召开，标志着华原市秦大川市长经济责任审计的序幕正式拉开。

审计进点会一结束，各审计小组按照分工奔赴各自的审计战场。

华原市政府办公厅审计现场，凌钢认真研究近年来中央领导、省委领导同志考察华原市时的重要讲话精神，及对华原市经济社会发展情况的重要指示、批示，将一些重点内容摘录在笔记本上；梁丽燕认真梳理着秦大川任职以来的市政府年度工作报告、会议纪要、相关文件及重要批示，按类别建立目录台账；杜波一边接收市统计局发送的统计报表及电子数据，一边将已采集的相关数据下发给各审计小组。

华原市财政局审计现场，谢东正认真梳理着近年来华原市预算执行情况及财政决算报告，重点对预算编制及预算调整情况进行分析研究，不时拿出铅笔对重点事项进行记录；张莉嘉将历年来的预算收支变化情况输入财政审计分析模型，分别进行趋势性、结构性、关联性分析，研判数据变化中可能出现的异常现象；宋万鹏正在分类型采集财政收支数据，并与综合组下发的财政数据进行核对。

华原市发改委审计现场，陈晓全神贯注地研究着华原市"十一五"规划及实施情况，重点关注发改委年度工作报告，力求把握全市固定资产投资的总体情况；马龙检索着固定资产投资电子台账，并将投资项目按行业进行重新分类，从中筛选出十亿元以上的重大投资项目；刘勇在逐笔核对市发改委的投资项目申报资料及批复情况，并对若干疑点作出标注。

华原市交通局审计现场，白露神情专注地研究着近年来全市公路投资及运营情况，把一份打印的"审计资料清单"交给配合审计的交通局基建处处长兼招标办主任朱岩，提出了分批提供资料的时间要求；赵大海则对着电脑屏幕采集公路投资相关数据，按设计、施工、监理三个类别的招标合同逐一输入电子表格进行对比分析。

华原市国土资源局审计现场，张帆运用电脑梳理全市矿产资源储量及采矿权、探矿权转让情况；李明运用电脑检索全市地质及水利资源保护区内企业布局情况，与此同时，还对全市土地出让、土地出让金交纳及减免情况进行梳理。

资料显示，全市矿业权转让超过三千一百宗，涉及转让资金逾一百二十亿元。

查阅采矿权转让程序发现，民企商州煤业公司采矿权转让档案信息数据记录不完整，煤矿采矿权转让批复程序逆向，地质处、环保处等业务处室缺少审核意见，原煤地质储量及其储量评估报告缺失。在反复询问相关处室负责人未果的情况下，报经审计组同意，张帆、李明决定直接到商州煤业公司进行实地调查，查明真相。

华原市环境保护局审计现场，赵建正在逐项审阅华原市生态环境保护规划及实施情况，并按大气、水利、土壤等污染防治指标进行分类统计，全面分析生态系统安全构成及保护，力求把握全市环境保护的总体情况；张宗义将重大环境治理资金投入逐一输入自制的电子表格，并自动生成环境资金投入变化趋势图。

五

为调查商州煤业公司的原煤储量情况，及时掌握第一手资料，张帆、李明在煤业公司财务部张主任的陪同下，在阴暗潮湿的档案室艰难地寻找原煤储量地质勘探报告及储量评估报告，满脸灰尘的张帆和李明几乎翻遍了公司所有档案资料，均未发现所要寻找的两份报告。无奈之下张帆和李明在张主任的带领下，来到了煤业公司总经理办公室，询问总经理苏运棋有关采矿权转让及资源评估情况。

张帆客气地说："苏总，我和李明同志是审计厅经责办的工作人员，来你们公司了解商州煤矿改制情况，主要了解煤业公司原煤储量评估及采矿权受让情况，请你配合我们的工作。"说着将审计通知书副本及工作证递给了苏运棋。

苏运棋接过通知书和工作证，看了看便退回给了张帆，不满地说："虽然我不从事审计工作，但有一点我非常清楚，审计厅审计的对象是政府及国有企事业单位，我们是民营企业，并不属于你们的审计范畴。刚才我同意你们去看公司的档案，已经很配合了。"

张帆耐心解释道："苏总，我们来煤业公司是进行专项审计调查,并不是你所说的审计。"

"张处长,你不要跟我玩文字游戏了,审计调查与审计有本质的区别吗?"

"当然有区别,审计是对企业资产负债及损益进行全面审计,审计调查只是就某种经济事项进行专项调查……"

苏运棋不耐烦地打断说:"我最近很忙,公司经营困难,工人们几个月都没有领到工资了,我得马上去银行想办法。"说完他起身就走。

张帆和李明错愕地对视,无奈离去。

第二天,张帆和李明再次来到煤业公司,在会议室耐心等待苏运棋。一名服务员在给他们倒茶时,低声说了一句地上有纸条。服务员离去后,李明从地上捡起一张纸条来,上面写着:商州煤业公司收购国企商州煤矿时至少隐瞒储量五千万吨,平州煤矿在改制时也可能存在类似的问题。

六

2010年的深秋似乎来得特别早,中秋节才过十多天,五彩缤纷的落叶在西风的吹拂下漫天飘舞,南翔的阵雁鸣叫着从城市上空款款掠过。春华秋实,深秋是一年之中最美丽的季节,也是富有诗情画意与充满希冀的季节。也只有在这飞霜染丹、落叶缤纷之中,人们才能够真正领略深秋的温情与浪漫,感悟大自然的绚丽多姿与无穷魅力。

然而,与诗情画意不和谐的场面,不加掩饰地出现在华原市委大楼前的广场上,潮水般的人群涌向广场,人群打着"坚决抵制违法审计,维护企业合法权益""审计民营企业属于违法行为""审计干扰企业正常经营,侵占职工合法利益""追讨拖欠职工工资"等巨幅标语,群情激愤。

而此时，市政府常务会议正在进行。秦大川缓缓地扫视了一下与会者，严肃地说："昨天上午，审计厅组织召开了华原市市长经济责任审计进点会议。会后，审计厅经责办几乎同时进驻了市政府办公厅、发改委、财政局、国土资源局、交通局、环境保护局六个单位。这仅是他们进驻的第一批单位，之后，根据审计需要还要进驻更多的单位，希望大家要做好充分的思想准备。"

与会者一片应和之声，点头称是。

秦大川接着说："同志们，这次审计厅经责办是有备而来，之前，他们对全市经济社会发展情况进行了有针对性的调查，初步掌握了一些基本情况或者说发现了一些问题线索，从他们进点后直奔主题的情况看，他们是做足了功课。"秦大川之所以如此说，旨在引起参会人员的真正重视。

众人纷纷点头，表示赞同，并不说话，都在认真进行记录。

秦大川再次扫视了一眼与会者，突然严厉地说："至今，我们的一些同志还心存侥幸，没有真正从思想上重视这次审计！"

与会者面面相觑，会议室的气氛骤然紧张起来。

为缓和紧张的气氛，高继元微笑着接话说："我理解秦市长要求大家从思想上重视这次审计，要求大家从讲政治的高度正确认识审计，支持经责办的审计工作，如实提供情况，为他们依法履行审计职责创造必要的条件。"

秦大川眼中闪过一抹惊讶，他注视着高继元，思考着高继元话中的真实含义，正要说话时，赵琼匆忙推门进来，在秦大川身边耳语道："刚刚有数千名群众突然聚集到市委广场。"秦大川神色骤变，果断宣布休会，带领高继元、刘国政、段晓波、张玉杰、范琦等人直奔大楼电梯。

公安局局长段晓波看了秦大川一眼，谨慎地提醒说："秦市长，为了您的安全，一会儿到市委广场后，您不要往人群里去……"

秦大川不悦地瞪了段晓波一眼，没有作声。

出电梯后，秦大川铁青着脸，边走边说："把矛盾激化到这种程度，凌钢他难辞其咎。"说罢，秦大川又把矛头指向范琦："你们国土资源局也有不可推卸的责任。"

范琦一听把国土资源局也牵涉了进来，忙赔着笑脸："秦市长，客观地说，这事与国土资源局没有任何关系，都是凌钢他们急功近利，才激化了矛盾。"见秦大川没有吱声，范琦进一步挑唆道："经责办进驻国土资源局不足三天时间，连基本情况都没有搞清楚，就一头扎进煤业公司里乱打乱撞，才激起了众怒。"

秦大川没有理会范琦，继续发火："他凌钢到底想干什么？他回华原不足半年时间，先是无事生非地逼着化工厂停建，之后又逼走一批外商投资企业，这次更过分，居然连市委的大门都堵上了。如果这件事处理不好，不知下一次，他还会弄出什么幺蛾子来。"

其他几个人都一言不发，神色凝重地跟着秦大川出了市政府大楼。

市委广场上，赵琼从维持秩序的警察手中接过一个小喇叭，冲着上访的人群高声喊道："请大家静一静，静一静，秦市长来看大家了，有什么话请当着秦市长的面讲。"

秦大川堆着笑脸向人群挥挥手，示意大家安静下来，他从赵琼手中接过小喇叭："同志们、工人弟兄们，请大家静一静，我秦大川同大家讲几句话……"

未等秦大川把话说完，现场的人你一言，我一语地嚷起来，"审计民营企业造成损失应承担赔偿责任""希望市委为煤业公司主持公道！""干扰企业经营导致破产，工人靠什么生活？""谁来维护企业正常生产秩序？"

秦大川的声音淹没在人群喧嚣中……

一辆黑色大众轿车急驰在大街上，凌钢一脸严肃地坐在后座上，正在接听东方副厅长的电话："……你们一定要从讲政治、讲大局的高度处理好这次群访事件，积极配合市委、市政府做好上访群众的安抚工作，果断从审计点上撤出来……"

凌钢连忙表态："请领导放心，我正在赶往现场的路上，一定按您的指示办,积极协助市委、市政府做好上访人员的安抚工作,尽快化解矛盾,决不会让局面失控。同时,我已经通知审计人员从商州煤业公司撤出。"

手机里传来东方洪亮而坚定的声音:"很好,相信你凌钢会处理好这件事的,有什么重要情况及时报告。"

"请您放心,我一定严格落实您的重要指示。"凌钢语气坚定,很快轿车到了市委广场附近,凌钢下车后匆匆向市委广场奔去。

七

此时,秦大川站在市委大楼门口的台阶上,拿着小喇叭喊:"同志们,工人弟兄们,你们今天来市委集会,说明你们信任市委,相信市委会为你们做主,会帮助你们解决问题。"此言一出,大家的情绪渐渐平静下来。

秦大川指着身边的张玉杰和范琦说:"我把审计局局长和国土资源局局长都给你们请来了,有什么问题,尽管跟他们提,如果他们不给你们一个满意的答复,我是不会答应的,市委也不会答应的。在这里,我代表市委郑重向大家承诺,市委将很快派出专项调查组,认真听取大家的诉求,查清产生问题的原因,凡是大家提出的合理要求,市委将认真研究解决,给大家一个满意的答复。"

人群中一阵骚动,有人小声议论着什么。

接着,秦大川话锋一转,神色凝重地说:"同志们,发生今天这样的情况,我非常痛心,因为这本来就是一次不该发生的事件。有一个道理你们应该明白,审计厅经责办审计什么单位都属于正常审计,这是宪法赋予他们的重要职责,审计是党和国家监督体系的重要组成部分,是国家财产的守护神,你们千万不能听信谣言和流言,更不要与审计人员作对。好了,下面由两位局长具体回答你们的问题。"

秦大川一脸严肃地盯着匆匆赶来的凌钢，不悦地说："现在我不想听你的任何解释，今天的事情已经惊动了省委，刚才我已经向在省里开会的陈锋书记做了汇报。陈书记明确指示，一定要做好群众的安抚工作，避免矛盾的进一步激化；一定要控制好局面，确保不发生伤人事件。现在，只要你一个明确的态度，经责办怎么办？"

凌钢马上表态："来的路上，东方副厅长已与我通了电话，要求我们全力配合市委市政府做好相关工作，我已决定从商州煤业公司撤出审计人员。"

凌钢的话，让秦大川的脸色稍稍缓和了一些，他指了指在场的群众说："算你还讲政治、识大局，这话只和我说没有用，你还是向大家表个态吧，事情毕竟是由你们经责办审计引发的，你不表态，他们是不会撤离的。"

此时郑桐正拿着小喇叭对广场上的人群喊话："工人弟兄们，我是商州市市长郑桐，我已要求财政局垫付资金两千万元，发放拖欠大家的工资。我说话算数，你们回去以后就可以领到你们的工资了。在此，我郑重承诺，今后不会再发生类似的事情了。"

商州市财政局局长张新也在一旁大声喊道："张经理、李主任，你们听清楚了没有？郑市长把话说到这个份儿上，你们还不赶快撤走？"

几个领头上访的人低声讨论几句后，安抚着群众，有序地组织大家撤离。很快，这些人如同彩排过似的快速撤离，广场上又恢复了安静与整洁。

一场大规模的上访风波就这样平息了，此时最高兴的是秦大川，市委书记去省里开会，自己临时主持市委工作期间解决了一场突发性的群访事件，而且没有造成人员伤亡和重大经济损失，问题解决得及时而圆满。

凌钢望着有序撤离的人群十分震惊，不禁心中暗道：行动好快呀，经责办的审计人员刚从煤业公司撤出，问题就解决了，对手确实厉害。

范琦对秦大川含沙射影地说:"秦市长,我到现在也没有弄明白,为什么总有一些人与商州煤业公司过不去,一个已经改制成功的企业,总有个别人揪着改制过程中一些鸡毛蒜皮的事不放,大有不查出问题誓不罢休的劲头,实在是难以理解。"

当着凌钢的面,秦大川也不好说什么,只好含糊其词:"不理解就慢慢理解吧。说实话,有些事情,我也不是一下子就能看明白的。"说着有意扫了凌钢一眼。

凌钢一脸尴尬地笑了笑,心中满是疑虑。

秦大川热情地拉着郑桐的手说:"郑市长,非常感谢你,感谢你今天发挥了重要的作用。现在不是流行一句话叫作'关键时候选用关键的人,关键的人在关键的时候发挥关键性的作用'。"

郑桐听到秦大川在众人面前夸奖自己,有些飘飘然地说:"关键不关键都不重要,重要的是群访事件虽然已经平息,但后面还有大量的工作需要做,彻底解决群体上访问题,还需要有一个一揽子解决方案。"郑桐的一番话,显示出他思考问题的周密与远见。

秦大川不无赞赏地说:"你考虑得非常正确,是得有一个一揽子解决方案,否则后患无穷。市委要迅速成立一个专项调查组,专门调查解决此事。"

范琦不失时机插话:"在某些人制造麻烦的时候,我们自己行得正,立得直,不能给别人留下什么把柄。"

秦大川马上道:"算你识大局,还知道不能被别人抓住把柄,但不要聪明反被聪明误。我也是考虑全市的稳定,不能受外界干扰乱了大局。"

秦大川的话让范琦有些尴尬,后悔此时不该多说什么。

见此情景,郑桐笑了笑,像是对着范琦,又像是对着秦大川说:"大家都明白秦市长的意思。"

秦大川轻描淡写地说:"你明白什么?你去吧,去兑现你向群众的承诺。记着,一定要把拖欠职工的工资尽快补发到位,这关系到市委、市政府的公信力，此事必须解决好，否则，你我都不好向市委交代。"

至此，一场声势浩大的群访事件落下了帷幕。

八

朦胧夜色之中的华原市新闻大厦霓虹闪烁，在灯火的映照下璀璨夺目。

群访事件发生时，一些围观者用手机在现场拍摄了视频，并将信息发布到了互联网上，一时间，华原市群访事件成为全国各网站的头条新闻。

为正确引导社会舆论舆情，澄清事实真相，把负面影响降低到最低限度，群访事件发生的当天晚上，秦大川特别安排在华原市新闻中心召开新闻发布会，接受各大媒体的集体采访。

某日报记者率先发问："秦市长，为什么我市会发生这样的突发事件？请问您是怎样看待这件事情的？"

面对镜头，秦大川侃侃而谈："这是一次偶发性事件，商州煤业公司的职工不理解审计厅经责办的审计，加之企业经营困难，职工连续几个月未领到工资，错误地理解审计会导致企业破产，职工利益受损。由于引导不及时，一些职工情绪冲动形成过激行为，好在事件已平息，问题已得到解决。"

一位电视台的记者接着提问："听说这次事件起因是审计厅经责办的审计人员工作方法失当造成的，是不是这样？另外，您刚才说问题已得到解决，是初步解决，还是彻底解决？市委下一步有什么具体打算？"

提问记者的话音刚落，会场上的其他记者们就窃窃私语起来，有人小声议论："这下问到了要害，看他怎么回答？""对，听听他怎么说，能不能直面问题。"

秦大川故意停顿了一下，环视了一下会场，沉稳地答道："这样的猜测是没有根据的，审计厅经责办的同志们在依法履行审计监督职责，他们是国家财产的守护神，无论他们审计什么单位或部门，市委、市政府都会积极支持他们开展工作。问题发生后，商州市政府决定由市财政垫付企业拖欠的工人工资。对于你提出的第三个问题，市委已组成联合调查组，对这次群访事件将进行全面调查，相信很快就会有调查结论。"

某晚报记者举手提问："听说这次群访事件是由于企业改制过程中出现了重大国有资产流失问题，是少数领导干部腐败导致的，不知是否属实？"

秦大川非常严肃地答道："这样的猜测同样是没有任何根据的。商州煤矿由国有企业改制为民营企业是符合中央改革精神的，也是符合市场经济运行规律的，经济发展使我们认识到，再强大的政府都不能包办一切，国企改制非常成功。改制前的商州煤矿经营困难，企业负担沉重，改制后的商州煤业公司，焕发了经济活力，成为市内的明星企业、税利大户，但我们也不能一俊遮百丑，由于近年来煤炭市场价格持续走低，企业经营出现困难，拖欠了职工几个月的工资，引发了职工的不满。企业的困难只是暂时的，相信商州煤业公司通过调整发展思路、加强内部管理等措施一定会渡过难关的。至于有人猜测煤矿在改制过程中出现国有资产流失及腐败问题，纯属流言、谣言！对此，我们一定要提高警惕，严防被少数别有用心的人利用，从而达到破坏安定团结大好形势的目的。"

九

华原新城区某别墅内，范琦和雪萍边用餐边观看新闻发布会直播。这栋别墅从外部看没有什么特别之处，浅灰色的外墙甚至显得有些土气，但内部的装修极为奢华，客厅中，文艺复兴时期的人物雕塑与中外名人字画相得益彰，彰显着主人高雅的艺术品位。

直播结束，范琦起身关上电视，不无感叹地说："秦大川总是善于把握大局，明明是一场政治风波，却说成了是煤矿工人对审计工作的一场误解，并借题发挥，把发布会变成了宣传个人政绩与能力的舞台，而且做得不动声色，不显山露水。"

雪萍不无担忧地说："你这样做是否把事情闹得太大了？你就不怕他们追查这件事的起因？"

范琦不屑地说："不把事情闹大，经责办那帮人会主动收手吗？如果不采取点果断措施，他们迟早会查到你的头上，到时说什么都晚了。"

雪萍一脸不服气的样子，辩解说："我们的公司是民营企业，他们经责办管得着吗？"

范琦心里一个劲儿地直骂她愚蠢，但嘴上还不得不耐心解释说："理论上是这样，民营企业不是经责办的审计对象。但你别忘了，环宇投资公司整体收购的商州煤矿、平州煤矿可是国有企业，涉及国有资产转让啊。"

雪萍依旧嘴硬："那又怎么样？我们都是按市政府的改制方案收购的，如果有什么问题，那也是市政府的问题，与我们有什么关系？我看你呀，就是杞人忧天，疑神疑鬼的。"

范琦盯着雪萍，冷冷地说："那原煤储量的评估呢？以商州煤矿名义申报的财政补贴呢？这也是政府的问题吗？再说了……"范琦故意停顿下来。

"再说什么？"雪萍追问。

"再说，经责办这次审计，是对华原市秦大川市长的经济责任审计，国有企业改制直接涉及市政府的重大决策事项，审计层次高，涉及范围广，社会关注度高。商州煤矿与平州煤矿改制自然是这次审计关注的重点内容之一。"

一提起这事，雪萍心里有点发慌，试探着问："那你下一步打算怎么办？"

范琦阴沉地说："怎么办？一切按原定计划办。只要凌钢他们从此收手，不再追查煤矿改制的事情，就和平相处。否则，轻则让他们伤筋动骨，重则送他们上西天。"

一听范琦动了杀机，雪萍马上劝阻道："他们不是已经从煤业公司撤出来了吗？你还要怎么样？"

范琦有点心神不宁地说："撤出来不等于他们停止追查煤矿改制一事。谁能保证，他们今天撤出，明天不会再次进驻呢？我有个不好的预感，他们很可能改变了策略，要从煤矿外围入手，继续追查企业改制一事。"

雪萍一听，越发六神无主："那我们到底该如何应对呢？"

范琦没有回答，转移话题道："对了，前几天我让你写信举报凌钢他们的腐败问题，信寄给省纪委了没有？"

雪萍白了范琦一眼说："你吩咐的事，我能拖着不办吗？信当天就寄出去了。"

范琦亲切地拍了拍雪萍的脑袋，赞叹道："还是太太会办事，这件事办得确实漂亮。"

雪萍佯装生气："去你的，谁是你太太，去找你太太吧。"

正说着，范琦的手机响了，他接听后说："好的，好的，秦市长，我现在就去您办公室。"

雪萍试探着问："秦市长找你是说让你当副市长的事，还是说群访的事？"

范琦耸耸肩说："可能是前者，也可能是后者，也可能二者都是。"

雪萍不满地问："到底是什么？"

范琦神秘一笑："暂时保密。"

话未说完人已离开别墅，向秦大川办公室奔去。

十

东方表情严肃地站在窗前，凝视着星光稀疏的夜空。

秘书敲门后引领齐华走了进来，并将一份传真件放在了桌子上。

东方转过身来，示意齐华在茶几前的沙发上坐下。

东方拿起传真件，边看边说："越看越生气，真是怕什么来什么。"说着把传真件递给了齐华。齐华快速看完传真内容，起身放在了桌子上，呵呵一笑说："请领导息怒，华原发生的群访事件，既出乎意料，又在意料之中，客观上讲，算是一件好事。"

东方盯着齐华疑惑不解地问："一件好事？怎么成了一件好事？"

"好就好在它及时给我们提了个醒，敲了个警钟。这件事告诉我们，这次地市级领导干部经济责任审计远比我们想象的复杂，而经责办的同志们还缺乏这方面的认识。同时，也再次说明知己知彼的重要性。"齐华冷静地分析着。

东方严肃的神色缓和了许多："几天前，就在这个办公室，我反复向凌钢强调，尽可能减少对企业的现场审计，对民营企业的审计调查要慎之又慎。可他却把我的话当作了耳旁风，左耳朵进，右耳朵出。你说能不让人生气吗？"

"是啊，你提醒得非常正确，也非常及时，可经责办的同志太缺乏这方面的警惕性了，吃一堑，长一智嘛。相信他们会从中吸取教训，审计方法将会更科学、更符合实际，工作也会做得更扎实、更有成效。只是目前凌钢他们将面临更大的压力，也面临更多的困难，审计难度进一步加大了。"齐华心中涌起了不安的预感。

东方坦言道："齐局长，我认为这还不是最严重的情况，更为严重的情况是华原市少数别有用心的人会抓住此事大做文章，进而把经责办置于非常不利的境地，最终影响整个审计进程，甚至导致审计功亏一篑。"

"说句实话,这也是我目前最担心的事情。"齐华点头道。

东方意味深长地说:"我已经打电话通知凌钢,让他们认真检视自身存在的问题,查找工作失误的原因,总结经验教训,杜绝此类事件的再次发生。"

"是该让凌钢他们认真检视自身存在的问题,否则,还有可能发生类似事件。"齐华赞同地说。

东方继续说道:"华原市群访事件发生后,周山厅长单独和我交换了意见,他对进一步做好地市级领导干部经济责任审计工作提出了明确的要求。他也及时与华原市市委书记陈锋同志进行了沟通,建议华原市委对群访事件的原因展开调查,积极支持经责办依法独立地开展审计工作。之后,我也与华原市市长秦大川同志通了电话,表达了同样的观点,要求他们为经责办的审计工作创造宽松的环境与条件。"

齐华疑虑地说:"如果,我是说如果,秦大川对此事不积极,或者说他默许阻挠呢?"

东方一怔,问道:"你认为有这种可能吗?"

齐华沉吟片刻,十分谨慎:"我也说不准,只是一种直觉,但愿不会出现这种情况。"

东方思索片刻道:"你说得有一定道理,一切皆有可能。我们需要理性地对待这件事,应有一个科学的应对策略。"

齐华点了点头。

东方皱眉道:"我一直觉得此事很奇怪,华原市市长经济责任审计组刚进点三天,审计人员去民营企业调查也只有两天时间,就出了如此大的风波,这件事背后到底隐藏着什么黑幕?幕后的操纵人是谁?欲解开谜底需要做大量的工作啊。"

齐华一怔:"如果真是这样,经责办的处境就更加艰难了。"

齐华的一番话,让东方心里沉甸甸的。

第二章　波谲云诡

一

审计人员从商州煤业公司撤回之后，凌钢在第一时间组织召开了审计业务会议，对前几天调查发现的问题进行梳理，并就上访事件的原因进行分析。

张帆汇报了审计调查情况：初步调查发现，四年前民企环宇投资公司收购国企商州煤矿，之后，商州煤矿改名为商州煤业公司。收购时，原煤储量严重失实，该煤矿可采原煤有四个煤层，全部储量超过八千一百万吨，但改制时，中介机构仅对两个煤层进行了评估，评估总储量为三千一百万吨，也就是说，有两个煤层未纳入评估范围，漏评估储量高达五千万吨。这是一位匿名者向我们反映的情况，目前尚未取得中介机构的评估报告。

凌钢眼中掠过一抹疑虑，他抚摸着茶杯沉思了一会儿问："为什么没有取得储量评估报告？是对方隐瞒不报，还是其他原因？"

张帆回答道："审计组进驻煤业公司不足两天时间，对方以没有接收原煤矿的档案为由，拒绝提供相关资料，其中也包括原煤储量报告。其间，我们也曾去他们的档案室进行查阅，并没有发现中介评估报告。现在的问题是，储量报告和评估报告没有找到，我们又因为群访事件被迫撤了出来，想再去这家公司调查此事，难度可想而知。"

经济学博士李明听得十分专注，他若有所思地说："原来是这样！我也曾怀疑储量有问题，只不过没有想这么多。"

计算机硕士赵大海白了李明一眼，讥讽道："纯粹是马后炮，既然你李博士也曾怀疑过，为什么不早说？"

李明瞪了赵大海一眼，耸耸肩，没有说话。

张帆继续汇报："如果群众反映的问题属实，我初步估算了一下，漏评估原煤储量五千万吨，按每吨十元计算，价值高达五亿元。"

这个数字把在场的人都惊呆了，会议瞬间陷入了沉默。

良久，赵大海犹豫着问："张处长，匿名者反映的情况，会不会是对方干扰审计抛出的烟幕弹？"

张帆答道："你说的这种情况，我不是没有考虑过，但从对方拒绝配合审计的情况看，又不像是烟幕弹。这次反映的问题属于企业内部机密，初步判断是企业内部矛盾激化的直接结果。"

凌钢忍不住催促道："张处长继续往下说，下一步怎么办？"

张帆神色复杂地看了凌钢一眼，谈了自己的想法："下一步需要重点做两个方面的工作：一方面，要尽快弄清改制后的股东结构及出资情况。经初步了解，商州煤业公司仅有一个股东，这个股东就是环宇公司，总经理雪萍是华原市工商界的风云人物，据说有特殊的背景。调查中还有职工反映，最初的改制方案为煤矿工会代职工持股，之后方案变更为职工自愿持股，最后又指定环宇公司主体收购，只有少量职工持股。另一方面，要尽快取得原煤储量的评估报告，弄清中介机构少评估资源的真实原因，是评估人员工作失误，还是有人幕后操纵。"

凌钢若有所思地说："你刚才说环宇公司的女老板雪萍有特殊的背景，是指什么？"

张帆有些为难地说："我也是在调查中听到了一些群众反映，其真实性需要进一步调查落实。"

凌钢鼓励说："即使需要进一步调查落实，也不妨说一说，让大家一起分析，拓展我们的工作思路。"

张帆犹豫地说："还是会后单独跟你汇报吧。"

不知深浅的赵大海起哄道："张处长所说的问题已经涉及审计的核心秘密，他的意思是让我们大家都回避。"

李明实在看不下去，责问道："大海你不说话，没人把你当哑巴。"

赵大海看了看凌钢，又盯着李明反唇相讥："凌主任，你听到了没有，李博士对我进行人身攻击了。"

凌钢看了看李明，又看了看赵大海，皱起了眉头，沉默了一会儿，宽容一笑说："真是一对杠精，你们的事先放一放，会后再解决。"说罢，转身问张帆："张处长，还有没有环宇公司的其他线索？"

"我们在煤业公司调查时发现，整体收购商州煤矿的环宇公司的股权结构，其中有一个股东名字叫郑国玉，据财务人员讲，这个郑国玉就是商州市市长郑桐的公子。"

凌钢一怔，脸上露出疑惑的表情。

张帆看了他一眼继续道："郑国玉是一家商贸公司的总经理，虽然他的公司规模不大，但此人的活动能量非常大，在他周围经常聚集着一些政府官员和商人，据说他吃喝嫖赌什么都干。"

凌钢看着张帆，张帆补充道："当然，这些情况我也是听说的，但是听说过不止一次。"

凌钢皱着眉头思考起来，显然郑桐的公子作为环宇公司的股东参与收购国有商州煤矿，很可能存在着复杂的利益纠葛。想到这里，他直截了当地问张帆："郑桐对环宇公司收购商州煤矿打过招呼或作过批示吗？或者说，郑国玉是否直接参与了收购商州煤矿的活动。"

张帆答道："这些情况目前还不清楚，需要进一步调查核实。现在的问题是，我们已经从商州煤业公司撤了出来，调查工作已经中断。"

赵大海不解地说："现行政策规定，领导干部不准经商办企业，没有规定领导干部的家属不准经商办企业，郑国玉经商并不违反国家政策规定啊。"

李明反驳道："如果环宇公司通过收购国有企业，涉嫌侵占国有资产，还属于正常经商吗？大海同志的聪明劲儿都用到哪里去了？"

赵大海听罢没有反驳，若有所思地点了点头："这点我倒没有想到，如果是这样，情况就复杂了。"

二

玉龙会所坐落在西龙湖畔，号称华原市最大的私人会所，这是一个院中套院、以宋式建筑为主、中西艺术融合的建筑群落。这里环境优雅，山水湖桥、亭台楼榭一应俱有，是风流雅士聚会的地方，还是一所集住宿、餐饮、娱乐为一体的高档消费场所。

据传，玉龙会所的实际控制人是现任商州市市长郑桐的公子郑国玉，他是天昊商贸公司总经理，也是江山建设公司和江河建设公司实际控制人。

这天晚上，在玉龙会所一个豪华大包间内，华原市交通局局长常发迹神色有些紧张地对郑国玉说："郑总，江河公司承建的高速公路发生了严重的质量问题，必须尽快修复。"说着将一份质量事故调查报告递给了郑国玉。

郑国玉边接报告边皱眉道："是哪条高速公路出现了质量问题？"

"新州至安州高速公路，一场秋雨过后出现了两处路基下沉，多处路面开裂，是明显的质量问题，目前这条高速公路已经封闭，停止了运行。"常发迹皱眉道。

郑国玉有些紧张："常局长，这要怎样处理呢？"

常发迹神色凝重地说："问题很严重，我已责成设计、监理、施工等相关单位进行现场勘察评估，你要尽快筹集一千万元资金，做好抢修的准备。"

对贪婪成性，习惯于掠夺而不肯付出的公子哥郑国玉而言，一听说让他拿出一千万维修公路，马上惊呼道："一千万，这可不是个小数。常局长，你得帮忙想个妥善的办法，否则我的公司就要破产了。"

常发迹无奈地说："现在是非常时期，破财消灾，先把路修好，其他事以后再说，否则方方面面都不好交代。"看着郑国玉为难的样子，常发迹提醒道："现在的形势非常严峻，审计厅经责办的人已进驻交通局实施审计，一旦被他们发现这个问题，后果难以预料。你要尽快与朱岩联系，一定要快，最好在经责办的人了解此事之前，把出现质量问题的路段修好。"

郑国玉心里一惊，极不情愿地说："好吧，等我见到朱岩之后再说。"

常发迹欲进一步敲打郑国玉，尚未开口，门口传来柔柔的声音："郑总，你该怎样感谢常局长呢？"江河公司公关部经理马丽纱带着一阵香气袅袅娜娜地走进了包间。

郑国玉眼睛为之一亮，故作惊讶地说："丽纱！你怎么来了？"

马丽纱灿然一笑，媚眼瞟向常发迹。

常发迹的眼睛直直地盯着这位光彩照人的美女，直到烟头烫到手指才意识到自己的失态。

郑国玉满脸堆笑地向常发迹介绍说："这位是江河公司公关部经理马丽纱小姐。"

常发迹下意识地站了起来，笑容满面地道："久闻马小姐大名，幸会，幸会。"

郑国玉指着常发迹介绍说："这位就是大名鼎鼎的工程专家，交通局常局长。"

马丽纱甜甜地说："久闻常局长大名，如雷贯耳，您可是华原政界的明星。"

常发迹笑着说："过奖了，马小姐说话真幽默。"

马丽纱樱桃小嘴夸张地一噘，佯装生气地说："常局长，也不说给让个座位,是否也太不绅士了?"

常发迹连忙道歉:"失敬、失敬,马小姐快请坐、快请坐。"

郑国玉朝守在门口的服务员吩咐道:"给马小姐斟酒。"

郑国玉、常发迹轮番给马丽纱敬酒,一时觥筹交错,笑语声喧,热闹非凡。有几分醉意后,常发迹欲告辞离开。郑国玉马上用眼神暗示马丽纱,马丽纱会意,情人似的主动挽着常发迹的胳臂送他。

两人走到无人处,马丽纱将一张茶室卡暧昧地放在常发迹的手中说:"常哥,我们去茶室喝茶,这里的茶都是极品啊。"

常发迹心领神会:"一切都听小妹的。"

在美女面前,刚才还十分严肃的常发迹突然变成了多情人,他似乎已忘记了面临的严重危机了。

三

审计业务会议在持续进行。赵大海催促道:"凌主任,我们已经从商州煤业公司撤了出来,下一步该怎么办?"

凌钢快速理了理思路:"从刚才张处长介绍的情况看,目前审计面临的情况非常复杂,初步判断,国企商州煤矿被整体收购已涉嫌重大国有资产流失问题,不排除个别市级领导干部直接插手干预收购工作。由于审计小组在调查过程中无意触碰了某些利益集团的神经,才引发了这场大规模的群访事件。这一事件提醒我们,我们的对手绝非是一般的利益团体,情况可能比我们想象的复杂。对此,我们必须谨慎从事,切实提高审计安全意识,做好人身安全与资料安全的防范工作。由于审计涉及问题比较敏感,要求大家必须做好保密工作,除审计组统一向审计厅反映情况外,任何人都不得向外透露审计信息。"

赵大海有些沉不住气,脱口而出:"凌主任,审计安全与审计保密是个老话题了,每次审计你都在讲,听得我耳朵都起茧子了。这么多情况摆在我们面前,快说说我们该怎么办吧。"

谢东正看了赵大海一眼,神情严肃,声音洪亮:"关于保密问题,再强调一次,各审计小组发现的问题应在第一时间向综合组报告,审计信息应通过内部专网反映,严禁使用手机和固定电话讨论审计事项。"

凌钢点头赞同,微笑着说:"还是请张帆谈谈具体调查思路吧。"

张帆胸有成竹,和盘托出了自己的想法:"根据前一段时间的调查情况,我谈一下不成熟的想法,请大家议一议。鉴于群访事件的发生,我们应及时调整审计策略,整合审计资源,采取迂回曲折的方法,避开商州煤业公司,分头进行调查。初步考虑兵分三路:第一路,对华原市国资委进行调查,重点弄清商州煤矿被整体收购的原因,找出谁是改制方案变动的幕后推手;第二路,对环宇公司进行调查,弄清煤业公司长期拖欠职工工资的相关情况及群访事件的原因;第三路,对评估机构进行调查,弄清评估资料的真实性,重点弄清干预资产评估的幕后操纵者。同时,还要加大工商数据分析力度,查清环宇公司的股权结构及出资人情况,查清谁是这家公司的真正老板。"

凌钢点头赞同:"我原则上同意张帆的工作思路,不过以现有的审计力量进行全面调查,还有一定的困难。但是,我们可以整合……"

谢东正皱起两道浓眉,不悦地打断道:"经济责任审计应紧扣'权力运行、责任履行'这条主线,市长经济责任审计,从某种程度上讲,就是对以市长为首的市政府履行经济责任的审计。我们首要的任务是弄清市政府在贯彻落实中央重大决策部署、推动本市经济社会科学发展等方面的基本情况,并做出客观评价。至于刚才张帆汇报的商州煤矿被收购中发现的资产流失问题,我认为仅涉及领导干部重大决策事项的部分内容,虽然此问题很重要,但在目前人力资源有限的情况下,还不宜作为重点审计,应该把审计重点放在审计对象职责履行方面，而不应该放在个别决策项目实施方面。"

凌钢辩解道："权力与责任是我们这次审计关注的重点，但责任履行不是一句空话，而是通过一些重大决策事项来具体体现的。华原市是煤炭资源大市，秦大川市长任职期间，强力推进国有煤炭企业改制工作，既然张帆他们在审计调查中初步发现了一些问题线索，我们就应该进一步加大跟踪调查力度，查清事实真相。"

谢东正倏地站了起来，凝视着凌钢语气沉沉地说："企业改制不是不能审计，而应在弄清总体情况的基础上再考虑延伸调查。商州煤矿改制是个敏感的问题，正如刚才张帆介绍的那样，审计人员刚一接触煤矿改制便引起了对方的过激反应，群访事件已经给我们敲了警钟，如果我们没有周密的方案，再这样查下去，肯定会事与愿违，搞不好我们的同志会陷入其中，不仅影响审计工作的整体推进，也影响对一些重大问题的查处。我的意见是，暂时放弃对商州煤矿改制情况的调查，等条件成熟时，再果断出击。"

凌钢坚定地说："煤矿改制调查已引起了对方的过激反应，正因为如此，我们才更应该趁热打铁，继续追踪，直到水落石出，真相大白。至于郑桐的公子郑国玉投资入股商州煤业公司一事，我们可以再研究。"

谢东正思索了一会儿，追问道："既然趁热打铁，那你为何把审计人员从这家公司撤出？一鼓作气不是更好吗？"

凌钢解释说："当时情况不是特殊吗？如果当时不撤出审计人员，群访事件的矛盾将会进一步激化，从大局出发才暂时撤出来的。"

谢东正性格直率，敢作敢为，很少屈从别人的观点，他看了看众人，语气不容置疑："当下，我们需要做好两个方面的工作：一方面，加大对财政、税务、工商、投资等行业大数据的采集、分析、运用力度，将数据分析中发现的疑点或线索及时转发各审计小组核查；另一方面，加大对市政府相关文件、会议纪要及重要批示等问题线索的筛选力度,重点关注普遍性与倾向性的重大问题。同时还要注意核查市政府与省政府有关厅局签订的土地开发利用、环境保护等责任目标的完成情况,揭示责任目标落实过程中存在的突出问题。"

谢东正的建议比较符合实际情况,得到了大家的充分肯定,凌钢也根据他的建议,及时调整了审计组的力量。

四

审计业务会议结束时已是傍晚六点半,凌钢接到一位自称掌握环宇投资公司收购商州煤矿内幕的王先生的电话,约他当天晚上七点钟在商都公园南门面谈,并承诺把证据当面交给凌钢。条件是只准凌钢一人前往,否则见面取消。

凌钢与谢东正分析后认为,这个电话存在两种可能:一种可能是,这位王先生手中确实有证据,因为利益冲突或其他原因决定向经责办提供证据;另一种可能是,这是对方施放的烟幕弹,借此打探经责办已掌握的证据或内部信息,达到转移审计视线的目的。尽管有风险,凌钢还是决定只身前往与王先生见面。

傍晚的商都公园南门热闹非凡,大门两边的摊贩生意兴隆,休闲散步的男女老少川流不息,广播里播放着流行歌曲,洋溢着太平盛世的祥和气氛。

凌钢准时出现在约定地点,未发现王先生的踪影。几分钟后,凌钢正欲离开,接到了王先生的电话:公园北门口见。

凌钢苦笑了一声:"不就是见个面,别弄得像地下接头一样。"边说边向公园的北门快步走去。

到公园北门后,还是没有发现王先生的踪影,凌钢正准备拨王先生的电话时,接到了对方的电话:"往左走三百米,到猴山。"

凌钢不悦地说:"怎么,王先生,你在耍猴呢?"

王先生紧张地说:"你就辛苦一下吧,你应该知道,我是冒着生命危险给你们提供证据。"

凌钢同意了:"好、好,就按你说的办,猴山就猴山。"凌钢向猴山走去,边走边警告说:"如果再改变地方,我们就不用见面了。"

凌钢刚到猴山,王先生又来电话了:"到东门去,我在东门等你。"凌钢犹豫了,东门比较僻静,王先生又说:"如果你来,资料当面让你带走,如果不来,见面取消。"

凌钢心一横,快步向公园东门奔去。刚到东门口,就看到两个蒙面人正将一个人拖向一辆停在门口的面包车。被拖的人拼命反抗,一个蒙面人当头一棒挥下,被拖的人停止了反抗,被拖进了面包车。

凌钢一边高声喊道:"住手!快住手!"一边向面包车冲去,面包车快速驶离。

凌钢急忙拨打110电话,这时路边突然冲出一辆摩托车急速向凌钢冲来,千钧一发之际,一直暗中保护凌钢的赵大海一个箭步扑上来,把凌钢推倒在地。摩托车主见目的没有达成,转头呼啸而去。

两天后,传来消息,华原市地矿储量评审中心退休干部王力庆因意外溺水死亡。

五

追索商州煤矿的评估资料,是揭开环宇公司收购煤矿真相的关键。因此,审计组研究决定,张帆和李明负责对该公司实施审计调查,欲以最快速度获取收购煤矿的全部资料。

接到经责办调查环宇公司的通知后,雪萍尽管早有思想准备,但一时还是有些惊慌,她第一反应就是给范琦打电话通报消息,很快秦大川就掌握了经责办的工作动向。

面对前来开展工作的张帆，雪萍以环宇公司是民营企业，不属于审计厅的审计范围为由，拒绝提供任何资料。张帆据理力争，强调环宇投资公司收购了国企商州煤矿，涉及国有资产转让，依照法律审计厅有权对国有资产转让情况进行审计调查。

正当双方僵持不下的时候，华原市审计局企业审计处处长常宏拿着市审计局《关于审计调查环宇公司收购煤矿资产的通知书》，匆忙赶来。

雪萍把常宏请进会议室，不无讥讽地说："你们都是审计官员，一家是省审计厅经责办的，一家是华原市审计局的，都是来环宇公司审计，我们真的不知道该接受谁的审计，也不知道把资料提供给谁。这样吧，你们先面对面地协调，协调好后，再谈提供资料的事。"说罢，她起身离开了会议室。

虽然张帆与常宏同在审计系统工作，但由于二人分属不同的单位，彼此并不熟悉，现场气氛有些尴尬。张帆主动打破沉默，先自我介绍，常宏也客气地回应，但在谈到环宇公司的审计工作时，二人肩负着不同的使命，听命于各自的领导，彼此互不让步，事情陷入了僵局。

张帆建议双方各自请示单位领导后再做决定。常宏则坚持把资料带回局里，如果需要，建议经责办去审计局查阅。

为避免不必要的争执，张帆请示凌钢后，同意由常宏将相关资料带回市审计局。

对此，凌钢心中疑惑重重，同为审计机关的审计厅经责办与华原市审计局为何会发生相互争抢资料的不正常现象呢？这是一次偶然巧合，还是另有深层次原因？为打破僵局，也为快速突破商州煤业公司审计调查的僵局，凌钢主动前往审计局找张玉杰局长进行沟通协调。

在审计局局长办公室，张玉杰认真地翻阅着环宇公司的资料，脸上露出笑容。常宏站在张玉杰办公桌对面，心中满是疑惑。

张玉杰看完后,把资料轻轻地放在了桌子上,高度赞扬常宏的办事能力与办事效率。

常宏不解地问:"这些资料有那么重要吗?为什么经责办这么关心这些资料?"

张玉杰微笑着说:"这些资料没有落入经责办手里,秦市长一定会非常满意。凌钢这会儿一定气得发疯,责骂他们的人办事不力。总之,你这次立了大功。"

常宏茫然地点了点头,带着疑惑转身离去。

此时,凌钢在审计局工作人员的引领下,来到了张玉杰的办公室。

张玉杰热情地迎接:"欢迎凌主任来审计局检查指导工作。"

凌钢则话中有话:"我哪敢检查指导工作,我是来向张局长请示汇报工作的。"

张玉杰有些尴尬道:"凌主任,请喝茶。"

凌钢抚摸着茶杯斟词酌句地说:"你们从环宇公司拿回的资料,可否让经责办的同志也看一看?"

张玉杰把手交叉起来放在膝头,思索着回答:"凌主任,作为同行理应相互支持。只是审计局根据市委要求,正在全面调查这次群众集体上访的事件,而这次事件的起因又与经责办审计有关,商州煤矿改制资料是这次调查的重点内容之一。因此,调查内容已涉及你们经责办的审计工作,按照审计有关规定,你们经责办应当主动回避。"

凌钢辩解道:"张局长,我们延伸调查商州煤矿的改制情况,也是审计厅对华原市市长经济责任审计的重要内容,经责办作为具体组织实施审计的单位怎么就成了回避对象?为不影响双方的工作,我们经责办可以派人来审计局查阅煤矿改制资料。"

张玉杰看了凌钢一眼:"凌主任,今天就打开窗子说亮话吧,你让我给你们经责办提供资料,考虑后果了吗?审计局不像你们经责办是省里直属单位,人事档案在审计厅,市里管不了你们的乌纱帽，我们就不一样了，一切工作都要严格按照市委、市政府的要求办理，违反要求将会付出沉重的代价。"

凌钢不解地追问："你说的沉重的代价是什么？你是否把问题想得过于严重了？"

张玉杰无奈地道："不把问题想严重不行啊，我的凌大主任，你是揣着明白装糊涂。秦市长是你的老领导，你有困难不去直接找他，何必为难我呢？"

张玉杰的话让凌钢一时语滞。

凌钢祖籍华原市平州县西霞山村，自幼家境贫寒。当年凌钢以优异成绩考入华原商都大学，硕士研究生毕业后直接考进了华原市审计局从事财政审计工作。凭借对专业知识的熟悉，加之工作勤奋，业绩突出，再加上时任常务副局长秦大川的提携，凌钢很快在强手如云的审计局脱颖而出。

秦大川提携关照凌钢，与秦大川夫人陈瑞的推荐不无关系。陈瑞与凌钢的相识缘于一场车祸，多年前夏季的一个晚上，华原市旧城改造大面积停电，陈瑞所在的市东区陷入一片黑暗，在街上匆忙赶路的陈瑞，被一辆迎面驶来的摩托车撞倒在地，肇事摩托车趁着夜色掩护快速逃离了现场。当时在华原高中上二年级的凌钢路过此地见状急忙拦了一辆出租车，把昏迷中的陈瑞送往附近的华原市第二人民医院抢救。其间，凌钢除帮助办理入院手续外，一直守护在抢救室外，直到陈瑞脱离危险后，才离开了医院。凌钢见义勇为的品质深深地打动了陈瑞，她多次邀请凌钢来家里做客，并在秦大川面前夸奖凌钢是一位品学兼优的年轻人。凌钢大一期间母亲因病住院手术，陈瑞帮忙联系医院，并负担了部分治疗费用。

秦大川对凌钢的欣赏也与二人共同的兴趣爱好有关，两人都是诗词爱好者，都是中华诗词协会会员，工作之余，时常就一些习作相互探讨，颇多共鸣。

在秦大川的重点培养和积极推荐下，参加工作不足七年的凌钢被破格提拔为财政审计处主持工作的副处长。凌钢不负众望，带领全处干部积极进取，敢于担当，在组织的全市财政系统审计中查处了一系列重大经济案件，受到了市委、市政府的表彰，财政审计处连续两年被评为优秀处室，他本人荣立三等功一次。两年后，已是审计局长的秦大川在推荐干部中再次发挥了关键性的作用，凌钢又一次被破格提拔为处长，成为全市审计系统最年轻的处级领导干部。客观地说，凌钢的个人进步与秦大川的重点培养与支持是分不开的，因此凌钢对秦大川总有一种感激之情。

凌钢被提拔为处长的第二年，审计厅向全省审计系统内公开选拔优秀审计干部，凌钢通过考试进入了审计厅综合处任处长。此时，已升任华原市常务副市长的秦大川通过组织部门到审计厅做工作，希望调凌钢回到华原市政府做他的秘书。当审计厅人事部门征求凌钢的意见时，被凌钢婉拒了，他对人事部门的领导说，审计是一项充满活力、富有挑战性的工作，非常适合他的事业追求与性格特征。再说很多人知道他与秦大川的关系，直接在秦大川的手下工作，容易使人产生误解。在秦大川的惋惜之中，凌钢坚持留在了审计厅。

由于凌钢表现优秀，政绩突出，三年前经组织考察，凌钢被任命为审计厅副厅长。今年5月份，由于经责办徐主任到龄退休，审计厅党组考虑到多方面的因素，任命凌钢为经责办主任并主持全面工作。

10月，根据审计厅年度工作安排，经责办组织实施对华原市秦大川市长的经济责任审计。秦大川主动找到凌钢，建议这次审计不要涉及国企改制方面的内容，尤其是不要涉及商州煤矿改制方面的内容，主要原因有三：一是煤矿改制于多年前已经完成，改制过程中出现的矛盾均得到妥善解决；二是改制后的煤业公司经营良好，已成为市委、市政府树立的标杆企业；三是煤矿改制是市委、市政府表彰的国企改制的成功典范，不仅在全市范围内进行推广，而且在当年的全国国企改制经验交流会中做了典型发言，受到了中央有关部门的充分肯定。

对于秦大川的建议，凌钢感到非常意外，隐隐感觉商州煤矿改制不会像秦大川说的那么简单，很可能存在着鲜为人知的重大问题，而产生问题的原因可能与秦大川有直接的关系。所以凌钢当时没有明确答复，但表示一定会重视秦市长的意见。

前几天，就是因为没有听取秦大川的建议，盲目去商州煤业公司延伸调查，无意之中触碰了某些人的神经，引发了群访事件。现在，为取得环宇公司的相关资料，张玉杰又提出让凌钢主动找秦大川协调，这使凌钢陷入了进退两难的境地。

想到这些，凌钢有些无奈，只好婉转地表达了自己的观点："经责办的正常审计工作，还需要我去找秦市长协调，那如果遇到难题时，你还让我去找谁？"

张玉杰双手一摊，假装无奈地说："凌主任，有路你不走，偏要与我们纠缠，来我们审计局要资料。要不，我给秦市长打个电话，把你的想法告诉他？"

凌钢摇头："不用了，谢谢你的好意，我们还是另想办法吧。"说罢，他起身离开了张玉杰的办公室。

六

凌钢一离开张玉杰的办公室，张玉杰立刻如释重负，马上把与凌钢交谈的情况向秦大川进行了报告。秦大川满意地说："就得让凌钢明白一个道理，华原是华原市委、市政府的地盘，不是他们审计厅经责办的领地，绝对不允许他们在这里为所欲为。"

张玉杰心情复杂，不无担忧："秦市长，虽然我拒绝了凌钢的要求，但心里并不踏实。他们会不会向审计厅反映我们不配合呀？毕竟经责办是审计厅的直属机构，代表平原省行使审计监督权，这次又是依据省委授权对您履行经济责任情况进行审计。"

秦大川不屑地说:"他们反映什么?我正担心他们不反映呢。凌钢他们急功近利,以审计延伸为名,严重干扰了全市经济社会发展的大局,因为他们工作方法失当引发了群体上访,造成了严重的社会影响,损害了市委、市政府的形象,这个责任应该由谁负?谁又能够负得起?"

张玉杰见风使舵,不失时机地奉承道:"还是秦市长您高屋建瓴,思考问题深刻,一下子就看到了问题的实质,这也是凌钢他们最不愿意提及的敏感话题。"

秦大川冷笑道:"他们不愿提及,甚至回避,我们就不提了?也跟着回避?我已责成市政府办公厅整理一份这次群体上访的专题材料,明确指出了经责办的错误做法,适当的时候会向审计厅领导反映,由审计厅出面纠正凌钢的错误做法。如果他一意孤行,不听劝告,还可以建议审计厅调整他的工作,考虑把他调回中州市,还华原百姓一个太平的生活。"

张玉杰兴奋地说:"还是秦市长深谋远虑,如果能够把凌钢调走,我们的压力就小多了。"

秦大川话题一转,严肃说出了自己的想法:"审计局对商州煤矿改制的审计调查要抓紧进行,调查中发现的问题要提出妥善的处理办法,力求把问题消除在内部,不要让经责办抓住什么把柄,更不能将一些因制度不规范出现的问题闹得满城风雨。"

张玉杰频频点头:"好的,好的。请秦市长放心,一切都按您的指示办,有什么问题及时向您汇报。"

秦大川又提醒道:"要特别注意经责办的工作动向。以我对凌钢的了解,此人不会轻易放弃自己的想法,一旦看准的事,九头牛都拉不回。尽管如此,我还是希望你们不要把关系搞得太僵,处理问题要有灵活性,非原则性问题可以适当做些让步。毕竟天下审计是一家嘛,一家人自然容易沟通。在这方面,市委、市政府对你玉杰同志是充分信任的,对你下一步的工作也是有考虑的。"

张玉杰听到秦大川最后一句话心花怒放,他连忙表态:"谢谢秦市长对我的信任，我尽力做好协调工作，不辜负您对我的信任与期望。"

七

华原市群访事件发生后，举国关注。平原省省委常委、华原市市委书记陈锋提议成立以审计局局长张玉杰为组长的市委调查组，对事件原因展开调查。为此市委常委扩大会议上还专题听取了调查组调查结果的汇报。

陈锋开门见山，心情沉重地说："'天地之大，黎元为先。'我们的一切工作都是为了增进人民的福祉，任何时候都不要忘记领导干部肩负的责任。我于今年初来华原市担任市委书记，到今天为止刚好十个月。几天前，我在省里开会期间，市内发生了震惊全国的群访事件，中央、省委关注，社会反应强烈。这说明什么呢？说明我们华原市委的工作没有做好，作为省委常委、市委书记，我负有不可推卸的领导责任，一定程度上辜负了省委对我的信任与期望。对此，自己深感自责与不安。"

陈锋开门见山，直击群访事件，率先做出诚恳的检讨，使与会者受到极大震动。自认为从政经验丰富的郑桐再也坐不住了，直觉告诉他，陈锋欲借这次群访事件向他"开刀"，一时心如乱麻，忐忑不安。他下意识地举起手，要求代表商州市委向华原市委做深刻的检讨，当场被陈锋制止。陈锋强调先把问题性质搞清楚，再做检讨也不迟，郑桐忐忑不安的心渐渐沉了下来。

陈锋深邃锐利的目光缓缓地扫视着会场，示意市委调查组组长、审计局局长张玉杰汇报群访事件的调查情况及结果。

张玉杰看了一眼陈锋，简明扼要地汇报："……综上所述，造成这次群访事件的主要原因有三个方面：首先，受宏观调控政策影响，近年来煤炭价格持续低迷，造成商州煤业公司经营困难，资金链断裂,连续四个月没有发放工资,引起职工的强烈不满;其次,审计厅经责办在调查中工作方法失当,引起煤业公司领导层的误解,相关部门拒绝配合;最后,部分职工对审计工作不理解,担心审计会导致企业破产。加之公司对一些流言、谣言引导、澄清不及时,各种因素交织叠加,从而引发了煤业公司职工群体上访事件。事件发生后,秦大川市长率领市政府有关部门领导及时与上访群众现场对话,采取有效的安抚措施,很快稳定了职工情绪;郑桐市长承诺商州市财政局先垫付资金发放拖欠的职工工资,最终使问题得到了妥善处理,群体上访事件及时得到了解决,受到了社会的普遍赞誉。"

陈锋严峻的目光再次扫向与会者,大家都默不作声地埋头记录。

张玉杰继续道:"据不完全统计,参加这次集体上访的人数近三千人,分别来自商州煤业公司和平州煤业公司,其中前者约两千人,后者约一千人,据初步了解,平州煤业公司参加上访的主要原因是为了声援商州煤业公司。"

张玉杰汇报完,市纪委书记祁正率先发言:"刚才听了玉杰同志的专题汇报,感觉这次调查工作做得比较扎实,反映的内容比较客观,对群访事件发生的原因分析得比较到位。但我隐隐约约有一种感觉,这次突发性群访事件也许比我们看到的更加复杂,事件是审计厅经责办对商州煤业公司审计调查所引发的,但经责办在调查中都发现了什么问题,是否涉及资产并购过程中存在国有资产流失?如此大规模的集体上访,是否是一次有预谋、有组织的非法行为?现在社会上关于环宇公司整体收购商州煤矿的议论比较多,很多人认为环宇公司以低于市场的价格收购了商州煤矿。如果是这样,建议做进一步的深入调查,彻底查清背后隐藏的事实真相。"

心事沉重的郑桐接着发言:"我完全同意玉杰同志代表市委调查组所作的汇报,也同意祁正书记的一些看法。但我个人认为,群访事件已经平息,在大川同志的亲自指挥下,问题已经得到了妥善解决,煤业公司已恢复了正常的生产经营。目前,公司的职工思想稳定,再继续进行调查,会不会影响企业的正常经营?因此,我个人的看法是,这件事到此可以画一个圆满的句号。"

群访事件毕竟发生在商州,郑桐作为商州市委副书记、市长,深知其中的利害,当然希望此事尽快了结。

郑桐的发言客观上是为秦大川唱赞歌,秦大川向郑桐投去了感谢的目光。

秦大川微笑着说:"我也完全同意玉杰同志所作的调查汇报,也同意郑桐同志的看法。我认为目前最重要的是要从这次群访事件中吸取经验教训,变坏事为好事,充分发挥负面事件的正面效应,避免此类事件再次发生,不应该再继续纠缠历史的旧账。"秦大川的想法与郑桐的观点如出一辙,都是希望就事论事,不愿看到事情进一步扩大。

秦大川说完,市政法委书记郭景华发言说:"我完全同意刚才几位领导同志的发言,但和祁正同志的担忧一样,我也感觉此次群访事件可能隐藏着更深层次的问题。这次群访事件由两家煤业公司职工参加,不能排除是一次有预谋、有组织的非法行动。应对这次群访事件的背景及组织者展开进一步的调查,弄清群访事件的真相。最近关于市地矿储量评审中心退休主任王力庆意外溺水死亡的消息,网上各种议论都有,联想到商州煤矿被环宇公司整体收购的特殊情况,这位王主任的意外死亡会不会与这件事有关?因此,我觉得应该做进一步的调查。"

常务副市长高继元也谈了自己的看法:"我也同意刚才几位领导同志的观点,凡果必有因,凡因必有果。群访事件看似偶然,却有其必然性,这件事背后一定隐藏着十分复杂的原因,建议应该重新进行调查,彻底调查事实真相,给人民群众一个合理的交代。"

其他与会同志也分别发表了自己的看法。

陈锋总结道:"我原则同意玉杰同志代表市委调查组所做的调

查报告，也同意大家的意见。会前，审计厅周山厅长专门与我通了一次电话，交换了对这次群访事件的一些看法。周厅长说，这次审计调查初步发现了商州煤矿改制中存在的一些违规问题，至于是否存在领导干部腐败问题，尚需进一步的调查。周厅长特别提到这次经责办审计调查遇到了前所未有的阻力，一些领导干部直接干预审计工作，甚至出现了市审计局与经责办争抢审计资料的不正常现象。在这里，我有必要提醒参会的各位同志，一定要严格执行中央的各项政策规定，严格约束分管部门和单位的干部，把思想认识真正统一到中央的决策部署上来，统一到依法行政的要求上来。"

陈锋神色严峻，目光缓缓地巡视着每位参会人员，语重心长地强调："从这次初步调查的情况及每位同志的发言看，很明显，这次群访事件并不是一起偶然的、普通的群众上访事件，而是一起有组织、有预谋、有步骤的非法组织活动。从表面看，事件的起因是审计厅经责办审计方法不当引发的，对审计方法不当这种说法，我很怀疑，持保留意见。有几个事实应告诉大家：经责办的同志去煤业公司延伸调查不足两天时间，这么短的时间，即使存在审计方法不当，也不应引起这么大的震动。群访事件来势汹汹，十分突然，但上访人员撤离时却井然有序，就像事先彩排过一样。更巧合的是审计人员刚从煤业公司撤出，上访人员就很快撤退，这二者之间有什么内在联系？从群访人员的一进一退之中，传递着一个重要信息——审计组无意之中触动了某些人的核心利益，而这个核心利益很可能涉及腐败问题。"

陈锋的话尖锐深刻，掷地有声。与会人员交头接耳，纷纷点头。

陈锋呷了一口茶，加重了语气："群访事件的背景一定要调查清楚，查一查组织这场集体上访的幕后人是谁？谁有这么大的能量把两个煤业公司近三千名职工组织起来联合上访？要给人民群众一个公正的交代。在调查过程中，无论涉及谁，也无论他的级别有多高，权力有多大，都要一查到底。"

此时郑桐心中一阵阵发凉，涉事企业在商州，作为主持商州市委工作的副书记、市长，他负有不可推卸的责任。无论涉及谁，也无论他的级别有多高，权力有多大，都要一查到底。会不会是暗指自己？

一开始抱着轻松心态参加这次会议的秦大川，此时的心情也变得沉重起来。令他没有想到的是陈锋会在群访事件上大做文章，不仅没有肯定自己在平息群访事件上的成功做法，而且还紧紧抓住此问题不放，要求市委调查组做进一步的调查，彻底查清事实真相及幕后操纵者。虽然自己并不清楚这个幕后操纵者是谁，但依据多年的从政经验判断，此事很有可能与范琦有关。由此看来，陈锋是来者不善啊。想到这里，秦大川惊出了一身冷汗。

陈锋举重若轻，缓了缓语气说："目前，审计厅依据法律规定及省委授权，对我市市长秦大川同志履职情况进行审计。由于此次审计涉及面广、时间跨度大，对此，市委在此重申，全市各市县区、市直各部门的领导同志要从讲政治的高度正确认识这次审计，支持审计工作，尤其是要支持审计厅经责办依法独立地实施审计监督，积极为他们的工作创造必要的条件。必须严格按审计组的要求积极做好配合工作，如实反映情况，及时提供资料，不得以任何借口、任何理由拖延或阻挠审计工作的正常开展。绝不允许发生领导干部干扰经责办工作的现象，审计局要主动做好与经责办的工作沟通协调，优先保证经责办审计需要的各种资料。"

陈锋特别强调："为积极配合审计厅经责办的工作，市委、市政府已成立了审计综合协调领导小组，由审计局具体牵头，成员单位包括市直各部门，市纪委督办。至于刚才景华同志所说的市地矿储量评审中心退休主任意外溺水死亡事件，建议由市公安局组织力量进行深入调查，彻底查清事实真相，给人民群众一个满意的答复。市委宣传部门要做好相应的宣传报道工作，正确引导社会舆论舆情。"

市委常委扩大会议在陈锋铿锵有力的讲话声中结束了。秦大川隐隐约约感到，这次会议开得并不寻常。他触景生情，脱口吟诵道：

"倏忽温风至，因循小暑来。竹喧先觉雨，山暗已闻雷。"

是啊，此刻的秦大川不仅听到惊心的雷声，而且明显感觉到一场暴风骤雨即将来临。谁会是第一个在这场暴风雨中倒下的呢？

八

谁也想不到，这次审计受冲击的不仅仅是秦大川市长，对于国土资源局局长范琦而言，审计不亚于一场地震。

这天下午散会后，他心情复杂地翻阅着审计清单。办公室主任秦召细心地观察着范琦情绪的变化，小心地说："审计清单内容涉及局里所有工作。没有想到，他们会要这么多资料，有些资料根本就没法提供。"

范琦看了秦召一眼，询问道："他们的要求确实过分，你有什么好办法？"

秦召叹了口气说："还能有什么办法，慢慢找吧。这些资料都是多年前的，提供资料总需要一个时间吧。"

范琦点头道："你说得很对，提供资料确实需要时间。与审计人打交道比的就是耐力，谁的耐力强，谁就能笑到最后。如何配合审计，归纳起来就一个字'拖'。"

秦召当然明白范琦的用意，有些为难："他们催得很紧，限定了提供资料的时限，我担心拖也不是个办法。"

"正常配合，但也不能有求必应，先易后难，慢慢来。说到底，主动权在我们这里，你秦主任是明白我的意思的。"

秦召点头，范琦继续道："仅仅提供资料是不够的，还得时不时给他们出些难题，让他们明白国土资源局是好进不好出的地方。"

秦召附和道："就按范局长的意见办。"

范琦盯着秦召问:"审计组的工作都正常吗?他们有没有发现什么问题?"

秦召压低声音道:"他们的一举一动都在我们的严密监控之下。"

范琦点了点头,叮嘱道:"审计组会议室安装的监控摄像头一定要隐蔽,千万不能让他们发现。"

"放心吧,两个微型摄像头都非常隐蔽,他们根本不可能发现。"秦召非常自信地回答。

与此同时,刘国政受秦大川市长委托正在听取市财政局配合审计工作的情况报告。

局长孙大虎扼要汇报了财政局三个方面的重点工作:"首先,组建了配合审计工作的领导小组,我担任领导小组组长,各处室负责人均为领导小组成员,具体负责审计的日常配合工作;其次,全面梳理了秦市长任职以来的财政收支情况,并对重点支出事项进行了自查自纠,把问题消除在萌芽状态;最后,系统总结了近年来全市财政工作取得的成就、特点及经验,尤其是华原市财政管理五个方面的经验,已引起了审计组的特别关注。"

刘国政由衷地赞叹道:"很好,很好,孙局长不愧是我市的财政专家。"

孙大虎略带得意地说:"之所以下功夫总结我市财政管理经验,主要是考虑把审计组的注意力引导到对我市财政经验的总结方面,并对市政府的财政工作做出积极的评价,减少其他方面的审计压力。"

刘国政点头称道:"总结得好。孙局长配合审计的做法,可以称之为工作思路创新。"说罢,刘国政带头鼓掌,瞬间,会议室掌声一片。

夜色中的交通局办公大楼一片宁静,只有小会议室的灯光依然通明。常发迹正襟危坐,表情严肃地听取基建处、财务处、办公室等处室配合经济责任审计的情况汇报,朱岩重点介绍了如何设置障碍、提供缺失电子数据等误导审计的做法,受到了常发迹的肯定。

散会后，常发迹把朱岩单独留下来。关于快速维修新州与安州高速公路的问题，朱岩提出面临的最大问题是一千万元的维修资金。常发迹果断提出资金暂由中州投资集团公司垫付，之后由江河建设公司承担，并再三强调，此事必须赶在经责办审计组调查之前完成。

九

秦大川对范琦的看法越来越矛盾。一方面，他希望能借范琦的手处理一些棘手的问题，比如说应对这次审计；另一方面，他又担心范琦为人阴险，路子过野，会给自己带来不必要的麻烦。

权衡利弊后，盘算着利用好范琦至少能够起到减少或弱化审计冲击的作用。秦大川一个电话把范琦召至办公室，想听听范琦应对审计的策略。

面对秦大川的询问，范琦首先指出了凌钢在决策上犯了兵家大忌，参加这次经济责任审计的人员只有二十人，却同时进驻六家单位，造成兵力分散，难以发挥审计组的整体优势。秦大川表示认同。

得到秦大川的肯定，范琦得意扬扬："反制审计如同防守，全面防御肯定会吃亏的，必须实施重点防御，才能确保不出重大问题。"秦大川没有说话，示意范琦继续说下去。

范琦起身往秦大川的杯子里续满茶，继续分析说："一方面，把经责办的注意力有意识地引导到交通局，适当的时候向经责办提供些线索。交通局是郑桐的嫡系，郑桐任交通局局长多年，无论审计发现了什么问题，他都脱不了干系。他们那里发现的问题越多，越有利于减轻我们的压力。另一方面，把经责办的注意力引向发改委和财政局，这两个单位分别管控项目计划与财政资金，符合经济责任审计的重点要求，也可以抛出一些非实质性问题的线索，把审计的注意力牢牢地粘在那里，从而减轻国土资源局与环境保护局的压力。"

秦大川点头道："方法不错，我可以私下跟发改委和财政局打个招呼，只要这两个单位能够配合，计划就成功了一半。但方法能否奏效，关键在于得力的人去实施。"

"这点请秦市长放心，我自有安排！"范琦自信满满。

十

接到了尽快筹资一千万元的通知，郑国玉坐不住了，打电话给常发迹，提出自己正面临资金短缺的困难，一时难以筹措，恳求常发迹帮忙解决困难。在郑国玉的软磨硬泡下，常发迹最终妥协，提出由中州投资集团公司垫资修路，让郑国玉直接找中州投资公司董事长黄鹏帮忙。

常发迹不失时机地提到了马丽纱不仅人长得漂亮，而且聪明能干，让郑国玉一定要重点培养，不要埋没人才。郑国玉心领神会，表示正在考虑提拔马丽纱为江河公司的副总经理。

电话中常发迹似不经意地问："很长时间没有见到马小姐了，她出差了吗？"

郑国玉心领神会地说："她刚从深圳出差回来，今晚就让她请你喝茶，顺便汇报一下思想。"

说罢，两人猥琐地笑了起来，笑声让人后背发凉。

十一

国土资源局纪检组组长孙玉德敏锐地发现，范琦又要玩弄瞒天过海的伎俩了，便不动声色地观察着他的一举一动。一番"加强档案管理，完善档案资料"的开场白之后，范琦明确提出为迎接市档案局的档案检查，要对过去一些不规范的资料进行自查自纠，该签字的要补签字，该走程序的要补走程序，总之要在这次档案检查中一次过关，争取被市档案局评为全市档案管理先进单位。

这样一来，包括国润煤电公司矿业权转让在内的十多份资料不完善，甚至缺失的档案资料便名正言顺地列为自查自纠的重点项目，将严格按要求补充完善相关资料，直到符合档案管理的规范要求。

分管后勤工作的关副局长有些震惊，他知道有一些采矿权及土地使用权出让时，并没有经过集体研究，是个别领导擅自决定的，严重违反了重大事项集体决策的原则，如果借这次档案自查的机会补充了相关资料，就把个别人的决策变成了集体决策，非法决策合法化了，从而掩盖了事实真相。关副局长犹豫了片刻说："范局长，对档案进行自查自纠，我没有意见，但对过去个别没有集体研究的土地使用权及采矿权转让重新按要求履行签字手续，这种做法是否符合国家有关规定？如果这样做了，就会把一些违规问题合法化了，我们是否应该慎重一些？"

范琦尽管心中十分不满，但表面上还是笑了笑："老关，请你把话再说明白一些，什么叫作违规问题合法化？"

关副局长苦笑了一下："范局长，我已经把话说得够直白了，你应该明白是什么意思。"

范琦的笑容渐渐地收敛了，正色道："老关同志，我们今天召开局党组会议专门研究档案自查自纠工作，是完全符合市档案管理局关于'先自查自纠，后检查验收'要求的。难道说明明知道一些做法不符合规范，也不自查自纠吗？非要等到检查时发现问题再进行处理吗？"

关副局长辩解道："我说的不是这个意思……"

范琦打断了关副局长的话："不是这个意思，又是什么意思？关局长，你是个老同志了，你的政治意识、大局意识都去哪里了？"

孙玉德不满地插话道："我认为老关说得有一定道理，自查自纠本身并没有错，关键是要弄清哪些问题是客观原因造成的，哪些是主观的故意行为。比方说，个别矿产权的出让就没有经过集体研究，群众意见很大，对这些问题一定要按照实事求是的原则说明情况，不能以自查自纠为借口，达到掩盖事实真相的目的。"

孙玉德的一番话明显倾向于支持关副局长，隐隐透出对范琦的不满。为避免矛盾升级，范琦心平气和地解释说："我同意老孙所说的按照实事求是的原则处理问题，由于历史的原因，我们在日常管理中难免会出现一些不规范，甚至不符合制度规定的情况，比方说由于内部管理制度不完善造成个别事项没有按规定办理，这些毕竟是极个别现象。因此，我们要通过自查自纠及完善制度的方式解决这些问题，目的是在以后的工作中少犯或不犯类似的错误。"

孙玉德喝了口茶，把杯子重重地放在了会议桌上，有些激动地说："范局长，在去年年底召开的民主生活会上，我就对个别项目没有经过集体研究提出过自己的意见，当时你让我顾大局，就事论事，不要纠缠历史旧账。请问范局长，今天你能让我谈谈对一些历史旧账的看法吗？"

会场的气氛一下子紧张起来。参会人员都知道，孙玉德是个性情耿直的人，但平时胆小怕事，事事忍让，不与人发生冲突，今天他却一反常态。

范琦沉默了一会儿，他盯着孙玉德似笑非笑地说："好吧，老孙同志有什么话尽管说吧，不过我还是要强调一点，说话一定要实事求是，不了解情况，或道听途说的事情最好不要说，免得产生误解，影响班子团结。"

孙玉德的情绪渐渐平缓了下来："好的，刚才提到的个别项目，比如说国润煤电公司采矿权转让项目的审批，当时就没有经过集体研究，以国土资源局的文件上报市政府后最终得到了批复，我不知道这算不算是违纪问题。"

范琦心中暗暗叫苦，真是哪壶不开提哪壶。既然问题已提出，就得从容应对。想到这里，范琦很快稳定了情绪，笑着说："刚才老孙提出的问题应该说是实事求是的，对这个问题我多少了解一些，这说明什么呢？说明过去我们的一些工作确实不够规范，管理制度也不够完善，因此，要以这次档案自查自纠为契机，把问题讲清楚，把原因弄清楚，把缺失的资料完善起来，避免今后再犯同样的错误。但有一点，我们必须强调，这个项目是经过市政府批复同意的转让项目，并非国土资源局越权审批的项目。程序不完善说明管理不规范，并不存在违纪问题，更不存在违法问题。"

孙玉德锲而不舍地说："范局长，既然话说到这个份儿上，咱们今天就要把这个事情讲清楚。正如你刚才说的那样，这问题不属于违法违纪问题，那么请问，国润煤电公司作为一家中央企业，为什么把那么好的储备资源转让给民企环宇公司呢？据了解，转让的那宗采矿权涉及一亿吨优质煤田的储量，价值十几个亿，是国润煤电公司不需要储量吗，还是其他原因？希望你能够把这个问题给大家解释清楚。"

会场气氛再次变得剑拔弩张。

范琦面色严峻地说："同志们，对矿产资源进行有效的整合，优化资源配置，是市委、市政府的一项重大决策。一些企业，尤其是一些央企长期占有大量储备资源却无力开发，严重影响了资源的合理开发利用，像刚才老孙说的国润煤电公司就是这样一家企业，将其后备储量转让一部分是符合市委、市政府的规定的。据了解，国润煤电公司转让后剩余的原煤储量按其开采能力至少能够开采六十年。至于刚才老孙同志说是否存在其他问题，我能够解释的只有这些。在这里，我着重地提醒各位，说话办事都要坚持实事求是的原则，没有根据的猜测与议论是会犯错误的。"

孙玉德有些激动地说："我刚才说的话，绝对不是无根据的猜测与议论。群众上访反映，这宗采矿权转让的背后存在不正当的利益交换。并且近年来不断有群众举报，只是由于众所周知的原因，不了了之……"

范琦严肃地说："众所周知的原因？如果这里面真的有什么问题，我们在座的人都负有责任，尤其是我这个班长负有不可推卸的主要责任，严格说，是失职啊，同志们。老孙同志，上次你要求进行专题调查时，我没有同意你的建议，是因为我认为局纪检组没有这方面的力量和相应的执纪手段，我当时并不清楚群众举报的详细情况，所以没有让你组织力量查下去，现在看来，是我主观了，应该做检查啊。"

范琦的态度透着诚恳，孙玉德也变得客气起来："范局长，我能够理解你的难处，这件事背景复杂，又经过市政府审批，因此你要顾全大局，我和你不一样，再过一年半载我就要退居二线了……"

范琦恳切地说："我们要高度重视群众来信来访，凡是有举报的问题在职责范围内都一定要彻查，不能认为有市政府的正式批复就意味着没有什么问题，放松警惕。任何时候都要加强管理，注意防范化解潜在的风险。"

最后，会议形成一致意见，按照实事求是的原则，对缺失的档案资料进行自查自纠，对国润煤电公司采矿权转让的项目重新履行规范的审批程序。

范琦善于演戏，也善于处理突发性的事件。当孙玉德等人当场发难时，他能从容应对，想方设法稳住对方，达到自己的目的。

会后，在范琦的具体指导和严格督促下，以国润煤电公司采矿权转让为重点的档案自查自纠工作全面展开。由范琦亲自负责把关，部署了三方面重点工作：一是完善了内部审批程序，把原来仅有矿业处、局长签报后直接上报的审批报告，补充完善为矿业处、地质处、环保处等多个职能部门共同会签，分管副局长把关后由局长范琦签字上报市政府；二是完善了资源储量评估报告、采矿权转让评估报告及转让的法律依据；三是销毁了范琦、秦大川在环宇公司关于开发煤矿资源的申请报告上批示的意见。

  在完成上述工作的基础上,范琦又安排按原采矿权审批日期重新起草文件,履行规范的审批程序,很快一套完整的申请报批文件及相关档案材料形成。为防止节外生枝,范琦安排档案重新整理后由秦召单独保管。

第三章　疑云迷雾

一

虽然没有向陈锋书记单独汇报过工作，但陈锋留给凌钢的印象却非常深刻。这位市委书记睿智而坚定，处事有原则又不失灵活，更重要的是，他和凌钢一样具有强烈的为民意识和浓郁的家国情怀。

这天下午，陈锋在张玉杰的陪同下来审计厅经责办进行工作调研，经责办列队欢迎。陈锋一行下车后，凌钢上前一步紧紧握住陈锋的手，热情地说："陈书记好！我是凌钢，欢迎您来审计厅经责办检查指导工作。"

陈锋一边握着凌钢的手，一边风趣地说："周山厅长已向我介绍过你的情况，凌主任果然是年轻有为啊。"

在会客室，双方落座后，凌钢简单地汇报了经责办的工作职责、队伍建设、业务开展情况，特别感谢华原市委、市政府多年来对经责办工作的重视与支持。

陈锋凝视着凌钢说："今天来经责办，一是来看望同志们，感谢大家多年来对华原市经济社会发展做出的突出贡献；二是向经责办介绍一下华原市经济社会发展的总体思路与重点工作。"

接着陈锋的语气变得严肃起来："我来华原市已有十个月了。

上周,又到一些市县区做了一些调研,收获很大,感触也很多。总体感觉是近几年华原市经济发展很快,但问题也不少,尤其是干部队伍及社会风气的状况实在令人担忧啊。这十个月里,发生了一次震惊全国的群访事件,中央、省委十分关注,社会负面影响很大,产生这一事件的原因及背景尚在调查之中。"

说到这里,陈锋似不经意地看了张玉杰一眼。张玉杰赶紧做检讨:"审计局的工作没有做好,请陈书记多批评。"

陈锋宽容地一笑:"玉杰同志啊,现在不用急于做检讨,也不是追究责任的时候,调查工作要做实、做细,彻底查清事实真相,给人民群众一个合理的交代。"

张玉杰诚恳地说:"请陈书记放心,我一定按照您的指示,重新组织调查,彻底查清事实真相后,再向市委做专题汇报。"

陈锋点了点头,微笑着说:"凌钢同志,今天我来经责办看望大家,就是表明市委的一个态度,这个态度就是市委对审计厅经责办的工作是高度重视与支持的。在此,我再次代表市委对经责办多年来对华原市经济社会发展所做的贡献表示感谢,同时也对你凌钢同志来华原工作表示真诚的欢迎。"

凌钢激动地站了起来:"陈书记,谢谢您和市委对审计厅经责办的信任和支持。我们一定按您和市委的要求认真做好审计工作。"

陈锋打了个手势,示意凌钢坐下:"目前审计厅经责办正在组织实施秦大川市长的经济责任审计,有什么困难或要求可以直接向我本人反映,市委将一如既往地支持经责办的同志们开展工作。"

凌钢心中一震,联想到陈锋对群访事件调查的态度,以及对审计工作的重视与支持,无形之中增强了排除一切干扰,稳步推进经济责任审计的勇气与信心。

接着陈锋提出了三点希望:第一,审计厅经责办在具体审计监督中,无论涉及什么样的领导干部,也不管他的职务有多高,只要发现他有违法乱纪问题，都要一查到底；第二，既要关注存量问题，也要关注增量问题，无论发现什么样的问题都要依法依纪严肃查处；第三，审计实施中，如果发生干扰甚至阻挠审计工作的现象，要及时向市委报告，市委将依法依纪追究相关人员的责任，触犯刑法的还要移送司法机关，依法追究刑事责任。

最后，陈锋语重心长地说："当前是一个需要审计监督并能产生审计力量的时代。对广大审计干部而言，必须坚持'为天地立心、为生民立命、为往圣继绝学、为万世开太平'的价值理念，只有坚持国家至上、民族至上、人民至上，坚守正道，追求真理，才能为推进党和人民事业的发展献计出力，不负党和人民的重托，不负新时代的期望。"

陈锋这次专门来经责办调研，不仅表明市委对审计厅经责办工作的支持与期望，更重要的是，向全市干部释放了一个强烈的信号，华原市委将以经济责任审计为契机，进一步推动全市干部作风的转变。

送走陈锋书记一行后，凌钢回到了办公室，快速梳理陈锋讲话的内容，眼前不时浮现出陈锋那睿智而坚定的目光。这睿智的目光给人以鼓舞与力量。很显然，陈锋代表市委来经责办调研，就是公开表明市委对经责办工作的支持，从而向社会传递了一个强烈的政治信号，震慑企图干扰审计的腐败分子。凌钢希望以陈锋调研为契机，推动一些重大问题的快速突破。

二

经过一番精心谋划，范琦有计划地将矛盾引向了华原资产评估所，让评估所成为阻击审计的挡箭盾牌，令所长江风与审计人之间相互缠斗，自己坐山观虎斗，坐收渔翁之利。

这天早上一上班，范琦就打电话给华原资产评估所所长江风，先发制人地责问他为何失联失信。江风一头雾水,但还是忙不迭地道歉,并借机大诉苦水,说评估所因为缺乏评估任务,濒临关门,请求关照。

范琦似不经意间向江风透露,审计厅经责办很快就会调查评估所的评估质量问题,建议江风做好思想准备。江风不以为然,表示评估所是民营企业,不属于经责办的审计对象,不需要做任何准备。

范琦告诉他资产评估所评估的国有资产、国有资源正是经责办关注的重点,一旦被经责办发现问题,后果难以预料。江风一时不知所措,请范琦帮忙想办法。

范琦道:"任何事物都是一分为二的,经责办去评估所未必都是坏事,你也可以借机了解他们的意图,掌握他们的动向,熟悉他们的套路。至于你如何应对他们,提供什么信息,主动权完全掌握在你自己的手中。审计部门不同于司法机关,他们没有限制人身自由的权力,如果你不配合,他们对你没有丝毫的办法。"

江风会意,哈哈一笑:"还是你范局长见多识广,处事老练,我明白了,我欢迎审计厅经责办来评估所检查指导工作。"

华原市国土资源局审计现场。早上八点半,江风在秦召的陪同下,走进了审计组会议室,主动友好地与张帆、李明等人打招呼。

一番寒暄之后,张帆切入主题:"江所长,我们是审计厅经责办的工作人员,今天请你来,主要为了了解你们所对商州煤矿储量的评估情况。"

江风出人意料地反问:"不知你问的是哪次储量评估报告?"

张帆暗中一惊,盯着江风看了看,试探道:"江所长,你什么意思?"

江风冷冷一笑,讥讽道:"没什么意思,就是问你们想了解哪次储量评估。"

张帆故作平静地问:"你的意思是说,对商州煤矿的储量评估有两次?对吧?"

"不是两次，而是三次。"江风淡定回答。

"三次！"在一旁负责记录的李明惊讶道。

张帆不动声色地问："请你介绍一下三次具体评估情况。"

江风做回忆状，沉思了一会儿才说："抱歉，时间长了，具体评估情况我已记不清了，只记得第一次评估，好像是为了银行贷款；第二次是民企环宇公司整体收购商州煤矿，收购后更名为商州煤业公司；第三次是央企东峪煤电公司控股商州煤业公司，更名为东峪环宇煤业公司，三次均涉及对原煤储量的评估。"

李明听完自语道："怪不得，查询工商信息没有发现商州煤业公司的注册情况，原来这家公司早就更换名称了。"

江风听了这话一时有些慌乱，张帆看在眼里追问道："江所长，三次评估量与评估值大概是多少，你总该有印象吧？"

江风的目光在张帆和李明身上切换了几次："对不起，刚才我已经说过了，时间太长记不起来了。"

张帆的神情严肃起来："既然如此，我们直接去所里查阅档案，总可以吧？"

江风心中一惊，故作无奈地说："非常遗憾，由于前段时间我们所租用的办公楼发生了火灾，以前的档案全部被烧毁了。"

张帆惊讶地站了起来，质问道："全部烧毁？纸质档案烧毁了，电子档案应该还有吧？"

江风叹了口气："张处长，我们创办评估所也就是为了混口饭吃，做的是小本生意，哪来的电子档案？"

张帆皱眉道："照你这么说，档案是看不到了？"

江风一副为审计人着想的样子，建议道："是这样，在我们评估所是无法看到档案了，不过你们可以去商州煤业公司查看。毕竟，他们是资产评估的委托单位。"

"好，今天先这样，以后有些事情可能还要向你咨询。"见问不出什么结果，张帆结束了会谈。

江风告辞离去，出门的一瞬间他如释重负。

江风上车后，马上打电话向范琦报告了会面情况。当江风提到审计人员追要商州煤矿储量评估报告时，引起了范琦的警觉，紧张地追问结果。听到江风说因为火灾评估资料全部烧毁时，范琦夸赞道："江老弟，你真是个奇才，总能出其不意。以你的演技水平，不去当明星实在是太可惜了。"

听到范琦夸奖自己，江风抓住时机道："范局长，你现在是吉星高照，春风得意，很快就要荣升副市长了，到时要风有风，要雨有雨。可你老弟的日子却越来越难过了，不说别的，就说这两年来资产评估任务越来越少，业务几乎都被外地一些大的评估机构抢走了，如果再这样下去，我的评估所迟早要关门。你范局长手中的资源很多，还得多关照老弟呀。"

范琦沉吟了一会儿，笑着说："怪不得都说江所长精明过人，从不做亏本买卖，看来你还真是无利不起早啊。这样吧，你明天去见一下市矿业集团公司邢总经理，他会关照你们评估所的，到时候业务别多到撑着就行了。"

闻听此言，江风几乎雀跃了，连连点头："好的，好的，多谢范局长关照。"

三

张帆等人的调查引起了审计人员的热烈讨论，会上大家议论纷纷，莫衷一是，唯独梁丽燕未发表任何意见。凌钢隐约感到梁丽燕可能了解一些别人不知道的情况。

会议结束后，凌钢与梁丽燕相伴而行，边走边聊华原资产评估所的审计调查情况。

凌钢诚恳地问："梁处，下午讨论会上，你为何一言不发？是否知道江风的一些情况？"

梁丽燕思索片刻道："江风是个不讲信用的商人，是华原有名的奸诈之徒，他所说的评估资料已烧毁肯定是应对审计的伎俩，所谓的商州煤矿三次评估不排除是一种混淆是非、干扰审计的障眼法，真实的目的是误导审计。"

凌钢吃惊地问："障眼法？你能否说得具体一些。"

梁丽燕犹豫地说："我也是一种直觉，或者说是一种猜测，太具体也说不清楚。"

凌钢鼓励道："不具体也没有关系，把你的想法都说出来，开拓我们的思路。"

沉思了片刻，梁丽燕说出了自己的担忧："一种最大的可能就是资产评估所与环宇公司联手实施了假评估，从中获取不当利益。问题突破的关键是环宇公司，公司老板雪萍才是始作俑者。但从目前了解的情况看，雪萍没有那么大的活动能量，能够同时操纵煤矿重组与资产评估的一定另有其人。联想到市矿产储量评审中心退休主任王力庆意外溺水死亡，我更感觉到煤业公司改制内幕的复杂性。"

听了梁丽燕的分析，凌钢既感叹她的专业敏感，又为事件的复杂性感到心惊。他鼓励梁丽燕："你的分析很有道理，问题可能真的很严重。你不要有顾虑，把想法都说出来。"

梁丽燕犹豫了一下，坦言道："我初步判断环宇公司已不是单纯的商业投资公司，而是有黑社会势力背景、官商勾结内幕重重的特殊公司。王力庆的死亡已引起了公安部门的关注，但从目前公布的调查结果看王力庆属于意外身亡。"

凌钢示意梁丽燕说下去，梁丽燕继续分析道："很有可能是这个利益集团内部发生了矛盾，而掌握环宇公司煤矿储量真实信息的王力庆直接威胁到他们的核心利益，被灭口了。"

凌钢恍然大悟道："你的意思是，我们下一步的工作重点就是紧紧盯住环宇公司，让相关利益者尽快浮出水面，现出原形。"

梁丽燕点了点头："我对环宇公司的复杂性特别担心，担心不知什么时候就会飞出一只'黑天鹅'。"

夕阳西下，落日的余晖洒满了大地，给这座城市披上了一层金色的面纱。南来北往的汽车逆向而行，滚滚车流宛若城市跳动的脉搏。

街道两旁步履匆匆的行人恰似两道流动的风景线，彰显着城市特有的多彩与活力。两人并肩走着，一时都没有说话，陷入了沉默之中。

片刻后，凌钢打破沉默："梁处，你是否有什么事瞒着我？"

梁丽燕一怔，纳闷地问："瞒你什么了？"

凌钢非常认真地提出了自己的看法："你肯定发现了一些新的情况，已经知道这个幕后人是谁了，对吧？"

梁丽燕无奈地摇了摇头，苦笑道："我可没有你想的那么神通广大。"

凌钢追着不放："那你一定有怀疑对象吧？"

梁丽燕反问道："怀疑能替代证据吗？"

凌钢笑了："当然不能，不过你可以把你的怀疑说出来，我们可以进行关联分析。"

梁丽燕叹了一口气："我是担心审计人员的安全问题。既然初步判断环宇公司的水很深，我们在没有任何防范的情况下再这么调查下去，对手还不狗急跳墙？王力庆意外死亡的教训还不能引起我们足够的警惕吗？因此，为了同志们的安全，我们应该采取一些必要的防范措施。"

凌钢点头赞同，两人各自思索着，再次陷入了沉默之中。

自从上次张玉杰与凌钢在审计局不欢而散后，张玉杰明显感到凌钢对他的疏远，张玉杰几次给凌钢打电话，凌钢的态度都非常冷淡，约他喝茶也都被婉拒了。为完成秦市长交办的任务，张玉杰意识到，必须尽快恢复审计局与审计厅经责办的正常关系，最重要的是恢复他与凌钢的关系。否则，将事与愿违，难以完成秦大川交给的特殊任务。

几次约请后，凌钢终于同意来商都茶社一聚，一见面，张玉杰就夸张地握着凌钢的手说："热烈欢迎凌主任光临。早就想请凌主任喝茶了，不巧几次时间都冲突了。当然了，说不巧也只是借口，借此机会向凌主任表示歉意。"

凌钢客套道："张局长客气了，经责办在华原市过去没少给审计局添麻烦。如果说歉意的话，也应该是经责办的工作有考虑不周的地方，表示歉意。"

张玉杰马上说："上次凌主任提出审计资料信息共享一事，当时出于某种特殊考虑，没有及时答复，今天我明确告诉你，经责办的同志可以随时来审计局查阅环宇公司的资料，也可以直接把资料带回经责办。"

凌钢微笑着说："感谢审计局的理解与支持，为不影响双方的工作，还是经责办派人直接去审计局查阅资料更合适。"

这次见面的结果让双方由对峙走向了和解。张玉杰对经责办的态度来了个一百八十度的大转弯，这种反差让凌钢内心疑惑。

果然事情没有那么简单。环宇公司提供给审计局的材料并没有涉及商州煤矿的评估资料。经责办向环宇公司索要，对方回答说资料全部提供给了审计局，而审计局坚持说没有收到，一时此问题似乎形成了死结。

审计机关是经济监督机关，对相关人员没有采取强制性手段的权力，对方不配合，尤其是民营企业不配合，审计工作就无法展开，这就是目前经责办面临的实际困境。

问题的症结在于环宇公司，只有揭开这家公司的神秘面纱，才能从根本上弄清商州煤矿的改制情况。为实现这一目标，必须尽快与环宇公司进行交涉。但因前几天的调查已经打草惊蛇，再派人去环宇公司已没有实质性的意义，如果能够以朋友的身份接触一下也不失为一个策略，凌钢一直在思考如何实施这一策略。

四

自凌钢回到经责办主持工作以来，同学、朋友及过去的领导、同事等主动要求给他接风者不计其数，都被凌钢婉言谢绝。但有一个人例外，这人就是华原市政府首席经济顾问、商都大学博士生导师，也是凌钢的研究生导师朱华教授。朱华是著名的经济学家，与华原市政界、商界、学术界保持着密切的联系，他与秦大川的私人关系十分密切，其社会影响力不容小觑。凌钢回经责办工作后，朱华至少给凌钢打过两次电话要为他接风，可每到约定的时间，朱华不是开会，就是有外事活动，一直没有兑现承诺。这天，朱华又给凌钢打电话，说晚上请他吃饭，指定自己的另一个得意门生范琦作陪。凌钢心中不悦，本想谢绝，但当朱华告诉他接风宴安排在环宇公司员工餐厅时，凌钢顺势答应了，他想借机实地考察一下这个神秘的商业帝国。

凌钢与范琦两人也算是认识，但彼此接触不多。范琦也是商都大学研究生毕业，二人同为朱华的得意弟子。二人在学校期间没有交集，范琦毕业后直接考入了华原市国土资源局。

凌钢参加审计工作后，与范琦接触不多，范琦留给他的印象是身材匀称、体格健壮、精明干练。朋友介绍，范琦情商很高，善于经营各种社会关系，在朱华的引荐下，范琦与秦大川建立了密切的关系，深得秦大川的信任，从此仕途一帆风顺，平步青云，担任副局长不足三年就被任命为局长，被业内人士誉为国土资源系统的新星，同时也是华原市政界的新星。

范琦亲自开车到经责办接凌钢，让凌钢多少有些感动。一见面，范琦就握住了凌钢的手夸张地摇了摇，老朋友似的说："凌主任，今天朱华教授特意请你这位得意弟子吃饭，我奉命作陪，真是荣幸啊。"

"没想到范局长还是这么幽默,这话应该我来说才比较合适。谢谢范局长,也谢谢朱华教授。"凌钢客气地应对。

二人一路谈笑风生,相见甚欢。范琦说朱华很少夸人,却多次在他面前夸奖凌钢优秀,来之前还特意嘱咐他多向凌钢学习。凌钢笑着说:"范局长,你可是近年来华原市政坛冲出的一匹黑马,国土资源系统的新星啊,工作上政绩显赫,仕途上平步青云,有什么绝招不妨透露一二。"

范琦朝凌钢摆了摆手,谦虚地说:"凌主任说笑了,哪有什么绝招,都是大家的戏言罢了。"

凌钢认真地说:"凡事都有内在的动因。如果你范老兄没有过人之处,也不会年纪轻轻的就坐上国土资源局局长的宝座,我从来不相信什么戏言,只相信眼睛看到的和已经存在的事实。"

范琦借机话中有话地说:"即使眼睛看到的,也未必都是真的,眼睛也有看错的时候。正如审计重视证据一样,证据也有真假之分。"

凌钢不解地问:"什么意思?"

范琦笑道:"古希腊哲学家提出这样一个命题——'没有理性,眼睛是最坏的见证人'。意思是说,眼睛所看到的只是事物的现象,而现象又有真相与假象之分。如果认识事物只停留在表面,不但不能认识事物的本质,还可能受到假象的欺骗,歪曲了事物的本来面目。证据也是一样,如果不对证据的真实性进行甄别,很可能费尽心机取得的是假证据或伪证据。"

凌钢讥讽道:"没有想到,范局长还是一名善于辩论的哲学家。"

范琦摇头道:"我可不是什么哲学家,只是实话实说罢了。"

凌钢暗中思忖,此时范琦突然讲起真假证据,一定是有所指吧。

果不其然,范琦接着说:"就说环宇公司的总经理雪萍吧,她作为一名优秀的民营企业家,依靠自己的智慧与勤奋,把环宇公司发展成为平原省十大民营企业,税利大户,每年为国家创造了大量的财富,安排了近五千名职工就业,为全省经济发展做出了重要贡献。就是这么一位成功的企业家，却被多家监督部门盯上，其中就包括你们审计厅经责办。"

直觉告诉凌钢，范琦与雪萍之间的关系非同寻常。当范琦大谈雪萍时，凌钢只是耐心地听着，细心捕捉其中有价值的信息。

轿车很快来到了新城东区的繁华地带。车窗外，道路环湖而行，车流如带，湖水碧波荡漾，不时有轻舟划过，卷起一道道白浪。湖畔拔地而起的一座二十层商务中心大楼的玻璃幕墙在夕阳照射下熠熠生辉，独特的设计，使商务大楼成为华原新城区的标志性建筑。环宇投资公司办公地点就位于这座商务大楼的十至十六楼，办公、餐饮、娱乐都集中在十楼，十楼内部装修极为考究和奢华，是商州达官贵人经常聚会的风水宝地。

在十楼会客大厅，雪萍春风满面地迎接凌钢的到来。雪萍媚而不妖，落落大方，尤其是那双会说话的眼睛透露着精明与风情。

雪萍优雅地握着凌钢的手说："久闻凌主任的大名，今日一睹您的丰采，果然气度不凡。"

凌钢笑着说："雪总过誉了。"

范琦插话道："今天是给凌主任接风，雪总要好好招待呀。"

三人说笑着在雪萍的引领下走进房间，这是个套间，外面是典雅的会客室，墙上的名人字画，透出几分文化气息。

西装革履的朱华教授从沙发上站了起来，凌钢赶紧上前一步紧握着朱华的手热情地说："朱教授好，您还是儒雅依旧，风采不减当年啊。"

朱华满面笑容地说："凌钢，你还是和在学校一样讨人喜欢。"

范琦佯装嫉妒："怎么样？我说朱教授偏爱你，你还不相信。"

凌钢哈哈一笑："还是你范老兄情商高，处事总能左右逢源。"

大家落座后，雪萍主动给大家斟茶，气氛温馨亲切。

范琦有意道："凌老弟，你有所不知，朱教授不仅是全国知名学者，而且还是华原市政府的首席经济顾问，秦市长的座上宾。"

凌钢双手一拱："祝贺朱教授，相信朱教授能够为华原市经济发展发挥特殊的智库作用。"说完他又似不经意地问："秦市长常来这里吗？"

雪萍颇遗憾地说："秦市长是大领导，只来过一次。"

凌钢笑着说："这么说，秦市长还是很关心环宇公司的发展的，是否在政策方面会给予适当的倾斜？"

雪萍马上说："秦市长原则性很强，我们是想让他给些优惠政策，可他从来不给呀。他说的一句话，我至今记忆犹新。他说企业有困难要找市场，而不是找市长。"

凌钢赞叹道："有道理，市长就是市长，思考问题有高度，讲话有水平。"

"别光顾着说话，凌主任尝一下这茶，这可是绿茶中的极品，清明前的信阳毛尖。"雪萍说着，起身为凌钢斟茶。

凌钢端起茶杯，清香扑鼻而来。

范琦看向凌钢："听说你们经责办一直盯着环宇公司，是真的吗？"

凌钢心中微微一惊，面上淡定地说："不是一直盯着，就是有些问题需要核实一下。怎么，范局长对审计也感兴趣？"

"凌主任真风趣，我怎么会对审计感兴趣呢？随便问一问，没有犯忌吧？"范琦风轻云淡地说。

"那倒没有。"

范琦接着问："凌主任，不知审计需要核实什么问题？"

凌钢没有想到范琦居然问得这么直白，便也坦言道："需要向环宇公司核实收购商州煤矿的相关情况。"

范琦一愣，质问道："据我了解，这已是多年前的事了，企业之间资产重组与并购属于正常的经济活动，好像与你们这次经济责任审计没有关系吧？"

凌钢解释道："资产重组并购，尤其涉及煤矿企业重组并购是当时市政府的重大决策事项，这正是经济责任审计关注的重点内容。"

范琦故作惊讶地说："重大决策事项太多了，为什么你们要揪住商州煤矿改制的事不放呢？"

"不为什么，这只是一项正常的审计内容，是你敏感了吧？"凌钢微笑着反问。

"我敏感什么？这事与我没有任何关系。"范琦边说边向雪萍递了个眼色。雪萍会意，满脸笑容地说："原来是核实这个情况呀，我还以为是什么事呢。"

凌钢也笑着问："雪总一定非常熟悉收购的情况吧？"

雪萍马上说："不，这件事我没有参与，当时我随市政府一个考察团去美国考察合作项目去了。具体情况，让我们公司的副总经理朱总专门向你们汇报吧。"雪萍不着痕迹地把球巧妙地踢走了。

五

"城门失火，殃及池鱼。"郑桐连日来对这句话的理解越来越深刻。按道理，这次经济责任审计的对象是华原市市长，而不是华原市直管的商州市市长，即便与商州市有一定的关系，但关系也不大，可事情的发展却出人意料，让郑桐倍感忧心。且不说发生在华原的群访事件给郑桐带来的麻烦，单是交通局审计涉及的招标问题无形之中又把郑桐拖入了泥潭。经责办的人一直揪着高速公路招标的陈年旧账不放，让郑桐坐立难安。

为确保招标秘密不暴露，郑桐约了常发迹来办公室，商讨一个万全之策。一见面，郑桐就直奔主题："审计情况怎么样？"

常发迹神色凝重，皱眉回答："不太乐观，来交通局的几个人都挺较真，从进点开始到现在，一直在追要招标资料，这次我们遇到对手了。"

郑桐面无表情地追问："给他们提供了没有？"

常发迹犹豫了一下，吞吞吐吐地回答："提供了一小部分，我们一直在找借口拖延。不过……"

郑桐警觉地打断道："不过什么？"

常发迹愤愤不平地说："他们步步紧逼，刚才谢东正还给我打电话，要求交通局端正态度，积极配合审计，如实提供资料。"

"你和谢东正不是商都财经大学的同学吗？请他通融通融。"

常发迹恨恨地说："谢东正比我高两届，严格说是财大的校友，不是同学。这人是有名的黑脸包公，审计起来六亲不认，下午在电话里我们谈得很不愉快，气得我差点把电话摔了。"

郑桐一愣，脸色起了微妙的变化："看来，这次我们碰到硬茬了，通融的余地很小。"

常发迹无奈地说："是啊，形势比我们想象的严峻。"

郑桐深思了一会儿："我们还是要做最坏的打算，多准备几种应对审计的方案。不提供资料肯定不行，要避免与他们发生直接冲突。目前最好的办法是与经责办的领导直接沟通，我计划下周去经责办作一次工作调研，借机与凌钢进行面对面的沟通。"

常发迹点头道："能够与凌钢当面沟通是最好的。只是现在他们催要资料催得很紧，恐怕拖不住了。拖也只是缓兵之计，解决不了根本问题。"

郑桐想了想说："先稳住他们，可以提供部分招标的电子数据，他们也未必能从中发现什么线索，不要高估他们的水平。另外，上次让你反映情况一事考虑得怎么样了？"

常发迹犹豫了一下："我始终认为不陷入绝境就不要采取这种办法，风险太大。"

郑桐解释道："我的意思是在秦大川身上多做些文章，借此转移矛盾，有时把水搅浑也是一种解决问题的策略。"

常发迹恍然大悟："我怎么就没有想到这一层呢。"

郑桐提醒说："不要忘记，秦大川曾是凌钢的直接领导，二人关系密切，如果审计利剑指向秦大川，可以一箭双雕。"

常发迹点头奉承道："好计策，一箭双雕！"

二人相视一笑，仿佛奇招儿已见效果。

六

晚宴前，凌钢、朱华等人应邀参观了环宇公司的展示厅，里面挂满了省市领导视察环宇公司的照片，最多的是国土资源系统各级领导的视察照片。

参观完，一行人随雪萍来到装饰奢华的餐厅，雪萍招呼服务员上菜，菜肴非常简单，都是一些家常菜。

朱华举起酒杯，热情地说："诸位，凌钢回华原工作已经半年了，早就说给他接风洗尘，由于种种原因一直拖到今天，今天算是迟到的接风酒吧。让我们一起为凌钢干杯！"说着带头喝完杯中酒。

凌钢连声说："谢谢朱教授，谢谢各位！"

酒过三巡，饭局气氛达到了高潮，朱华与范琦频频碰杯，二人很快都有了醉意，凌钢以不胜酒力为由，提前离场。

范琦和雪萍二人急忙起身送凌钢下楼，一直把凌钢送上了车。

回去的路上，凌钢一直在思考一个问题，雪萍作为一个民营企业的老板，能与这么多国土资源系统的官员结交，绝不简单，她到底是一个什么样的人呢？这次聚餐使凌钢隐隐感觉到，朱华、范琦、雪萍之间的关系不寻常，不排除他们之间存在着利益关系。

环宇公司是如何发展起来的？或者说，它是如何赚取第一桶金的？具体发展途径又是什么？要弄清这些问题需要做相当多的工作。可环宇公司是一家民营企业，严格意义上说，它不属于经济责任审计关注的对象，如果没有确凿的证据证明它侵占国有资产，就不能对它展开审计调查，不调查这些，谜题就不可能解开。

还有一个重要的问题是，群体上访事件的幕后操纵者又是谁呢？是雪萍？她似乎没有那么大的活动能量；是范琦？但他这样做无疑是引火烧身，风险太大。尤其是当下，范琦距副市长的位置只有一步之遥。不是他们又会是谁呢？真是剪不断，理还乱。审计进点已半个多月了，工作进展缓慢，群访事件的阴影依然存在，巨大的压力正从四面八方向经责办扑来……

七

第二天，经责办几乎所有的工作人员都从网上看到了凌钢参加环宇公司宴请的照片，尤其显眼的是凌钢与雪萍等人觥筹交错的照片，一时间大家议论纷纷。

在副主任办公室，谢东正严肃地盯着电脑上的这些照片。一些网民的留言引起了谢东正的警觉："审计官员与美女老板相互勾结，纵情声色，何谈审计公信力？""审计期间，审计官员高调到民营企业吃喝，不是腐败又是什么？""建议纪检部门调查凌钢的腐败问题。"

谢东正双眉紧蹙，自言自语："凌钢，你到底唱的是哪出戏啊？"

经责办的同事对此事议论一下也就过去了，但视原则为生命的谢东正坚持认为这是一起严重违反审计纪律的行为，单位"一把手"也没有违反纪律的特权，必须向全办的同志们做出合理的解释。

谢东正来到凌钢办公室，表情严肃地说："凌钢同志，昨天你与雪萍等人聚餐的消息已经出现在网上了，引发了大家的议论，你应该向同志们做出合理的解释。"

凌钢有些尴尬地说："啊，是有聚餐这回事，不过这也不算什么问题吧？"

谢东正皱着浓眉说："审计期间，你作为经责办的'一把手'，与被审计调查单位负责人一起吃喝，明显违背了审计廉政纪律，这还不是问题？"

凌钢耐心解释说："商都大学朱华教授是我的老师，他几次邀约要为我接风，昨天他特意让范琦作陪，在环宇公司员工餐厅聚餐，我想正好能借此机会了解一下这家公司的情况，摸一摸神通广大的女老板雪萍的底牌，就去参加了聚餐。"

谢东正十分严肃地质问："你去环宇公司之前是否向审计厅党组进行了报告？单位还有哪位同志知道此事？"

谢东正的态度让凌钢有些生气："谢老兄，我已经解释过了，聚餐是我的老师朱华教授发起的，我同意去环宇公司，目的是借此了解一下这家公司的情况。环宇公司是商州煤业公司的控股公司，前一段时间发生的煤业公司职工集体上访的原因到现在都没有调查清楚，因此，我觉得吃这顿饭还是有一定的意义。"

见谢东正不置可否，凌钢继续说道："环宇公司是煤业公司的控股股东，范琦作为国土资源局局长，与这家公司的女老板雪萍又非常熟悉，这里面有没有特殊的关系，这些都是我们需要弄清楚的问题。"

谢东正打断说："这些并不是你违反审计纪律的理由，纪律面前人人平等，任何人都没有特权，此事你必须向全办干部做出合理的解释。"

凌钢试探性地问："你的意思是？"

谢东正非常严肃地说："我的想法很简单，你应该在办党组会上做出深刻检查，并承诺以后不再发生类似的事情。"

凌钢的脸色越来越难看了，他站起来说："老谢同志，我知道你原则性强，但就吃饭这件小事，你让我在办党组会上做出检查，我认为不仅没有必要，而且还会影响我们下一步的工作。"

谢东正毫不退让，也站了起来："凌钢同志，在全面从严治党的大环境下，你作为单位的'一把手'，竟然认为与民企老板吃喝是一件小事，既然这样，我谢东正明人不做暗事，我要向审计厅党组如实反映情况。"

凌钢大手一挥："反映情况是你老谢的权利，悉听尊便。"

两人不欢而散。

八

东方坐在桌前,正在阅读着一份文稿,时而用红蓝两用铅笔在文稿上删删改改。齐华应约敲门进来,看到东方认真的样子,忍不住问他在审阅什么文件。

东方看了齐华一眼,微笑着说是经责办关于商州煤业公司审计调查经过的报告。熟悉东方的人都知道,他越是态度温和,事情往往就越严重。

齐华轻声问:"他们找到原因了没有?"

东方平静地说:"基本上找到了,但还不全面,需要进一步查找原因,认真吸取教训。"

齐华深知群访事件给审计厅经责办造成的社会负面影响,坦率地说出了自己的看法:"找出了原因,仅是解决问题的第一步,更重要的是要从中吸取经验教训,改进审计工作。"

东方不无自责地说:"说到教训,我东方是负有责任的。"

看到东方主动承担了领导责任,齐华赶紧检讨道:"我也是有责任的,作为组织协调全省经济责任审计的审计局长,对经责审计指导不力,指导方法不科学,审计中出现了问题,我能脱离得了关系吗?"

东方朝齐华摆了摆手,打断说:"现在还不是追究责任的时候,重要的是要总结经验教训,找出失误的原因,制定有效的整改措施,避免出现类似的问题。"

齐华诚恳地说:"您说得非常正确,这些天我一直在反思自己的工作,力争不出现或少出现工作失误,努力把审计风险降低到最低限度。"

东方颔首认可:"鉴于目前各经责审计组缺乏基本的经济责任审计经验,我们要再次提醒各经责审计组注意发挥大数据审计的引导作用，加大非现场审计的力度，减少现场审计时间，对涉及民营企业的审计调查要慎之又慎，只有这样才能从根本上扭转工作中的被动局面。"

齐华将一份拟好的文件递给东方："根据您的指示，经济责任审计局拟定了《关于加强地市级领导干部经济责任审计的指导意见》，待您审阅后下发各单位执行。"

东方快速浏览了一遍："这个指导意见要求明确，操作性强，请及时下发执行。"

齐华："是！我马上落实。"

九

苏运棋是凌钢小学、中学的同学，高中毕业后，两人分别考取了华原矿业大学和商都大学。凌钢大学毕业后继续攻读经济学硕士研究生，后考入了华原市审计局工作；苏运棋大学毕业后直接被分配至国有商州煤矿，由于业务精通，加之勤奋上进，几年之后便被破格任命为主管经营的副矿长。

环宇公司收购商州煤矿后，苏运棋受聘担任商州煤业公司总经理。苏运棋处事沉稳老练，善于经营关系，深得环宇公司老板雪萍的器重，在总经理的位置上一干就是多年。这些年，煤业公司受煤炭行业周期波动的影响，经历了短暂的辉煌便步入了漫长的下行期，煤炭价格逐年走低，生产成本大幅度上升，企业经营困难，但诸种不利因素并未影响苏运棋总经理的地位。

凌钢与苏运棋的关系比较密切，一直有来往。凌钢调中州工作后，苏运棋还专门去中州看望过他两次，凌钢每次回华原，总会与苏运棋聚一聚。这次经济责任审计开始后，苏运棋还专门在商都小馆子请凌钢喝了一次小酒。凌钢至今还清楚地记得当时的情景。

夜幕时分的华原老街热闹非凡，位于老街一隅、护城河畔的小馆子以独特的风味吸引了众多食客。楷书撰写的金色匾额"小馆子"、门廊两边悬挂的红灯笼，美味的饭菜、亲切的服务，给多少人留下了温馨的记忆。

苏运棋满面春风地陪着凌钢再次来到了小馆子。

苏运棋指着门楣上的匾额说："凌钢，你还记得这里吗？"

眼前的情景勾起了凌钢的回忆："当然记得，咱俩读大学时，第一次在外面吃饭就在这家小馆子，这里的商州烩面可是中华名吃。当时我们两家的经济条件都很差，难得有机会到这里改善生活。每次到小馆子吃饭，都留下了美好的回忆。"

苏运棋回忆道："我记得，我们俩第一次喝酒也是在这儿，当时两人都喝多了，怎么回的学校都不知道了……"

二人谈笑之间进入了预订的包间。

同学相见，分外亲热，酒过三巡，两人都打开了话匣子。借着酒劲，苏运棋竖起大拇指赞叹道："凌钢，在咱们这些同学中，就数你混得最好、官当得最大，你可是我们的骄傲啊。"

凌钢哈哈一笑："运棋，你混得也不错啊，年纪轻轻的就当了总经理，年薪几十万元，让多少人眼红心热啊。"

苏运棋摇头道："要说论实际收入，还是当官的好。哪个当官的没有两三套住房，一套房子市场价少说也有三四百万元吧？"

凌钢笑着解释："你说的只是个案，没有代表性，就说我吧，到现在也只有一套不足一百二十平方米的住房，这套房子还是把原来的福利房变卖后，又贷了二十多万才买下的。"

"这能比吗？华原一套一百二十平方米的房子最多也就一百五十万，可同样面积的一套房子在中州至少五百万吧？"

"可是房子再贵也只是用来住的呀，价值多少有什么实际意义呢？"

苏运棋拍着凌钢的肩膀说："意义太大了，这就是人生社会价值的体现呀。"

凌钢不想再继续这个话题，转而问道："运棋，听说煤矿企业近年来的经营形势不太好，工人都好几个月没有领到工资了，你们公司的高管还能拿高薪？"

苏运棋毫不在乎地说："是这样，在公司当个领导还是有些特权的。煤业公司是民营企业，职工发不发工资、发多少工资都由公司来决定。"

凌钢不解地问："长期拖欠工人工资，你就不怕工人上访告状，或者闹事？"

"老同学你真逗，你以为现在的工作好找吗？这些煤矿工人除了会挖煤，什么事都干不了，如果不让他们挖煤，他们只能失业了，连基本的生活保障都没有。你们从事审计工作的应该清楚，企业有用人自主权，如果发现谁带头告状或闹事，公司会在第一时间把他开除。"

"你们就是这样对待工人的？难怪煤矿生产形势不好，经营困难。"

苏运棋辩解道："煤矿形势不好，主要是煤炭行业周期性波动所致，严格意义上说，与企业经营没有多少关系。"

听到这话，凌钢不失时机地问："运棋，你跟我说实话，现在的煤业公司是由原煤矿改制而来，是否像社会上流传的那样，改制过程中存在着国有资产流失问题？"

凌钢的话无意之中触到了苏运棋敏感的神经，他当即警觉起来，试探道："你什么意思？国有资产有没有流失与你有什么关系？"

看到苏运棋警觉的样子，凌钢笑了："没有什么关系，只是随便一问，你是原商州煤矿的副矿长，相信你会知道一些内幕。"

苏运棋不悦地说："怎么，你是在审计我吗？"

凌钢解释道："你想多了，我只是随便了解些情况，你也太敏感了吧？"

苏运棋认真地说："不是我太敏感，而是你的职业让人敏感，不能不防啊，哪个企业愿意让审计部门找麻烦？不过话说回来，我们是民营企业,你们审计机关无权审计我们。"

凌钢呵呵一笑说:"既然如此,那你就透露一些煤矿改制的秘密吧,也好让我长长见识。"

苏运棋了解凌钢的为人,深知他的原则性,看似不经意的询问很可能另有深意,还是少说为妙,想到这里,他笑着说:"咱们难得相聚,工作上的事我们以后再聊,免得扫了我们的雅兴,来,来,来,别光顾着说话了,喝酒。"说着端起杯子一饮而尽。

又是几杯酒下肚,心跳耳热,两人聊着学生时代的一些往事,凌钢有意无意地把话题引回煤业公司:"运棋,你是煤矿生产经营方面的专家,有个问题我一直不太明白,煤业公司即使再困难,也不至于非得拖欠工人那点工资吧?"

苏运棋酒劲上头,稍一犹豫便说:"跟你说说也无妨,反正你也无权审计我们,实事求是地说,煤业公司并不缺钱,更不缺工人那几个月的工资,可问题的关键是……"说到这里,苏运棋故意停顿下来,卖起了关子。

凌钢激将道:"关键是什么?你这个人什么都好,就是有时婆婆妈妈的,不像个男人。"

"你不就是想知道煤业公司拖欠工资的原因吗?公司的流动资金短缺,大部分资金被环宇公司抽走对外投资了,具体投资什么,我也不清楚。"说完苏运棋觉得失言了,赶紧补充说,"这些我也只是从侧面了解的,真实情况我也不太清楚,这件事就到此为止吧。"

凌钢听后主动与苏运棋碰杯:"好,我们再喝一杯!"

十

在西龙湖玉龙会所一间豪华包间里,中州投资集团公司董事长黄鹏和郑国玉正在开怀畅饮,马丽纱殷勤地往他们杯中续酒,很快两人都有些醉意。

黄鹏借着酒劲说："郑总，为维修新安高速公路，我们中州投资公司先后垫付了一千多万的资金，现在路修好了、通车了，你准备什么时候归还我们垫付的资金？"

郑国玉笑着说："黄董事长，我们都是为交通局打工的，资金一事自然由常局长负责解决了。"

黄鹏摇头道："不对，不对，一开始常局长就特别交代我，维修资金由你们江河建设公司解决，我们中州公司临时救急。"

郑国玉无赖地说："我说黄董事长，亏你还是在社会上混的，既然是常局长让你帮忙，那资金的事自然由他负责解决了。"

黄鹏听郑国玉一再推托，霎时急了："郑总，一千万元可不是一笔小数，事情我已经帮你解决了，你总不能过河拆桥，把人往死里逼吧？"

郑国玉拍拍黄鹏的肩，安慰道："放心，你的这份情我心中自然有数。实话告诉你，常局长已经答应我，在即将招标的高速公路项目中，重点关照你们中州投资公司的标，只要中标高速公路项目，赚的远不止一个亿。"

黄鹏眼睛一亮："你说的是真的？"

郑国玉一本正经地回答："我什么时候骗过你？"

黄鹏拿出手机说："我现在就给常局长打电话，核实一下。"

郑国玉急忙按住黄鹏的手机说："此事一定要保密，绝对不能在电话里说，明天你当面向他求证不就行了吗？"

黄鹏点头道："你说得有道理，电话里是不能谈论这事的。"

黄鹏思索了片刻，盯着郑国玉说："郑总，我心里还是不踏实，万一新开工的高速公路项目，我们中州投资公司没有中标，怎么办？"

郑国玉不屑地说："你这人什么都好，就是疑心太重，整天疑神疑鬼的。明天你见一下常局长不就踏实了吗？"

黄鹏犹豫着说："郑总，恕我直言，我总感觉你是空手套白狼。这次的事我们公司可是吃了大亏啊。"

郑国玉警惕地问:"黄总,你想怎么样?"

黄鹏眼神迷离地盯着马丽纱,笑着说:"你们公司的马小姐聪明能干,能否到我们公司作些指导?"

郑国玉大度地一挥手:"如果你黄董事长愿意,马小姐随时都可以去你们公司作指导。"说着他向马丽纱递了个眼神。

马丽纱会意,主动地端起酒杯说:"既然黄董事长如此高看我,那我明天就去黄董事长的公司报到。"

黄鹏哈哈大笑:"一言为定。"

马丽纱嫣然一笑:"一言为定!"

十一

凌钢与苏运棋酒兴正浓,两人都有些微醉。凌钢一直有意识地把苏运棋往煤业公司的话题上引。

凌钢举着酒杯笑着说:"煤业公司改制后,你作为公司的总经理,个人有多少股份?占公司全部股份的比重是多少?谁的股份最多?"

苏运棋此时已放松了警惕,举杯和凌钢碰杯,干杯后说:"公司改制后我入股五十万元,占比不足百分之三。环宇公司控股百分之九十五,公司的具体股东我不太清楚。"

"那公司改制后,政府都给予了什么特殊政策?"凌钢继续追问。

这个问题引发了苏运棋的警觉:"凌钢,你问了这么多我们公司的事,你有什么目的吧?"

凌钢笑着说:"你也太敏感了吧,我是关心你,了解一些你工作上的情况,能有什么目的呢?"

苏运棋半信半疑:"没有就好。我可听说你们经责办正在实施市长经济责任审计,你不会是刺探情报,准备对煤业公司下手吧?"

"运棋,是你想得太多了,打探情报,我们有的是渠道。况且你只是改制后煤业公司的总经理,是决策的具体执行者,并不是公司重大决策制定者。"

"凌钢,你给我交个底,我总感觉你今天是有目的的,你们是不是准备拿煤业公司开刀祭旗?"

凌钢连忙否认道:"今天可是你主动请我喝酒,你说我会有什么目的?"

"凌钢,今天我把话撂在这里,如果你真要拿煤业公司开刀,到时别怪我翻脸不认人。作为老同学,你不帮我的忙,我能理解,但真的不希望你给我添乱,无事生非。作为公司总经理,我表面上看起来很风光,其实背地承受的压力非常大,有好几次我都想辞职不干了,可公司两千多职工要吃饭,要生存啊。说到底这也是我应该承担的社会责任,也是一个人应有的良知吧。"

苏运棋的一番话多少打动了凌钢,但感情代替不了政策,更代替不了法律,凌钢道:"既然话说到这里,你实话告诉我,煤业公司改制过程中是否存在国有资产流失的问题?"

苏运棋被激怒了,把酒杯重重地蹾在桌子上:"凌钢,你好不容易回到华原工作,我打心眼里为你高兴,没想到,你今天一见面,就一个劲儿地追问煤业公司有没有问题,你到底想干什么?你知不知道每个人活得都不容易。"

"运棋,我也是真心地为你着想,真的不希望你有什么问题,一片真心日月可鉴啊。"

"如果我真的有问题呢?"

"如果真有问题,希望你主动向审计组讲清楚,为自己,也为家人都应该争取主动。你应该明白,法律无情啊。"

苏运棋盯着凌钢,沉默了片刻,突然爆发了,把酒杯狠狠地往地上一摔,怒吼道:"凌大主任,我是不是应该向经责办自首,向你主动交代问题?"

凌钢做梦也没有想到,今天的相聚会是这样一种结果。他本意想借两人小聚时，动之以情，晓之以理，劝说苏运棋主动讲清煤业公司存在的一些问题，既有利于下一步审计工作的顺利开展，万一苏运棋有点问题也能为他争取从宽处理的机会。看到苏运棋如此失态，看来煤业公司的问题比他想象的更复杂。

凌钢无奈地叹了口气起身离去。

十二

高继元坐在办公桌前，蹙着眉头翻阅着《环宇公司关于申请减免"和谐家园"征地及配套税费两千万元的报告》。

对面坐着的财政局局长孙大虎，正不安地注视着高继元的神色变化。

高继元抬起头看着孙大虎，语气平和地说："孙局长，财政局上报的减免税费的报告不符合财税规定啊。"

孙大虎赶紧解释："环宇公司是市委、市政府重点扶持的民营企业，现在经营上遇到了困难，他们提出减免相关税费也是情有可原的。"

"孙局长，你们财政局的意见是什么？"

"财政局的意见是积极支持民营企业发展，同意环宇公司的申请报告，减免征地及配套税费两千万元。待企业经营形势好转后，他们对地方财政的贡献会远远大于减免的税费部分。"

高继元一针见血地指出："这应该是你孙局长的意见吧？"

孙大虎犹豫了一下，如实相告："是我的意见，也是秦市长的意见。"

高继元有些吃惊："秦市长的意见？可申请报告上并没有秦市长的批示啊。"

孙大虎解释说："秦市长让你签署意见后，他再做具体批示。"

高继元平静地说："这样吧，这份申请报告先放我这里，待我与秦市长交换意见后再做定论。"

"好的。"孙大虎神情复杂地告辞离去。

事关税赋公平及税收政策的严肃性，高继元认为有必要与秦大川进行一次面对面的沟通。想到这里，高继元手持"减税报告"主动来到了秦大川的办公室。

秦大川示意高继元在沙发上坐下，赵琼倒茶后退了出去，并轻轻地掩上了门。

高继元没有急于说起环宇公司减免税费一事，而是端起茶杯慢慢地品了一口，先汇报了其他工作，绕了一个大弯才说到减免税费的问题。高继元瞟了一眼秦大川，斟词酌句地提醒说减免征地及配套税费不符合政策规定。

秦大川听罢，若有所思地凝视着高继元："财政局上报减免环宇公司的相关税费，我是同意的，这里面有什么问题吗？"

高继元坦言道："秦市长，规范房地产企业健康发展、稳定房价是中央的重大决策，对房地产企业减免相关税费有违中央政策规定。"

"你说的这些我都清楚，但地方经济发展依赖企业发展，现在企业经营中遇到了困难，地方政府不出手相助，谁来相助？况且，环宇公司是市委、市政府重点扶持的民营企业，我们就更应该支持这家企业的发展。"秦大川有理有据地解释道。

高继元谨慎地说："支持民营企业发展，也不能违反中央政策和税收政策，我们是否再考虑一下。"

秦大川沉默了一会儿，突然话题一转，开始给高继元上课："如何对待民营企业我们要用辩证的、发展的眼光看问题，支持民营企业发展是政府的重要职责之一，政府的财政收入最终依靠企业的发展，它们对地方财政的贡献要远远大于减免的税费部分。因此，对待民营企业，要善于算大账、算长远账，不能只算眼前的小账。我们一定要解放思想，为民营企业的发展提供政策支持，创造良好的外部环境和条件。"

高继元坚持道:"政府可以引导企业转变经营方式,但不能违反中央政策和税收政策。"

秦大川明显不悦地说:"企业经营困难,如果政府不出手相助,一旦企业倒闭必然会产生职工下岗、影响社会稳定等许多问题,这些你都考虑过吗?"

高继元语气坚决:"既然秦市长坚持这么做,我只能保留自己的意见。"

秦大川突然笑了:"高副市长,我知道你原则性强。既然你不同意对环宇公司征地减免税费,此事我们以后再议。"

高继元听后满意地起身告辞。

待他走后,秦大川摇了摇头,脸上露出一丝冷笑:年轻气盛!

第四章　戏中有戏

一

华原市政府办公厅会议室，梁丽燕汇报说，综合组的总体工作进展顺利，但也面临着一些不容忽视的困难，主要表现为，数据采集进展缓慢，难度较大，即使已采集的数据也仅仅是基本数据。而且这些基本数据并不完整，缺项较多，为数据分析增加了难度，原因是多方面的，既有信息管理条块分割、数据不统一的因素，也有人为调整数据，导致信息失真问题，尤其是个别单位以数据保密为由拒绝提供数据。所有这些都为审计信息采集与分析带来了严峻的挑战。解决这一问题的关键在于提高思想认识，组织召开市政府数据采集专题会议已迫在眉睫。

凌钢听完汇报，要求综合组尽快召开一次数据采集专题会议，解决数据严重缺失问题。对现有数据分析表明，近年来华原市的债务增速过快，其中交通局累计举债占全市债务总量的百分之四十。通过比对分析发现，洛州绕城高速公路使用银行贷款占投资概算的百分之六十二。异常数据变化的背后，往往隐藏着鲜为人知的秘密，鉴于债务数据涉及交通局公路建设及运营，要及时将采集的数据转发到第三审计小组进行核查，尽快查清事实真相。

华原市交通局审计现场，电脑前白露、何宾正在研究交通局债务信息数据的变化并加以分析。洛州绕城高速公路是全市重点工程，设计长度三十公里，计划投资三十二亿元，实际投资四十亿元，超概算八亿元。如何尽快锁定审计重点，找准切入点，实现快速突破成为解决问题的关键。两人讨论的结果是：从重大设计变更入手，查清设计变更的必要性；从投资成本控制入手，查清投资支出的合理性；从工程建设质量入手，查清工程质量情况。总之，一句话，要查清该工程在建设过程中存在的损失浪费情况及质量风险隐患。

为尽快查清洛州绕城高速公路相关问题，何宾和李玉龙在朱岩的陪同下，来到该工程的建设指挥部，迎接他们的是指挥部主任王海涛。

一见面，朱岩就向王海涛郑重其事地介绍说，这两位是审计厅经责办的审计领导何宾和李玉龙同志，今天来你们这里审计，一定要做好配合工作，如实提供资料。

王海涛一边倒茶，一边点头应允，十分客气。

朱岩盯着王海涛，似不经意地问："听说几天前财务科钱科长出差了，不知回来了没有？"

王海涛看了一眼朱岩，马上明白了朱岩的用意，笑着说："昨天我还在催他尽快回来呢。"

朱岩一本正经地强调审计的同志来一趟不容易，一定要做好审计配合工作，这是一项重要的政治任务。王海涛敏锐地觉察到此次审计与以往不同，不断地点头称是。

朱岩又语重心长地叮嘱道："上次你们指挥部搬家，有一部分档案弄丢了，不知道找齐了没有？如果没有，要尽快找齐，千万不要影响正常的审计工作。"

王海涛频频点头："好的，马上安排。"

这出双簧演得实在太拙劣，何宾忍不住打断说："王主任，先把电子数据提供给我们吧。"

没等王海涛接话，朱岩插话说："上周开会我还批评了钱科长，到现在还是手工记账，电子数据刚刚开始使用，而且很不规范，仅起了辅助备份的作用。"

何宾从朱岩与王海涛的态度中断定电子数据存在问题，客气地说："备份也行，我们仅作个参考。谢谢朱处长，我们已与指挥部的领导接上头了，基建处工作多，你先忙去吧，有什么事，我们再麻烦你。"

话说到这种程度，朱岩也不好一直盯着，只得起身告辞，临出门时还不忘强调："王主任，你们一定要从讲政治的高度重视这次审计工作，全力做好配合，积极提供资料，千万不能提供假资料和假情况。"

二

就在何宾等人前往洛州绕城高速公路调查的同时，白露等人也加大了对高速公路招标数据的分析力度。他们初步筛选出高速公路建设中标相对集中的三家建设工程公司——华原市交通投资集团公司、江山建设公司和江河建设公司，其中第一家为交通局直属国有公司，后两家均为民营公司。进一步分析发现，这两家民营公司中标约占全市高速公路投资总额的百分之三十五，涉及投资逾二百五十亿元。

赵大海问道："白处长，中标单位这么集中，是不是工程围标？"

白露看了看统计数据及中标单位，摇摇头，谨慎地回答："应该说存在围标嫌疑。"

赵大海不解地问："明明是围标，怎么就成了围标嫌疑？"

白露分析道："从表面上看，招标工作规范，每次招标都是严格按照法定的程序进行，但这些表象的背后可能隐藏着鲜为人知的内幕。或许每次公开招标事先都已内定，换句话说，就是通过合法程序实现非法取得工程建设权的目的。"

赵大海兴奋地说："既然存在围标嫌疑，那应该很快就可以查清围标问题了。没想到这么快就发现了问题线索。"

白露可没有那么乐观，摇头道："目前只是发现了围标的疑点，要想取得必要的证据，还有很多工作要做。"

赵大海不解地问："统计数据不是证据吗？还要什么证据？"

白露反问："现有的数据能说明什么问题？"

赵大海指着屏幕上的数据说："两家民营公司围标呀。"

"那好，我问你，怎么证明是围标？造成了什么后果？如果这些中标公司不认账怎么办？能定性吗？"白露一连串的质问，让赵大海一下子哑口无言，此时，他才意识到了问题的复杂性。

白露指着统计数据继续分析，仅从目前所掌握的数据看，还不能定性为围标，只能说是存在围标嫌疑。

看着赵大海迷茫的表情，白露耐心地说："这些中标公司都聘请了法律顾问，专门钻法律的空子。你注意了没有，每次招投标，都有十多家竞标公司参加，江山、江河两家民营公司也不是每次都能中标，只是中标的概率相对大些。因此仅凭目前我们掌握的资料，还不能过早地下结论。"

赵大海困惑地问："那我们下一步该怎么办？"

白露思索片刻说："初步想法从四个方面入手：一是对近四年来的招标情况进行全面核查，重点核查招标的程序及实质性内容是否合规，从而查清可能存在的幕后操纵人；二是对这些中标公司，尤其是江山和江河两家公司的注册资本、股东结构等情况进行调查，查清这些公司是否真正具备承建高速公路的经济技术实力；三是对中标公司施工情况进行调查，看是否存在违规转包、分包情况；四是对施工质量，尤其是已建成投入运营的高速公路情况进行调查，看是否存在重大质量隐患问题。"

赵大海感叹道："没有想到这么麻烦，是我把问题想简单了。"

白露笑笑说："以上只是初步想法，待向审计组汇报后再确定。如果要对四个方面全部调查，时间与人力都不允许，只要我们能集中力量突破一个方面，就算大功告成了。目前我更倾向从江山、江河两家民营公司调查入手，只要弄清这些公司股东的真实身份，就有可能发现背后隐藏的秘密。"

赵大海乐观地说："查清楚江山、江河两家民营公司的股东结构，应该说问题不大，我去一趟市工商局这个问题就能查清，胜利的曙光很快就会到来。"

白露意味深长地说："公司的股权往往比较复杂，隐形股东才是调查的难点。"

赵大海不解地问："什么是隐形股东？"

白露解释道："简单地说，隐形股东就是注册公司股东背后的股东，也是操纵支配股东的幕后股东。"

赵大海颇感意外，没有想到事情会这么复杂，他试探地问："从江山、江河公司的名字看，这两家公司会不会是关联公司呢？"

白露点头说："有这种可能，不过是否有关联需要通过查询工商信息才能确定。从它们频繁中标的情况分析，这两家公司都有一些特殊的背景，审计的难度与阻力可想而知。"

赵大海皱眉说："由此看来，高速公路招标审计注定不会一帆风顺。我们下一步到底从何处入手？"

白露沉思了一会儿才说："对高速公路招标审计，不仅要弄清招标过程的合法性与规范性，更重要的是弄清施工单位中标后工程建设质量，如果工程质量没有问题，仅是招标程序不合法或不规范，也只能说明招标过程存在管理问题。同时，还要特别关注工程违规转包、分包出现的质量问题，这才是高速公路招标审计的重中之重。"

白露的一番分析，瞬间让赵大海的心里沉甸甸的。

三

陈锋结束经责办调研后的第五天下午，经责办突然接到了商州市市长郑桐要来调研的通知。一时间凌钢有些发蒙，商州市市长来经责办调研似乎不合常规。凌钢思索后，隐约感到郑桐调研的目的并不单纯，很可能与交通局审计有关。

在经责办会议室，郑桐等人认真观看了纪录片《风雨兼程三十年》，纪录片扼要回顾了审计厅经责办建办三十年以来的发展历程及辉煌成就。观看后，郑桐带头鼓掌，与会者掌声热烈。

调研活动结束后，郑桐与凌钢、谢东正来到了会客室，进行面对面的沟通交流。客套几句之后，郑桐直接问道："两位主任，听说你们经责办这次又盯上了交通局高速公路项目？"

凌钢与谢东正交换了一下眼神，凌钢微笑着回答："怎么，郑市长对这事也关心？"

郑桐摆摆手道："关心谈不上，随便问问，毕竟我在交通局工作多年，对那里的感情很深。我当局长的四年多时间里，建设高速公路九百多公里，毫不夸张地说，初步形成了全市'四纵六横'的交通大格局，每条高速公路的建成都倾注了我太多的心血。"

凌钢赞道："郑市长既是高速公路建设的主要决策者，又是组织建设者，是华原市公路建设的大功臣啊。"

凌钢的赞扬让郑桐很得意，笑着客套道："大功臣谈不上，能为全市交通事业发展出点力，为老百姓办点实事，也算是问心无愧了。"

谢东正笑着说："郑市长也太谦虚了，你在交通局干了那么多大事、实事，老百姓可是有目共睹的。高速公路'四纵六横'可是上了市政府工作报告的，新闻媒体也曾做过连续报道，说你是大功臣一点都不为过。"

郑桐笑着摆手："不瞒两位，要想干点实事还真不容易，干得越多，骂声就越多。就拿修建高速公路这件事说吧，虽然前几年修了不少的路，形成了科学的交通网络，可这些年告我的信也不少啊，我想你们这次审计一定也收到了不少告状信吧？一句话，难啊！"

凌钢感慨道:"左宗棠说过'能受天磨真铁汉,不遭人嫉是庸才',这句话也适合你郑市长,身正不怕影子斜,只要行得正,坐得直,一心为老百姓办实事、办好事,别人爱怎么议论就让他议论吧。即使告状信满天飞,又能怎么样?也可能短时间内受到一些人的误解,但历史终将证明你是清白的。"

郑桐点头道:"凌主任说得太好了,不瞒二位说,我曾有过被人误解,甚至诬告过的痛苦经历。多年前,我还是交通局副局长的时候分管全市一级公路建设,很多市县区希望通过尽早修建一级公路以便拉动当地经济发展,但由于计划指标有限,加之历史欠账太多,需要循序渐进地安排,一些当年没有安排上公路建设任务的市县区,就涌现出大量的匿名信举报我贪污受贿。华原市纪委、监察局、审计局组成联合调查组,对匿名举报信进行了长达三个月的调查,最后证明举报为诬告,帮我洗清了冤情。因此,我是真心欢迎你们审计。"

凌钢点头道:"郑市长的成长经历再次说明了一个道理,为政清廉的干部总是受到人民群众的拥护和组织的信任,郑市长正是依靠勤政务实、为民办事、清正廉洁,才一步步从一般干部逐步成长为主政一方的市级领导干部。"

郑桐叹了一口气说:"话虽如此,但确实让人心力交瘁,毕竟一个人的精力有限,当你集中精力向前冲时,还不得不分散精力去应对从背后射过来的明枪暗箭。官做得越大,所担负的责任越重,承受的压力越大。就拿我现在说吧,表面上看是一市之长,很风光,搞调研、做报告、发指示,可又有谁知道背后所承受的压力与辛苦啊。商州市政府的工作千头万绪,全市二百五十万居民要生存、要吃饭、要就业、要发展、要稳定,我都是第一责任人。有人说我过分重视经济工作,眼里只有政绩与GDP,可谁又认真地思考过,GDP不仅仅是一串串冰冷、孤立的数据,更是有温度与丰富内涵的发展指标,是一个地区人民群众的冷暖温饱晴雨表啊,如果一个市长的心中没有政绩和GDP,还算是一个称职的市长吗？"

凌钢赞叹道："我们相信你说的是实情，也知道GDP在你心中的分量与意义。正因为如此，你才把宏伟的发展蓝图变成了现实，使商州成为具有经济活力、干事创业的沃土。华原市交通发展变化、商州市经济发展变化，你这个华原市交通局原任局长、现任的商州市市长功不可没呀。"

郑桐听完高兴地站了起来，指着商州市城市地图讲解道："现在商州大都市的构架已初步形成，高新区已初具规模，老城区改造也基本完成，下一步工作重点是经济开发区的发展，关键是招商引资，用招商引资带动投资，拉动全市经济的持续快速发展……"

郑桐越说越兴奋，陶醉在未来的发展蓝图中，凌钢与谢东正频频点头。

郑桐深有感触地说："我们用了几十年的时间，走过了资本主义国家几百年的路，不用一些非常规手段能行吗？发展才是硬道理，胆子大才能超常规发展。当然超常规发展必然会出现一些不规范的现象，这些都是发展中出现的问题，也只有通过发展才能解决啊。"

整体气氛不错，凌钢想借机和郑桐谈一谈高速公路招标的情况。正欲开口，郑桐却先说了出来："两位主任，说心里话，我并不希望你们现在对交通局进行审计，可你们已经进驻了，我从大局出发还是欢迎的。"

凌钢与谢东正面面相觑，一时气氛有些尴尬。

凌钢看向郑桐说："郑市长应该知道，我们经责办与哪个单位、哪个人都没有过节，如果单纯从个人感情上说，我们并不想审计交通局，但省审计厅的要求必须执行，审计方案的内容必须落实。交通局作为华原市政府主管全市交通运输的重要职能部门，其职责履行怎么样？领导干部有没有不作为、乱作为、慢作为现象？投资数百亿的资金有无损失浪费等情况都要搞清楚，这也是这次经济责任审计的重要内容啊。"

郑桐微笑着说："可你们一审计交通局，可谓朝野震动，各种流言满天飞啊。"

凌钢虽然心中不悦，但脸上始终挂着微笑："我们审计会有这么大的威力？你说得也太夸张了吧？"

郑桐端起茶杯，又放下，十分严肃地说："不瞒你们说，从交通局那边传来的消息，目前华原市的高速公路建设基本处于停滞状态，原先承诺投资的几家南方投资集团公司，迟迟不履行签约手续，一直处于观望状态。"

凌钢不解地问："为什么？这与我们审计有关系吗？"

郑桐不假思索地说："关系太大了。你们审计人员到交通局后死死地咬着高速公路招标不放，不停索要资料，不断找人谈话，有人就怀疑这里面有什么违法违纪问题，弄得人心惶惶，大家都无心工作了……"

凌钢不满郑桐的说法，不客气地说："这些投资集团不履行签约手续，不排除心中有鬼。"

郑桐摆手道："鬼也好，神也罢，关键是高速公路建设离不开投资，经济发展离不开投资啊。"

凌钢的神色严肃地反驳道："审计组刚进驻交通局才几天时间，连基本情况都没有弄清楚，怎么就成了影响投资环境？你干脆说审计影响了华原市经济发展大局算了，郑市长你到底什么意思？"

郑桐此时也觉得自己的话有些不妥，尴尬地说："是我把话说得重了些，我的意思是说，能否考虑先让审计组的同志们暂时从交通局撤出来。"郑桐终于说出了自己的真实想法。

凌钢惊讶地说："撤出来？总得有个理由吧？无缘无故地从交通局撤出来如何向审计厅交代？"

"调整工作思路不是很正常吗？我说的是暂时从交通局撤出来，等时机成熟时再进入。"

凌钢语气坚定地答道："中央反复强调'应审尽审、凡审必严、严肃问责'，作为审计部门应严格依法办事，作为政府职能部门的交通局更应积极支持审计工作。如果让审计组现在就撤出来，对上对下都没法交代。"

郑桐不悦地说："你的意思是，你们不考虑影响、不顾后果，就要紧紧地咬住交通局不准备收手，对吧？"

凌钢盯着郑桐："郑市长，你什么意思？是威胁吗？"

郑桐冷冷地说："你怎么理解都行，我只是提醒你们，做人要懂得变通，做事要知道进退，否则，将碰得头破血流。"

凌钢不卑不亢地说："严格依法办事，是审计人的基本职责，我作为审计组成员，无权违反审计纪律。"

郑桐冷笑着："敬佩！敬佩！我看我们已经没有再谈下去的必要了。"

凌钢认真地说："郑市长，你刚才的观点是否代表华原市委，或者代表陈锋书记？"

凌钢的话让郑桐愣了一下，态度变得温和了许多，苦笑着说："凌主任，今天我们就审计有关的问题进行了一次沟通，交换了各自的看法，我本人说的话只代表个人观点，所提建议仅供参考，这些观点与华原市委及陈锋书记没有任何关系。"

郑桐没有想到与经责办的沟通会是这样的结果。双方沉默了一会儿，郑桐开口道："今天就到这里吧。"他起身离去，凌钢与谢东正出门相送。

送走郑桐，凌钢与谢东正的心情极为复杂，后面迎接他们的会是什么呢？

四

随着一年一度华原市人代会、市政协会的即将召开，秦大川把工作的重点集中在对政府工作报告的研究与总结方面。这天下午，他正在认真地审阅市政府工作报告征求意见稿，并对其做最后一次修改。

范琦手持报纸满面春风地走了进来:"秦市长,又在审阅什么文件?"

秦大川拿起文件,回答道:"市政府工作报告征求意见稿,也是我计划在市人代会上作的政府工作报告。"他看到范琦手中拿的报纸,似不经意地问道:"你又有什么重大新闻?"

范琦扬了扬手中的报纸,笑着说:"《经济日报》长篇报道了我市土地开发利用情况。"

秦大川接过报纸高兴地说:"好啊,知道在宣传上动脑筋了,有进步。"

范琦笑着说:"常言说'近朱者赤',长期接受秦市长教导,不能总没有进步吧。"范琦犹豫了一下,试探道:"秦市长,有件事不知该不该向您报告?"

秦大川的注意力仍在报纸上:"有什么话就直接说吧。"

"昨天下午,陈锋书记在郑桐的陪同下视察了商州经济技术开发区,给予了高度的评价。"范琦边说边观察秦大川的反应。

秦大川警觉地抬头问道:"你怎么知道的?"

"市委办公厅一位秘书告诉我的。"

秦大川放下手中的报纸,一副若有所思的样子。

"秦市长您应该知道,郑桐善于投机钻营在全市都是出了名的,他现在正在想方设法与陈锋书记拉近关系。为了让陈锋书记了解经济技术开发区的情况,郑桐在背后可没少做功课。"

秦大川没有接话,他在思索范琦说这话的真实目的。

范琦看了眼秦大川的脸色,说:"秦市长,还有个情况不知该不该向您汇报?"

"什么情况?"

"就是常务副市长高继元非常关心国土资源局的审计情况,几次私下里询问国土资源局有没有问题。"

"你怎么回答他的?"

"我明确告诉他,国土资源局没有问题。"

秦大川沉吟片刻,问:"高继元与郑桐私交不错,他们会不会搅和在一起?"

"据我了解,他们两人私交不错都是表面现象,两人各心怀鬼胎,搅和在一起的可能性不大。"

秦大川点了点头。

范琦继续道:"我认为现在的主要威胁来自凌钢,当然郑桐也是一个不容忽视的潜在威胁。只有及时转移矛盾,我们才能从根本上摆脱被动局面。"

"转移矛盾?说具体一些。"

"现在急需的是采取行动,移祸江东,把矛盾及时引向郑桐,暗中向审计组提供郑桐的一些违法违纪线索,让审计组无暇盯着国土资源局。"

听了范琦的一番话,秦大川的表情有了微妙的变化,低声道:"是该主动出击了,一步被动将会步步被动啊。"

范琦附和道:"秦市长,您说得非常正确,一步主动,步步主动;一处被动,处处被动,被动就要挨打啊。"

秦大川意味深长地说:"主动出击需要有得力的人去做啊。"说着,他瞟了范琦一眼。

范琦心领神会,点头道:"秦市长,我明白您的意思,知道该如何做了。请您放心,一定不会让您失望。"

秦大川站起来亲切地拍了拍范琦的肩膀,提醒道:"对高继元的为人你要心中有数,不要告诉他太多审计方面的信息,相信他也翻不出什么浪花。对于郑桐要特别小心,他是个投机家和野心家,对付他要在策略上下功夫。"

五

受暖湿空气流动滞缓的影响,最近的秋雾频繁光顾中州,使中州市笼罩在迷雾之中,给人以沉闷压抑之感。

在审计厅厅长办公室,周山正神色凝重地阅读着两封群众的举报信,被举报对象是商州市市长郑桐,信中暗示郑桐是隐藏在华原市最大的腐败分子。周山起身踱步驻足窗前,凝视飘浮不定的浓雾,陷入了沉思之中。

郑桐毕竟是现任市级领导干部,牵一发而动全身,对举报内容的调查必须慎之又慎。联系到之前连续收到几封举报秦大川的群众来信,周山敏锐地感觉到,这是华原市高层矛盾激化的一次过激反应,从举报时间节点看,与正在实施的华原市市长经济责任审计密切相关,其目的就是将举报对象引入审计的视野。由此看来,华原市的环境非常复杂,经责办面临的审计形势不容乐观。

周山正沉思着,东方敲门走进来。

东方汇报道:"按照您的要求,组织了审计厅办公室、纪委、经济责任审计局等部门对近几天来的群众举报进行了认真的梳理与分析,一致认为这些举报信是华原市高层矛盾激化的过激反应,不能排除两种可能性:一种可能是,这次审计触动了某些领导干部的核心利益,对方举报的目的是将举报对象引入审计的视野,欲借审计之手将其置于死地;还有一种可能,是对方释放的烟幕弹,以分散审计的注意力,转移审计方向。无论哪种情况,都给经责办的同志带来很大的工作压力。"

周山点头道:"为慎重起见,审计厅应及时将举报信转交给经责办,要求他们在经济责任审计中予以特别关注。同时还要提醒他们坚持依法审计和文明审计,有效规避极个别人对审计的干扰,确保审计整体工作的顺利进行。"

东方提出了自己的顾虑:"落实举报内容,会不会影响经责办经济责任审计工作的正常开展?"

周山强调:"我们要认真对待群众举报,及时把举报信转发给经责办,让他们结合审计进行秘密调查。你要亲自给凌钢同志打电话,要求他们严格按照审计实施方案进行审计,切实做好保密工作。"

窗外，浓浓的秋雾不知何时散去，还给大地的是天高气爽的秋色，不多时落日的余晖又洒满了山川，渲染出亦真亦幻的奇妙世界，周山的心情也随着霞光的变换逐渐明亮起来。

在经责办会议室，凌钢正在组织召开会议，专题研究落实群众举报问题，会场气氛凝重。凌钢严肃地说："前天我办接到了审计厅转来的几封举报信，审计厅明确要求我们结合正在开展的市长经济责任审计予以重点关注，对举报内容慎重调查，同时要求我们认真做好保密工作，严防泄露举报信息。下面，由梁丽燕处长具体介绍举报内容。"

梁丽燕站了起来，拿着举报信介绍道："举报内容涉及华原市两位主要领导干部，他们分别是华原市市长秦大川和华原市委常委、商州市市长郑桐。他们两位都是在职领导干部，可谓位高权重，职位敏感，因此，刚才凌主任要求大家一定做好保密工作是非常必要的。"

与会者点了点头。

梁丽燕继续道："从举报内容看，涉及郑桐的问题比较多，包括片面追求政绩，大搞形象工程，盲目建设商州环城高速公路，违规占用大量耕地并严重超概算以及涉嫌操纵群访事件。信中提到当时群访现场群情激愤，十分混乱，但当郑桐提出让商州市财政局为煤业公司代垫拖欠工资两千万元后，上访群众很快就平静下来并开始有序撤离，给人一种预先演练过的感觉，怀疑郑桐是这次事件的幕后操纵者。这部分举报内容不清晰，但不容忽视的问题是，郑桐利用职权之便为其儿子郑国玉承揽高速公路工程项目提供便利。"

梁丽燕在介绍完这些举报内容后，总结道："举报内容简单概括就是，郑桐是个隐藏比较深的腐败分子，他为攫取不义之财，不按常理出牌，其敛财的手段及隐蔽方法非常高明。"

凌钢接着说："接到审计厅转来的举报信后，经责办进行了初步调查，请谢主任向大家介绍调查情况。"

谢东正看了一眼笔记本，介绍道："关于郑桐违规占用耕地问题，初步了解的情况是，当年修建商州环城高速公路争论很大，争论的焦点是违规占用耕地问题。由于当年建设用地指标已经突破上限，并受到国土资源部的约谈，因此，范琦作为国土资源局局长从全市建设用地整体开发利用的角度出发，提出了反对意见，坚决反对当年修建环城高速公路，当时作为分管全市土地工作的常务副市长秦大川明确表态支持范琦的想法，商州环城高速公路建设陷入了困局。最后，还是时任市委书记的董浩同志拍板，才决定启动建设环城高速公路。正是这项超常规建设，才有了商州市现在的发展局面。从这件事上可以看出，领导干部既要有敢于干事创业的勇气，又要有担当尽责的意识，否则就会贻误战机。至于举报反映工程严重超概算问题，由于没有具体违规线索，现在不好下结论。"

谢东正喝了口茶继续说："关于郑桐涉嫌操纵群访事件的问题，从目前了解的情况看，郑桐这样做的理由并不充分，动机也并不明晰，换句话说，幕后操纵群访事件的可能另有其人。关于郑桐以权谋私，为其儿子承揽高速公路建设项目问题，初步了解的情况是，其儿子郑国玉系一家商贸公司的总经理，没有发现他的公司承建了高速公路项目，但不排除间接参与控制工程的可能，此事需要做进一步的调查。"

凌钢问道："也就是说，郑桐涉嫌违纪主要问题集中在高速公路建设严重超概算、为其儿子承揽高速公路建设项目两个方面？"

谢东正点头。

白露不解地问："举报信说郑桐不按常理出牌，指的是什么？"

谢东正道："这正是我要说的问题，初步调查表明，在全市公路建设中，郑桐创新发展思路，主持了全市'四纵六横'高速公路网络的建设及运行，顺利实现了全市公路建设中的弯道超车。调查中还了解到，自从郑桐担任商州市市长后，商州市政建设发生了很大变化,大规模的旧城区改造已进入尾声,高新技术开发区已初具规模,经济技术开发区正在加大力度进行招商引资工作。"

谢东正说完,凌钢看着梁丽燕:"梁处长,你把举报秦大川的相关内容也介绍一下。"

梁丽燕看了一眼准备的材料,介绍道:"举报秦大川的内容涉及三个方面:一是秦大川拉帮结派,搞团团伙伙,培植秦家势力,其中特别强调国土资源局局长范琦是秦家势力的核心成员,秦大川为范琦能够上位副市长在做各种努力;二是秦大川违反环境保护政策,盲目引进三个垃圾处理厂,造成西龙湖、平州湖严重污染问题,尤其是商州垃圾处理厂建成后造成华原市居民的水缸——西龙湖严重污染,居民用水被迫改为商河水,经济损失与生态损失难以估量;三是秦大川急功近利,以招商引资为名,引进国外尚处于实验阶段的成套工艺设备问题,其中特别强调商州制药厂建成后,一直没有生产出合格产品,给国家造成了二十多亿元的经济损失,目前该厂仍处于停产状态。"

谢东正补充道:"从目前掌握的情况看,这次针对秦大川的举报内容相对比较具体,其中商州制药厂引进项目的调查尚未涉及,一旦启动调查,阻力与干扰之大可能超出想象。举报内容是否属实,目前还无法做出准确的判断,并不排除夸张或虚构的成分。但无论如何,都应该引起审计组的关注,当然举报的有些内容,已经越出了正常的审计范围。"

凌钢总结道:"同志们,从这几封举报信的内容看,矛盾冲突激烈,问题复杂。不排除举报者来自个别权势人物的授意。针对这一情况,我们必须谨慎从事,暗中调查,逐步逼近真相。"

谢东正扫视着会场,大声问:"大家听明白了没有?"

与会者声音洪亮地答道:"听明白了!"

六

这天下午,张帆与李明等人正在与环保部门的同志座谈自然生态治理修复情况,突然收到消息说江风回资产评估所了,张帆和李明立刻中止座谈会议,拦了一辆出租车直奔评估所。

江风见他们突然到来心中一惊,面上热情地说:"哎呀,张处长,是什么风把你们吹来了?我正计划着请你们喝茶,顺便汇报一下评估所的工作……"

张帆微笑着说:"不必客气,我们这次找你是有些事情需要向你核实。"

江风连连点头道:"好说,好说。"说完又叫人给张帆和李明上了茶水。

张帆开篇点题:"江所长,知道你很忙,我们言归正传,请你如实回答我们几个问题。"

江风诚恳地说:"有什么问题尽管问,我是有问必答。别光顾着说话,先喝口茶润润嗓子再说也不迟。"说着端起杯子慢慢地呷了一口。

李明此时掏出了笔记本,准备记录。张帆客气地问:"江所长,上次你谈到你们评估所对商州煤矿评估过三次,对吧?"

江风点了点头:"不错,是评估了三次。"

李明忍不住插话道:"可你上次说,这三次评估仅作为参考,并没有实际意义,又是怎么回事?"

江风故作惊讶地说:"不会吧,我怎么会这样说呢?我绝对不可能说这样的话。"

张帆看了江风一眼,说:"希望你能够提供三次评估报告及原始评估记录。"

江风满口答应:"好说,好说!不过上次我就告诉过你们,这件事我没有参与，具体情况不是很清楚。我把具体经办的章副所长叫来，你们当面问他比较合适。"江风开始拨打章副所长的电话，无人接听。他又把电话打到评估部，评估部回话说章副所长外出了。

江风在电话中催促道："给章副所长打电话，就说审计厅经责办的领导在等他说明情况。"

放下电话，江风没话找话地说："说句实在话，我非常佩服你们审计人的执着精神，为核实一些问题三番五次来所里，真的很不容易。"

张帆随口说："其实大家都一样，都是为了工作嘛。"

江风摇摇头说："不同的工作差别太大了。你们审计人的生活无忧无虑，我们评估人的生活可惨多了，压力之大，非常人能够想象。现在市场竞争非常残酷，评估所的生存压力都很大。尤其像我们这样没有官方背景的民营评估所能够生存下来非常不容易。我理解你们审计人的工作，风里来雨里去，不容易，可是你们也要理解我们评估所的难处。我们有责任替客户保守秘密，守不住秘密，评估所就可能关门倒闭。"

张帆点头表示理解："江所长，我们并不想为难你，更不想让你的评估所关门倒闭。关于保守秘密的问题请你放心，我们有对被审计单位保密的责任与义务，只要你们能够配合我们如实提供评估资料，核实一些基本情况，我们就可以早日结束审计调查。"

此时，评估部来电话说章副所长联系不上。

江风双手一摊，显得十分无奈："张处长，你们都听到了，联系不上章副所长。你们是在这里继续等呢，还是……"

张帆追问："今天下午章副所长能回来吗？"

江风沉吟了片刻："说不准，由于所里近期评估项目很少，大部分员工都无事可做，处于半失业状态，我也不好硬性要求员工来所里上班。"江风边说边站了起来："非常抱歉，我还约了一个客户，需要出去一下，失陪了。"说完他竟离开了。

张帆和李明面面相觑，又吃惊又尴尬。

七

审计业务第二次汇报会召开了,凌钢等人又聚在一起交流审计进展。谢东正首先传达了东方副厅长的相关工作指示,然后各小组组长开始分别汇报审计进展情况。

梁丽燕打开笔记本电脑条理清晰地汇报起来:"审计进点以来,综合组主要做了三个方面的工作:首先,初步梳理了秦大川市长任职以来,省委对华原市的重要批示、市政府年度工作报告、市政府专题会议、常务会议纪要及市领导干部的批示,注意从总体上把握秦大川履行经济责任情况;其次,初步完成了财政、税务、工商三个系统的电子数据采集、储存及转换工作,初步发现了一些线索并及时转发给相关审计小组核查;最后,及时汇总各审计小组的审计情况,按要求上报了审计动态,内容包括工作进展、组织措施、问题线索、工作思路等。下一步,将进一步加大对大数据分析筛选力度,力求发现更多的疑点,同时全面了解全市经济社会发展的基本情况,为客观评价秦大川市长履行经济责任情况提供数据支撑。"

接着,张莉嘉代表第一审计小组汇报了四个方面的工作:"第一,搜集整理了秦大川市长任职四年来全市财政收支的规模、结构及绩效,初步分析了中央转移资金分配及管理情况;第二,分析评估了全市近四年来贯彻落实中央重大政策措施及绩效情况;第三,初步核对了四年来华原市政府与省政府签订的债务规模总体控制情况;第四,认真研究了华原市财政体制改制及财政'简政'放权情况,初步发现了一些疑点或线索。"

陈晓在汇报中说:"第二审计小组首先摸清了秦大川市长任职以来全市经济社会发展规划、工业及矿山布局、固定资产投资、规模、结构及绩效等总体情况;其次,采集了全市经济社会发展规划、固定资产投资信息数据，重点对风险防范、污染防治、精准脱贫等攻坚战的投资数据进行了筛选与分析，初步锁定了一些重大投资项目的审计重点。"

白露汇报了第三审计小组的主要工作："首先，收集整理了秦大川市长任职以来全市公路投资建设及运营情况，重点关注了'四纵六横'高速公路网络的建设情况及运营情况；其次，采集并转换了高速公路招投标数据信息，初步发现了一些疑点，在此基础上，根据综合组转发的线索疑点，正在追踪洛州绕城高速公路建设拖延工期问题。下一步，将高速公路招标及重点工程质量作为审计调查的重点。"

张帆在汇报第四审计小组工作时，重点讲了三个方面："首先，对秦大川市长任职以来全市资源储量、开发、利用等情况进行了梳理，将探矿权转让、采矿权转让、土地使用权转让作为审计的重点，基本上弄清了全市矿产资源、土地资源、矿山资源等总体情况，为经济责任审计评价提供了有关数据支撑；其次，初步完成了采矿权、探矿权种类、储量及转让数据采集与转换工作；与此同时，还初步发现了原煤采矿权与探矿权转让中存在的一些问题线索。下一步将结合国企煤矿改制情况，加大对原煤采矿权与探矿权转让的审计力度，力求取得实质性的突破。"

最后，赵建汇报第五审计小组的工作："一是对秦大川市长任职以来全市环境保护及治理情况进行了全面梳理，初步摸清了全市生态系统安全规划及构建情况，重点梳理了大气污染防治、水污染防治、土壤污染防治规划及实施情况；二是初步完成了全市环境保护及自然灾害治理的信息数据的采集与转换工作，初步梳理了一些线索或疑点；三是对秦大川市长任职以来华原市政府与省政府签订的目标责任落实情况进行对比分析，初步发现水污染防治及空气污染防治目标未达标等问题。下一步，将结合全市环境保护实际，对初步发现的线索进行重点追踪。"

凌钢听取汇报后特别强调了三点："一是各审计小组及参审人

员一定要认真贯彻落实东方副厅长的重要讲话精神，紧扣审计实施方案，围绕'责任履行、权力运行'这条主线开展审计；二是进一步聚焦审计重点，以华原市贯彻落实省委重要批示为重点，以领导干部履行经济责任为切入点，注意揭示领导干部履职过程中存在的不作为、慢作为、乱作为等问题，力求在重大问题查处方面取得实质性的突破；三是树立底线思维、严格遵守廉政、保密、安全等各项纪律，确保审计工作的顺利开展。"

八

华原市市委宿舍大院位于华原新城区，这里背靠云龙河，环境幽静，秦大川住在宿舍区的东南角，为独栋二层别墅，整个院子约一百五十平方米，大门外两侧种着海棠树，枝上缀满了紫红色的果实，在秋风中摇曳生姿。

落霞晚照时分，凌钢应约来到了秦大川的府邸，按响了门铃。

"来啦，来啦。"一位戴眼镜的女性，急忙走出来打开大门。开门者正是华原市建筑设计院设计师、秦大川的夫人陈瑞。

陈瑞笑容满面，对着凌钢责备道："你现在是审计大员了，还记得老师？是不是走错门了？"

凌钢赶紧躬身表示歉意："陈老师好！学生来晚了，请陈老师原谅。"说着将一盒土蝎子双手递给了陈瑞。"一点心意，老家养殖的土蝎子，对缓解腰痛风湿痛有明显的效果。"凌钢态度诚恳，言语中透着温暖。

陈瑞动情地说："这么多年了，你还记得老师的腰伤，太难得了，谢谢你啊。"

凌钢关切地问："当然记得，您现在是否好点儿了？"

"唉，车祸留下的后遗症，一遇阴雨天气，腰疼就反复发作，非常痛苦。快别站门口了，走，到客厅说话。"陈瑞热情地将凌钢迎进了客厅。

陈瑞给凌钢沏了一杯茶放在了茶几上，凌钢端起杯子慢慢呷了一口，赞叹道："好茶！味道清香。"

陈瑞有些自豪地说："这是福州的一个学生刚寄来的铁观音，算是茶中的精品吧。"

此时，响起了开门声，秦大川回来了，凌钢急忙站起来迎了上去。

秦大川热情地握着凌钢的手，笑着说："凌主任光临寒舍，真是蓬荜生辉啊。"

凌钢赶紧说："老领导太客气了，早就想过来看看您和陈老师了，一直忙得脱不开身，这不，今天一有空就赶紧跑过来了，还望老领导多多见谅啊。"

秦大川忽然严肃地说："我不给你打电话，你这大主任是不会主动来我这里的，对吧？"

凌钢笑着说："老领导真会开玩笑，确实一直想来但脱不开身。"

秦大川笑着做了个请的手势说："走，咱们楼上谈，让你陈老师给你做好吃的。"说完特意又嘱咐陈瑞把朋友送来的南海龙虾给蒸上。

秦大川的书房宽敞明亮，一尘不染，中央摆放着红木写字台，平添了几许厚重韵味和文化气息，东西两面墙都是书柜，书柜里摆满了图书。东面书柜的一角摆放的几方砚台引起了凌钢的关注，他饶有兴趣地欣赏了一会儿，这竟是四块名砚：广东肇庆的端砚、安徽歙县的歙砚、山西新绛州的澄泥砚和甘肃临潭的洮砚。凌钢心里粗略估算了一下，这四方名砚价值不低于六十万元。

二人坐下后，先是聊了几句家常，秦大川就把话题转到了群访事件上，略显遗憾地说："要注意工作方式方法，群访事件就是由于审计人员工作方法失当引发的。"

凌钢马上纠正说："这与审计人员的工作方法没有关系。"

秦大川说："这是市委调查组的调查结论，不是我个人的观点，如果有异议,你可以向市委调查组反映。"

凌钢辩解道:"审计人员到煤业公司调查不足两天时间,连基本情况都没有搞清楚,怎么就出现了审计方法问题呢?肯定是审计调查触动了某些人的核心利益。"

秦大川疑惑道:"你的意思是说,群访事件有人操纵?或者说是有人设计陷害审计人员?"

凌钢坦率地说:"是这样的,有一个情况您可能没有注意到,就是审计人员刚从煤业公司撤出,上访的人群很快就撤离了。"

"既然是这样,你为什么不早说呢?"秦大川注视着凌钢。

"当时在群访现场,我向您提出了这个问题,可当时情况下,您根本不听我的解释。"

秦大川严肃地说:"你认为有人故意陷害审计人员,有证据吗?"

"我们正在寻找证据,相信事情总有真相大白的那一天。"

秦大川善意地提醒道:"如果是这样,说明情况十分复杂,你自己也要小心了。同时,还要提醒审计组的同志们注意安全,只要你们审计调查不停止,对手就不会轻易收手。"

凌钢点了点头:"我们会注意安全,请您放心。"

凌钢这次探望秦大川,是带着疑问来的。见时机成熟,他便直截了当地问:"群访事件是在您的主导下平息的,您是否注意到,市委广场上是在突然之间聚集了几千名群众,在您讲话的同时,我们撤出了审计人员,之后郑桐承诺由财政局垫付资金支付拖欠的职工工资,几千人很快就有组织地撤离了。您觉得正常吗?事后您就没有怀疑过什么人吗?"

秦大川叹息了一声:"怀疑归怀疑,凡事要有证据,没有证据绝对不能乱说。"

凌钢问:"那当天有没有发生什么特殊情况?比方说,现场有没有出现警察抓人的现象?"

秦大川肯定地回答:"有,当时警察抓了几个人,是我严令郑桐放的人。"

"郑桐作为商州市市长，为什么会下令抓人呢？他的目的是什么？如果，您当时不严令放人，又会是什么结果？"

秦大川内心一惊，语气平淡地说："你是说，郑桐有问题？"

凌钢赶紧说："我可没有这么说。正如刚才您讲的那样，没有证据的话是不能随便说的。"

秦大川心情复杂地说："有些事情，事后想想是有些奇怪。群访事件本来就不该发生，却意外地发生了，群访人员来得突然，撤得也突然，就像演戏一样。而且事件偏偏发生在陈锋书记不在华原的时候，难道这些都是巧合吗？"

"几天前，我去过环宇公司一次，发现这家公司的女老板雪萍善于交际，人脉很广，非常不简单啊。"凌钢边说边观察秦大川的反应。

秦大川不动声色地问："怎么个不简单？你发现什么问题了？"

"问题倒没有发现，不过，有一个事实相信您不会忽略。"

"什么事实？"

"商州煤业公司是环宇公司的全资子公司，正是环宇公司整体收购了商州煤矿。"

"这事我知道。怎么，这里面有什么问题吗？"

凌钢本想说有问题，但转念一想，自己也只是怀疑，只能呵呵一笑说："怀疑不能代替证据啊。"

秦大川直言："你是怀疑雪萍？"

凌钢坦率地说："是的，她作为一家民营企业的老板，却与众多国土系统的官员关系密切，能不让人怀疑吗？"

群访事件发生后，秦大川也曾怀疑过雪萍，秦大川坦言道："根据我的判断，她没有那么大的能量，如果群访事件背后有人操纵，一定另有其人。"

此时，保姆端茶进来，两人停止了谈话。

凭谈话判断，凌钢知道秦大川有怀疑的对象，只是不肯说出来。

保姆退出去后，秦大川开口道："常言道有因必有果，有果必有因。这件事也不例外，如果有人幕后操纵群访事件，谁会从中获利？"

凌钢反问道："您说呢？"

秦大川犹豫了一下才说："其实不排除郑桐的可能，起码他有这个动机。多年前，我还是审计局局长时，审计中发现了一家民营公司以资源整合为名，低于市场价收购了一家国有交通运输企业，涉嫌国有资产流失。在与时任交通局局长郑桐沟通未果的情况下，郑桐找到当时的常务副市长方正出面干预，此事最终不了了之。"秦大川停顿了片刻，接着说："这次群访事件表面上看与郑桐没有任何关系，不过他当时要求公安局抓人的行为还真是有点耐人寻味。"

凌钢试探着说："您是说，群访事件的幕后操纵人就是郑桐？"

秦大川摇头，意味深长地说："我也只是就事论事，介绍一些情况，具体由你自己判断。不过，郑桐这个人善于利用社会关系，当年与常务副市长方正走得很近。"

凌钢犹豫了一下说："秦市长，郑桐毕竟是华原市委常委、商州市市长，是市级领导干部，如果违法乱纪，一定会承担严重后果，这样风险太大了。"

秦大川又呷了一口茶，进一步分析道："两害相权取其轻，两利相权取其重。如果，我是说如果，郑桐在改制后的商州煤业公司拥有一定的干股，并且煤矿改制过程中存在国有资产流失问题又与郑桐有直接的关系，那才叫严重呢。对了，我听说前几天郑桐去你们经责办搞调研了，不会只是单纯的调研那么简单吧？他去经责办就没有其他目的？"

凌钢含糊其词道："只是就工作进行了调研，没有涉及其他方面。"

秦大川怀疑地看了凌钢一眼："经责办是审计厅的直属机构，单就工作而言，商州市市长去调研明显不合常理。如果我没有分析错的话，他去经责办一定另有目的，而且这个目的也一定与你们正在审计的高速公路有直接关系。"

凌钢暗自思忖，秦大川果然老道，看问题入木三分。

见凌钢不置可否，秦大川继续道："坦率地说，华原市这几年高速公路建设有了长足的进步，但也存在不少问题，比如说，工程严重超概算、招投标串标围标、工程施工质量等，我相信你们也一定会重点关注，这些问题你们都调查落实了吗？"

凌钢只得模棱两可地回答："审计组刚进驻交通局，相关情况还未来得及核实。"

秦大川郑重地要求："没有核实，就抓紧核实。建议你们重点关注一下工程中标单位，查一查都是哪些施工单位经常性中标，有没有违规转包问题，重点查一查这些中标单位的股东情况，不排除一些施工单位的股东是郑桐的特定利益关系人。"

面对秦大川的犀利，凌钢只好说："我们下一步会重点关注您说的情况。"

秦大川想了想又说："凌钢，我一直认为高速公路建设中存在着严重的工程质量问题，这些问题一定会涉及腐败，而且腐败问题一定与郑桐有直接或间接的关系。"

凌钢迟疑了一下，提醒道："秦市长，您提到的问题也只是您的怀疑，至少到目前为止，都还没有证据。我的意思是，此事不宜对外声张，免得为此陷入被动。"

秦大川点头道："这点你放心，我知道这个问题的严重性，今天的话到此为止，不可让第三人知道，包括你们周山厅长在内。另外，你们一定要注意个人安全。"

凌钢点头说："明白。"

第五章 短兵相接

一

常发迹有一种预感，经责办彻查的重点不只是交通局高速公路建设这一个目标，市交通投资集团公司迟早也会成为经责办的另一个目标。对于身兼交通局局长和交投公司董事长二职的常发迹来说，无论哪边出了问题，自己都逃脱不了干系。只是经责办从何处入手及何时出击，不可预知。既然不可预知，就无法进行有效的防范，很难做到万无一失。因此，近段时间，常发迹压力山大，忧心忡忡。

事实上，白露等人三天前就已经开始策划对交投公司的审计调查方案了，准备工作在悄无声息中进行。白露等人一改往日"突出重点"的常规做法，从最基础的财务核算入手，展开了追踪调查。在查阅银行存款日记账时，一张"协作收入"两万元的收据引起了审计人员的注意，很快公司出纳员王凯被请进了会议室。

几经较量，王凯承认公司设有小金库，全部收支均由财务部主任叶华单独保管。

在交投公司财务部主任办公室，白露、赵大海与叶华展开了面对面的交流。一番寒暄之后，白露直奔主题："叶主任，你们公司的小金库由谁保管，使用由谁审批？"

叶华十分警觉地答道:"白处长,你真会开玩笑,我们公司从来没有小金库。"

白露沉着冷静,直视叶华:"我没有开玩笑,如果没有证据,不会向你提出这样的问题。"

叶华毕竟心虚,半发牢骚、半认真地说:"白处长,说实话,现在企业的生存环境太差,各种检查太多,严重影响了企业的正常发展,为了便于公司经营,会需要一些协调费用,通常称为协作费,如同男人需要私房钱一样,应该说是一种很普遍的社会现象。当然,这些与你说的小金库无关。"

白露并不与之争辩,盯着叶华连续追问:"你们公司有多少协作费?这些费用是怎么形成的?收支账是谁保管的?"

白露的严肃目光和连续追问,让叶华倍感压力,一时有些惊慌失措:"这个,这个,时间长了,让我想一想……"

白露毫不放松地追击:"叶主任,费用是如何形成的、谁保管的账也需要想吗?"

叶华深知小金库已经暴露,再隐瞒已无实质性的意义,想到这里故作轻松地解释说:"我们是企业,协作费用是否在账上反映都无所谓,说到底这些费用都是企业自己的资金……"

白露打断道:"按照财务制度规定,凡是企业经营资金都应在财务账上反映,各项收入都应纳入公司财务统一核算,这里面涉及应上交国家的税费问题,私设小金库的直接结果就是偷逃了国家的税费。"

叶华一时语滞,沉默了一会儿,问道:"白处长,你们怎么知道公司有小金库?是谁告诉你们的?"

白露直视叶华,面无表情:"这重要吗?"

叶华沉吟了片刻,叹了口气:"实话告诉你吧,我们根本就没有所谓的小金库账。"

白露冷笑了一声:"没有账,总该有原始记录吧?原始记录在哪里?"

赵大海插话说:"没有账也没有关系,结余的资金在什么地方?"

叶华没有回答,强装镇定地喝了口茶,眼睛无意识地看了看资料柜,额头上开始冒出细细的冷汗。叶华的举动自然逃不过白露那双敏锐的眼睛。

白露突然说:"资料柜里是什么?打开让我们见识一下吧!"

叶华条件反射似的脱口而出:"资料柜有什么好看的,都是公司的财务管理制度,没有你们想要的东西。"

白露呵呵一笑:"真是此地无银三百两,你知道我们想要什么?"

叶华自知失言,忙解释说:"我的意思是,资料柜中除了文件什么也没有,根本没有你们要找的小金库账。"话一出口,叶华就后悔了,这不等于不打自招吗?为了证明自己说的真实性,他主动打开了资料柜,里面果然只是存放了一些制度文件。

白露仔细观察着叶华的情绪变化,凭借丰富的经验判断资料柜一定藏着鲜为人知的秘密。她半开玩笑地说:"叶主任,我们打个赌吧。"

叶华一头雾水,不知白露葫芦里卖的什么药,问道:"赌什么?"

白露乐了:"就赌你资料柜背后的秘密。"

叶华暗中吃了一惊,故作镇静地说:"如果我告诉你们,资料柜背后没有任何秘密,一定会让你们失望吧?"

白露右手一扬,果断地说:"既然这样,还是让我们现场揭开这个谜底吧。大海,动手挪柜子。"

眼看秘密就要被揭穿,叶华慌忙说:"白处长,我们交投公司的董事长常发迹和你们谢东正副主任是大学同学,我建议你们先请示一下领导再检查也不迟。"

叶华的话让白露一时愣住了,之前从未听说过。赵大海忍不住脱口问道:"你说的是真的还是假的?"

叶华镇定自若:"真与假,你们打个电话不就清楚了吗?"

白露严肃地说:"真与假并不重要,重要的是我们在依法履行审计职责,即便谢主任是你们常局长的同学,我相信他也不会干预我们的正常工作。况且,如果你说的是真的,按照审计回避制度,谢主任应是回避的对象。"

白露的坚定让叶华彻底慌了,他忙拨打常发迹的手机,但对方一直处于关机状态,气急败坏的叶华猛地把手机摔在了地上,瞬间碎片纷飞。

二

就在白露等人追查交投公司小金库的同时,何宾和李玉龙也加大了对洛州绕城高速公路的调查力度。很快,一笔两千万元的工程赔款进入了两人的视野,赔款对象是洛州工程公司。通常情况下,建设单位对施工单位违约进行经济处罚,称之为赔款,而这笔巨额赔款的情况却正好相反,建设单位给施工单位赔款明显有悖常理。经济活动中的异常现象往往掩盖着不为人知的秘密,揭开秘密最有效的办法是进行深入调查。

何宾和李玉龙首先从洛州公司的注册情况与股东查起。资料显示,洛州工程公司的母公司是东海省正原市的同乐投资公司,公司法人代表王柄昆,为投资高速公路,同乐投资公司于2008年8月成立了洛州工程公司,注册资金一亿元,以BOT模式投资建设运营洛州绕城高速公路。但因为洛州工程公司资金不到位,项目施工合同签订了十个月仍未能开工,合同条款对工程开工日期及退出机制规定不明确,约束条款缺失,双方陷入了合同纠纷。经过双方艰苦谈判最终达成共识,华原市交通局以赔偿两千万元为代价,换取洛州工程公司让出高速路主路的承建权。

2009年6月,市交通局洛州高速公路建设指挥部在补偿洛州工程公司前期费用的基础上,还将洛州绕城高速公路服务区项目继续以BOT方式委托洛州工程公司建设和运营。双方签订协议后,洛州工程公司正式退出了高速公路主路建设,同年7月份,交通局委托交通投资集团对该高速公路开工建设，次年7月高速公路建成通车。

这些信息中存在两个问题：洛州绕城高速公路缘何十个月不能开工？解决合同纠纷的方式是否合理？查清这两个问题，赔款的真相或将大白于天下。

三

有时，严肃的沉默也是一种无形的力量。在交投公司财务部，白露一脸严肃地注视着叶华。

赵大海开口道："叶主任，摔手机解决不了问题。"

叶华尴尬的目光在白露与赵大海脸上巡睃一圈，渐渐地低下了头："白处长，算你们经责办的人厉害，你们接着查吧。"

赵大海缓缓地移开了资料柜，柜后墙洞里嵌着两个保险柜。

白露道："叶主任，让我们见识一下柜子里的宝贝吧。"

叶华颓然地打开保险柜，柜门打开后白露和赵大海都惊呆了。一捆捆崭新的人民币整齐地塞满了两个保险柜。

白露沉默了片刻，问："叶主任，这里面有多少钱？"

"每个保险柜各存放人民币一百八十五万，共计三百七十万元。"

"这么多钱都是从哪里弄来的？"

叶华此时已不再对抗，毫不隐瞒地说："来源很简单，就是一部分维修工程收入未纳入财务核算，收取现金直接放在这里。"

白露追问："按照现行税法要求，工程维修收入一律开具营业税发票，你们怎么能直接收现金呢？"

"你说的是一般情况，但凡事都有例外，比如说一些零星工程收入或对私的维修工程，对方直接付现金不要发票。不是我说你们，搞审计的只知道法规纪律，没有一点儿变通意识。如果社会上都像你们那样，只知道坚持原则，不知道变通，结果就是什么事都干不成。"

白露冷笑道："啊，原来是这样，还是你叶主任脑子灵活。不过，这么多钱总得记个账吧？"

叶华看了白露一眼，答道："我们从来不记账，所有的账外收入都在这里。"

问到实质问题，叶华又开始躲闪，白露追问："这些现金具体来源、经办人是谁你总该清楚吧？"

叶华避实就虚地回答："现金来源就是刚才说的零星工程或维修工程的收入，这里所有的现金都是出纳王凯交来的。"

白露继续追问："手续呢？你收到这些现金后，总得给出纳打个收据吧？"

叶华干脆拒绝承认："没有收据。"

此时赵大海忍不住斥道："没有收据，你觉得可能吗？如果像你说的没有收据，凭这三百七十万元，就可以视为是你贪污、挪用！"

一听这话叶华马上就急了，瞪着赵大海说："说话要凭良心，这些钱可都在这里，我可是一分钱都没有动啊。"

白露直视着叶华说："你还好意思讲良心？如果你有良心，就不会违法违纪私设小金库，就不会在交投公司拖欠职工工资引发上访时无动于衷。叶主任，事情都到这个地步了，你还不讲实话，你是等着纪委请你去喝茶吗？"

白露一番掷地有声的话和无法抵赖的现实击溃了叶华，他彻底崩溃了，喃喃道："我错了，我对不起公司，对不起职工，辜负了组织多年的培养……"

白露打断道："既然知道自己错了，还不把账本交出来？"

"白处长，我现在把账本交给你们，你们要证明是我主动上交的，算是立功表现吧？"叶华惊惧交加乞求说。

"是否立功，主要看你自己的表现，你能主动交代，我们也会如实向上反映的。"

"我主动交代，你们一定要给我作证。"叶华说着推开了休息室的门，在白露和赵大海的监督下从床底纸箱中取出了账本，上面真实记录着小金库的每笔收入与支出。赵大海初步核对后发现，小金库存在时间长达五年之久，累计收入超过一千二百八十万元，支出七百八十万元，结余资金应为五百万元，可保险柜中只有三百七十万元，差额为一百三十万元。当赵大海追问其余资金去向时，叶华回答说剩余资金存放在公司保卫部。

在叶华带领下，他们很快从保卫部取出了剩余的一百三十万元现金。

四

揭开赔款真相在于准确找出切入点，对于高速公路建设来说，最关键的就是巨额资金筹集问题。熟悉投资审计的何宾算了一笔账，洛州绕城高速公路投资概算为四十亿元，按照现行政策规定，洛州工程公司至少要有百分之三十的资本金，也就是说，企业要有十二亿元的自有资金，对于注册资本仅有一亿元，并且采用BOT方式投资高速公路的洛州工程公司而言，显然它不具备这样的经济实力。既然公司没有实力，又要承建高速公路，怎么办？虚构实力就成为最佳选项。

对于实战经验丰富的审计人员来讲，揭开虚构面纱，还原事实真相，并不困难。他们借助于互联网搜索功能，连续三招儿水落石出：第一招是核查银行资信证明。网上查不到洛州工程公司的任何银行资信证明，故初步判断公司提供的两亿元资信证明是伪造的。第二招是核查公司经营业务。经网络查询后既未发现该公司有建设项目，也未发现有经营业务，因此初步判断注册资本一亿元也是假的。第三招是核查工商注册资料。发现洛州工程公司的股东及出资情况分别为：同乐投资公司九百九十万元、东环实业公司两千五百万元、西环实业公司六千六百万元。洛州工程公司为同乐投资公司所设立,但出资额最少,明显不符合常理。

延伸调查注册资本的银行开户情况,结果让审计人员大吃一惊:经银行确认,洛州工程公司的银行账户内并没有任何资金,三张股东的进账单全部是伪造的。

何宾和李玉龙迅速与另两家股东进行联系,这两家公司均否认向洛州工程公司进行过投资,也没有进行过任何建设项目合作,这两家股东签名与公章也都是伪造的。

既然注册资本是伪造的,两亿元的资信证明又从何而来?

五

在强大的法律政策感召下,叶华交代了私设小金库的真相,小金库支出主要用于请客送礼,保险柜中的现金都是送礼以后剩下的,所有支出均已核销。

白露追问通过银行转入华原工程咨询公司的五十万元是怎么回事,叶华承认是支付给中介公司的工程咨询费,并提供了两个年度的咨询服务报告,报告虽然没有实质性的服务内容,但却有咨询公司的公章及工程咨询人员的签字。白露又追问为什么咨询人员王玉然、李玉然两个名字如此相似,叶华狡辩说同名不同姓,不值得大惊小怪。

赵大海将两份咨询报告进行了复印,为追踪五十万元去向留下了重要证据。

当叶华将要被公安干警带走做进一步调查时,他用颤抖的手再次触摸那堆钞票,悔恨的泪水模糊了视线,曾经的奋斗与希望因一时的贪婪化作一枕黄粱美梦,以人格、道德为代价换取的苦果,需要在余生漫长的铁窗生涯中独自品尝。绝望的叶华,突然用力向保险柜上撞去,霎时,保险柜上、地上鲜血一片……

六

　　坐落在商州经济开发区核心地段，占地约一百五十亩，历时三年建成的商州制药厂，是秦大川主持商州市委工作期间极力引进国外先进设备的项目，当年曾作为招商引资的典范予以大力度的宣传报道，在社会上产生了广泛的影响。但因引进的设备工艺不成熟，制药厂建成之日便是停产之时，职工无限期地放假，仅留下几个护厂人员不离不弃地守望着曾经的希望。

　　一张破桌子摆在制药厂大门口，桌上放着发黄的来客登记簿，在狂风吹拂下哗哗作响。两个看门老人分坐在桌子两旁闲聊着。

　　"老张，你说这次审计厅来厂里调查能解决生产问题吗？"

　　"我看希望不大，药厂都建成三年了，连一粒合格的药片都生产不出来。这几年来厂里调研的领导不少，哪一个不是走马观花似的一看了之，不要对他们抱任何希望。"

　　"听说审计厅这次审计的对象是市长，只要市长重视了，重新购买新设备，说不定能够解决药厂的老大难问题。"

　　"但愿如此吧。"

　　此时，一辆黑色本田轿车和一辆白色丰田商务车沿着大道飞驰而来，相继停在了制药厂大门口外。商州市财政局局长张新等人率先从丰田车中下来，主动与前来调查的张莉嘉和宋万鹏打招呼。

　　两位看门老人慌忙打开了大门。

　　杂草丛生的厂区、高大破旧的厂房、锈蚀斑斑的设备，这一切都在无声地诉说着现今停产的荒凉与昔日建设的繁华，似乎是在告诉审计人，这是一个失败的引进项目，也是一个重大决策失误的项目，更是一个造成国有资产重大损失的项目。

　　张莉嘉和宋万鹏在药厂张厂长等人的陪同下沿路参观杂草丛生的生产厂区，张厂长边走边介绍情况。

张莉嘉越看心情越沉重，巨额的投资与曾经的希望，竟沦落到如此破败的境地。张莉嘉问道："张厂长，药厂建成投产后，为什么没有按设计要求生产出合格产品？"

对这样的提问，张厂长之前已经回答过多次。他看了看张莉嘉的表情，如实地回答："主要是引进的设备工艺不成熟。"

显然张莉嘉并不满意这样的答案，追问道："既然设备工艺不成熟，为何还要坚持引进整套设备并盲目上马？"

张厂长斟词酌句地答道："当时主要缺乏引进外国设备的经验。"

张莉嘉马上问："是谁带队去D国进行考察的？考察报告结论是什么？"

张厂长心虚，有些结巴地说："前期我没有介入，我、我是后来才调来的，具体谁带队考察及考察报告结论我不清楚。"

宋万鹏问道："制药厂开工建设前是否经过充分的论证？可研报告的建议又是什么？"

张厂长一下子蒙了："这个，我真的说不清楚。"

结束了对药厂的实地调查，张莉嘉和宋万鹏又来到平原省发改委档案室，张莉嘉专注地查阅着纸质档案登记簿，宋万鹏快速地检索着电子档案信息。

突然，宋万鹏兴奋地喊道："查到了！查到省发改委关于商州制药厂立项报告的批复文件了！"

档案员小王根据电子档案目录很快将相关纸质档案送到张莉嘉和宋万鹏面前。

宋万鹏对着批复文件轻声读着："商州制药厂2004年初开工，2006年末竣工，总投资六十亿元，整套设备从D国引进，主要生产特效抗癌药品，年设计生产能力八百五十万片，年产值逾十二亿元……"

张莉嘉分析道："从目前看，省发改委只是项目审批的承办者，项目的最终决策者是华原市政府，但关键的环节却是商州市政府经手，因为华原市政府的批复文件是依据商州市政府的申请报告做出的，换句话说，就是华原市政府采纳了商州市政府的意见。"

宋万鹏认真地看着档案资料，不解地说："奇怪的是商州市政府上报的材料仅有制药厂立项申请报告，却没有最基本的可研报告与国外考察报告，甚至连讨论通过制药厂建设的会议纪要也查不到。"

张莉嘉叹了一口气，说："比较麻烦的是，具体承办的省发改委分管领导与项目经办人员的工作已经变动，没有人能够说清楚当时的情况。"

宋万鹏建议道："既然商州市政府是该项目的重要决策者，我们下一步把调查的重点放在商州市政府的决策方面吧。"

张丽嘉等人反复查阅商州市政府的档案资料，只找到了商州市政府上报平原省政府的商州制药厂立项申请报告，却没有发现该项目的可研报告、国外考察报告等附注资料。他们向相关人员索取资料时，又遇到了前所未有的阻力，一时审计调查陷入了困境。

七

齐华应约来到东方的办公室，研究经责办的审计进展情况。齐华心情沉重地说："虽然其他经责审计组的地市级领导干部经济责任审计搞得有声有色，有的已触及了一些实质性的问题，可经责办的市长经济责任审计工作进展不太理想。经责办进点时间不长就引发了震惊全国的群访事件，这件事到现在都没有调查清楚，搞得凌钢他们非常被动，导致审计工作进展缓慢。"

东方叹了一口气说："对此我考虑草拟一份简报，着重指出经责办审计中存在的突出问题及改进措施，督促他们进一步聚焦责任履行的审计重点，排除一切干扰，力求在短时间内取得实质性的突破。"

齐华有些犹豫地说:"从昨天凌钢他们反馈的情况看,他们认为国有企业改制是秦大川市长履职期间重大经济决策事项,煤矿改制是决策的重点工作,因此,他们坚持把煤矿企业改制作为经济责任审计关注的重点。"

东方沉吟片刻:"坦率地说,凌钢他们的工作思路没有问题,问题的关键在于,揭示决策失误造成的严重后果存在较大的难度。"

齐华点头道:"凌钢他们一直怀疑国企商州煤矿被民企环宇公司收购时存在国有资产流失问题,刚一触及就引发了煤矿职工的过激反应……"

东方看了齐华一眼,不无忧虑地说:"问题还不止于此,经责办去环宇公司调取材料,却意外地与华原市审计局发生了争夺材料的冲突,这里面很复杂呀。从凌钢他们上报的材料看,环宇公司是华原近年来飞速发展的投资集团,公司老板是一个活动能量非常大的女强人。环宇公司飞速发展的原因是什么?是谁在暗中操纵或保护这家公司?凌钢他们初步判断,某市级领导可能是其背后的操纵者。"

齐华一惊:"如果是这样,幕后操纵人一定会有所行动,干扰凌钢他们的审计工作。"

东方点头道:"这也正是我所担心的。因此,你一定要提醒凌钢他们,提高警惕,讲究策略,防范随时可能出现的风险。"

八

这几天张帆总感觉有点不对劲,下班时整理好的资料,第二天上班时总有些异样,好像被人翻动过。每当他们发现新的疑点询问时,秦召等人总能从容地向审计人员进行解释说明,像是早有准备似的。为证实自己的怀疑,这天张帆将发现的疑点资料做好标记存入保密柜中,结果第二天打开保密柜发现,资料果然又被人翻动过。

张帆不动声色地对会议室的每个角落进行了详细的排查，很快发现屋顶墙角有两个非常隐蔽的微型摄像头，顺着线索最后追踪至国土资源局监控室。他们与范琦严正交涉，要求他们拆除审计会议室的摄像头，销毁视频资料，并做出承诺不再发生类似事件。

在解决国土资源局监控事件的同时，江风失踪了，准确地讲，他在与审计人玩失踪游戏，张帆他们一连几天都找不到他。正当张帆和李明为此一筹莫展时，忽然接到了一个陌生人的电话说江风在资产评估所。

张帆和李明连忙驱车赶到资产评估所楼下，正好遇到哼着小曲刚出电梯的江风。江风看到两人一下子愣住了，吃惊地问："张处长，你们这是……"

张帆看着江风挖苦道："江所长可真是个大忙人啊，回单位也不通知我们一声，又要走啊？"

江风表情很不自然，掩饰着窘迫："这个，这个……"

李明讥讽道："别这个那个的，就说说你为什么要躲我们吧。你清楚我们是在依法执行公务，你不配合审计调查就是妨碍执法，你这样做应该知道是什么后果。"

张帆又加了一把火："常言说，躲得了初一，躲不了十五，你真的以为能躲过去吗？你也太低估我们审计人的耐力了，我们有的是时间与你周旋。"

江风尴尬极了，口不择言："我为什么要躲你们？我欠你们什么了？"

张帆认真起来："好，既然没有躲我们，就把我们需要的资料交给我们吧。"

江风被迫随张帆和李明回到了所长办公室。

在办公室坐下后江风开始发难："堂堂审计厅经责办放着那么多的大企业不去审计，却天天盯着一个民营评估机构，你们这是典型的无事生非，小题大做。"

张帆并没有被激怒，平静地说："只要你江所长按审计要求提供资料，怎么说都无所谓。"

此时，财务部赵主任按江风吩咐送来了商州煤矿的评估资料。

李明核对后对张帆说："这份报告是商州煤矿2007年度的资产评估报告，其中附有一张说明，应煤业公司要求，仅对煤矿资源储量中的6号与8号煤层进行评估，涉及评估储量三千五百万吨，其余7号与9号煤层不属于这次评估范围，未评估原煤储量约五千万吨。"

李明兴奋地指给张帆看，二人交换了眼神，张帆对李明轻声道："把这张说明复印一份……"

话未说完，只听一声"拿错资料了"，赵主任竟一把抢走了这张说明，未等二人反应过来便冲出了会议室，扬长而去。

由于事发突然，张帆将矛头对准了江风，严厉要求他把资料追回来，江风装模作样地给赵主任拨打电话，几分钟后，江风双手一摊，无可奈何地说："赵主任关机了。"

张帆要求他解释，江风无赖道："你们要的评估报告都在这里，那张纸与这份评估报告没有关系。"

张帆责问道："既然没有关系，为什么赵主任要抢走那张纸呢？"

江风抗议道："那张纸写的什么我并不清楚，评估报告已经交给你们了，你们还要怎样？"

"你们这是明目张胆地干扰审计工作，请你务必把那张纸给追回来。否则，将承担法律责任。"张帆提出了严厉的警告。

江风敷衍着答应道："好，好，好。明天我让赵主任亲自给你们送去。"

见这样僵持下去也不会有什么结果，张帆和李明便怏怏地离开了资产评估所。

九

上午上班，白露和赵大海来找凌钢汇报工作。

凌钢笑着说："白处长，大海，你们这次突击检查了交投公司的小金库，对他们震动很大呀。"

白露有些得意地说："震动确实很大，尤其是追查咨询费的去向触动了一些人敏感的神经。"

凌钢叮嘱一定要顺藤摸瓜，彻底查清咨询费的具体去向。

白露说："我们也是这样想的，今天专门来汇报咨询公司的调查情况。"

凌钢点了点头，示意她讲下去。

白露继续道："交投公司小金库被查后，我们对流入华原工程咨询公司的五十万元资金进行了追踪，发现这笔资金已全部提现。由于时间已超过半年，银行没有保留取款的监控录像，原希望通过调查银行资金去向弄清事实真相的路径已经中断。"

凌钢询问："你们调查这家咨询公司了没有？"

白露答道："这家咨询公司是一家无资金、无技术、无人员的'三无'公司，根本不具备提供工程咨询服务的资质与条件。"

凌钢不解地说："既然这样，这家公司收取五十万元咨询费又如何解释？"

白露说："这也是我们今天重点汇报的问题，通过对工商数据的分析发现，这家咨询公司成立不足半年就注销了。公司法人代表夏默然，是平州县一位六十五岁的退休干部。初步分析他是公司的挂靠人员，公司实际控制人另有其人。"

"即便是公司挂靠人员，也要弄清他的身份背景。"

"我们调阅了夏默然的户籍档案，意外地发现，夏默然是郑国玉的岳父。"

凌钢忙问："这个郑国玉是不是商州市市长郑桐的公子？"

白露点了点头："正是郑桐的公子，而且郑国玉还是这家咨询公司的股东，初步判断，他是这家咨询公司的实际控制人。"

"上次你们说，郑国玉是一家商贸公司的总经理，他怎么又是这家公司的实际控制人？你们会不会弄错？"

"不会弄错，我们反复核对了企业注册登记资料，两个人的名字、身份证号完全一致。"

凌钢询问道："既然确定了郑国玉的身份，你们下一步打算怎么办？"

白露有些犹豫："初步打算是调查郑国玉的商贸公司，可是……"

"可是什么？"

"郑国玉的公司是私营公司，难点在于他们并没有使用国有资金。"

凌钢皱眉道："既然郑国玉的公司没有使用国有资金，审计就不要涉及他们了。"

白露询问道："我们是否继续追踪华原工程咨询公司？"

凌钢摇摇头说："追踪华原工程咨询公司的关键在于弄清他们有没有提供实质性的咨询服务，这才是我们应关注的重点。对此，建议你们重新核查咨询报告，相信会有意外发现。"

白露半信半疑地说："咨询报告已经看过了，没有发现什么问题。"

凌钢坚持道："请你们认真看、反复看，相信一定会从中发现新的问题。"

回到办公室，白露通过网络查询华原工程咨询公司的注册资料，反复观察郑国玉履历表中个人照片及签名，并把他个人照片及签名进行了复印，认真研究着，不久白露脸上露出了笑容。

赵大海正在认真地逐项核查华原公司咨询报告内容。

白露将复印资料交给了赵大海，让他找出复印资料与咨询报告异常的地方。

少顷，赵大海过来说："白处长，我没有发现什么问题。"

白露用凌钢的口吻说："请你认真看、反复看、仔细看。"

赵大海重新将二者进行认真的对比，猛然惊喜地说："咨询报告中咨询人员的签名与郑国玉履历中签名的字迹非常相似。"

白露点头道："由此看来，只要用心做事就有收获。不过，这些疑点尚不能作为审计的证据，需要经过权威部门鉴定后才能得出准确的结论。"

白露及时将这一发现通过审计专网告诉了凌钢："由于两者签名字迹极度相似，初步判断，郑国玉就是虚假工程咨询的操纵者。"

凌钢回复："很好。你们下一步有什么具体打算？"

"主要想听听您的意见。"

"采取打草惊蛇的策略，逼迫郑国玉浮出水面，为取得证据创造必要的条件。"

"凌主任，快说说您的具体思路，怎么打草惊蛇？"

"你让交投公司直接通知郑国玉来交通局审计现场一趟，说要了解华原咨询公司对交投公司的咨询情况。只有'蛇'动起来了，我们才有发现破绽的机会。"

白露怀疑地回复道："计策是好，如果对方不动怎么办？"

凌刚颇为自信地回复道："郑国玉不动的可能性很小，这个人出了名的自负，自负的人往往都有一个弱点，就是对突然发生的事情非常敏感。我们突然找他调查交投公司的咨询情况，无疑会对他的心理造成强烈的冲击，必然会触动他那敏感的神经，让他做出非理智性的判断，从而露出破绽。"

末了，凌钢叮嘱道："'兵无常势，水无常形。'用兵作战没有定势，正如水没有固定的形状和流向一样，能根据敌情变化而取胜，叫作用兵如神。审计也是这样，没有固定不变的方法，必须坚持具体问题具体分析。找郑国玉调查只是我们审计策略的一个步骤，还要根据调查的进展及他的具体反应，及时调整我们的工作思路，做到随机应变。同时，还要密切关注交通局局长兼交投公司董事长常发迹的反应，发现情况及时与审计组联系。"

白露回复了一个OK的手势。

交投公司小金库被查，让常发迹更加恐惧与不安。他第一时间向郑桐进行了深刻的检讨，请求郑桐的谅解。郑桐没有责怪常发迹，提醒他要重点关注经责办的下一步动向，总结教训，做好防控，因为经责办才是一切危机的根源。

就在小金库被查的第二天上午，常发迹急忙把朱岩叫到了局长办公室，商讨具体对策。

常发迹神色凝重地说："审计人诡计多端，不按套路出牌，交投公司的小金库突然被查，搞得我们非常被动，郑桐市长也极为不满。"

朱岩谨慎地说："是啊，我也有同感，可以说是防不胜防。不过，我总觉得小金库被查一事，太出人意料了，会不会有人故意泄密。"

常发迹沉吟了一会儿说："一开始我的看法与你一样，觉得此事过于突然，也曾怀疑交投公司内部有人泄密，没有内鬼引不来外神。后来通过反复核实，此事纯属意外，是审计人突然袭击所造成的。"

"这件事再次给我们敲响了警钟，对待审计必须严防死守，不能存在任何侥幸心理。"朱岩意识到问题的严重性，特别提醒道。

"你说得太正确了。我今天找你来，就是商量下一步如何防控。"常发迹道。

此时，办公桌上的电话响了起来，是郑国玉打过来的。他告诉常发迹，交投公司通知他去交通局审计组接受谈话，郑国玉打算拒绝与审计人员见面。

常发迹在电话中劝道，经责办审计组的人指名要找你了解情况，你还是去一趟比较合适。涉及的问题你能够回答的就回答，不能够回答的就说不知道，审计机关不是司法机关，没有限制人身自由的权力，到时见机行事。"

经过常发迹的一番劝说，郑国玉勉强答应与审计组见面。

常发迹挂了电话，叹息道："'祸兮福之所倚，福兮祸之所伏'，但愿不要再节外生枝。"

十

经过几天的酝酿准备，与郑国玉的正面交锋终于开始了。

在交通局谈话室，郑国玉不满地抗议："你们经责办审计组找我干什么？"

白露没有在意郑国玉的态度，平和地说："我们今天主要是找你了解一下华原工程咨询公司的有关事项。"

郑国玉用警惕的目光快速扫视着白露和赵大海，傲慢地说："我不知道你在说什么。"

白露直言道："你不仅是天昊商贸公司的总经理，而且还是华原工程咨询公司的股东，我们当然要向你了解华原工程咨询公司为交投公司咨询的情况了。"

郑国玉一愣，不悦地说："对不起，我今天有重要的事情要办，我们改天再谈吧。"说着起身准备要走。

白露语气严肃地说："请郑总留步。我们是按照审计程序，依法向你进行调查，请你配合我们的工作。如果你坚持要走也可以，那就让常发迹来说明情况。"

听到这话郑国玉极不情愿地又坐了下来，态度仍然傲慢，一副极不耐烦的样子："你们想了解什么？我一会儿有事，时间最好不要超过十分钟。"

白露示意赵大海把调查提纲递给郑国玉，郑国玉接过后快速浏览着提纲，心中已经开始慌乱。看完提纲，郑国玉借喝茶之机稳了稳情绪，放下茶杯说交投公司是全市公路建设的重点企业，也是华原工程咨询公司的重点服务对象。

郑国玉慌乱的神情自然逃不过白露敏锐的目光，白露直奔主题："最近三年你们为交投公司咨询过几次？"

郑国玉沉思了一下："好像是一次吧。"

白露加重了语气："到底是几次？"

郑国玉犹犹豫豫地说："三次吧，是三次。"

白露缓和了语气问："每次咨询都发现了什么问题？有无工程咨询报告？"

"有，有咨询报告。"

"你们提供咨询服务，按什么标准收费？有无签订服务协议？"

"按全市统一标准收取，每次都签订了咨询服务合同。"

"华原工程咨询公司总共收取了多少服务费？"

"收费不多，具体金额记不清楚了。"

白露不想与之周旋浪费时间，直接点出了问题的实质："据调查，你们提供的咨询报告并没有实质性的服务内容。"

"不会吧？"郑国玉略显不安。

赵大海插话道："会不会，你自己不清楚吗？"

郑国玉不悦地说："我提醒你们不要被别有用心的人挑唆，我身正不怕影子斜，你们尽管调查，我全力配合。"

白露道："郑总，你多心了，刚才赵大海只是与你开个玩笑。"

郑国玉生气地说："玩笑是随便开的吗？好了，我还有事，今天就到这里吧。"话完起身走出了接待室。

白露叹了口气说："看来我们还是低估了郑国玉的强势与狡猾。"

自从经责办找上门后，郑国玉一直在想他们为什么会找到自己。今天的谈话表明审计人员既怀疑他暗中操纵了交投公司的中介咨询，又怀疑他的公司没有提供实质性的服务。这一切都与交投公司有直接的关系，常发迹应该清楚事件的原因，为解开心中疑惑，郑国玉约常发迹见面。

晚上七时许，郑国玉来到两人约定见面的咖啡厅，常发迹正好也到了，两人找了个靠窗的座位坐下。咖啡厅内音乐舒缓，香气四溢，郑国玉低头搅拌着咖啡，郁闷地向常发迹介绍了下午发生的一切，末了叹息道："令人百思不解的是，经责办的人为什么找我了解情况？"

常发迹提醒说："你忘了'兵者，诡道也'，兵不厌诈是审计人员惯用的伎俩，用不着大惊小怪。不过……"

郑国玉追问："不过什么？"

常发迹道："不过，这是一个非常危险的信号。经责办的人之所以找你，肯定是有原因的，很可能他们发现了你在某方面的问题，只是目前还没有取得过硬的证据。之所以找你，是想通过与你直接接触取得意外的收获。"

郑国玉点头，示意他继续说下去。

常发迹端起杯子，品尝了一口咖啡，继续分析道："我认为这是醉翁之意不在酒。"

郑国玉烦躁地说："什么醉翁之意不在酒？都到这个时候了，你就不要再拐弯抹角了。"

"我判断他们的目的不是你，应该是你老爸郑桐市长。你虽然经营公司是风光的老板，可在经责办的眼里终归是个平民百姓。不要忘记这次他们审计的对象是市长秦大川，关注的重点是市级领导干部，从这个意义上讲，你真的不够条件。而你老爸郑桐就不一样了，他是华原市委常委、商州市市长，他才是经责办关注的重点目标。"

郑国玉虽然认为常发迹分析得有道理，但还是有点疑惑："按照你的分析，他们直接去调查我老爸好了，何必骚扰我呢？"

"他们怎么能直接去调查你老爸？没什么证据的情况下直接把郑桐市长找过去问话？你想一想，审计调查哪个高官不是从亲属、秘书身上下手的？"

郑国玉恍然大悟："你是说他们是想通过调查我发现什么线索，然后再迂回调查我爸？"

常发迹反问道："难道说不是吗？还会有其他理由吗？"

郑国玉沉吟了一会儿，忽然反应过来说："我是我，我爸是我爸。他们是不是去交投公司调查咨询费的事情了？"

常发迹下意识地看了郑国玉一眼，马上否认："什么咨询费？我不知道你在说什么。"

郑国玉本来是抱着退还咨询费的想法来找常发迹的，还特意带了两张五十万元的银行卡，准备当面退还给常发迹，可老奸巨猾的常发迹却故意装糊涂。郑国玉不得不把话说透："就是我们咨询公司收取交投公司的咨询费。"

常发迹坦然地说："咨询公司为交投公司提供咨询服务是企业之间的正常经济往来，依法收取咨询费完全符合国家规定，没有任何问题。"

郑国玉听完又有些犹豫了，下意识地摸了摸兜里的银行卡。

常发迹继续道："经责办的人找你并不全是坏事，至少给你提了个醒，今后一段时间内你要小心谨慎了，听说他们非常难缠，一旦盯上谁了就会紧紧咬住不放。你开办商贸公司搞经营，间接操纵江山、江河建设公司承揽高速公路工程，难免在市场竞争中会得罪一些人。必要时你可以考虑去外地度假，避免和经责办接触，审计机关没有强制性手段，他们也就奈何不了你了。你还应该及时把这事告诉郑桐市长，让他有所防范。另外告诉你，经责办的人还在交通局调查高速公路招标一事，目前还不知道他们都发现了什么问题。"

郑国玉点头应道："好的，我会根据你的建议，做些必要的准备。"

这天，郑国玉在郑桐看完《新闻联播》后，小心地坐到了他身边。

郑桐看了看郑国玉："说吧，又有什么事？"

"也没有什么大事，就是昨天下午审计厅经责办的人向我了解了一些情况。"

郑桐警觉地追问："他们找你都了解什么情况？"

"也没有什么，就是问了问咨询公司为交投公司提供咨询服务的情况。"

郑桐严肃地追问："说具体些，都问了什么？"

"两年前，咨询公司受交投公司委托，为他们提供了两次咨询服务。"

郑桐马上问："交投公司有没有委托书？双方有没有咨询协议？咨询公司有没有提供咨询报告？收费标准有没有依据？"

"您说的这些都有，公司都有记录。"

听了郑国玉的话，郑桐松了一口气，放松了语气："如果这几样东西都齐全，就没什么大不了的事。"郑桐想了想又追问："你实话告诉我，你们咨询公司是否提供了实质性的咨询服务？有没有咨询报告？"

郑国玉点头道："有，都有。"

郑桐隐隐感到郑国玉有什么事瞒着他，有些不安地提醒说："审计厅经责办的人非常难缠，你收拾一下尽快到外地避避，也可以去香港住一段时间，一旦出现意外，就直接去美国。"

郑国玉不情愿地说："您把问题看得过于严重了吧？"

郑桐突然严厉地说："事情可能比你想象的还要严重，你必须做好离开华原的思想准备，毕竟安全才是第一位的。"

郑国玉无奈地说："好吧。"

常发迹正在办公室打电话，郑国玉敲门闯了进来，急切地说："常局长，你把咨询报告尽快给我一份。"

常发迹放下电话说："你们咨询公司不是有存档吗？"

郑国玉催促道："一时找不到了，你赶紧给我一份，我急着用呢。"

"好吧。"常发迹随即通知财务人员去档案室调取了华原工程咨询公司的咨询报告。

郑国玉返回天昊商贸公司后,让员工把报告中的王玉然和李玉然的签名改为了别的名字,又补充了许多工程检查方面的内容,重新打印,形成了一份完整的咨询报告。

看似高明之举,实则愚蠢至极,郑国玉不知道审计人员已对原咨询报告进行了复印。很快,郑国玉又被请进了经责办审计组。咨询报告的真相开始浮出了水面。

十一

一列高铁飞驰在陇海线上,飞驰在朝霞初染的平原大地上。何宾和李玉龙开启了东海省正原市之行,两人临窗而坐,思考着这次审计调查可能出现的各种情况。

何宾脑中回响着凌钢的嘱咐:"洛州工程公司是同乐投资公司为建设洛州绕城高速公路专门成立的公司。既然洛州工程公司是典型的空壳公司,那么同乐投资公司的经济实力也非常值得怀疑。同乐投资公司远在东海省正原市,你们要做好对方拒绝审计调查的思想准备。一旦对方拒绝审计调查,你们要主动与当地审计机关联系,争取他们的支持。我已与正原市审计局的张局长联系过了,张局长会积极支持我们的工作。"

同乐投资公司的办公地点位于正原市老城区商务大楼六层。

公司蒋经理坐在台式电脑前,正沉迷于电子游戏之中。

此时,办公室张主任引领何宾等人敲门进来:"蒋经理,中原省审计厅的两位同志到了。"

蒋经理急忙关上电脑,客气地说:"请坐,请坐。"

何宾同样客气地说:"我们是华原市审计厅的审计人员,来同乐公司调查核实一些情况。"说着将审计调查函及工作证递给了蒋经理。

蒋经理认真看了调查函和工作证后，推托道："我刚来同乐公司不久，不了解具体情况，要请示王总经理后再答复你们。"

"我们只是了解一下同乐投资公司近年来的财务状况。"

"财务部主任和王总去北京出差都不在家，没有王总同意我做不了主。"

何宾提醒道："你给王总打个电话请示一下。"

蒋经理无奈打了个电话，结果对方占线。

蒋经理双手一摊，表示很遗憾，电话也联系不上，你们明天再来公司吧。

何宾示意李玉龙将审计调查清单递给了蒋经理。

何宾指着手中的资料说："请你们按审计清单准备资料，明天上午我们来取，怎么样？"

蒋经理见缓兵之计起效了，微笑着满口答应。

何宾和李玉龙只好先离开了同乐公司。

次日上午，何宾和李玉龙如约来到了同乐公司，蒋经理客气地接待了他们，边给两人倒茶，边诉苦道："现在的民营企业生存环境太差了，经营中面临太多的困难：银行收紧信贷规模贷款难、项目审批时间长立项难、工商备案时间长注册难、产品订单不落实生产难、产品卖不出去销售难、售后资金回笼不及时收款难，再加上税务检查、工商检查、卫生检查、质量检查、环保检查等各类检查多如牛毛，仅这个月我们已经接待五家检查单位了，如果加上你们审计部门已经是第六家了，每个检查部门都是一尊神，我们企业谁也惹不起，也得罪不起……"

何宾无奈打断道："蒋总，关于企业的困难有机会再说吧，我们今天是来取财务资料的。"

"什么财务资料？"蒋经理反问。

"你真是贵人多忘事。"李玉龙讥讽道。

何宾提醒说："昨天给你的审计调查资料清单，不会这么快就忘记了吧？"

"啊，原来是这事呀，看我这记性。"蒋经理说着不慌不忙地从桌上拿起一本发黄的《审计法》展示给何宾，从容地说，"《审计法》明文规定，民营企业不属于审计机关审计的对象。同乐公司是民营企业，当然不属于你们的审计范围。"

李玉龙解释道："我们是审计调查。"

蒋经理却说："审计与调查是一回事，二者没有本质上的区别。"

李玉龙还想解释什么，被何宾制止了，何宾正色道："蒋经理，你这是只知其一不知其二，《审计法》还明文规定，凡使用公共资金的单位都属于审计调查的范围，同乐公司经营中使用了大量银行贷款，当然属于审计调查的范围。"说着把《审计法》的相关条款指给他看。

蒋经理狡辩道："即便如此，我们也只是属于当地审计机关的调查对象，不属于中原审计厅的调查对象。现在是法制社会，什么单位都得依法办事，你们也不能例外。"

何宾客气道："谢谢你的提醒，按照你所提的要求，我们会请当地审计机关协助我们调查。"

蒋经理眼神中流露出一丝不易觉察的冷笑，双手抱拳拱手道："理解万岁，欢迎再来。"

在当地审计部门的协调下，何宾等人最终拿到了同乐投资公司的营业执照及会计报表。资料显示：同乐投资公司注册资本仅有五百万元，2007年、2008年的营业收入分别为二百七十八万元、二百九十八万元，资产总额分别为一千九百五十三万元、一千九百五十五万元，利润分别为八万元、五万元。由此可见，同乐投资公司与洛州工程公司均不具备投资建设高速公路的经济实力。

十二

华原市环保监控中心是全市环境监控的中枢神经，中央控制设备连接着每一个污水处理厂及固体垃圾处理厂,对全市污水处理及固体垃圾处理情况实施不间断的监控。

这天上午,赵建和张宗义在监管处邓发处长的陪同下参观了环保监控中心的运行情况,蓝色的大屏幕上是一行行滚动的信息数据。

邓发站在大屏幕前,指着屏幕上滚动的数据自豪地介绍道:"……全市现有污水处理厂二十座,日处理能力超过八十万吨,三年前环保局就实现了对全市所有污水处理厂的运行情况实时动态监控,在这里可以随时观察了解任何一个处理厂的相关信息数据。毫不夸张地说,华原市的污水处理能力达到了全国先进水平。"

赵建边听边点头:"邓处长,请你把西龙湖污水处理厂的动态数据调出来,让我们看一看。"

邓发面露窘态说:"不好意思,这家污水处理厂的监控设备因故障正在检修,现在无法调出。"

赵建追问:"监控设备坏了多长时间?"

邓发对答如流:"大概三天了。"

赵建指着台式电脑说:"那就把三天前的数据调出来。"

邓发尴尬地看了赵建一眼,示意操作员调取数据,操作员急得满头大汗却没有调出数据。

赵建不动声色地对操作员说:"请你把平州污水处理厂本月的污水处理信息调出来。"

结果仍是一无所获。

参观结束后,赵建和张宗义对全市污水处理信息数据进行了全面采集与综合性分析,从中发现有十个污水处理厂的污水处理未达标,占全市污水处理厂总数的百分之五十。

十三

凌钢收拾桌上的文件正准备下班,忽然,红色涉密电话响了起来，凌钢拿起电话，听筒里传来东方亲切的声音："原计划明天早上给你打电话，考虑再三，还是现在打吧，估计你也没有下班。"

东方的电话让凌钢深感意外，第一反应可能发生了重大事情，急忙问："领导您有什么指示？"

东方道："你们查处华原市交投公司的小金库是怎么回事？"

一提及小金库，凌钢就抑制不住地兴奋："这是一个审计小组在核查公路投资时发现的，应该说是一个意外收获。"

东方平静地问："怎么个意外收获？"

凌钢得意地说："小金库是审计中无意发现的，由此牵涉到了商州市市长郑桐的儿子郑国玉涉嫌操纵中介公司，非法侵占国有资金五十万元的经济案件。"

东方语气忽然严肃起来："凌钢同志，你们这样做，我可要批评你们了。"

凌钢一惊，辩解道："单就查处小金库而言，我们并没有做错呀？"

东方严厉地说："厅里反复强调，这次审计的对象是秦大川市长履行经济责任情况，审计实施中一定要紧扣审计实施方案，紧紧围绕市长职责履行与权力运行两个环节，最终对审计对象履行经济责任情况做出客观公正的审计评价。而你们在审计中却把精力用在企业管理方面，把小金库作为审计重点，明显偏离了审计方向。"

东方的批评，让凌钢很意外，辩解道："领导，正是由于查处小金库才涉及了郑桐的儿子郑国玉呀，难道说这不是一个重要收获吗？"

东方明显不悦，批评道："凌钢同志，郑国玉的经济问题与郑桐有关系吗？与审计对象秦大川市长有关系吗？小金库问题能与审计对象的责任挂钩吗？"

直到这时，凌钢才意识到问题所在，陷入了沉默，少顷，他态度诚恳地说："领导批评得对，查处小金库的责任在我，我向您做检讨。"

东方语重心长地指出："凌钢同志，你比我更清楚，这次市长经济责任审计内容广泛、时间跨度大，加之人员少、任务重、时间紧、要求高，没有科学有效的审计方法，是不可能圆满完成审计任务的。因此，你们一定要在把握总体情况的基础上，突出审计重点，注意聚焦重大问题，善于集中优势兵力打歼灭战，实施真正意义上的突破。"

凌钢连忙表态："是，是。领导批评得对。"

东方又说道："我最近看了你们办上报的几份审计材料，应该说抓住了一些关键问题，取得了初步的成效。但严格意义上说，还不是很理想，一些重大问题聚焦不精准，多头审计导致重点问题不突出，这些都需要你们进行认真的反思与总结呀。在如何围绕主线抓重点问题方面，你要注意多听取同志们的意见，尤其是谢东正同志的意见。尽量不走弯路，或少走弯路。"

凌钢语气诚恳地说："请领导放心，我们一定认真总结经验教训，尽快调整工作思路，力争短时间内取得实质性的突破。"

放下电话，凌钢陷入了反思之中。

第六章　风雨沧桑

一

商州制药厂建设项目的追踪调查引起了秦大川的特别关注，他亲自给凌钢打电话要求停止调查。理由是此事已过去多年，现在再翻老账已没有任何实际意义，更重要的是制药厂项目与经责办实施的市长经济责任审计没有直接关系，并提醒凌钢不要被某些别有用心的人利用，凌钢力陈调查的必要性，拒绝了秦大川的无理要求。

几天后，凌钢快下班时接到秦大川的电话，请他去办公室面谈。凌钢赶到秦大川办公室，秦大川客气地请凌钢坐下，并让赵琼给凌钢泡了一杯上等的明前信阳毛尖。秦大川亲切地说："凌钢啊，我之所以把你叫来，是因为我始终觉得你是自己人，想跟你多聊聊。"

凌钢深知秦大川的用意，一脸诚恳地说："秦市长，我是您的老部下，感谢您多年来对我工作的支持与帮助，也特别感谢您把我当自己人，您有什么要求尽管讲。"

秦大川满脸笑容："听你这么说我特别高兴。我们有一段时间没有见面了，今天就是和你叙叙旧，顺便就某些情况沟通一下。"

秦大川端起茶杯慢慢地呷了一口，接着说："昨天我在电话里要求你停止对药厂的调查,主要原因是这些事已经过去多年,没有调查的必要,它与你们目前正在进行的市长经济责任审计没有直接关系。更重要的是经责办的动向已成为社会关注的焦点,如果你们坚持调查此事,会引起不必要的麻烦。"

凌钢故作茫然地说:"一次正常的审计调查,会有什么麻烦?"

秦大川用狐疑的眼光扫视着凌钢,直言道:"我是担心,你们这样的调查会被个别人利用。"

凌钢心里明白,秦大川阻止审计调查制药厂与即将召开的市人代会有很大的关系,秦大川当然不希望在这个节骨眼上出什么乱子。凌钢想了一下问:"秦市长,我还是不太明白,我们依法审计调查会被谁利用?"

秦大川不得不把话挑明:"很快就要召开市人代会了,涉及重大的人事调整,有想法的人大有人在。在这个节点上,你们去调查几年前的旧事,你说会被谁利用?"

凌钢不以为然地说:"秦市长,我们按照审计方案依法审计调查属于正常工作,您是不是把情况想复杂了?"

秦大川意味深长地说:"如果总揪着过去鸡毛蒜皮的小事不放,什么事情都干不成,不知你能否明白这个道理?"

凌钢坚持道:"没有正当理由,从药厂撤出来,真的不好向审计厅交代。"

秦大川明显不悦,朝凌钢摆了摆手:"行了,什么交代不交代,选择什么样的单位调查,还不是你凌钢决定的事?不要动不动就拿审计厅说事。"

"审计发现重大问题当然要报告了,这是工作纪律。"凌钢并不打算让步。

秦大川把玩着茶杯,一言不发地盯着凌钢,脸色通红,怒气在不断集聚。

凌钢解释道:"初步调查表明,药厂引进项目系商州近几年来的一个失败项目,已经给国家造成了重大的损失,社会反响强烈,不查清此问题无法给审计厅及社会一个交代。"

秦大川端起茶杯,又重重地放下,从沙发上站了起来,在办公室内来回踱步,片刻后停住了脚步,说:"这里面涉及最基本的认识问题,在改革过程中,由于缺乏经验,难免会出现一些失误,属于正常现象,请问哪个地方或单位在改革中没有出现过失误呢?"

凌钢强压着内心的不满,坚持自己的意见:"审计调查就是要弄清这是人为的主观失误,还是经验不足造成的客观失误,不深入调查就无法做出准确的判断。"

秦大川非常失望地说:"难道说,这件事就没有通融的余地吗?"

凌钢语气坚定:"秦市长,对不起,审计方案已定,涉及原则问题无法通融。"

秦大川摇了摇头,颇有深意地说:"一个只知道坚持原则、缺乏灵活性的人,迟早会摔跟头的。你这样做,不仅让我很失望,而且会付出沉重的代价。"

凌钢平和地说:"秦市长,知道您是为我考虑,可是您想过没有,很多人都知道我和您的关系,这时候我若停止调查药厂项目,对上上下下都没法交代。希望您能够理解我的苦衷。"

秦大川旧话重提:"凌钢呀,很多事情是要讲策略的,由于你们乱打乱撞引发了之前的群访事件,造成了极其恶劣的社会影响,到目前为止事件遗留问题尚未最后解决。在这个敏感时期你们又坚持调查药厂,难道真的像你说的那样,不调查清楚就无法向方方面面交代?"

一听秦大川又将群访事件归咎于经责办,凌钢有些控制不住情绪了,激动地说:"秦市长,关于群访事件上次我已经表明了态度,对这个问题我现在不想做更多的解释,但我坚信真相总有大白的时候。现在你要求我们停止调查药厂,我确实做不到。"

秦大川非常了解凌钢的性格,他认准的事情九头牛都拉不回,现在不宜和他闹得太僵,于是退让了一步,语气平和地建议道:"我理解你的心情,也知道你目前面临的困境,不是不让你调查药厂，而是要求你暂缓一下，待过了这个敏感期再继续调查也不迟。"

凌钢见秦大川做了妥协，想到自己如果不做出必要的让步，今后的工作就会处处碰壁，甚至寸步难行，于是借梯下楼，显得有些无奈："好吧，就按您说的办，暂时停止对药厂的调查。秦市长，我所做的事也是职责所在，希望您不要对我产生误解。"

秦大川亲切地握着凌钢的手，一扫刚才的严肃，微笑着说："知道你不会让我失望的，有什么困难尽管提出来，我帮你解决。"

凌钢苦笑道："谢谢您，等我遇到困难时再找您。"

二

当得知张莉嘉等人中止了对制药厂的调查时，反应最激烈的是谢东正，这个视原则为生命的倔强老头马上敲开了凌钢办公室的门，两人再次暴发了激烈的冲突。

谢东正双眉紧蹙，直视着凌钢："凌主任，今天我找你只有一件事，请你解释清楚。"

凌钢故作轻松地问："什么事这么严肃？需要我解释什么？"

谢东正开门见山："你为什么要求终止对药厂的调查？"

凌钢一听此事，笑着解释说："这是出于多方面的考虑，权衡了各种利弊决定的，我们只是暂时停止对药厂的调查，待时机成熟后会再次启动调查程序。"

谢东正不客气地责问道："在商州煤业公司调查时，你袒护你的发小苏运棋，撤出了审计人员。现在你又顾及与秦大川的关系，终止对药厂的调查，你这样做是公开破坏审计纪律呀。"

凌钢辩解道："审计人员从煤业公司撤出后，并没有影响对这家公司的后续调查，以退为进的策略是正确的。审计工作也要注意战略与战术，不讲战略与战术的审计只会适得其反。我这样做是维护审计纪律，而不是破坏审计纪律。"

谢东正冷笑道:"煤业公司的调查之所以能够继续,最主要的原因是同志们坚持了依法审计的原则,在大家的强烈要求下调查才得以进行,这些事实你不会否认吧?"

凌钢站了起来,走到窗前,朝远处看了几秒钟,又转过身,神情凝重地说:"你说的是事实,但你也应该知道,我在背后所做的工作。"

谢东正一愣,不服气地说:"就算你背后做了一些工作,但也不能掩盖你对苏运棋的袒护,苏运棋的问题查清楚了吗?"

听着谢东正的话越来越离谱,凌钢反问道:"请问,苏运棋有什么问题?你抓住他什么把柄了?"

谢东正自知话说得过分了,缓了缓语气说:"正在调查落实,我相信一定会抓住他的狐狸尾巴。"

凌钢皱眉说:"好,我等你的调查结果。你应该明白怀疑替代不了证据,如果说苏运棋有问题,就必须拿出过硬的证据来。"

谢东正直言道:"这点请你放心。我现在最关心的是对药厂的调查,希望你能够从大局考虑,不要中止调查。"

凌钢耐心地说:"谢主任,我知道你原则性强,也佩服你的为人,我这样做真是为了大局。请你认真想一想,在调查药厂的问题上,如果我们不做适度的妥协,公开与秦大川对着干,你考虑过后果没有?秦大川毕竟是市长,他对经责办工作的态度非常重要,如果他干扰审计或设置阻碍,我们就无法进行正常的工作,甚至寸步难行。"

谢东正倔强道:"我就不相信,他秦大川能一手遮天,不行我们可以直接向陈锋书记反映情况,或者建议审计厅出面协调。"

凌钢语重心长地说:"我说谢老兄,如果动不动就找审计厅协调,或向陈锋书记反映情况,你觉得合适吗?可行吗?关键还是得靠我们自己。暂停调查药厂这件事不要再做无谓的争论,等时机条件成熟时,我会马上安排重新调查。"

见凌钢态度如此坚决,谢东正明白再争下去没有任何意义。

他不满地说:"好!就按你说的办,但愿你不要反悔。"

凌钢隐忍地说:"请你放心,我也是有原则的人。"

三

人逢喜事精神爽。秦大川下班一到家就笑着吩咐陈瑞:"夫人,今天晚上多炒几个菜,我要小酌几杯。"

陈瑞看着他兴高采烈的样子也笑着问:"非年非节的,有什么喜事要喝酒?"

秦大川笑呵呵地说:"你记得我昨天担心药厂审计的事吗?"

"当然记得啊,为这事你昨夜翻来覆去都没睡好。怎么事情出现转机了?不会是不再审计了吧?"

"还真让你说对了,今天我把凌钢叫到办公室当面沟通,他已经同意中止对药厂的审计。"

陈瑞有些疑虑地说:"凌钢是个非常讲原则的人,他会轻易答应中止审计?会不会是缓兵之计呀?"

秦大川颇为自信地说:"任何人都有灵活性,他凌钢也不例外。退一步讲,即使是缓兵之计,等市人大会开过了,一切都有定论了,再重新调查也就无所谓了。"

陈瑞道:"就这件事,值得让你高兴成这样?"

"当然不会因为这一件事了。"

"还有什么高兴事?"

秦大川微笑着说:"听说经责办采取突然袭击的方式,一举挖出了交投公司隐藏多年的小金库,由小金库追踪到了郑桐儿子郑国玉的公司,这下可有好戏看了。"

陈瑞疑惑道:"交投公司的小金库与郑桐儿子的公司有什么关系?"

秦大川幸灾乐祸地说:"不仅有关系,而且郑桐儿子涉嫌重大经济问题。这下就热闹了,儿子出事郑桐还能独善其身吗?我的竞争对手不就少了一个吗?你说这不是好事吗?"

陈瑞点头道:"是好事,大好事。"

四

郑桐"移祸江东"之计不仅没有收到预期的效果,还让自己陷入了更加被动的局面。随着郑国玉一案被移送检察机关,郑桐焦躁的情绪达到了崩溃的边缘。为从根本上扭转这一不利局面,最有效的办法是暗中借助公安司法的力量,目前最好的人选就是公安局长赵志。这天上午,郑桐紧急地把赵志召到了办公室。

军人出身的赵志是公安系统有名的破案高手,之前是市公安局副局长分管刑侦工作,因连续破获多起重大刑事案件,引起了郑桐的关注,在郑桐的极力推荐下,他今年上半年刚被任命为商州市公安局局长。

郑桐在赵志对面的沙发上坐下,神色严肃地说:"上个月发生的特大入室盗窃案,影响实在太大,侦破情况如何?"

赵志回答道:"初步侦查情况表明,这是一起跨区域特大盗窃案件,作案流动性强,社会危害性大,省市公安部门联合办案,初步发现了一些线索,正在全力侦破,相信很快就会破案。"

郑桐点了点头:"我今天叫你来顺便了解另外一个情况。"

赵志恭敬地问:"不知您要了解哪方面的情况?"

郑桐顺手从桌上拿起一支香烟,赵志连忙为他点上火。郑桐缓缓吐了一口烟圈,直截了当地问:"我儿子国玉,到底犯了什么罪?"

赵志谨慎地说:"郑市长,国玉的案件不是市公安局侦办的,是由审计厅责办查实后移送市检察院的,我只是听说了一些情况,不一定准确,也可能与事实有较大的出入。"

郑桐没有说话，示意赵志说下去。

赵志继续道："据初步了解，经责办已经查实，国玉操纵咨询公司为交投公司提供咨询服务，涉嫌受贿。他目前就关在市看守所，您是否要去看看他？"

郑桐不耐烦地摆了摆手："现在去看他不是自找麻烦吗？你应该知道有多少双眼睛盯着这件事，说不定有人真的希望我去见国玉。"

赵志顺着郑桐的意思说："是的，这时候不看也好。"

郑桐又问道："经责办为什么盯着国玉不放？他们是从哪里得到的线索？凌钢与秦大川的特殊关系你不会不知道吧？这件事是不是秦大川指使的？"

赵志坦言道："不瞒您说，这几天我也一直在思考这些问题。对于凌钢与秦大川的关系我多少听说过一些，但这次凌钢是否是受秦大川的指使，没有证据，我不敢妄下结论。我们的同志了解，经责办审计组在市交投公司审计时发现了一个小金库，其中有五十万元直接付给了一家中介咨询公司，审计组核对咨询报告时，发现是国玉模仿咨询人员的笔迹签的名字。"

郑桐惊讶地问："他怎么会模仿咨询人员签名？他签字不合常理嘛。"

赵志谨慎地回答道："具体细节我不太清楚。"

郑桐关切地问："国玉模仿咨询人员的签名是在市公安局做的鉴定吗？"

赵志明白郑桐的意思，答道："不是，据说是在公安部笔迹鉴定中心做的鉴定。"

瞬间，郑桐的神情有些沮丧，无意识地转动着茶杯若有所思。国玉在天昊商贸公司工作，与市交投公司没有直接的业务往来，按常理他不应该参与这些事。是遭人陷害，还是别有内情？

赵志看着沉着脸的郑桐，小心地说："我们了解，国玉除经营商贸公司外，还成立有工程咨询公司，发生这样的情况有可能。"

郑桐疑心更重了，一脸狐疑地问："按照你说的情况，交投公司的小金库应该涉及很多人，为什么经责办只抓住国玉一个人不放？"

赵志苦笑着说："这也是我不理解的地方，是经责办的人有选择地处理，还是另有打算，不好具体猜测。"

郑桐皱眉道："如果经责办对发现的问题有选择地处理，这里面就大有文章了。"

赵志不好回答，起身给郑桐杯中续满水。

郑桐端起茶杯喝了两口，舒缓了一下情绪，意味深长地说："赵志，今天我把话说明白，虽然国玉是我的儿子，但他的问题是他自己的问题，与我没有任何关系。但无论他有多大的问题，都掩盖不了经责办凌钢他们自身的问题。小金库必然会涉及很多人，为什么只处理国玉一个人？经责办的用意不是很明显吗？凌钢这样做很可能是受人指使或被人利用了。"

赵志暗中吃了一惊，提醒道："如果是这样，情况就更复杂了，郑市长您可要小心了，不排除这里面有陷阱。由此看来，您不去看国玉是正确的，一旦您去了，就是跳进黄河也洗不清了。"

郑桐话题一转，毫不掩饰地说："有人反映，环宇公司是某些人经常出入聚会的地方，老板雪萍与很多官员都有交集，范琦等人经常往那里跑，就在上周凌钢还在那里接受了范琦等人的宴请，难道说就是吃吃喝喝那么简单？环宇公司不寻常，尤其是那个雪萍更不简单。"

赵志赶紧说："具体情况我不清楚，不过我们已经开始关注这个地方了。"

郑桐强调道："仅仅关注是不够的，必须采取切实措施，派人打入他们内部，弄清他们的真实情况。具体都有哪些人往那里跑，他们都谋划了什么事？这些情况都要搞清楚。"

赵志点头道："好的，请郑市长放心。"

郑桐盯着赵志说："秦大川是个老狐狸，很多事情他自己不会出面。范琦是他的得力干将，凌钢是他的得意门生，只要暗中盯住这两个人，再重点关注雪萍，一定会有收获。"

赵志讨好地说："请郑市长放心，我会按照您的指示去做，一有情况，我第一时间向您报告。"

郑桐满意地点了点头，赞赏道："你办事我放心。有一点我要提醒你，凌钢与秦大川关系密切，不排除经责办追查国玉受贿一案是受秦大川暗中指使。凌钢的可怕之处，是他做事时有一股韧劲和狠劲。最近他还一直咬着高速公路招标问题不放，把我担任交通局局长期间的高速公路招标资料翻了个底朝天，大有不达目的不罢休的劲头。"

赵志附和道："是啊，凌钢这个人非常有个性，不按常理出牌，做事常出人意料。"

郑桐指示道："你一定要把重点锁定在凌钢身上，暗中监视他的一举一动，发现异常情况一定要及时报告。同时，也不能放松对环宇公司的监视。"

赵志尽管心里不认同郑桐的想法，但还是不得不点头说："是！"

五

这天上午，东方临时提议召集一个会议，参加人员及会议内容都没有事先通知。董兴华、齐华在通往会议室的走廊上相遇，董兴华主动说起了经责办最近的情况，特别是在谈到接二连三的举报信时一脸担心。齐华也流露出同样的表情，感叹说真是多事之秋，经责办出现什么问题都不奇怪。董兴华频频点头："是啊，我真的为凌钢同志担心。"

此时，东方迎面走了过来，问道："你们说的是经责办吧？我正想问你们，华原的环境真有那么复杂吗？"

董兴华苦笑着回答："说起华原环境复杂是因为有一个传统的恶习——喜欢告状，尤其涉及干部职务变动、职称评定时，告状信满天飞。处在这种环境中的经责办不可能独善其身，受影响是必然的。"

东方扬了扬手中的信件："走，我们去会议室再议。"

会议室里已经坐着几个部门的负责人，其中包括人事教育处处长杨宾、纪委书记冷光。

人到齐了，东方开门见山地说："今天这个会是经周厅长同意临时召开的，周厅长因参加市政府一个重要活动，不能参加这次会议。会议只有一个议题：讨论经责办的举报信问题。"东方说话时，机要秘书把收到的举报信复印件分发给参加会议的同志。

东方扫视了一下众人说："举报信的举报对象是经责办，举报的内容是违法审计，举报单位有华原市交通局和华原市交投公司。"

众人都很意外，一下子怔住了。

董兴华有些惊讶地问："举报经责办违法审计？这就怪了，他们进点还不到半个月。"

东方随手举起一封信，要求大家认真地看看，真是一波未平，一波又起。

董兴华快速看了一下手中的信说："从举报的内容看，主要是举报经责办的审计人员限制华原交通投资公司财务人员的人身自由，严重侵犯了财务人员的合法权益。这哪里是举报信啊，完全是陷害我们的审计干部。"

东方望着众人严肃的神情和专注的目光，一针见血地指出："即使是陷害，恐怕也有凌钢他们具体工作中存在的问题。"

董兴华试探道："东方同志，你打算怎么处理这件事呢？"

东方沉吟了一下："初步考虑有两种方案，一种方案是立即派人对举报内容进行调查，另一种方案是把举报信转给经责办纪检组，由纪检组组织调查，并将调查结果反馈给审计厅，视调查结果再做处理。"

董兴华意识到问题的严重性，率先说出了自己的看法，认为此事不宜张扬，还是内部处理较好。东方问他如何内部处理。

董兴华没有回答，端起茶杯，放下了举报信，表情有些沉重。

东方看了纪委书记冷光一眼，示意他发表意见，冷光说道："如果我们公开调查，势必会造成审计干部的思想波动，甚至会产生连锁反应，助长某些被审计单位的个别人干扰审计的歪风，进而影响整个审计工作。"

东方问道："你的意思是让经责办自己调查处理，静观事态的发展？"

冷光点点头说："就是这个意思。我建议把这些举报信转发给经责办，让他们自己调查处理。"

东方看了看众人，没有人对这个方案提出异议，他思考了一下，对齐华说："齐局长，你尽快把这些举报信用加密方式电传给经责办，提醒他们一定要总结经验教训，严格依法审计，注意审计策略与审计方法，并将举报信调查处理结果报审计厅。"

六

利用江风与审计人缠斗是范琦为了避免与审计人发生正面冲突的既定策略，策略实施以来取得了初步的效果，一定程度上延缓滞后了经责办对国土资源局及环宇公司的审计进度。但这事有利也有弊，范琦隐隐觉得江风的行为已经引起了经责办的警惕，也引起了政府有关部门的关注。范琦正考虑用什么办法解决问题时，突然接到了江风的电话。

一听江风的声音，范琦立马笑着说："江所长，情况怎么样？"

江风得意地说："经责办的人上钩了，他们不仅没有拿到煤矿的评估报告，而且又掉入我们预先设计的圈套里。估计那个姓张的处长气得要发疯了。"

范琦并没有江风那么乐观，冷静地说："江所长，你也不要太乐观了。经责办的人没有一个是吃素的，他们会善罢甘休吗？你最好去外地躲避几天。"

本以为范琦会表扬自己会办事，没想到他居然泼冷水，江风有些不悦地说："范局长，你不是说过他们不是司法机关，没有限制人身自由的权力？怎么又让我到外地躲避几天？"

范琦暗想真是个蠢货，但还是耐心地劝道："如果我没有分析错的话，他们下一步肯定会向市政府反映你们拒绝配合审计一事，如果市政府相关部门出面干预，事情会变得很麻烦。"

江风一时没有了主张："那我该怎么办呢？"

范琦果断道："离开华原，到外地躲一段时间，这是你目前摆脱困境的最佳选项。"

一听范琦说让自己离开华原市，江风一百个不乐意。范琦刚利用完自己，就卸磨杀驴，江风不情愿地问范琦，自己什么时候离开华原合适。范琦让他最好今天晚上就走。江风马上开始诉苦，说自己评估所的业务量已严重不足，自己一旦走了，所里没业务会倒闭的，几十年的付出将付之东流。

范琦深知江风的为人，如果不给他一些甜头，他是不会离开华原的。于是，范琦承诺道："这点你放心，你们所的评估业务只会多，不会少。"

得到范琦承诺的江风立刻说："有你范局长这句话，我就放心了，我今天晚上就离开华原，让经责办的那帮人使劲地去折腾吧。"

范琦与江风以为此举可以躲过经责办的追查，然而事情的发展打破了他们的如意算盘。

江风干扰审计调查一事很快被反映至华原市政府，秦大川严令财政局进行调查。在财政局的大力督促下，江风被迫如实向审计组说明了资产评估的真实情况。

江风交代说："评估所在接受商州煤矿委托评估过程中，因委托方经营情况出现了一些变化，最终的评估结果并没有被委托方采用。"

张帆确认道:"也就是说,资产评估报告是毫无意义的一纸空文?"

江风点了点头说:"是这样的。"

张帆质问道:"赵主任抢走的那张说明是什么情况?"

江风羞愧地说:"那是我们设置的圈套,是想引起你们的怀疑,转移你们的注意力。"

张帆讥讽道:"你们这叫聪明反被聪明误,搬起石头砸了自己的脚。"

江风低下头,叹道:"这件事是我们错了,主管部门已经让评估所停业整顿了。"

李明冷冷地说:"你这完全是咎由自取。"

江风沉默不语。

七

各审计小组组长一回到经责办,凌钢就召集大家开会。

梁丽燕首先通报了几封举报信的内容:"这些举报信信息量很大,涉及很多方面,梳理后发现集中反映了商州煤业公司的三个问题:一是市国土资源局局长范琦干预商州煤矿改制,侵占了职工合法权益;二是环宇公司老板雪萍与煤业公司总经理苏运棋内外勾结低价收购商州煤矿,造成国有资产重大流失;三是煤业公司故意拖欠工人工资,严重侵犯了职工的利益。"

凌钢点头道:"最近几天,审计组又接到几个匿名举报电话,电话内容与举报信内容大体相同。尽管举报线索比较模糊,但举报内容与被举报对象的指向还是非常明确的。联系到群访事件的发生及前期煤业公司调查受阻,可以判断,环宇公司在收购商州煤矿中有重大违法嫌疑。"

梁丽燕补充说:"举报集中在范琦、雪萍和苏运棋这三个人身上。"

接着白露谈了自己的看法:"审计组应重视群众举报,选派有审计实战经验的人对其内容进行核查,但应注意从宏观方面进行整体把握,不宜将过多的力量投入到对举报内容的核查方面。从前一阶段对交通局高速公路的审计调查情况看,招标存在疑点较多,应增加力量加大对此方面的调查力度,尽可能在较短的时间内取得实质性突破。"

张帆结合这次审计情况,提出了自己的看法:"环宇公司隐瞒矿产资源储量涉及探矿权转让申报问题,从国土资源局的审批内容及流程调查情况看,并没有发现有价值的线索。初步怀疑是有人施放的烟幕弹,故意扰乱视线,误导审计。"

谢东正听完大家的发言,微锁浓眉,坦率地发表了自己的观点:"审计厅已经批复了审计实施方案,审计组应严格按照批复方案抓好落实工作。贯彻落实审计厅批复意见,我认为应重点关注三个方面:首先,坚持以大数据为引领,加大对全市财政、税务、工商、投资、金融、扶贫等信息数据的采集与分析力度,综合分析秦大川市长及市政府职责履行情况;其次,进一步聚焦审计重点,围绕市长职责履行,统筹审计资源,力求在煤矿资源整合、重点项目建设、风险防范化解、环境污染防治等方面取得突破;最后,认真做好评价,领导干部经济责任审计的主要目的是对被审计对象履行经济责任情况进行综合评价。"

凌钢综合大家的意见,发现很多问题仍停留在怀疑阶段,并没有取得任何实质性的进展。他强调说:"对被审计对象履行职责情况进行综合评价为时过早,审计综合评价是在全面审计的基础上做出的,就目前情况而言,评价的条件并不具备。因此,当前情况下,我们应在认真核查大数据发现问题的同时,把审计的重点放在国企煤矿改制、高速公路招标、财政风险防控方面,注意揭示重大问题。总之,我们要进一步强化问题导向,力求尽快取得实质性的突破……"

谢东正不悦地打断凌钢的话："强化问题导向的思路并没有错，关键是强化什么样的问题导向。从前一段的审计情况看，审计发现的一些问题尽管是违纪问题，但与经济责任审计的关系不大，或者说与被审计对象的关系不大，比如说小金库问题，虽然涉及金额较大、问题也比较严重，但这个问题终究是市交投公司自己的问题，与审计对象，即秦大川市长职责履行没有任何关系。因此，我个人的看法还是那句话——紧扣审计方案，聚焦责任履行，否则，审计就明显地偏离了目标与方向。"

谢东正如此尖锐的批评，多少还是出乎凌钢的意料，他稳了稳情绪，看着谢东正平静地说："聚焦责任履行本身并没有错，关键是聚焦什么样的责任。我要特别强调的是，我国党政机关实行的是民主集中制，市长经济责任审计，其实质就是以市长为代表的市政府班子履行经济责任的审计。作为市长的主要职责是把握方向、统筹全局及协调各方，按照分工负责的原则，全市重大经济决策事项都是由市委或市政府依据分工集体做出的决策。因此，经济责任审计除将市长的直接决策作为审计重点外，还应将市政府班子成员的分散决策列为审计的重点。如果审计中发现领导班子成员做出了错误或失当决策，给国家造成了一定的经济损失，或产生了消极后果，作为市长应根据职责承担相应的领导责任，造成重大经济损失的还要承担相应的其他责任。"

谢东正似乎并不买账，依然强调道："小金库问题的审计偏离了审计目标与方向，应予以彻底纠正。"

谢东正的态度虽然让大家感到惊讶，但对凌钢触动还是很大的。此时，凌钢渐渐地冷静下来。因为谢东正的看法与东方的看法基本一致。凌钢坚持认为，依法查处交投公司的小金库并没有影响对总体审计情况的把握，也没有影响审计工作的整体进度。这一发现是一个意外收获，虽然此问题不属于被审计对象的责任，但毕竟是一个严重的违纪问题。试想，如果没有发现这个问题，郑国玉受贿的事就不可能暴露，社会上关于郑国玉的议论较多，现在郑国玉出了问题,郑桐能脱离干系吗……

谢东正坚持认为,郑国玉的问题终究是他个人的问题,与郑桐扯不上关系。因此,他的意见仍然是,紧扣审计方案,聚焦责任履行。否则,就是偏离审计目标与方向。

凌钢注视着谢东正问:"谢主任,你能否具体谈谈审计的重点是什么?"

谢东正显然有备而来,胸有成竹地说:"省政府相关厅委下达的土地利用、污染防治、廉租房建设、高速公路建设等约束性指标完成情况是我们应该关注的问题,华原市在完成这些约束性指标的过程中取得什么样的成效,存在什么样的问题等都需要弄清楚。"

凌钢点头表示认可,示意他继续说下去。

谢东正道:"我要说的就这些,希望同志们认真研究。"

此时,不知谁的手机铃声响了起来,谢东正扫视着与会者,严肃地批评道:"我强调过多少次会议纪律,开会期间不要带手机,可有些人总是我行我素,违反纪律,请带手机的同志主动站起来吧。"

没有人站起来,手机依然固执地响个不停。大家的目光一齐看向谢东正面前的公文包,有人已经忍不住笑了出来。赵大海耿直地说:"谢主任,是你自己的手机响了。你还是快接电话吧,肯定有重要的事情。"

谢东正一脸尴尬地接听了电话,电话里传来女儿焦急的声音:"爸爸,你赶快回来吧,妈妈的心脏病又犯了,已送市人民医院了。"

谢东正面无表情地问:"医院几号楼?几病床?"

"正在急救室抢救,你快点来吧。"

"病人到了医院一切听医生安排,我随后到。"谢东正强装镇定地挂断电话,随手关掉了手机。

凌钢等人马上劝谢东正赶快去医院照顾病人。

谢东正苦笑道:"老伴已经送到医院了,正在接受治疗,有女儿照顾,我去也帮不上忙,况且我现在去医院也不是时候,还是把会议开完再说吧。"

谢东正是有名的工作狂，凌钢等人见劝不动只好作罢，会议继续。凌钢接着分析说："这次审计涉及的内容很多，从前一段审计调查的情况看，环宇公司仍是我们当下审计调查的重点之一。对环宇公司的复杂性，我们要有足够的认识，对它进行审计调查，要制定一套科学严谨的调查方案。如果不讲策略地查下去，结果可想而知。"

谢东正难得地点了点头，正要开口，被凌钢摆了摆手制止住，凌钢继续道："高速公路招标问题固然是审计调查的一个重点，但问题的实质并不在招标本身，如果工程质量没有问题，即便审计调查中发现了招标不规范，甚至围标问题，只能说明他们管理不规范。因此，高速公路审计调查的重点在于工程质量。"

谢东正再次点了点头，不服输地说："这也是我正要特别强调的重点。"

其他同志都结合审计情况发表了自己的意见。会议最后，凌钢进行了小结："大家从不同的角度谈了自己的思路与观点，这些思路与观点都是符合实际情况的。这次经济责任审计开局良好，初步摸清了一些基本情况，发现了一些线索或疑点，为工作的顺利开展明确了工作思路与方向。下一步要紧扣审计实施方案，认真贯彻落实审计厅的批复意见，不断强化审计重点，全面完成审计任务。"

八

商州的郊外秋色浓郁，层林尽染。

郑桐蹙着眉宇，站在西龙湖畔大堤上，怒气冲冲地冲着常发迹发火："废物！一群废物！"

常发迹赔着笑脸，小心翼翼地检讨："都是我的失误，是我管理失察，给您添麻烦了。"

"经责办不仅查处了你们的小金库，而且还把我儿子国玉送了进去，这就是你所说的添麻烦？"

"郑市长，真的没有想到事情会发展到这步，我对不起您对我的栽培与信任。"

"现在说这些还有什么用？凌钢他们现在在干什么？"

"我刚刚得到消息，最近，秦大川的侄子秦召经常聚众赌博，您要不要与赵志打个招呼，选准时机把他们一网打尽？"常发迹答非所问地说。

郑桐愣了一下，问道："这个消息可靠吗？"

"绝对可靠。"

郑桐点了点头，神色严肃地说："你说的情况我会考虑，但我们最主要的对手是经责办，凌钢才是危险的源头。"

常发迹附和道："是、是，凌钢他们一直咬着高速公路招标问题不放。"

郑桐神色忧虑地说："现在形势非常严峻，弄不好我们都会栽倒在凌钢的手中。"

"我觉得事情来得太突然，此事是否与秦大川有关？"常发迹觑着郑桐的神色猜测道。

郑桐咬牙切齿地说："秦大川就是这一切的幕后操纵者。"

常发迹说："有一点我没有弄明白，举报信发出一个多星期了，为什么一点动静都没有？"

对这个问题，郑桐倒是不担心，自信地说："我分析审计厅收到举报信后早已转给经责办了，不排除他们正在暗中进行调查，而调查需要一个过程，此事不能操之过急。"

"郑市长，那我们现在如何摆脱不利局面，化被动为主动？"

郑桐说："我们要加大对凌钢、范琦等人的监控力度，争取从他们身上打开缺口。此事我已经做了部署，相信很快会有成效。你当下最主要的任务是确保高速公路招标平安无事。你先回去准备吧，我还约了一个人。"

"请郑市长放心，我一定做好准备。那我先走了。"常发迹说完赶紧离开。

少顷，赵志驱车赶来。

见到赵志，郑桐开门见山，问道："你们对凌钢、雪萍等人的监视有什么发现？"

赵志迟疑地说："对凌钢的监视需要省公安厅的授权，没有公安厅的授权私自对一个厅级领导干部监视属于严重的违法行为。"

郑桐不悦地说："那对雪萍的监视也需要公安厅的授权吗？"

赵志赶紧说："对雪萍及环宇公司的监视一刻也没有放松，内线报告，他们为规避纪委对私人会所聚餐的突击检查，已转移了活动阵地，改在了商都大酒店。国土资源局办公室主任秦召也就是秦大川的侄子，还有范琦等人不时在该酒店小聚，已初步发现涉赌线索。"

郑桐的脸色稍稍缓解后问："凌钢还去环宇公司吗？"

赵志摇头说："就去过一次，之后再也没有去过。"

郑桐语气很重，强调说："凌钢才是最危险的对手，既然法律上有障碍，可考虑对他暗中监视。能够发现秦大川的侄子涉赌，说明你的工作做得不错。你要尽快找准时机，将涉赌人员一网打尽。"

"是！"赵志语气坚定地回答。

九

凌钢和谢东正等人在经责办会议室，正在观看电视台直播的平原省十大杰出青年评选揭晓仪式。

"女士们、先生们、电视机前的各位朋友们！下面请第二次当选平原省十大杰出青年的雪萍女士发表当选感言。"电视里传来热烈的掌声。

雪萍一袭紫红色职业套装，落落大方地走上发言席，侃侃而谈："尊敬的各位领导、各位朋友，感谢大家再次把平原省十大杰出青年的荣誉给了我。今晚，我要说的只有三句话：衷心感谢你们的信任与支持！决不辜负你们的期望！以更加优异的成绩回报大家的厚爱！"电视机里又一次传出雷鸣般的掌声。

凌钢起身关上电视机，笑着说："大家都看到了吧，家喻户晓的女老板更加春风得意了。"

谢东正叹息道："是啊，大家有没有觉得这个女老板是这次审计的最大受益者。"

梁丽燕不解地问："此话怎么讲？"

张帆主动解读道："这不是明摆着的吗？群访事件虽然给华原市造成了不良影响，但商州市煤业公司却是受益方，商州市财政局垫付了拖欠的职工工资，缓解了煤业公司的资金压力，而且因为市政府出面协调银行，煤业公司还获得了银行贷款，渡过了难关，目前公司的发展已走上正轨，作为煤业公司的控股股东雪萍的确是最大的受益者。"

谢东正心情有些沉重地说："不仅如此，据了解，雪萍最近又低价拿下了市中心黄金地段的二十亩商业开发用地，初步估算建成商品房出售后，可获取净利润超过五个亿。"

梁丽燕多少有些自责地说："由此看来，我们当初还是低估了雪萍的活动能量了。"

一时，大家情绪沮丧，气氛沉闷。凌钢鼓励道："现在大家就重点研究一下如何尽快揭开环宇投资公司收购商州煤矿的神秘面纱。"

张帆调侃道："依我看呢，这位风光的女老板好日子快到头了。"

十

商都大酒店总统套房客厅内灯光幽暗，烟雾缭绕，秦召等四人围在麻将桌边赌兴正浓，桌上摆着成捆的现金。

双眼红肿的秦召已连续奋战了两个通宵，此时他正眉飞色舞地喊着："自摸！"其他三人伸长脖子检查秦召推倒的牌，一脸失望。秦召无比兴奋地催促道："给钱！给钱！每人二十五万，胖子加倍，五十万。"

这时忽然传来急促的敲门声，秦召大怒："混蛋！敲什么敲！没看见老子正在赢钱吗？真扫兴！"

"咚"的一声，门被撞开了，几名民警冲了进来，胖子拔出匕首正欲反抗，一名民警上前一步将其制服，匕首跌落在地，胖子瞬间被戴上了手铐。突如其来的民警将秦召等人抓了个现行。

常言道几家欢乐几家愁，此时的雪萍正是春风得意，喜事连连：群访事件发生后，由商州市政府出面协调银行贷款，帮助煤业公司渡过了难关，这是其一；通过秦大川向凌钢施加压力，经责办已停止了对商州煤矿改制的追踪审计，使环宇公司有惊无险，逃过了一劫，这是其二；其三也是最重要的，自己连续两年当选平原省十大杰出青年，成为全省家喻户晓的新闻人物。这么多好事连在一起，雪萍的心情能不好吗？

晚风习习，万家灯火，星光灯光相映成趣，天上人间交相辉映。此时，雪萍独自在湖畔花园中漫步，陶醉在这迷人的夜色之中。这里是华原市高档社区，也是她的"王国"，整个社区由环宇公司建造，核心地段是环宇公司科研大楼，后面二层独栋别墅为雪萍拥有。蓝色的游泳池、绿色的草坪、色彩缤纷的花园，构成了闹中取静的世外桃源。每当她晚上散步时，都会产生一种梦幻般的感觉，陶醉在自己成功的喜悦之中。

正当她沉醉时，突然一个电话打来，接听后对方说：秦召因赌博被商州市公安局抓个现行，现场缴获赌资一千多万元。

雪萍连忙问道："秦召在什么地方赌博被抓？什么时间？共有几个人？"

对方清晰地回答："在商都大酒店被抓，就在半个小时前，参与赌博的四个人全部被抓。"

雪萍心存侥幸地问:"秦召是秦市长的侄子,抓他会不会是个误会?"

对方回答道:"当场被抓,怎么可能是误会?"

挂了电话,雪萍马上打电话给范琦,告诉他秦召被抓的消息。

范琦听完怒火中烧:"秦召就是个十足的混蛋,他不是找死吗?"

雪萍催促道:"你赶快想办法,先把人捞出来再说。"

范琦心烦意乱地说:"我能有什么办法?"

雪萍提醒说:"找秦市长呀,秦召毕竟是他的亲侄子,他不会不管的。"

范琦连忙把电话打给秦大川。电话那头的秦大川先是震惊,继而愤怒地说:"秦召参与赌博,是他自己作死,我管不了。"说罢挂断了电话。

雪萍此时十分焦急,秦召是华原市国土资源局的办公室主任,他利用秦大川职务上的影响,假借秦大川之名,曾给予环宇公司多方面的帮助,如果他出事了,环宇公司将面临巨大的麻烦。她有一种预感,今晚这事一定是秦大川与郑桐之间矛盾激化引发的。

经过短暂的焦虑与慌张,范琦的头脑渐渐冷静下来,既然人是商州市公安局抓的,商州那边找不到人协调,可以请华原市公安局局长段晓波出面协调。想到这里,范琦连忙给段晓波拨打电话。

段晓波吃惊地问:"商州市公安局为什么抓秦召?是不是搞错了?"

范琦说:"秦召涉嫌赌博,你赶紧跟赵志打个招呼,先把人放出来,其余以后再说。这也是秦市长的意思。"

段晓波本不想打这个电话,一听是秦市长的意思,还是给赵志打了电话,询问是否先把人放了。

赵志在电话中说:"段局长,人赃俱获,此事已上报商州市委了,放人怕是不行。"

段晓波说:"案子是你们经手的,商州市委不可能了解具体情况,秦召毕竟是秦市长的侄子,能不能通融一下?"

赵志十分为难地说:"此事郑桐市长非常重视,反复要求我们把事情调查清楚,依法处理。所以,人是真的不能放。"

十一

秦大川神色平静地坐在办公桌前看文件,内心的愤怒却让他根本无心工作。这时范琦打来了电话,秦大川不悦地说:"如果你要说秦召的事就算了,我根本不想听你们之间的破事。"

范琦诚恳地说:"秦市长,我始终认为这是有人设局,故意陷害秦召。"

秦大川愤怒地说:"苍蝇不叮无缝的蛋,即便是有人设计陷害,也无法掩盖秦召自身存在的严重问题。"

范琦狡辩道:"秦召他们几个只是在打麻将,根本不是赌博。"

秦大川冷笑道:"你以为警察都是吃干饭的吗?"

范琦硬着头皮继续道:"秦市长,请您冷静地想一想,此事的起因在于郑桐,你们两人的矛盾路人皆知。当下您最重要的是与郑桐和解,和则两利,斗则俱伤的道理大家都明白,更何况内斗从来都没有真正的赢家。"

秦大川一听,火气更炽,厉声训斥道:"范琦,你是在给我上课吗?"

范琦赶紧解释说:"不敢!我只是在强调一种事实。"

秦大川严厉地说:"我再说最后一次,此事至此为止。"说完就挂断了电话。

挂断了范琦的电话,秦大川渐渐地冷静下来,忽然意识到,此事他应该主动向市委检讨。想到这里,他马上给陈锋打电话:"陈书记,我是秦大川,有件私事要向您报告并做检讨。"

陈锋平静地问:"秦市长,发生了什么事?"

秦大川诚恳地说:"我那个不争气的侄子秦召聚众赌博,昨天被公安局当场抓了个现行。此事与我家教不严、管理失察有直接的关系,我诚恳地向您和市委做出深刻的检讨,愿意接受市委任何的处分。"

陈锋依然平静地说:"这件事你还是在常委会上说吧,不要因为此事影响正常的工作。"

主动向陈锋书记检讨后,秦大川的情绪才真正平静下来。

十二

西龙湖是商州市民的水源地,也是商州八景之一,素以阳光、沙滩、白鹭驰名中外,每年吸引着数以万计的中外游客光顾,成为商州人为之骄傲的名片。文人墨客留下了许多优秀的诗篇,较为有名的两首五言律诗一时名噪商州。

西龙湖晨景
碧水映蓝天,卧桥枕绿眠。
乘风飞白鹭,破浪走帆船。
波撼青山落,汽蒸云雾涎。
朝霞如梦幻,沉醉晓风烟。

西龙湖晚景
湖田一望空,大地夕阳雄。
鹭影三分雪,蛙声十里风。
平林新月后,画舫栈桥东。
人去喧声歇,万家灯火红。

就是这么一处风景名胜地,最近社会上却悄悄地流传着西龙湖遭受污染的消息。为揭开西龙湖污染的真相,经责办审计组展开了审计调查。

商州污水处理厂坐落于西龙湖上游约三公里处，污水主要来源于附近的商州固体垃圾处理厂。

赵建和张宗义等人在污水处理厂夏厂长的陪同下参观了污水处理的工艺流程。厂区内机声隆隆，浪花翻飞，污水处理平稳有序。此时，一辆空载货车从赵建等人的身边驶过，引起了赵建的特别关注，他们直接来到了污水处理的最后一道工序——污泥分离处。

赵建指着空转的设备，问道："夏厂长，污水设备运行正常，但为什么看不到污泥分离？"

虽然赵建的语气温和，但夏厂长却惊出了一身冷汗。他努力保持镇静，辩解说："具体情况我也不清楚，可能是后续设备出现了问题。"

张宗义讥讽道："你这样解释能够自圆其说吗？设备空转造成多大的损失浪费，你们这是在犯罪呀，还不马上关掉设备。"

夏厂长见设备空转的事情败露，自知无法抵赖，马上让工作人员关掉设备。很快，全厂的设备被相继关闭，厂内陷入了一片沉寂之中。此时远处传来乌鸦的聒噪声，分外凄凉瘆人。

随后，赵建和张宗义驱车来到了西龙湖污水排放处，发现污水正源源不断地注入湖中，湖水颜色已经变深，湖岸上已能闻到缕缕臭味，湖面上还有少量鱼虾漂浮。这一切表明，湖水已严重污染。

赵建、张宗义随即抽取水样，派专人送往中州水资源科学研究院进行检测。三天后，中州水资源科学研究院出具的化验结果显示，所送水质化学需氧量及氨氮指标已严重超标，严禁生活饮用。

赵建和张宗义之后又在邓发处长的陪同下，来到了西龙湖检测站，提取了检测站三年来西龙湖水质的检测数据与检测报告。

结果表明，化学需氧量及氨氮指标已严重超标，并呈逐年增长趋势，今年以来西龙湖水质动态指标更是呈现出全面恶化趋势。

为弄清西龙湖污染的真相，赵建和张宗义在华原市环境保护局的协调下，来到了商州市环境保护局环境监控室，采集同类数据，进行对比分析。

结果发现，检测站实际检测水质数据与商州市环境保护局上报的统计数据存在较大差异，也就是说，上报水质数据严重失真。

第七章　硝烟无形

一

严峻的现实，让秦大川和郑桐二人深刻地认识到如果不讲策略地再这么斗下去，必然会两败俱伤。同时，还让他们认识到，产生问题的原因都与这次审计有关，审计厅经责办才是产生问题的根源，而凌钢才是所有事件的始作俑者。

为缓和二人之间的矛盾，这天下午华原市市政府专题会议之后，秦大川特意将郑桐请进了他的办公室，二人密谈了很长时间。而自此次密谈之后，虽然二人还有暗中较量，但未再出现明显的矛盾。

二

平原省审计干部培训基地坐落在山环水绕的西山湖畔，近处林疏山瘦，碧水荡漾，远处流云飘浮，秋高气爽，在落日余晖的涂抹下色彩绚丽，像一块块重彩浓墨尽情地挥洒着湖畔的晚景，生动再现了"落霞与孤鹜齐飞，秋水共长天一色"的深秋画卷。

周山和东方徜徉在湖畔的小树林之中。

周山颇有感触地对东方说："从各经责审计组反馈的情况看，

地市级领导干部经责审计的第一阶段任务已基本完成,初步发现了一些疑点或线索。"

东方点了点头,说:"地市级领导干部履职期间的政府工作报告、会议纪要、重要批示等情况的梳理工作也已完成,并展开了全面分析。"

"接下来,我们将把审计重点放在领导干部重大决策及实施效果方面,紧扣审计实施方案,力求取得实质性的突破。"周山提出了下一步的工作思路。

"从各经责审计组反映的情况看,仍有个别审计组存在重点不突出,甚至有偏离审计方向的倾向,虽然这个问题目前还不太严重,但应引起我们足够的重视。"东方的话语中透出些许的忧虑。

"是啊,这也正是我担心的事情。前几天,我又明确要求各位审计组长正确处理全面审计与重点审计的关系,可是一些审计组长习惯从既有经验出发,往往顾此失彼。"周山表达了同样的担忧。

东方坦率地说:"审计组长们大多数熟悉财政、金融、投资等方面的审计,可以说是这些方面审计的专家,但对经责审计这个领域却相对陌生,因此,要完全适应经责审计发展要求,需要一个比较长的过程。为实现地市级领导干部经责审计的目标,统一思想认识,我建议尽快召开一次由经责审计组长参加的审计座谈会,做出具体部署。"

周山赞赏道:"这个建议很好,我们的想法不谋而合。你安排经济责任审计局尽快起草文稿,待厅党组研究后再考虑请各位审计组长来中州开会,当面向他们布置任务,提出明确要求。"

东方点头:"好的!我马上安排。"

三

凌钢和几位审计小组组长正在经责办的小会议室开分析会。

梁丽燕介绍情况："大数据分析显示，华原市国有大型企业——梁州化工厂位于凉山县水源保护地，占地两百亩，始建于2006年6月，2009年6月投产。计划投资三十亿元，实际投资已达六十亿元，到今年6月已累计亏损十亿元。"

白露提出了疑问："投产一年就亏损了十亿元，照这样的亏损速度，再有五年整个投资都会付诸东流，亏损的主要原因是什么？"

张帆质疑道："化工厂建在水源地本身就违背了环保政策，应查一查是谁批准的。另外，还要查清投资扩大两倍的原因是什么。"

梁丽燕分析说："审计组要求我们重点关注三个方面：一是梁州化工厂系省发改委备案项目，建在水源保护地明显违反了环境保护政策，需要查清批复原因及批复单位；二是化工厂实际投资比计划投资增加了两倍，需要查清扩大投资的原因；三是需要查明化工厂建成投产后巨额亏损的原因。"

梁丽燕说完，凌钢就提出了明确的要求："鉴于这个问题涉及市政府的重大决策，审计组决定集中力量进行重点调查，任务清单已发给大家，我只有一个要求，兵贵神速，出奇制胜！"

一听到经责办的人开始调查梁州化工厂的消息，沉稳的秦大川坐不住了，他不停地拨打着电话："发改委姚主任吗？化工厂是市委、市政府树立的一面工业旗帜，对，这面旗帜不能倒。常规性问题可以适当谈一些，实质性问题绝对不能暴露。总之一句话，化工厂不能出事。"

秦大川放下电话，沉思了一会儿，又拨通了环保局局长赵玉民的电话："什么事能说，什么事不能说，你一定要心中有数，千万记住，化工厂不能出事。对，你尽快去见见审计组那个姓赵的处长，硬话软话都要讲，提醒他做事要留有余地，不要把事情做绝。好，有什么情况及时联系。"

随着综合组及各审计小组审计调查的深入，由华原市政府违规决策造成梁州化工厂重大投资损失浪费的问题逐渐浮出了水面。审计组在综合分析原因的基础上，提出了完善决策机制、促进投融资体制改革等方面的建议,并将审计专题调查报告上报审计厅,审计厅呈报省政府后,省长做出了重要批示,并以省政府的名义将调查报告转发给了华原市政府,要求华原市政府认真吸取教训、举一反三认真整改,并将整改结果及时反馈省政府。

四

在华原市政府会议室,秦大川满脸怒气地看着省政府转发的梁州化工厂审计调查报告及审计整改建议。

高继元等人小心翼翼地注视着秦大川的情绪变化。

秦大川缓缓地扫视着在座的每一个人,最后将目光停留在姚雨晨身上:"姚主任,梁州化工厂的事情弄成现在这个样子,究竟是怎么回事?"

姚雨晨小心地回答:"我也没有想到事情会发展到这一步。"

"之前你们都没有发现经责办审计组有什么异常举动?怎么会突然有如此大的动作?"

"我们以为他们只是查阅一些基础资料,没有想到他们的动作会如此迅速,还是我们大意了。"

"我反复强调一定要从思想上重视这次审计,全面作好配合审计工作,不能存在任何侥幸心理,可你们,当然也包括我在内还是犯了轻敌的错误,给市委、市政府带来了很大的压力。好在此事与审计厅进行了充分沟通,他们才没有继续深究,否则,麻烦很多,后患无穷。我们应该从这件事中吸取教训,防止类似问题的再次发生。"

与会者都神色严肃地倾听着,认真斟酌着秦大川的话。

秦大川停了片刻,再次扫视会场,继续道:"雪崩时,没有一片雪花是无辜的。这件事暴露了我们配合审计中的诸多问题,部门之间协调不够是一个重要原因,在这方面财政局、环保局都负有相应的责任。"秦大川看向刘国政，说："刘秘书长，谈谈你的意见吧。"

熟悉秦大川工作风格的刘国政，顺着秦大川的思路说："我要说的就是重复秦市长曾强调的三句话：守土有责、守土担责、守土尽责。配合审计就是一场没有硝烟的战争，只有严防死守，才能取得主动，确保万无一失。"

秦大川满意地点了点头，看向高继元："高副市长还有什么意见吗？"

高继元面无表情地说："没有意见，大家就按秦市长的要求执行吧。"

五

环境保护局审计现场，赵建雕塑似的伫立在华原市污水处理分布图前面，陷入沉思之中，由于过度专注，以至张宗义推门进来都没有觉察。直到张宗义递上两份材料，赵建才如同从梦中惊醒，吓了一跳。张宗义笑着说："赵处长，这两份材料存在着明显的矛盾，一份材料说华原市污水处理厂生产能力已全部达标，另一份材料说全市达标企业仅有百分之六十。巧合的是这两份材料均出自环境保护局，而且几乎又是同一时间出具的。我认为我们应该把核查的重点放在已达标的部分，重点抽查三至五个企业就可以从中推断总体情况。"

赵建却说："我看情况不甚乐观。"他从文件包中取出一份信件："你看看，有一百余人联名把我们告了，说我们环保审计小组无事生非，到处伸手打乱仗，搞得天怒人怨，严重影响了企业的正常生产，干扰了全市环境治理的大局。"

张宗义非常生气："这不是胡说八道吗？我们去一些污水处理厂察看企业运行情况，掌握第一手资料，针对发现的问题提出审计建议，促进企业规范管理，提质增效，何错之有？"

赵建苦笑了一下："正是因为我们在现场审计调查中发现了企业管理中存在的突出问题，触及一些人的痛处，他们当然不高兴了。"

张宗义直言道："我觉得告状信与环保局有关，即便不是他们授意的，但他们肯定知情并默许了。"

赵建叹道："此事不宜过早下结论，现在没有任何证据表明是他们所为。"

张宗义气愤地把信拍在桌子上，忍不住发牢骚："这叫什么事？这审计工作没法干了。我们在前面冲锋陷阵，还要提防来自四面八方的冷枪暗箭，你说干审计还有什么意义？这样的工作还能继续干吗？"张宗义越说越激动，几乎变成了悲情控诉。审计人员出差多、压力大、收入低，工作做得越多，相应承担的风险也就越大。

赵建安静地听完张宗义发泄，意味深长地说："发牢骚除了伤身之外，不能解决任何问题。既然我们选择了审计这个职业，就应该自觉接受方方面面的监督，更应该有接受被人误解的心理准备，只要我们严格依法办事，坚守审计人的道德底线与职业操守，就应该心胸坦荡，无所畏惧。几封告状信是吓不倒我们的，我们应该坦然处之，一笑了之。毛主席曾经说过：'牢骚太盛防肠断，风物长宜放眼量。'牢骚话到此为止，该干啥干啥。"

张宗义想了片刻道："对，该干啥干啥。"

是啊，该干啥干啥，这是审计人无私无畏的从容淡定，是对依法审计原则的坚持，是维护公平与正义的执着，是对党和人民的忠诚。

六

全省土地资源开发利用经验交流会议在华原大酒店如期举行，来自全省各市、县、区土地资源系统的领导、专家、学者参加了这次大会。为表示支持，华原市许多单位的领导及部分人大代表也应邀出席了这次盛会。

范琦受市政府委托，率先在会上介绍了华原市近年来土地开发利用的做法与经验。意气风发的范琦侃侃而谈，赢得了热烈的掌声。

应邀参加会议的凌钢心思仍在审计调查上，他悄声问张帆："张处长，环宇公司调查得怎么样了？"

张帆低声回答："虽然难度很大，但也有了一些实质性进展。"

凌钢有点焦虑地问："还需要多长时间？"

张帆答道："用不了多长时间就会有结果。"

凌钢亲切地拍了拍张帆的肩膀，充满期待地说："等你们的好消息。"

下午会议结束后，秦大川专门把凌钢留下。

秦大川亲切地问凌钢："你知道为什么通知部分市人大代表来参加这次大会吗？"

凌钢故作不解地说："不知道秦市长的用意何在。"

秦大川笑着说："依你凌钢的聪明智慧，不会不知道。既然你不愿意说，那我就直接告诉你答案吧。我之所以这样做，就是为了让一些市人大代表对范琦有一个比较全面客观的了解，有一个面对面直接交流的机会，从而增强一些直观的感性认识。"

凌钢点了点头，话中有话地说："还是秦市长深谋远虑，考虑问题全面。现在我突然明白了让我们参加这次会议的原因了，您是也想让我们增强一些对范琦的感性认识吧？"

秦大川话锋一转说道："凌钢啊，我建议你们经责办认真学习贯彻落实中央关于'三个区分开来'的重要指示精神，积极转换工作思路，牢固树立审计服务大局、服务经济发展的意识，多栽花，少栽刺，总不能一天到晚地盯着别人的不足，甚至戴着有色眼镜看问题，死死地盯着陈年旧账，这样下去真的很危险啊。"

面对秦大川的指责，凌钢尽管心中不满，但表面上还是笑着解释道:"秦市长,你误解了我们经责办的工作了,我们是依据法律赋予的权力履行审计监督职责,坚持依法审计,按照中央关于'三个区分开来'的精神,将审计揭示的问题区分客观原因与主观原因,在此基础上,依法做出审计处理决定……"

秦大川打断道:"你们翻来覆去地对环宇公司进行审计,又紧紧咬着商州煤矿改制不放,弄得人心惶惶,不仅严重影响了企业的正常经营活动,而且也给企业造成了重大损失,成为社会不稳定的潜在因素。"

秦大川如此指责经责办的工作,凌钢被迫反击:"秦市长,您这样说就不符合实际情况了,任何企业都要依法经营,违法乱纪必然受到法律制裁……"

秦大川再次打断他说:"你还是听我把话说完,你们折腾这么久了,审计报告也该出来了吧?任何单位的审计都是有期限的,总不能没完没了吧?"

凌钢不卑不亢地说:"我们是按照审计实施方案逐步进行的,审计结束后会对环宇公司出具一份专题报告,一定送您过目。"

秦大川继续施加压力:"希望你们能够尽快提供一份实事求是、客观公正的审计报告。对审计中发现的问题要坚持用唯物辩证的观点,尤其是用发展的观点分析问题,做出评价。由于改革是一个渐进的过程,体制机制也是一个逐步完善的过程,不能用今天的眼光与标准去看待过去的一些不规范问题,发展才是硬道理,才是解决一切问题的根本。"

凌钢话中有话地说:"请秦市长放心,我们会严格按照法定的职责和程序出具一份高质量的专题报告。"

凌钢离开酒店后,范琦找到了秦大川,试探着问凌钢的态度,秦大川没有回答,他盯着范琦问:"范琦,你跟我说句实话,环宇公司和商州煤业公司到底有没有问题?或者说问题到底有多大?"

范琦信誓旦旦地说:"肯定没有什么大问题,当然一些鸡毛蒜皮的小事是无法避免的。"

秦大川警觉地问:"什么鸡毛蒜皮的小事,你把问题说清楚。"

范琦吞吞吐吐地说:"也就是环宇公司逢年过节给一些关系户送了一些年货,不过这都是企业正常的经营活动,并不违反财经纪律。"

秦大川敏感地追问:"什么关系户?你说具体些,别再遮遮掩掩了。"

范琦坚持说:"都是企业在经营活动中的一些正常往来。"

见问不出什么实质性的内容,秦大川斥责道:"我提醒过你多少次,不要整天与一些企业纠缠在一起,你就是不听,有什么问题你自己主动找审计组解释清楚吧。否则,他们不会主动收手。"

范琦赶紧说:"我早就与这些企业没有关系了,主要是担心一些陈年旧账。秦市长,这件事您无论如何得出面管一管,否则,凌钢他们会得寸进尺。"

秦大川说:"我曾经跟他们打过招呼,效果并不理想,他们是审计厅的直属机构,不归华原市政府节制。"

范琦提醒道:"凌钢毕竟是您的老部下,您也曾经给过他很多帮助,您的话他还是会听的。再说,环宇公司是您亲自树立的民营企业的标杆,一定不能出什么乱子,否则后患无穷啊。"

秦大川朝范琦摆了摆手:"好了,这件事容我再想一想,你先回去吧,我还有件急事需要马上处理。"

商州大酒店宴会大厅张灯结彩,金碧辉煌,欢快的乐曲声中洋溢着欢乐与祥和。

秦大川在范琦等人的簇拥下满面春风地来到了贵宾桌正位上坐下,刘国政和范琦分坐在其左右,其他人依次落座。

秦大川端起杯子,热情洋溢地说:"各位代表、各位来宾,我们以茶代酒,共同庆祝这次会议的胜利召开,干杯!"

众人起立,纷纷端起杯子响应。

秦大川喝完放下杯子,郑重地说:"我宣布一件重要的事情,这次全省土地开发利用经验交流会议,不仅得到了国土资源厅领导同志的高度重视,也得到了省委常委、华原市市委书记陈锋同志的充分肯定。陈锋书记不仅为大会写了贺词,对大会胜利召开表示祝贺,而且还专门指示宣传部门及时对会议进行报道。当然,这一切与范琦同志的努力也是分不开的。在此,我提议,为范琦同志卓有成效的工作干一杯。"

范琦动情地说:"国土资源局取得的任何成绩都与秦市长的鼎力支持分不开,让我们共同举杯感谢秦市长的支持与厚爱,干杯!"众人共同举杯,一时觥筹交错。

范琦俨然成了宴会的明星,他以茶代酒,春风得意地与嘉宾频频举杯。

宴会结束后,秦大川拨通了市委宣传部欧阳宏部长的电话:"欧阳部长吗?我是秦大川,你在哪儿?"

电话里传来欧阳宏清晰的声音:"秦市长,我刚开完会,在回家的路上。您有什么指示,请讲。"

秦大川客气地说:"指示谈不上,你们组织的会议宣传报道我已经看过了,很及时,社会反响也非常好。"

欧阳宏说:"应该的,国土资源局在土地资源开发利用方面做了大量开拓性的工作,取得的成绩有目共睹。"

秦大川不失时机地提出要求:"对,接下来还要进一步加大这方面的工作力度,为全市经济社会可持续发展提供充足的土地储备资源,你们的宣传工作也要跟上。"

欧阳宏表态说:"好的,我们的宣传工作一定会跟上。"

秦大川提示说:"在这方面,国土资源局局长范琦同志功不可没,他是一位有开拓创新意识的实干家,你们要及时宣传报道,树立正确的舆论导向。"

欧阳宏道:"请秦市长放心,宣传部门一定认真落实秦市长的指示精神,把宣传工作做扎实,形成正确的舆论导向。"

秦大川笑着说:"谈不上指示,也只是一个小小的建议,谢谢您欧阳部长。"

第二天媒体对会议内容进行了新闻报道,之后省、市多家媒体对华原市土地开发利用经验又进行了追踪报导,重点宣传华原市近年来土地资源开发所取得的成效以及为此做出突出贡献的国土资源局局长范琦。一时,范琦风光无限,很快成了新闻人物。

电视及报纸连篇累牍的报道引起了市委书记陈锋的警觉,看到《华原日报》连续两天报道范琦的先进事迹后,陈锋直接给市委宣传部欧阳宏打电话,了解其中的缘由,得知事实真相后,陈锋果断要求宣传部门停止一切有关范琦个人的宣传报道,一场近似闹剧的宣传活动就此收场。

七

竹林环绕的农家山庄位于华原市北郊,山庄内小桥流水,环境幽静,散发着浓郁的田园风光。周末凌钢主动邀请秦大川来这里小聚,两人同为诗词爱好者,在这世外桃源般的环境中品茶论诗,气氛融洽。凌钢将新作《卜算子·回乡随感》递给秦大川,请他批评指正。

卜算子·回乡随感
碧树挂斜晖,云淡疏烟雾。漠漠平畴烂漫秋,墟落升烟处。

一别又三春,万里纵横路。人事消磨岁月多,乡语仍纯朴。

看完这首词后,秦大川颔首赞叹道:"好词,经典之作!"兴致勃勃地赏析道:"初看这首词并没有特别之处,上片写景,下片抒情,属于传统的艺术表现手法,仔细一看却大有学问。全词不仅情景交融,景中蕴情,情中含景,而且动中有静,静中寓动,动静结合，是一幅典雅的深秋归乡图。整首词气象宏阔，意境苍莽，内涵丰富，寄意深远，极富哲理，揭示了具有普遍意义的社会现象。'一别又三春，万里纵横路。人事消磨岁月多，乡语仍纯朴'可谓时空交错，气象宏阔。人生的磨砺、岁月的风雨、生活的感悟如同泉水奔涌而出，词人一时百感交集，其复杂的心情难以言述。尤其是结句'乡语仍纯朴'，在前面蓄势的基础上，可谓水到渠成，神来之笔，道出了千百万游子思亲怀乡的真挚情感。"

凌钢谦虚地说："老领导过奖了。前段时间回老家一趟，深感家乡变化之大，有感而发而已。"

"凌钢，真是士别三日，当刮目相看。你近来的诗词大有长进啊。"

凌钢客气地说："还请老领导多多指点。"

秦大川放下诗词，转移话题道："今天又是请我喝茶，又是让我点评诗词，是不是还有其他的事？"

凌钢也笑着说："看来什么事都瞒不过老领导，请您喝茶一来是表示一下心意，感谢您多年来对我工作的理解与支持，二来是向您汇报一些重要的事情，还望老领导多多支持。"

秦大川点头道："知道你有事，说吧。"

凌钢正色道："西龙湖事件。"

秦大川心中一惊，平静地问："西龙湖怎么了？"

凌钢强调道："西龙湖污染事件。"

秦大川道："这件事不是已解决了吗？你们怎么又关心起这件事了？"

凌钢说："问题并没有得到根本解决，污染还在进一步恶化。"

秦大川武断地说："不可能。"

凌钢并不争辩，从公文包里拿出两张表格，递给秦大川过目。其中一张是商州市环保部门近三年来检测西龙湖水质的报告，化学需氧量及氨氮指标已严重超标，并呈逐年上升趋势；另一张表格是今年以来，西龙湖检测站提供的水质动态变化指标，水质呈现全面恶化趋势。

秦大川仔细地翻看着两张统计表格，问道："这两张表格是哪里取得的？"

凌钢指着其中的一张表格说："这是审计组在西龙湖检测站突击检查时发现的，核对检测站数据时发现与他们上报的统计数据有严重的出入。"

秦大川放下表格，心情变得沉重起来。他呷了一口茶，向窗外望去，远处的山峦与近处的平畴在秋阳下呈现出斑斓的色彩。片刻后，秦大川叹了一口气道："怎么会这样？你把具体情况再详细说说。"

凌钢汇报道："西龙湖污染的源头是上游约三公里处的一家固体垃圾处理厂，据了解，这是一家专门处理进口废旧塑料的合资企业，年处理废旧塑料二十多万吨，处理后的材料可再生产塑料产品，经济效益可观。"

秦大川不解地问："这家垃圾处理厂污水排放不是已经达标了吗？怎么还会污染？"

凌钢说："问题就出现在这里。经过我们多次暗访发现，主要是夜间排放的污水不达标。"

秦大川吃惊地说："你是说，他们为了眼前的一点利益，白天排放的污水达标，晚上偷排的污水不达标？"

凌钢点点头道："应该是这样。"

秦大川气愤道："环保部门是干什么的？他们不是对这家企业进行了二十四小时的监控吗？"

凌钢看着秦大川道："负责污水监控的商州市环保局局长胡晓兵是您的外甥，正是他的失职渎职，才会出现这样的情况。"

秦大川一怔，凝视着凌钢问："你有证据证明他失职渎职吗？"

凌钢没有回避秦大川的目光："群众多次向商州市环境保护局举报垃圾处理厂的污染问题，是胡晓兵大事化小，小事化了。这次审计就多次收到反映胡晓兵袒护垃圾处理厂的举报信。"

秦大川皱眉说:"环境保护是一项基本国策,中央三令五申要强化环境保护。胡晓兵还敢这么做,胆子也太大了吧。"

"胡晓兵之所以如此肆意妄为,有传言说是因为有您给他当后台,为他撑腰。"凌钢边说边观察秦大川的反应。

秦大川马上警觉起来:"胡说!我怎么会是他的后台。胡晓兵是我外甥不假,但任何人都没有超越法纪的特权,也不可以为所欲为,践踏法纪。胡晓兵的事我知道了,你们该怎么查就怎么查,无论谁触犯法纪,都要受到法纪的制裁。"

凌钢暗中松了口气:"有您这句话,我们也就没有什么顾虑了。还有一件事,也应该当面向您汇报。"

"什么事?"秦大川情绪有些低沉地问。

"还是环境污染问题。"凌钢道。

秦大川叹了口气:"直说吧,又是怎么回事?"

凌钢介绍道:"几年前,华原市共引进三家洋垃圾处理厂,除刚才所谈到的废旧塑料处理厂外,另外两家企业也不同程度地给当地水资源造成了污染,需要彻底整顿,最好是全部关闭,这样才能从根本上解决问题。"

秦大川沉默了。他清楚地记得这三家垃圾处理企业,当初都是他积极参与引进的外资企业,后来被环宇公司收购,给当地的经济发展带来了可观的收益,现在却成了三个污染大户。

片刻后,秦大川开口道:"你们该怎么审计就怎么审计,力求把污染的情况搞清楚,至于怎么处理最后由华原市委来决定。"

"谢谢老领导的理解与支持。"凌钢由衷地说。

"你们查处郑国玉的事,社会反响很大啊。"秦大川再次转移了话题。

凌钢解释道:"老领导,我们也是按照法定的程序办事,问题查清楚之后就移送了检察院,并没有特别之处吧?"

秦大川摇了摇头:"为人处事的关键在于把握时机与节点,讲究方法艺术。这件事你做得确实欠考虑,完全可以再缓一缓。"

凌钢不解地问:"怎么个缓法?问题查清楚后,按照审计程序就应该及时移送相关部门。如果时间长了,难免节外生枝,陷入被动。"

秦大川意味深长地说:"郑国玉毕竟是郑桐的儿子,你这样一来,无意之中把一些简单的事情复杂化了。"

凌钢刚想说什么,秦大川朝他摆了摆手带着些许无奈地说:"凌钢,我对你只有一个要求,审计要严格依法办事,该怎么办就怎么办,不要看任何人的眼色行事。有什么困难,遇到什么阻力,可以直接向我汇报。我还是那句话,法律面前人人平等,任何人都没有超越法律的权力。审计中无论发现什么样的问题,也不管涉及什么人,都要严格依法办事。"

凌钢当即表态:"是!"

此时,一队"人"字排列的大雁,在天空中鸣叫着由北向南飞去,不一会儿消失在茫茫的云海之间。落日的余晖洒满了大地,幻化成亦真亦幻的神奇世界。秦大川看着眼前的景物,脱口吟诵道:

霜叶染红带浅霜,一行斜雁碧天长,黄花几点晚秋凉。
宦海沉浮千里路,纵横风雨历沧桑,几多黄昏立残阳。

这首即兴而作的《浣溪沙》,不仅透出了秦大川复杂的心情,也流露出几多无奈。他雕塑似的长时间站在农庄院中,神情严肃地眺望着远方,夕阳涂染着他的全身,也拉长了他的身影……

八

沿商州市南行约十五公里,有一大片低矮的棚户区,这里就是以脏乱差闻名的商州煤矿职工家属区,也是商州市唯一列入计划而未实施改造的旧城区,不少商州煤矿的退休职工就住在这里。

凌钢和办公室主任孙涛此行专程为走访原商州煤矿财务科科长余永胜。

在当地居民的指引下，两人几经周折来到了一幢破旧的住宅楼四层，借着微弱的灯光，孙涛敲了敲东户的房门，敲了几次都无人应答，两人转身正准备下楼，这时门"吱"的一声打开了，一位干瘦的老头非常警惕地看着门口的两位陌生人。

孙涛礼貌地问："请问这是余永胜家吗？"

老头盯着他们问："你们是？"

"我们是审计厅经责办的，这位是我们的凌主任，我是办公室主任孙涛。"

"你们找余永胜有什么事吗？"

凌钢笑着问："你就是余科长吧？我们想向你了解一些商州煤矿改制的情况。"

"我的事已经有结论了，请你们不要打扰我正常的生活。"老头边说边故意横着身子堵住门，似乎怕他们突然闯进去。

凌钢说："你的情况我多少听说了一些，我也曾经受到过误解，也遭受过陷害，你的心情我完全理解。请你不要误会……"

"了解煤矿改制情况你们可以直接去煤业公司。"老头打断了凌钢的话。

凌钢笑着说："余科长，能否让我们进去说话？"

余永胜向屋外望了望，不情愿地将两人让进了屋，嘟囔着："不好意思，屋里太乱了。"

孙涛打量了一眼，这是间一室一厅的小户型，面积不超过六十平方米。

凌钢诚恳地说："余科长，我们今天来有两个目的，一是来看望为维护煤矿职工利益做出努力的余科长您，二是顺便向您了解一下煤矿改制的详细情况……"

余永胜心里瞬时涌起暖意，但还是忍不住发牢骚说："啥科长呀，你们见过科长住这样的破房子吗？"

凌钢安慰道："听说这里已列入旧城改造计划，相信用不了多长时间，你们就会搬进新居的。"

老头不高兴地说："听说有用吗？三年前就说这里要拆迁了，可结果你们不是也看到了吗？"

气氛一时有些尴尬，凌钢主动打破了沉默："余科长，您是商州煤矿的财务科长，麻烦您介绍一下煤矿改制的情况。"

余永胜顾虑重重地说："我已退休多年，早已不关注煤矿的事了，恐怕会让你们失望的。"

一听说"失望"，孙涛有些不满地说："凌主任为见您一面，之前已来这里两次了，今天是第三次来，我们就是想了解一下煤矿改制情况，没有别的意思，也不会给您增添什么麻烦，三国时刘备见诸葛亮也就是三次吧？"

凌钢用眼神制止了孙涛的牢骚，仍客气地说："余科长，我们了解您的为人，也知道您的苦衷，您对煤矿改制有意见，认为改制不公平，甚至认为改制过程中存在国有资产流失。正因为如此，我们才希望您能够配合我们把情况搞清楚，还煤矿职工一个公道。"

凌钢一番推心置腹的话打动了这位倔强的老人，他起身推开门向楼道里望了望，然后把门关上，有些激动地对凌钢说："就凭你刚才的一番话，我要把我所知道的情况全部告诉你们，不为别的，就为受到不公平待遇的煤矿工人。"两双手不约而同地握在了一起，握得是那么有力。

余永胜介绍说："商州煤矿原名王家峪煤矿，初建于2000年初，为乡政府投资所办，先后投入财政资金五百万元，累计贷款一千二百万元，资源储量两千万吨，生产规模二十万吨，2002年初建成投产，是当时全乡最大的煤矿企业，也是全乡唯一产值超过五百万元的企业。2003年，县政府对煤矿进行了重组，一次性出资一千八百五十万元整体收购，王家峪煤矿成了县国有直属煤矿。县政府收购后，更名为商州煤矿，之后又贷款投资两千八百五十万元用于扩大生产规模，一年后产能达到六十万吨，原煤储量也由原来的两千万吨增加到八千五百万吨。"

凌钢和孙涛边听边记着。

"扩建后的煤矿经营形势并未得到好转，持续亏损，到 2005 年末财务报表显示企业已资不抵债。在煤矿储量及资产未做任何评估的情况下，因国土资源局的直接干预，环宇公司以煤矿原煤部分储量为抵押向银行贷款四千万元，整体收购煤矿，此举受到了职工的强烈抵制，引发了职工集体上访。在市委的干预下，环宇公司被迫同意增加股东数量，股东扩大到全矿员工一千五百人，每个股东持股一万元，职工占总股比百分之三十七点五，环宇公司持股两千五百万元占比百分之六十二点五，处于绝对控股。改制后的商州煤矿变更为商州煤业公司，环宇公司指定原煤矿经营副矿长苏运棋担任商州煤业公司总经理。"

孙涛问道："煤矿改制后的情况怎么样？"

余永胜叹了口气说："环宇公司重组后，经营形势持续恶化，当年上半年职工每月仅发放基本生活费三百元，至下半年，基本生活费也中断了。绝大多数自然人股东经过长时间的痛苦权衡，最终无奈地同意接受环宇公司提出的回购方案，拱手向环宇公司按入股值转让了自己的股权。至 2006 年末，自然股权人仅剩两人，其中包括我本人。其间，我不断地向上级部门反映环宇公司的非法活动，屡受打击报复，苏运棋等人设计陷害我，以泄露商业秘密为由将我关进了看守所，虽后因证据不足被免于起诉，但从此丢掉了饭碗。"

孙涛气愤地说："这伙人简直就是强盗！"

余永胜补充道："我是 2007 年 3 月被迫离开商州煤业公司的，此前了解到环宇公司收购煤矿时，原煤储量评估不完整，其实当时并未进行任何评估，所谓评估只是为了应付上级检查，掩人耳目的把戏而已。后来听说，煤矿被一家国有煤电企业参股后又退股，都是幕后人操纵的直接结果，其背后都与环宇公司有千丝万缕的联系，不排除是环宇公司设计的另一个圈套。最近又听说，环宇公司故伎重演，又在精心运作资本重组的把戏，很有可能是金蝉脱壳，最终达到从商州煤业公司中全身而退的目的。"

听了余永胜的介绍，凌钢心情沉重，气氛一时有些沉闷。

孙涛忍不住问："环宇公司只不过是一家民营企业，会有这么大的能量？"

余永胜说："这也是我一开始百思不得其解的地方，后来了解到，环宇公司的老板雪萍是个交际广泛的风流女人，这个女人可不简单，据说她与省里市里的一些领导都有交往，后台很硬。能有手段让职工一个个退出持股，又引入两家国有企业，一般人绝没有这个能量。"

凌钢道："看来商州煤矿改制的背景很复杂，有一系列的事情需要我们去调查落实。今天就先谈到这里，余科长谢谢您，有些问题我们可能需要再来打扰您。"凌钢起身告辞时，还特意提醒道："余科长，您一定要注意安全，有什么情况及时与审计组联系。"

孙涛把写有自己手机号码的纸条递给了余永胜，余永胜激动地接过来。

九

凌钢和孙涛回到经责办后，于当天晚上召开审计业务会，通报了走访调查的情况。与会者都感到十分震惊，会场一片静默。

谢东正打破了沉默，说："余永胜作为原商州煤矿的财务科长，我听说过他的一些情况，但并不真正了解。从他介绍的情况看，他受苏运棋等人的排挤，对他们抱有很大的成见，从这点来说，他的话有多少可信度，会不会存在夸张的因素？"

孙涛道："正因为余永胜受到了苏运棋等人的陷害，他才敢讲真话，从我们今天的交谈判断，他的话可信度很高。"

梁丽燕提出了疑问："凌主任，从今天下午你们走访的情况看，我们前期的审计思路与调查方向是否都错了？"

此言一出，大家都看向凌钢，似乎在等他给出答案。凌钢没有说话，示意梁丽燕继续说下去。

梁丽燕继续道："余永胜介绍的情况与江风提供的情况是一致的，之前我们花费很多工夫追踪原煤储量评估问题等于无效劳动，与华原市审计局相互争夺评估资料，无疑是中了对手设置的圈套。"

虽然承认错误很痛苦，但必须面对现实。凌钢站起来看着大家，苦笑着说："今天下午的走访对我本人触动很大，谢主任刚才的疑问之前我不是没有考虑过，从今天的接触情况分析，我和孙涛的看法是一致的，余永胜的说法是客观的，也是实事求是的。坦率地讲，前一段时间，我们追踪的重点与目标并没有错，错的是我们被一些假象所迷惑，走了一些弯路。值得庆幸的是我们及时发现了问题，相信通过调整思路，会加快审计进度。"

梁丽燕问道："凌主任，环宇公司的雪萍真有那么大的能量吗？即便是她认识一些省市级领导干部，但他们也不会任她胡作非为呀。"

梁丽燕的话说出了大家的疑惑。

孙涛说："雪萍肯定没有那么大的能量，但不等于她背后的人没有能量。"

此言一出，马上有人追问："那她背后的人是谁？"

孙涛笑了："如果我知道是谁，还用费这么大的劲吗？她背后的高人是谁，不正是我们下一步需要重点弄清的问题吗？"

谢东正说："大家不要猜了，还是听听凌主任的意见吧，相信他早已胸有成竹了。"

凌钢说："我和大家一样，并不知道幕后人是谁。可能是一个人，也可能是几个人，况且猜测不能代替证据，我们当务之急就是尽快找出幕后人。"

谢东正问："余永胜知道幕后人是谁吗？"

凌钢摇了摇头："余永胜只是说雪萍的后台很硬，背后确实有人给她撑腰,但他并不知道幕后人是谁。从环宇公司能够重组煤矿、独家控股、引进企业、无偿取得土地及动用司法机关等一系列活动来分析,幕后人很可能是个位高权重的大领导,不过究竟是谁这需要我们进一步调查。"

孙涛忍不住问:"凌主任,那我们下一步到底该怎么办呢?"

凌钢从容地说出了自己的打算:"解决问题的关键涉及两个重要人物。"

"两个重要人物?谁呀?"赵大海着急地问。

凌钢笑笑说:"解铃还须系铃人。这两个人一是环宇公司的老板雪萍,二是商州煤业公司的苏运棋。大家已经知道了我与苏运棋是发小,所以建议谢主任直接找他谈话,了解整个改制情况;梁丽燕直接找雪萍调查,女同志之间便于沟通。只要在这两个人中有一个取得实质性进展,整个煤矿改制情况就会真相大白。"

十

接到经责办谈话的通知,苏运棋尽管一百个不情愿,但还是硬着头皮拨通了凌钢的电话,颇有情绪地说:"老同学,看来你真是不达目的誓不罢休啊。刚刚接到华原市国土资源局审计组的通知,要求我明天上午去审计组接受谈话,难道说你就不能通融一下吗?"

凌钢说:"审计组的同志不知从什么渠道得知我们两个是发小,有关煤矿调查的事,都要求我回避了,我还真不知道是个什么情况。"

"那你就不能给那个姓谢的副主任打个招呼,通融一下,非要谈什么话吗?"苏运棋依然心存侥幸。

"老同学你是只知其一,不知其二,就因为上次我不同意对煤业公司进行审计调查,有人向审计厅告了我一状,搞得我非常被动。凡涉及煤业公司的事，根据审计规定，我必须回避，不能过问。"凌钢解释道。

苏运棋仍不死心："我明天要去北京出差，机票都买好了，等我回来再去接受谈话还不行吗？"

凌钢假装无奈地说："找你谈话的谢东正是个资深的副主任，上次因为我不同意对你们煤业公司进行调查，我们两个闹得很不愉快。我真的没法过问此事，请你多多理解。"

苏运棋抱着最后一丝希望说："那能否透露一下谈话的内容？"

凌钢道："煤业公司的事谢东正都背着我，我真不知道他找你谈什么。不过话说回来，他不就是找你问个话，至于那么紧张吗？他问什么你就回答什么，实话实说，没有什么大不了的，不要把情况想得那么复杂。他找你谈话，也就是例行审计调查程序，向你了解一些情况。"

两人结束通话后，苏运棋赶紧又把电话打给了雪萍，告诉她经责办找他谈话的消息，很快范琦就知道了经责办的动向。

十一

得知经责办找苏运棋谈话的消息后，范琦坐卧不安，特意打电话提醒雪萍："你要告诉苏运棋，经责办那个姓谢的老倔头可不是个省油的灯，他是有名的黑脸包公，审计起来六亲不认，华原近年来有几个领导干部就是栽在他的手里。问题嘛，可以适当地向他透露一些，一点不透露也难以过关，但一定要确保煤业公司不能出事。你最好先见一见苏运棋，当面提醒他，你手里掌握着他的把柄，要让他有所顾忌，不要什么话都往外撂。"

范琦放下电话，沉思了片刻，又打给秦大川，电话没有接通，他给秦大川发了条信息：经责办正在找人谈话，目标仍然是煤矿改制。

这时，门口传来敲门声，他心里烦乱，有些恼火地说："请进！"

张帆推门进来，范琦一见是他，马上堆起笑容，关切地问："张处长，工作还顺利吗？"

张帆答道："还算可以，今天我来是告诉你一声，我们暂时撤离一段时间，过几天再来。"

范琦惊讶地问："撤离？问题都查清楚了？"

张帆点了点头："基本上查清楚了，不过有一件事需要向你请教，环宇公司作为一家投资公司，为什么会对华原东区的四十亩商业用地那么感兴趣？并且中标价低于市场价格的百分之六十，这到底是怎么一回事？"

范琦一听是这事，从容地解释道："从表面上看，中标价低于市场价，但这里面有个重要的前提条件，就是这块被征用的商业用地中有一个小型企业，有职工三十多人，中标单位要对这些职工重新安排工作，同时还要考虑他们的'三险一金'，加上这些因素，中标价格并不低于市场价。"

张帆道："据我们了解，环宇公司并不搞商品房开发，怎么一出手就是大手笔，一次性购地四十亩。"

范琦笑道："商人嘛，总是追逐利润，哪个行业有利润自然就会转向哪个行业，这就是市场价值规律的作用。怎么，这也有什么问题吗？"

张帆本能地想驳斥他的话，但转念一想，今天来的目的是打草惊蛇，便接着问道："环宇公司作为一家民营企业，除在华原投资房地产外，还在平州、洛州等地投资建设进口垃圾处理厂，这些厂子占用的数百亩土地都是无偿划拨的，而垃圾处理厂对当地环境造成了严重污染。国家明文限制的污染企业，为什么华原市国土资源局会让它们通过审批呢？"

范琦道："垃圾是放错位置的资源。处理进口垃圾，属于国家允许的产业，目的是促进废物利用，变废为宝利国利民，同时还增加了地方财政收入，安排了居民就业，对促进当地的经济发展发挥了重要的拉动作用。当然，任何事物都是一分为二的，在提高废旧资源利用的同时，对当地环境也会造成一定的污染。这些引进项目，都是市政府的重点招商项目，市政府及环境保护部门都批准了，国土资源部门当然要支持市政府的工作。"

张帆冷笑道："你真的这样认为吗？环境保护是一项基本国策，无论引进什么样的项目，首先要把保护环境放在第一位，如果只单纯地考虑经济效益，而不顾社会效益，甚至不顾人民的生命安全，我认为这是一种对国家、对人民不负责的表现，从某种程度上讲，是一种失职渎职行为。"

范琦心中吃惊，试探着问："你们认为此事该如何解决？"

张帆答非所问："这个问题并不简单，表面上看只是引进几座垃圾处理厂，给当地环境造成了严重的污染，但在其背后有没有其他问题呢？"

范琦不动声色地问："你认为有什么样的问题？"

"垃圾处理厂占地能无偿划拨吗？范局长你不觉得这是一个低级错误吗？"张帆的回答有些咄咄逼人。

范琦装糊涂地说："这些土地是无偿划拨的？不可能吧？你们会不会搞错了？"

张帆略带嘲讽地说："错不错你们自己去查，但我坚信，这里面一定隐藏着其他问题。"

范琦的眼中闪过一丝不易觉察的慌乱，他强作镇定地说："好，我们认真查一查，如果真像你说的那样，一定会及时纠正，认真整改。"

第八章　危机四伏

一

何宾与李玉龙继续追踪巨额赔款，笼罩的迷雾正在一层层地剥开，渐渐逼近事实真相。洛州工程公司费尽心机包装自己，从一家空壳公司摇身一变成为经济实力雄厚的大型工程公司，其中一定隐藏着不为人知的秘密，获取补偿资金两千万元绝对不可能是它的最终目的。这家公司从获取洛州绕城高速公路建设权，到虚假注册及伪造银行资信证明，再到获取巨额资金赔偿，都离不开高速公路主管部门——华原市交通局的支持或默许，在这场耐人寻味的事件中，交通局到底扮演了什么角色？

要弄清其扮演的角色，就必须查清补偿合同签订的背景及合同的具体内容。背景似乎已经明了，不简单的是补偿合同。何宾隐隐感觉到，合同并不是那么容易取得的。

在指挥部财务科长室，钱科长一边热情地让座，一边张罗着给何宾和李玉龙倒茶。当何宾要求他提供交通局与洛州工程公司签订的补偿合同时，钱科长先是说合同找不到了，后又否认合同的存在，何宾将拖延和抗拒提供审计资料的严重后果以及由此会受到的法律制裁耐心地讲给钱科长，在政策的压力下，钱科长最终提供了补偿合同。

王海涛拍案而起，一脸怒气地责骂钱科长："你猪脑子呀，他们找你要合同，你就给他们？你不知道他们是干什么的？"

钱科长心虚地辩解道："他们说是你让提供的，所以……"

钱科长的话，让王海涛火气更盛："所以，你就痛快地给了他们？你就不会给我打个电话问一问？真是废物一个！"

钱科长观察着王海涛的表情，小心翼翼地说："由于事发突然，以往也没有遇到这样的事。不过……"

王海涛一听感觉还有希望，忙问："不过什么？"

钱科长说："即使我们不提供，他们从交通局或者洛州工程公司一样会拿到合同。审计依法办事，他们想要的资料总有办法得到，硬性拒绝终究不是解决问题的办法。"

知道钱科长说得有道理，但王海涛还是忍不住斥责："实话告诉你，无论是交通局，还是洛州工程公司都不可能给他们提供合同。他们不会像你这么笨，知道吗？"

钱科长自责道："王主任，你也别生气，气大伤身，这事也怪我没有经验，欠考虑。"

王海涛骂了一阵子，口干舌燥，端起杯子喝水，才发现杯中无水。钱科长讨好地拿起茶壶给王海涛杯中续满水。王海涛慢慢平静下来，朝钱科长摆了摆手说："算了，此事也怨我，事先没有跟你交代清楚。"

钱科长说："我认为，此事还有挽回的余地。"

王海涛半信半疑，追问道："怎么挽回？"

钱科长解释说："他们拿到了合同，但未必能看出里面的玄机，哪个工程项目没有赔款？应该说这是个非常普遍的现象，关键是你如何应对他们。"

王海涛不解地问："我如何应对？"

钱科长道："你只要一直不与他们见面，他们也就无计可施了。"

王海涛恍然大悟："你的意思，是让我到外地躲避几天？"

钱科长点头道："是的，你不在单位，他们又奈你何？"

王海涛想了想说："也是个办法，我今天晚上就去南京出差。"

虽然补偿合同的内容很简单，但记录得还比较清晰：因资金未落实等原因不能按期开工建设洛州绕城高速公路，影响全市高速公路网络的形成，交通局决定收回该项目的主路建设权，考虑到洛州工程公司曾做了一些前期准备工作，交通局补偿洛州工程公司经济损失两千万元，继续以 BOT 方式投资建设经营服务区。

既然洛州工程公司没有经济实力，又怎么可能建设并经营服务区呢？难道服务区建设不需要资金吗？

补偿合同内容的自相矛盾与交通局的慷慨大方，让人百思不得其解。问题主要集中在服务区是如何建设这一焦点上，也就是说，弄清服务区建设的资金来源，已成为审计调查新的关注点。

洛州工程公司因经济实力不足，在放弃主路建设权的情况下，仍采取 BOT 模式保留服务区的建设权，并委托市高速公路建设管理局代为建设，奇怪的是代建费六千万元的资金源于洛州工程公司银行账户，只有查阅洛州工程公司的财务账，才能弄清资金的具体来源。

交通局负责配合审计的朱岩再次被请到了审计组。当何宾提出调阅洛州工程公司财务账时，朱岩以该公司早已注销为由拒绝联系，何宾又提出请他联系洛州工程公司的母公司——同乐公司，朱岩又以调查同乐公司已超出了自己的职责范围为由再次拒绝，赔款调查又一次陷入困境。

二

在经济责任审计进入关键阶段，为统一思想，不断深化对"职责履行、权力运行"审计重要性的认识，统筹推进各项审计工作，审计厅党组在中州召开了地市级领导干部经济责任审计座谈会。参加会议的有审计厅领导班子成员、经济责任审计局局长、相关审计业务处处长、各经责审计组组长。会议由审计厅党组成员、常务副厅长东方主持，审计厅党组书记、厅长周山同志发表了重要讲话。

座谈会于下午六点结束，凌钢回到华原已是晚上十点钟。凌钢躺在床上，久久难以入眠，耳畔回响着周山叮嘱自己的话语。

对凌钢触动最大的是周山特别强调的三个方面："首先，聚焦'责任履行、权力运行'主题，突出领导干部经济责任履行情况的审计，揭示问题，提出建议。这次审计与领导干部经济责任无关的问题暂不涉及，个别重大问题可等整个审计任务完成后再统一考虑；其次，紧密联系华原市经济社会发展的实际情况，强化审计特色。华原市是工农业大市、矿产资源大市、人口大市，近几年来发展较快，因此，你们一定要重点关注粮食安全、环境治理、煤矿资源配置、精准脱贫等方面，将经济社会发展是否科学作为评价领导干部经济责任的重要标准；最后，注意把握整体，在全面掌握华原市总体情况的基础上，注意从宏观角度揭示影响制约经济社会发展的突出问题，从体制机制、政策法律等层面提出审计建议，促进完善国家治理体系及治理能力现代化。"

坦率地说，对周山特别强调的问题，凌钢不是没有认真思考过，比如说聚焦"责任履行、权力运行"主题，再比如说联系华原市经济社会发展实际、强化审计特色等，但在审计实施中，一遇到具体问题往往会不自觉地偏离审计重点，甚至顾此失彼。凌钢决定以会议为契机，理清思路，打一个漂亮的翻身仗。

三

第二天上午，凌钢组织召开专题会议，及时传达审计厅经济责任审计座谈会精神，并要求与会人员就如何贯彻会议精神及周山厅长的重要讲话发表意见。

谢东正率先发言:"这次座谈会是在经责审计的关键节点召开的一次重要会议,对我们搞好经责审计明确了重点,指明了方向。尤其是周山厅长提出的紧密联系华原市是工农业大市、矿产资源大市、人口大市的实际,可以说是一语中的,指导性极强。我个人认为我们下一步的审计重点应进一步关注粮食安全、环境治理、煤矿资源配置、高速公路建设四个方面。"

谢东正的话得到了大家的高度认可。

梁丽燕深有感触地说:"周厅长讲得重点明确,粮食安全方面的内容我们尚未涉及,这个问题关系到土壤安全、种子安全、水利安全、储备安全及加工安全诸多方面,因此,我们要进一步细化审计内容,选择一到两个方面进行延伸审计,真正做到有的放矢,切实提高审计效率。"

张莉嘉结合自己承担的财政审计,也谈了体会:"财政风险是经济责任审计关注的又一个重点,在此方面,虽然进行了一些调查,初步掌握了一些情况,但要彻底弄清全市的债务结构及风险隐患,仍需要做进一步的分析研究,我们将加快审计进度,力争早出成果。"

白露结合交通审计情况谈道:"交通运输安全是经济安全的重要内容,近年来华原市公路尤其是高速公路建设发展较快,在全省乃至全国交通网络格局中关联度高、举足轻重,因此,高速公路建设与质量安全问题仍是审计关注的重点。"

张帆重点谈了环境保护涉及的一些情况:"污染防治的项目非常多,审计工作量也比较大,目前我们关注的重点仍然是污水处理及固体垃圾处理,由于审计力量不足,至于土壤及空气污染的调查,应放在下一个阶段。"

其他与会同志也结合自身承担的审计任务,发表了各自的意见及建议。相互启示性的发言拓展了审计思路,凌钢感觉视野更加开阔了。

四

秦大川结束市政府常务会议刚走进办公室,赵琼便手持文件夹敲门进来:"秦市长,发改委姚雨晨主任和环保局赵玉民局长分别来电话,询问你什么时候回来,他们说有急事要见您。"

此时,桌上电话铃响了。秦大川朝赵琼摆摆手,示意他退出去。

秦大川拿起电话,电话里传来孙大虎的声音:"秦市长,我是财政局的孙大虎。"

秦大川语气平静地问:"孙局长呀,你有什么事?"

孙大虎有点着急地说:"秦市长,经责办的人还在暗中调查制药厂的事,我们该怎么办?"

秦大川一怔,不悦地说:"他们不是说暂时停止调查吗?"

孙大虎说:"就在刚才,经责办那个姓张的女处长还来财政局索要债务资料。我已责令配合审计的同志暂时不要提供。"

秦大川说:"这么说他们没有拿到想要的资料?"

孙大虎说:"是的,已经把那个姓张的处长打发走了。不过审计组正在追查隐性债务问题,全市债务利用率偏低、违规举债形成的风险问题已被他们发现,目前财政局正在按审计组的要求进行原因分析。"

秦大川沉吟了少顷说:"我知道了。具体该怎么做,我相信你心中会有数的,我也相信你有应对审计的经验与办法。"

孙大虎犹豫了一下说:"秦市长,还有一件事需要向您汇报。"

秦大川皱着眉头问:"说吧,还有什么事?"

孙大虎说:"就是近年来,市财政局为缓解地方银行资金的流动性压力,将国库资金六十多亿元转移到华原银行、商州银行等三家商业银行;同时财政局通过借款或违规担保的形式为企业融资一百五十亿元,客观上帮助了一些企业掩盖了财务风险与经营风险问题。"

秦大川说："支持企业发展是政府部门的重要职责，出现这些问题的动机毕竟是好的，你不用担心这些，到时耐心地与经责办的同志进行沟通，相信他们会理解的。"

孙大虎担忧地说："可现在有超过四十亿的财政资金逾期无法收回，其中近三十亿财政资金已经形成损失。"

秦大川吃惊地问："会有这么大的损失？"

孙大虎没有答话。

少顷，秦大川压低声音说："事在人为嘛，你们不要把损失搞这么大，要多动动脑筋，多想想办法，调整一下数据，一定要把财政损失金额压下来。"

孙大虎为难地说："这，这，恐怕很难操作……"

秦大川不悦地打断说："别这、这了，我还是那句话，相信你孙局长能把事情处理好。"

孙大虎无奈道："我知道该怎么做了，请秦市长放心。"

秦大川刚放下电话，电话铃又响了起来，是发改委的姚雨晨打来的："秦市长，审计厅经责办不知道为什么突然对钢铁企业，尤其是对洛州钢铁公司生产情况展开调查了。"

秦大川一怔，道："真是祸不单行啊。他们发现什么问题了？"

姚雨晨汇报道："他们要求对两个问题做出说明。一是在压减钢铁产能的情况下，全市钢铁实际产量和能耗不降反升，他们怀疑已关停的钢铁企业死灰复燃；二是洛州钢铁公司宣告整体退出后，仍在大量购进原材料，煤电消耗数据也在持续增加。"

秦大川不无担忧地说："由此看来，他们是盯上钢铁企业淘汰落后产能问题了，他们提出具体要求没有？"

姚雨晨道："他们给了个审计清单，包括全市钢铁企业数量、生产规模、实际关停钢铁企业数量、计划与实际钢铁生产量等一大堆资料，要求明天上午八点之前送到发改委审计现场。"

秦大川震惊地问："他们要这么多资料干什么？他们是否发现

了什么？"

姚雨晨说："我也不知道啊。他们什么都没说，就是催要资料。"

秦大川道："凡事总要有个过程，资料整理需要时间，你们慢慢来，总之一句话——先拖着！"

姚雨晨说："秦市长，光拖也不是办法，审计人非常难缠。"

秦大川道："你们多想想应对办法，必要时可以设置一些障碍，制造一些麻烦，不能他们要什么，你们就提供什么。"

姚雨晨无奈地说："秦市长，还有一件事，近四年来，全市单位GDP能源消耗增长了百分之六，与国家同期能源消耗要求下降百分之四的指标背道而驰。"

秦大川有些不耐烦地说："什么背道而驰？说具体些。"

姚雨晨解释道："主要涉及两个方面内容：一是对电解铝、单晶硅等高耗能产业用电实行优惠政策，每年财政补贴超过十五亿元；二是违规引进了八个高耗能项目，每年新增能耗三百五十万吨标准煤。"

秦大川语气生硬地说："这个问题具有一定的普遍性，只要想办法总能妥善解决，办法总比困难多嘛！"说完不再听姚雨晨的话直接挂断了电话。

秦大川放下电话，赵琼敲门走进："秦市长，刚才国土资源局的范局长和环保局的赵局长说要来见您。"

秦大川问："他们要见我有什么事吗？"

赵琼谨慎地回答："范局长没有说什么事，赵局长说是有关审计的事。"

秦大川不悦地说："审计，审计，又是审计。"

赵琼犹豫了一下，请示道："秦市长，我该如何回复他们？"

秦大川说："你就说我没有时间，有什么事自己想办法解决。"

赵琼点头说是，小心地退了出去。

秦大川叹了一口气，无力地瘫倒在沙发上，闭目沉思。

五

　　下班后，秦大川回到了家，打开家门心里生出些暖意，疲惫一扫而光，连声叫道："夫人！我回来了。"

　　陈瑞急忙从厨房里走出来，笑着问："今天太阳从西边出来了？你可很少按时回来的。"边说边接过秦大川脱下的外衣，挂在衣架上。

　　秦大川微笑着凝视着陈瑞，问："最近有儿子的消息吗？"

　　陈瑞有点不高兴地说："有！下午晓勇打电话，说这一个月都有事，不回来了。"

　　秦大川一怔："啊？他没说什么事吗？"

　　陈瑞说："他没具体说，听意思是公司最近遇到麻烦了。"

　　秦大川警觉地问："遇到什么麻烦了？"

　　陈瑞答道："晓勇说环宇公司要抽调他香港南海公司的资金，可能是公司资金紧张了。"

　　秦大川吃惊地问："环宇公司抽调资金？晓勇的公司与环宇公司也有业务往来？"

　　陈瑞说："具体情况我也不清楚。"

　　秦大川自语道："晓勇的公司是做贸易的，环宇公司是做投资的，按道理说，不会有什么业务往来。"

　　陈瑞不满地说："你就不能主动给儿子打个电话，了解一下情况？"

　　秦大川看了陈瑞一眼说："还是不打电话的好。当官的最忌讳家属做生意。"

　　陈瑞不乐意地说："让你给儿子打个电话就这么难？只是让你问问情况，又没有让你帮他做生意。实在不行你问问范琦，他不是与环宇公司的老板雪萍很熟吗？"

秦大川摇头道："现在是特殊时期，经济责任审计尚未结束，审计组发现的问题已超出我的预想，十分棘手，还是不问的好。"

陈瑞不解地问："范琦不是你最得意的部下吗？你问问他还能怎么样？你是担心他会泄密吗？"

秦大川有些不耐烦地说："好了，此事到此为止，不要再说了。"

此时，客厅的电话铃响了。秦大川拿起电话，里面传来范琦焦急的声音："秦市长，我是范琦。"

"有什么急事吗？"

"我想当面向您汇报一下审计情况。"

秦大川突然来了火气，斥责道："不用当面向我汇报，你应该知道如何应对审计。"

"秦市长，此事重大，不得不向您当面汇报。"

"不用了，你自己看着办吧。"说完秦大川挂断了电话。

"是范琦吧？"陈瑞从秦大川的态度上觉察到他对范琦的强烈不满，安慰道，"既然不方便问儿子的事就算了，我也就是这么一说。"

秦大川叹了一口气："世事茫茫难自料啊，现在是多事之秋，多一事不如少一事，以静制动吧。"

六

利税大户环宇公司是近年来华原企业界冲出的一匹黑马，公司老板雪萍也因此成为家喻户晓的明星企业家。传说，环宇公司目前的资产总额已超过三十亿元，业务涉及房产、环保、煤矿等多个领域。环宇公司的崛起，曾引发无数猜想，也引起了凌钢的特别关注。遗憾的是，对环宇公司以及雪萍的了解，目前还停留在传说阶段，它崛起的真正原因对凌钢来说，至今是一个看不清、悟不透、弄不明的谜团。为解开这个谜团，揭开环宇公司神秘的面纱，凌钢一直在苦苦思索着办法，寻找与雪萍再次接触的机会。

常言说，赶早不如赶巧，没过几天，机会就来了。

这天凌钢应邀来到了秦大川办公室，敲门进去后，惊讶地发现雪萍也在，雪萍看见他笑着致意。

一看两人的表情，秦大川笑着说："原来你们早就认识呀。"

凌钢也笑着说："雪总是我省著名的企业家，环宇公司的总经理，如果我连雪总都不认识的话，岂不太遗憾了。"

说话间雪萍从沙发上站起来，伸出手热情地说："很高兴再次见到凌主任。"

秦大川道："既然你们两位早就认识，我也就不用多介绍了，今天请你们来，就是让你们双方坐在一起，面对面地沟通一次，把一些情况说清楚，增进了解，消除误解，形成共识。"

凌钢虽然感到非常意外，也反感这种违反审计纪律的做法，但表面上还是客客气气地说："谢谢秦市长的良苦用心，我也正好借此机会，向雪总取取真经，长长见识。"

此时，赵琼敲门进来说："秦市长，平州县的张县长说有重要事情向您汇报，他人已经到了。"

秦大川微笑着点了点头："你请他过来。"接着对凌钢和雪萍说："你们两位先到小会议室聊着，我和张县长谈点事情。"

凌钢与雪萍来到小会议室，赵琼给他们倒了两杯茶后，退了出去。

凌钢端起杯子，轻轻喝了口茶，客气地对雪萍说："今天机会难得，我就开门见山了，社会上一直有个说法，说环宇公司是企业界的传奇，短短几年时间就发展成了二三十亿资产的规模，雪总经营得如此成功，一定有特殊的秘密或绝招吧，能否透露一二？"

雪萍放下茶杯笑着说："你这是开始审计我了吗？正如你说的那样，这些对我们公司来讲，都是秘密，或者说，都是商业秘密。"

凌钢只好说："既然是你们的商业秘密，我也不好过问。你们公司的主要业务是什么总可以说吧，这不算是商业秘密吧？"

雪萍痛快地回答道："主要业务有四个板块：煤矿、环保、房地产、餐饮服务。"

"控股及参股企业一定不少吧？"凌钢迂回曲折地引导着。

"不多，也就十来家吧。"

"十来家？十来家还不多啊。"凌钢吃惊道。

看到凌钢吃惊的表情，雪萍露出一丝冷笑，绵中藏针地说："凌主任下一个问题是不是要问利润多少、员工多少呀？"

凌钢将计就计，故作惊讶地说："你怎么知道？"

雪萍略显得意地回答道："按照审计法，凌主任无权审计我们民营企业，但作为朋友，我还是满足一下你的好奇心，环宇公司资产不多，也就是三十亿左右，员工不足五千人。"

尽管早就听说环宇公司规模很大，但雪萍亲口说出后，凌钢内心还是感到很震惊。

凌钢引导着问："雪总，那你能否介绍一下环宇公司的发展经历，也让我好好取取经。"

雪萍从容地说："六年前环宇公司只是一个几十人的小型建筑公司，赶上了房地产发展的黄金时期，通过招兵买马，引进高端人才，很快发展成为能够承揽高档商品房开发的大型建筑公司，之后又陆续参与了几起煤矿兼并重组，便一步步发展壮大起来了，形成了今天的规模。"

凌钢讥讽道："六年的时间环宇公司从几十人的小公司发展成为拥有三十亿资产的大集团公司，简直创造了当代企业发展史上的神话。"

雪萍似乎没有听出弦外之音，一脸真诚地说："因此，我们要感谢所有关心支持环宇公司发展的各级领导与同志们，特别感谢凌主任对环宇公司的理解支持。"

凌钢笑笑说："你这一番感谢，我可是受之有愧，我什么也没有做，根本谈不上理解与支持。"

雪萍笑容可掬地说："你能够去环宇公司吃顿便饭，就是对我们公司最大的支持啊。"

想起上次吃饭所造成的风波，凌钢至今还心有余悸。凌钢赶紧转移话题说："记得上次去你们公司，看到过秦市长与你们公司高管的合影。"

雪萍点头道："对，那是三年前秦市长来我们公司视察时的合影，当时陪同视察的还有几个局委的领导。秦市长在参观了环宇房产公司之后来到了公司总部，与大家座谈，对环宇公司的发展给予了高度评价，并现场给我们题词勉励大家开拓进取，再铸辉煌。"

"据我所知，秦市长基本不会给企业题词，能给环宇公司题词真是一个很大的荣誉和例外。他重视经济工作，一定会在土地审批、矿产资源转让等方面给予环宇公司支持吧？"凌钢似不经意地问。

雪萍警觉地回答："秦市长原则性非常强，从来没有给环宇公司任何特殊支持。"

提到秦大川时凌钢明显感觉到雪萍的警惕，他不想失去这个探究环宇公司内幕的机会，于是他又绕回最初的话题："环宇公司短时间就发展成三十亿资产的大企业，不能不说是一个奇迹。"

雪萍回道："什么奇迹不奇迹的，环宇公司的发展，一靠政策的扶持，二靠朋友的帮忙，三靠公司的运气。"

凌钢问道："环宇公司搞房地产开发，必然会占用大量土地，甚至拆迁一些工厂，那些失地农民和企业职工的生活都有保障吗？"

雪萍马上道："我们不仅严格按照补偿标准对征用的土地进行补偿，还提供了几千个就业岗位，为国家创造了大量的财富。"

凌钢半开玩笑半认真地说："如果真像你说的这样，很难想象，一个小型建筑企业是怎么在这么短的时间内发展成拥有三十亿资产的大企业的。"

雪萍不悦地抗议道："凌主任，你放着那么多国有企业不审计，偏偏与我们民营企业过不去。上一次你派人来公司索要煤业公司的财务资料，这次你又好像在借机审计我，你难道特别希望环宇公司有什么问题？"

凌钢并不辩解，转而问道："你们公司的特约顾问、市地矿储量评审中心退休主任王力庆是怎么死的？"

雪萍说："他是因为抑郁症自杀的，真是太可惜了。"

"听说王力庆死后，你还专门去他家慰问了？"

"是啊，王力庆是我们公司的特约顾问，出了这样的事，我当然应该去慰问家属。怎么？这在你们审计人眼里也有问题？"

"王力庆死后，他的家人有什么想法？没有向你们公司提什么要求吗？"

"人都死了，他家属还能有什么想法？王力庆的抑郁症也不是一两年了，家属也是知道的。他老婆提出把她正在上大学的儿子毕业后安排到环宇公司工作。"

"你们答应家属的要求了吗？"

"当然，这也是一种人文关怀。"

这时，赵琼敲门进来说："秦市长请你们去他的办公室。"

二人从容地站了起来，雪萍看着凌钢说："凌主任，跟你聊天真长见识，受益匪浅，欢迎有时间再到环宇公司检查指导工作。"

七

郑国玉被移送市检察院后拒不认罪，坚称自己是无辜的，是被人陷害的，要求向经责办讨还公道。白露与王飞应商州市检察院的邀请来到市看守所与郑国玉见面，协助做一些劝解工作，促使郑国玉认罪。见面前，白露对郑国玉的背景及性格特征进行了深入研究，并制定了谈话预案及谈话提纲。

看守所会见室里，气氛肃穆，郑国玉一脸疲惫地进了会见室。

白露首先开口道："郑总，华原工程咨询公司对市交投公司进行有偿服务是谁介绍的业务？"

郑国玉冷笑道:"那是企业之间的正常经济活动,谁也无权干涉企业之间的业务往来。"

白露道:"那为什么咨询报告上咨询人员的签名却是你郑总的笔迹?"

郑国玉辩解道:"那是有人故意设局陷害我。"

白露驳斥道:"报告上的签名经过北京权威部门的笔迹鉴定,就是你郑国玉的笔迹。"

郑国玉怒道:"欲加之罪,何患无辞。我再强调一次,是有人设计陷害我,再说相同笔迹的人大有人在。"

白露沉默了一会儿,问:"郑总,你创办的天昊贸易公司是做贸易的,为何还要成立工程咨询公司?"

郑国玉说:"企业经营需要多元化,也就是人们常说的,不能把鸡蛋放在一个篮子里。"

白露颇有深意地问:"据我们了解,咨询公司有个潜规则,你一定也熟悉吧?"

郑国玉神色略微有变:"什么潜规则?我不知道你在说什么。"

白露盯着郑国玉说:"咨询公司除了正常的工程咨询外,还搞一些虚假咨询,也就是说,没有提供实质性的服务内容,却收取相应的咨询费。"

郑国玉冷淡地说:"我们咨询公司从来没有你说的这种虚假咨询。"

见郑国玉如此嘴硬,白露直击要害:"交投公司的'小金库'这次被我们审计人员挖了出来,'小金库'中列支了华原工程咨询公司的咨询费,连同提供虚假咨询服务的证据也悉数被审计人员掌握。"

郑国玉抵赖道:"我再说一遍,我们没有提供虚假的咨询服务。"

白露说:"郑总,交投公司支付的咨询费是留有痕迹的,咨询报告中咨询人员的签名也是留有痕迹的。"

郑国玉怔了一下,依然坚持说:"反正我没有你说的那种情况,我是清白的。"

白露严肃地说:"审计调查核实,华原工程咨询公司收取了交投公司的咨询服务费,但未提供真实的咨询服务,审计发现问题后,咨询报告内容及咨询人员的签名被人暗中进行了修改,但原始证据已被审计人员取得。"

此时,冷汗从郑国玉的额头渗出,他不再说话,低头陷入沉默中。

八

华原市经济工作会议在华原迎宾馆召开。

陈锋平时有打太极拳晨练的习惯,会议期间也不例外,此时,陈锋在院中正全神贯注地打着太极拳,刚柔相济,虎虎生风。

秦大川在秘书的引领下走进大院,安静地观看陈锋潇洒自如的动作,直看到陈锋收势才鼓起掌来。

陈锋转身看到了秦大川,笑着说:"一看你的表情,就知道有好消息。"

秦大川微笑着说:"是有好消息,但也有个坏消息。"

陈锋从容地说:"先说好消息吧。"

秦大川从文件袋中拿出一份统计报告递给陈锋,介绍道:"到10月底,全市GDP、财政收入、固定资产投资三项主要经济指标已完成市委确定的年度计划的百分之九十,其他经济指标已完成年度计划的百分之八十八。"

陈锋微笑着点了点头说:"好啊,这确实是个好消息,这也说明,年初市委制订的经济发展计划是符合华原市经济社会发展实际的。坏消息呢?"

秦大川看了陈锋一眼说:"同志们反映,审计厅经责办的人又盯上了环境保护,污水处理厂及固体垃圾处理厂是他们审计的重点,据了解,他们已发现了一些问题,正在准备上报省委。"

陈锋不动声色地说:"审计环境治理项目是审计部门的重要职责,这不是很正常的事情吗?你担心什么?"

秦大川迟疑地说:"我担心他们将问题上报省委,会引发省委派出专项调查组来华原调查,进而影响华原的社会形象……"

陈锋说:"我也正想找你谈环境治理问题,走,我们进屋里谈。"二人说着走进宾馆会客室。

陈锋让人找来一幅《华原市环境治理地图》,指点着说:"近年来,全市经济发展确实很快,但也存在一些突出问题,集中体现在环境治理与经济发展未能同步,换句话说,就是环境治理没有跟上经济发展的步子,有的问题还比较严重。"

秦大川点了点头:"情况确实是这样,这也是我们工作中存在的短板,当然也是历史遗留的问题。"

陈锋一针见血地指出:"大川同志,据了解,华原市三个垃圾处理厂都是你批准建设的,不仅是典型的政绩工程,而且对当地环境造成了严重的污染,其中商州垃圾处理厂还对西龙湖造成了严重污染,情况是不是这样?"

秦大川心里一紧,最担心的事还是被陈锋知道了,便苦笑着说:"陈书记,当时上马这三个项目是有特殊历史背景的。"

"什么特殊背景?"

"当时全市经济大滑坡,就业形势十分严峻,市委、市政府审时度势,从发展的大局出发,果断做出要加大招商引资力度、大力发展实体经济的决定。正是在这样的特殊背景下,三个垃圾处理厂才匆忙上马。这三个垃圾处理厂规模都比较大,每年处理国外固体垃圾五百多万吨,不仅安排了大量人员就业,而且每年还为国家创造了大量的税收,为全市经济的发展起到了促进作用……"

秦大川片面强调客观原因引起了陈锋的反感,陈锋打断道:"这三个项目都对当地的环境造成了不同程度的污染,除了刚才说到的西龙湖污染,还有平州垃圾处理厂对平州湖的污染,平州湖周围近二十万居民的生产生活用水受到了严重的威胁,而且已连续出现了几个癌症村,教训十分沉痛啊。"

秦大川一愣,惊出了一身冷汗,强自镇定地说:"借用《大学》的一句话'未有学养子而后嫁者也',我也痛感招商引资没有可供借鉴的成熟经验啊。"

陈锋没有马上驳斥秦大川的错误观点,默默思考分析着他的思想动机。

见陈锋没有说话,秦大川继续辩解道:"当时招商引资缺乏经验,当然也与我们工作上急于求成有关,但出发点还是好的,也可以说是认识的局限性吧……"

陈锋不客气地批评道:"大川同志,你这样说就缺少说服力了吧?你不能把这么严重的事件笼统地归结为认识局限性,也不能简单地说成缺乏经验与急于求成,这个教训是极其沉痛的。这是你秦大川同志大笔一挥批下的官僚主义项目,平州人引以为傲的名片平州湖因此成了恶名远扬的污水湖,代价实在太大了。"

秦大川连忙检讨道:"是的,是的,陈书记批评得很正确,也很及时。"

陈锋语气严肃地说:"为什么前几任主持招商引资的副市长们都没有批准这些污染工程?他们为何就没有这些认识上的局限性?因为他们心中始终装着人民,至少有基本的底线。看到平州湖污染给当地群众带来的严重危害,我深感痛心,你要好好反省呀。"

面对陈锋的严厉,秦大川继续检讨道:"是需要好好反省,我由于认识上的局限性,加之过多地考虑GDP,无意之中就犯了一个历史性的错误。"

陈锋道:"这三家垃圾处理厂都是由民营企业环宇公司参与建设的吧?"

秦大川心中又是一惊,他点了点头道:"环宇公司是全市十大民营企业之一,也是利税大户,看来陈书记了解的情况还真不少,这种务实作风需要大家学习啊。"

陈锋没有理会秦大川的话外之意，接着问："听说这家民营企业的女老板很有些背景，除控股垃圾处理厂外，还涉及房地产、煤矿、餐饮等多个行业？"

秦大川心中有些不满，表面平静地说："民营经济是我国经济制度的重要组成部分，是社会主义市场经济发展的重要成果，也是推动社会主义市场经济发展的重要力量。中央强调指出，民营企业和民营企业家是我们自己人，支持民营企业发展也是中央的一项重大决策，这没有什么问题吧？"

陈锋从容道："你说得一点都不错，我们两人说的不是一回事。我的意思是这家民企的老板不简单，短短几年时间把生意做得那么大，耐人寻味啊。"

秦大川弄不清陈锋的葫芦里卖的什么药，不动声色地试探道："陈书记的意思，是要对这家企业的发展情况进行调查？看看这家企业在发展过程中是否存在违法经营问题？"

陈锋朝秦大川摆摆手，旁敲侧击道："你误会了，我们应该一如既往地支持民营企业发展，并为其健康发展创造必要的条件。中央反复强调要构建新型的'亲、清'政商关系，我是担心我们的个别领导干部以支持民营企业为名，假公济私，在不知不觉中陷入政商利益一体化的怪圈，最终丧失原则，被糖衣炮弹打倒，成为人民的背叛者。"

陈锋绕了一个大圈，最后才提到了政商关系，秦大川这才明白这次谈话的真正用意，马上说："这也是我近年来一直在考虑，也一直在强调的问题。"

陈锋继续敲打道："领导干部任何时候都要讲政治，做政治上的明白人，这是共产党人安身立命的基石。政治上严于律己，不犯糊涂，才有作风上的清风徐来，行动上的坚如磐石，每位领导干部都要力戒盲人骑瞎马，夜半临深池。时刻保持清醒的头脑，处处注意抬头看路，才能把握正确的政治方向与人生航向，否则就会头撞南墙,掉入深池。"

秦大川连连点头称是。

陈锋意味深长地看了看秦大川,又说:"既然我们看法一致,是否尽快召开一次市委常委民主生活会,把你刚才的一些想法与大家沟通一次?"

秦大川尽管心里一百个不情愿,嘴上还是说:"好的,就按陈书记的意见办。"

九

华原市经济会议结束的当天晚上,郑桐应约来到华原迎宾馆小会议室接受陈锋的谈话。

陈锋嘴角挂着笑意,目光锐利地盯着郑桐说:"最近,市委计划召开一次市委民主生活会扩大会议,你作为华原市委常委、主持商州市委工作的副书记、市长也要参加。"

由于没有任何思想准备,郑桐稍微愣了一下,答道:"好的,一切听从市委的安排。"

陈锋说:"召开民主生活会,通过开展批评与自我批评,统一大家的思想认识,为开好市人代会、市政协会创造良好的舆论环境与思想准备。"

郑桐点了点头。

陈锋语重心长地说:"市人大、政协换届选举工作很快就要进行了,市级领导干部选拔迫在眉睫,不能再拖了,拖久了会影响市人大、政府、政协的换届工作,也会影响干部工作的积极性。希望你能在民主生活会上带个好头。"

郑桐心中一紧,赶紧表态:"我争取在民主生活会上第一个发言。"

陈锋关切地问道:"郑桐同志,你准备在会上都谈些什么,做哪些自我批评呢？"

郑桐道："从政治学习不系统、政治站位不高、理论修养不高、深入基层不够等方面进行自我批评……"

陈锋打断了郑桐的话，提醒道："郑桐同志，你准备在民主生活会上做什么样的自我批评我没有意见，但有一个问题你不能回避。"

郑桐赶紧道："哪一个问题？请陈书记明示。"

陈锋直截了当地指出："你儿子郑国玉涉嫌受贿，你作为父亲就没有一点儿责任？你不觉得应该对组织有一个交代？"

郑桐尴尬地说："是，是有责任，是我疏于家庭教育管理。不过说句良心话，事发前我对此事真的一点都不知情啊。"

陈锋严肃地指出："郑桐同志，如果你事先就知情，还发生了这样的事，问题的性质就变了，就不单是在民主生活会上检讨了，在什么地方检讨你自己应该清楚。"

郑桐点头道："陈书记批评得对，是我的认识出现了偏差，应该向市委检讨。"

陈锋继续道："郑国玉出事，一方面在于他本人理想信念缺失、宗旨意识淡化；另一方面，与你这位父亲没有严格履行家教职责有直接的关系。常言道：修身、齐家、治国、平天下，家庭教育是国家治理的最重要基础，如果一个领导干部连家庭教育都搞不好，何谈带头执行政治纪律与政治规矩？何谈治国平天下？"

郑桐再次检讨道："陈书记批评得很及时，也很正确，我将从中吸取教训，严格约束亲属，杜绝此类问题的再次发生。"

见郑桐态度诚恳，陈锋便缓和了语气说："郑桐同志能有这样的认识，相信即将召开的民主生活会一定质量很高，也一定会达到咬耳扯袖、红脸出汗、统一思想、提高认识的目的。"

第九章　山重水复

一

华原市市委民主生活会如期召开,为提升会议质量,统一思想认识,也为即将召开的市人大、政协换届工作奠定坚实的基础,经陈锋提议,这次民主生活会从市委常委扩大到市政府、市人大、市政协四大班子成员。

市人大胡秘书长在会上提出了一个尖锐的问题:"大川同志,全市那么多优秀局级干部,为什么你总是拼命地推荐范琦作为副市级干部人选?这能算出于公心吗?"

秦大川笑着反驳道:"我推荐范琦是因为他特别优秀,具备胜任副市级领导的素质与能力,是为数不多的想干事、会干事、能成事、不坏事的正局级领导干部,为我市经济发展做出了突出贡献。我推荐他完全是出于公心,并没有半点私心。况且,发现、培养、使用干部也是领导干部的重要职责嘛。"

胡秘书长毫不退让:"范琦与某些民企的老板有着说不清的关系,经常带着一些干部到企业吃吃喝喝,造成很坏的社会影响,这些也符合副市级领导干部标准吗?"

秦大川辩解道:"在企业吃饭就成了吃吃喝喝?请问今天在座的哪一位同志敢打保票说没有在企业吃过饭?难道说都成吃吃喝

喝了吗？"

郑桐听不下去了，微笑着说："大川同志，民主生活会是要认真听取大家的批评意见，总结经验教训，进而改进我们的工作，不是讨论吃喝问题的。"

胡秘书长不依不饶地说："你秦大川理论水平高，能言善辩，但目的只有一个……"

秦大川警觉地追问："什么目的？请你把话说清楚。"

胡秘书长冷笑着说："你不把范琦推到副市级领导岗位是不会罢休的。"

此时，陈锋把话接了过来："大川同志，你刚才说得有些道理，但选拔干部还是要坚持政治标准，坚持以德为先，坚持以业绩为导向，同时还要广泛听取各方面意见，不能以个人的好恶、亲疏远近为标准啊。"

陈锋的话非常明确，就差直接指出秦大川推荐范琦是错误的。在场的人目光复杂地看向陈锋。

此时组织部长陈琼发言了："干部选拔要坚持党管干部的原则，坚持民主集中制，不能变成少数人说了算。"

纪委书记祁正插话道："本来嘛，选拔干部，我们党有一套完善的规章制度和成熟的选拔标准与考察办法，问题的关键是这些选拔制度与考察办法在某些特殊时期没有得到很好的贯彻执行，从而出现了一些奇怪的现象，个别干部一路被群众举报，却一路提拔。"

秦大川意识到不妙，表态道："推荐干部是每个领导的责任与义务，当然结果如何，由组织做出决定。"

见其他人没有什么意见，陈锋环视了一下与会人员，总结道："关于推荐副市级后备干部的问题，应该说大家都比较关注，从前一段组织部门调查摸底的情况看，范琦已不再适合列入这次副市级干部考察对象，待时机成熟再统筹考虑。今天的民生生活会开得很有成效，会后每个同志都要正确对待批评意见，举一反三，认真整改。"说完，宣布散会。

二

凌钢正在办公室审阅一份上报材料，此时，白露应约敲门走了进来。

凌钢站起身，指着桌上的茶杯，笑着说："白处长，你真有口福，昨天我一个同学来看我，专门带了一盒养生红茶——信阳红。"

白露端起茶杯，小饮了一口说："味道浓香，果然是好茶！"

凌钢道："既然是好茶，你就多喝几杯。"

白露放下茶杯，微笑着说："您今天让我来，不会是单纯请我喝茶吧？"

凌钢笑道："当然了，世上既没有免费的午餐，也没有免费的香茶。今天请你来，主要是研究一下高速公路招标问题。"说着，把一份材料递给白露。

白露随手翻了一下，不解地说："这份材料就是交通局招标办的一份工作简报，说白了就是一份常规性的工作动态，并无特别之处。"

凌钢看了白露一眼，启发说："你再看一下，不要匆忙下结论。"

白露又认真地看了一遍，摇摇头道："这就是一份普通的工作简报，真的没有值得特别关注的内容。"

凌钢感叹道："睫在眼前犹不见，我们常常忽略眼前的事物。你再认真看一看简报的内容，相信会从中发现一些疑点。"

白露又反复看了几遍，仍摇了摇头。

凌钢指着文件说："请看这段内容——'为进一步规范招标工作，积极推行招标新模式，探索委托代理招标办法，将部分工程招标项目委托给华原招标公司统一组织实施，我办积极参与，从而降低了招标成本，提高了工作效率。'"

白露说："委托招投标公司统一招标，符合招投标管理办法，并没有违规之处啊。"

见白露还没有明白其中玄机，凌钢直接把话挑明："交通局有自己的招标办公室，拥有合法的招标资质，为何还要委托招投标公司招标？委托社会招投标公司肯定要支付一定的招标代理费用，简报内容却说降低了成本，提高了效率，他们这样做既不符合逻辑，也不符合事实。另外，我办积极参与指的又是什么？"

经凌钢这么一点拨，白露似乎明白了其中的玄机，有些自责地说："我怎么没有注意到这个细节。"

凌钢继续说："问题很可能隐藏在他们派人参与招投标公司组织的招标活动中，用合法的名义掩盖非法招标的目的。如果判断准确的话，这样的委托招标一定有着不可告人的目的。也就是说，以委托招标为突破口，就能够找出人为操纵招标的证据，揭开高速公路招标过程中的黑幕。"

白露恍然大悟，有些兴奋地说："这么多天来，我们一直怀疑招标有问题，就是找不到突破口，经你这么一点拨，我知道问题出在什么地方了。"

凌钢问道："你下一步打算怎么做？"

白露说："关键在于取得招标资料，重点调查交通局派人参与招标的情况。"

凌钢提示道："如何取得华原招标公司的招标资料？另外，要查清这个问题需要多长时间？"

白露不无担忧地说："关键是招投标公司是否配合，如果顺利的话，需要两天时间，如果他们不配合，就难以预料了。"

凌钢在办公室内来回踱步，又提出了一个新的问题："如果你是招投标公司经理，你会直接向审计部门提供招标资料吗？"

白露果断地说："不会，肯定不会的。他们一定会以替客户保守秘密为由拒绝提供资料。"

凌钢引导道："招标资料通常有两份，一份招投标公司存档，另一份交给委托单位备查，可以考虑从这两个单位取证。"

白露点头道:"我明白您的意思了。只要我们下决心去查,就没有查不清的问题。无论对方采取什么样的干扰手段,也阻止不了我们弄清事实真相的决心。"

凌钢由衷地赞叹道:"不愧是白露同志,真是处事果断的审计女强人。"

凌钢的赞扬让白露有些不好意思。

停了一会儿,凌钢又说:"高速公路建设项目历来是众多企业竞争的重点,招投标公司的人员也是竞标企业围猎的重点。一些企业,尤其是民营企业为达到中标的目的,围猎的手段不断翻新,可以说是无所不用其极,一些领导干部往往经不起利益的诱惑,在糖衣炮弹的进攻下败下阵来,教训十分沉痛。正因为如此,高速公路招标情况既是审计的重点,同时也是审计的难点,对方为掩盖事实真相,必然会采取一切手段阻扰审计工作,当然也不排除对方采取包括围猎在内的极端手段,对此你们应该有充分的心理准备。"

白露听后非常感慨,也说出了自己的真实想法:"您说得一点都不错,这次审计调查高速公路招标的过程中,这种感觉十分明显。他们尽管表面上十分客气,但提供资料却非常谨慎,以领导把关为由,每一份资料都要经过交通局主要领导审核后方能提供给审计人员。向相关人员了解情况,不是一问三不知,就是泛泛而谈,很难了解真实的情况。"

凌钢一针见血地指出了问题的实质:"他们这样做并不奇怪,以近年来的招投标为例,江山、江河两家建设公司为何中标率高达百分之三十五?这里不排除个别领导干部直接插手干预招标活动的可能。"

白露点了点头说:"这也是我们重点怀疑的地方。"

凌钢问:"这次审计,有没有人请你们吃饭喝茶?有没有人要求你通融?"

白露如实回答:"当然有,而且也不止一次,请我们喝茶聊天的除交通局的相关人员外,还有一些非常熟悉的同学朋友,不过都被我们谢绝了。"

凌钢提醒道:"除此之外,你还要特别注意审计安全问题,除人身安全外,还要注意资料安全,审计所取得的每一份资料都要按规定存入指定的保险柜中,防止资料被盗。"

白露点头道:"谢谢凌主任的提醒。我马上回交通局审计小组落实领导的指示。"说完告辞离去。

凌钢在办公室的窗前目送白露远去,陷入沉思。

三

夜深了,此时的郑桐仍坐在沙发上,随意翻看着摆在茶几上的报纸。

这时,常发迹忽然打来了电话:"刚得到消息,经责办的人重新盯上了高速公路招标问题。这次他们不仅增加了审计力量,而且态度非常坚决,有一种不达目的决不罢休的劲头。我们该怎么办?"

郑桐沉吟了一下:"我还是那句话,以不变应万变。"

常发迹吃不准地问:"怎么个以不变应万变?"

郑桐说:"具体说,就是一个字——拖!"

常发迹为难地说:"我何尝不知道拖,但光拖也不是办法,毕竟他们是依法审计,按要求我们理应配合,应该想一个万全之策。"

郑桐问:"你有什么计策?"

常发迹犹豫着说:"要想从根本上解决问题,我觉得您还得与凌钢直接沟通,毕竟您是华原市委常委、商州市市长,说话还是有分量的,他怎么也会给您面子的。"

郑桐叹了一口气说:"我之前与他进行过沟通,可他这个怪物软硬不吃,弄得我很被动。"

常发迹想了想,建议道:"兵来将挡,水来土掩。我看此事还是交给朱岩处理,让他想办法与审计组周旋吧,我现在就给朱岩打电话。"

郑桐说:"不用了,还是我直接跟朱岩说吧。"

朱岩是郑桐一手栽培提拔起来的处长,郑桐一直视朱岩为心腹,电话拨通后,郑桐便开门见山,直奔主题:"朱岩,你一定要告诉招投标公司的总经理汪斌,经责办的人都不是省油的灯,没有事也会给你弄出些事来,招标资料无论如何也不能提供给他们。千万要记住,高速公路招标不能出现任何闪失。"

朱岩诚惶诚恐地说:"请您放心,我尽力去做汪斌的工作。"

郑桐严肃地说:"不是尽力,而是一定要做通汪斌的工作。你告诉汪斌,就说公司搬家时资料弄丢了,对,是弄丢了。另外,你跟他说有什么需要帮忙的尽管开口。"

朱岩忙说:"请郑市长放心,我现在就去见汪斌,当面跟他讲清楚利害关系。"

郑桐挂断电话后沉思了片刻,又拨通了常发迹的电话:"老常啊,你抓紧时间去见一见经责办那个白露,先探探她的口风,看她目前都掌握了什么,对高速公路招标又了解了多少。你应该知道怎么和她说,必要时我也可以去会会她。"

常发迹说:"郑市长,我看你就没有必要去见那个白处长了吧?"

郑桐不悦地说:"难道你不明白县官不如现管的道理?她是这次交通局审计现场的负责人,也是具体经办人员,如果问题能够从她这里解决,就会减少很多麻烦,明白吗?"

常发迹马上附和道:"明白了,您说得有道理,经办人员的工作做通了,有问题不上报,他凌钢也就变成睁眼瞎了。"

郑桐道:"常局长,你能这样理解问题就对了,下一步就看你的了。"

常发迹信誓旦旦地说:"请郑市长放心,我明天一早就与白处长联系。"

四

在高速公路审计调查中始终无法避开一个人,这个人就是交通局基建处处长兼招标办主任朱岩。别看他年龄不大,却是交通局最有权势的一位处长。朱岩为人低调,处事精明,加之善于察言观色,深得郑桐和常发迹的器重和信任,一些二人不便出面处理的事情,朱岩都能不显山不露水地替他们解决,因此二人都将朱岩视为心腹爱将。朱岩既被权势吸引,又被利益诱惑,他游走于法律政策的边缘,利用政策不完善和管理的漏洞,千方百计钻空子,采取非法手段,帮助一些不法之徒攫取国有权益。朱岩有一项特殊的本领,就是工于心计,善于应对各种检查,每次都能化险为夷,顺利过关。他应对检查的方法,曾给各类检查增加了很多干扰与阻力,这次高速公路审计调查,他又将这些方法运用到了极致。

这天上午,朱岩刚放下电话,白露敲响了他办公室的门,一看是白露,朱岩马上露出笑脸道:"说曹操,曹操到。我正有事向白处长汇报呢,没有想到你亲自来了。"

"有事汇报?太好了。"对朱岩随机应变的能力,白露早有领教。

两人刚一落座,朱岩就关心地问:"白处长,你们工作进展得还顺利吧?"

白露知道朱岩心中的小算盘,实话实说:"很不顺利。"

"怎么不顺利了?"朱岩故作惊讶。

白露并不回答,开门见山地问:"几天前我们要的洛西高速公路招投标的资料,到现在都没有给提供,这是怎么回事?你想拒绝配合审计吗?"

朱岩笑着说:"我还以为是什么事呢,我今天要汇报的也是这件事。情况是这样的,这条高速公路的招标工作全权委托给了华原招标公司,所有的资料都在他们那里,我们没有这次招标的任何资料,这也怪我当时没有和你们说清楚。"

见朱岩把事情推得一干二净,白露盯着他说:"我们了解,招标资料一式两份,除招投标公司存档外,还专门给你们提供了一份。这是你们基建处王平同志出具的签收单据。"说着把签收单据递给了朱岩。

谎言被当面揭穿,朱岩竟毫不尴尬,假装歉意地说:"看我这记性,还真有这么回事,不过,上次搬家很多招标资料都弄丢了,为此我还把王平狠狠地批评了一顿。现在的年轻人做事丢三落四的,干什么都不用心,实在太不像话了。不过,好在招投标公司还有存档,建议你们去他们那儿查一查。"

白露正色道:"朱处长,你也太没有创意了吧?理由怎么总是因为搬家丢失了资料。我们了解,你们基建处多年来并没有搬过家。"

朱岩见谎言再次被揭穿,并不生气,赔着笑脸说:"几天前你们提出资料清单后,我就让处里提供,不知为什么,这些资料一直都没有找到,实在对不起了。"

白露严肃地说:"我们需要的不是道歉,而是招标资料。希望你正确对待审计工作,明确配合审计的责任与义务,你应该明白阻挠审计会是什么后果。"

朱岩忙说:"好、好、好,我让处里的同志再找一找。白处长,我能问你一个问题吗?"朱岩深知,只有主动出击才能增加胜算的概率。

见白露没有吭声,朱岩小心地试探道:"你们审计人一天到晚地东审西查,搅得鸡犬不宁,到底图个啥?"

"图的就是老百姓安居乐业,社会公平正义,违法乱纪的人受到法律的制裁。"白露盯着朱岩,义正词严地回答。

"好,就算你说得有道理,我再问你,你们来交通局审计也有一段日子了,并没有发现什么问题,为什么还不撤离?这样做的目的又是什么?难道说是为了搞乱交通局,搞垮高速集团,从而搞臭交通局的领导？如果不是这样，我实在想不出你们这次审计的目的是什么。"

"我警告你朱岩，我们坚持依法审计，目的是维护国家和人民的利益，推动改革发展，劝你别往歪处想。"白露语气严厉地警告。

"但你们这样执着，咬着高速公路招标问题不放，就不怕被一些人利用，成为政治工具。"

"我不懂你说的政治工具是什么，也不认为审计与你说的政治有什么关系。你这种想法很危险，我们会把你说的话向你的上级组织反映的。"

朱岩并不担心，更加狂妄地说："向谁反映问题是你的权利，但我还是奉劝你，凡事都要适可而止，不可一意孤行，免得到头来碰得头破血流。古代有一副对联说得好'凡事莫当前，看戏不如听戏乐；为人须顾后，上台终有下台时'。意思是说，做事一定要想好退路，人不可能风光一辈子。你这么不顾一切地横冲直撞，一定不会有什么好结果的。"

白露冷笑道："谢谢你的提醒，不过好戏才刚刚开始，还没到论输赢的时候。但我坚信，碰得头破血流、付出惨重代价的，一定是那些自以为聪明的人，而不是我们审计人。"

朱岩也冷笑着说："借你的吉言，骑驴看唱本，走着瞧！"

五

审计组步步紧逼，欲揭开洛西绕城高速公路招投标内幕之际，心烦意乱的郑桐再次来到了商州北郊的宝灵寺，向这里的住持胡大师讨教应对之策。胡大师与郑桐是同乡，佛学院毕业后到宝灵寺出家当了和尚，靠着精明与投机钻营，深得老方丈的信任，一步步走上住持的宝座。他表面上遁入空门，不问俗事，内心却贪恋权势与金钱。一个偶然的机会，他与前来视察工作的郑桐相识，从此便攀上了郑桐这棵大树，成为郑桐的隐身军师。每当郑桐遇到难以化解的问题时，便会来向胡大师讨教。

在住持接待室里，胡大师一边为郑桐斟茶，一边听着郑桐的陈述。听罢，胡大师高深莫测地对郑桐说："事情紧急，是到了该采取果断措施的时候了。如果再优柔寡断，必将陷入万劫不复的深渊。"

郑桐长叹了一口气："你说的这些我何尝不明白，只是这次审计情况比较特殊，经责办不受地方节制，人事权归审计厅管理。而且，这次又是对市级领导干部履行经济责任的审计，社会关注度非常高，一着不慎全盘皆输，弄不好会引火烧身。之前，我也曾与他们进行了沟通，效果并不好。"

胡大师道："正是由于经责办的地位超脱，他们才有恃无恐，不把你放在眼里。如果任凭他们再这样折腾下去，你身败名裂只是迟早的事。当断不断必受其乱啊。"

郑桐仍抱着一丝侥幸心理："经责办除审计调查高速公路招标项目外，还重点调查了商州煤矿改制及西龙湖污染等项目。他们这次审计涉及面广、单位众多、时间跨度大，未必审计的每个单位都会有问题。"

胡大师分析道："秦大川在审计局时是凌钢的领导，二人关系非同寻常，即使审计中发现了秦大川的什么问题，凌钢恐怕也会放秦大川一马。谁能够保证凌钢对煤矿改制问题及西龙湖污染问题的调查不是虚晃一枪，走走过场呢？没准凌钢是在实施障眼法，掩人耳目，声东击西。你和他没有交情，不要心存侥幸，再不出击真的情况危急了。"

郑桐心烦意乱地说："我绝对不会坐以待毙的，既然他凌钢不仁，也别怪我不义。"

胡大师见劝说已见效果，缓缓语气分析道："我了解，经责办内部并非铁板一块，副主任谢东正与凌钢之间积怨很深，工作上经常发生冲突，冲突的根本原因在于凌钢顶替了谢东正的'一把手'位置，使谢东正多年的努力化为泡影。这个谢东正为人正直，作风正派，在经责办干部中威信很高，也得到了多数人的同情。事实上，目前的经责办形成了两个阵营，客观上存在着潜在的矛盾冲突，这也是凌钢最大的隐患与后顾之忧。现在，缺少激化潜在矛盾的燃点，如果有人把这个导火索点燃了，到时候不用我们出手，他们自己就会先乱起来，一旦内部矛盾激化，事情就会出现转机，你所面临的危机自然会得到化解。"

郑桐真诚地请教道："大师有什么高招？"

胡大师胸有成竹地说："一是把凌钢与范琦、雪萍一起吃饭的照片再次发到网上并加以宣传引导，把矛盾引向凌钢，相信一定会再次引起网民的热议，同时也会加剧凌钢与谢东正之间的矛盾；二是可以约请谢东正一起喝茶聊天，诱之以利，帮助他解决一些实际问题，借机再烧一把底火；三是组织亲信分别向省纪委、省审计厅举报凌钢大肆受贿及生活作风问题。只要这三件事做好了，凌钢想不收手都困难。"

郑桐听完胡大师的指点，仿佛看到了审计人因内部矛盾而狼狈地撤出交通局的场景，激动得双眼放光。

六

华原市交通局审计现场，白露、何宾等人坐在会议桌的电脑前，认真查阅互联网上的数据及图片，不时低声探讨着什么。

赵大海梳理招标资料时发现：江山建设公司参与的A、B、C三个标段综合计分分别为78分、80分和99分，以最高得分中标C段；江河建设公司参与投标的D、E、F三个标段综合计分为78分、80分和99分，以最高得分中标F段。

赵大海说："招标公告明确规定，洛西高速公路项目全长为一百二十公里，分为六个标段，每个标段为二十公里，每标段的标的约二十亿元，每家投标公司可以同时选择三个标段参与投标，但只能有其中一个标段中标。"

白露说:"这没有问题啊,这样的公告恰恰规范了招标工作,排除了一家投标单位多段中标的可能性,有利于公平竞争,应该说这个招标公告是比较规范的。"

赵大海道:"正因为招标公告规范,才说明他们评分结果出现了问题。每标段专家的评分结果惊人地一致。同样的资质条件,同样的业绩及施工组织设计,同样的报价优惠幅度,专家在不同的标段评分结果却存在明显的差异。从评标结果看,人为操纵痕迹明显,评标专家组涉嫌集体作弊。"

白露为赵大海的进步感到由衷的高兴:"既然你认为存在问题,我们就把组织参与评分的朱岩请来,让他当面解释清楚。"

经验丰富的朱岩似乎对此早有思想准备。当白露刚提到洛西高速公路,他便抢着侃侃而谈:"洛西高速公路是华原市'四纵六横'交通大格局的骨干项目,也是屈指可数的全国优秀工程项目,获得多项全国性大奖。"

白露直接打断道:"对高速公路建设所取得的成就我们以后再谈,今天主要是向你核实一件事,就是洛西高速公路招投标过程与招标情况。"

朱岩淡定地说:"这段高速公路的招投标工作委托华原招标公司实施,对社会公告、如何邀请专家参与评标计分、如何确定中标单位,我们一概不参与、不过问、不知情。"几句话把责任推得干干净净。

看似滴水不漏的回答还是露出了破绽。白露不动声色地问:"既然你们委托了招投标公司,为什么你作为委托方还直接参与了计分评标工作?"

朱岩正想抵赖,白露示意赵大海把朱岩参与评分的证据放在了他的面前,能言善辩的朱岩扫了一眼证据,瞬间神情僵硬。

白露再问什么,朱岩都一言不发,调查陷入了僵局。正当白露准备采取进一步的措施时,意外的事情发生了。

朱岩默默地观察着白露和赵大海，猛然抓起面前的审计证据，三下五除二地撕了个粉碎，快速冲到窗边向外扔去。赵大海一个箭步挡在窗前，从朱岩的手中抢夺被撕碎的证据。二人互不相让，朱岩猛地推了赵大海一把，赵大海猝不及防摔倒在地上，朱岩飞起一脚踹向赵大海，被激怒的赵大海纵身一跃扑了上来，一把将朱岩按倒在会议桌上，挥手就是一拳。

朱岩高声喊叫着："审计打人了，审计打人了！"

白露喝令赵大海住手，失去理智的赵大海对着朱岩挥手又是一拳，打得朱岩嗷嗷乱叫。闻讯赶来的干部职工，拉开二人，同声谴责赵大海打人。

郑桐正在主持召开商州市政府常务会议，认真听取各单位"一把手"的工作汇报。秘书匆忙推门走进会议室，在郑桐身边耳语了几句，郑桐暂停了会议，来到办公室拨通了常发迹的电话。

常发迹兴奋地告诉郑桐："经责办赵大海与朱岩发生激烈的矛盾冲突，两人打了起来，朱岩被打伤了。"

郑桐心中暗喜："伤到什么程度了，严重不严重？"

常发迹得意地说："虽然伤得不严重，但影响十分恶劣。经责办打人这件事已在交通局传开了，引起了干部职工的强烈谴责。我建议借此进行一些炒作，扩大社会影响，逼迫经责办审计组撤出交通局。"

郑桐道："说具体些。"

常发迹进一步说出了自己的想法："准备一份审计人打伤人的书面材料，将打人事件的来龙去脉说清楚，然后分别送给审计厅。华原市委、市政府，强烈要求严惩打人者，让经责办公开向朱岩道歉。"

郑桐道："就这样办，最好让新闻媒体借机炒作一番，扩大审计影响力嘛。"

而此时，凌钢与谢东正也正在严肃地讨论着赵大海打人一事。

谢东正神色严肃地看着凌钢说："赵大海在审计过程中打人，

这在经责办历史上还是第一次，无论什么原因都必须严肃处理。"

凌钢则提出了不同意见："我同意对赵大海进行组织处理，但必须是在查明原因、区分责任的基础上，再做出处理决定。"

谢东正浓眉紧蹙："凌主任，我可提醒你，你不要包庇赵大海，此事不从严处理，就无法向各方面交代。"

深知谢东正脾气秉性的凌钢，诚恳地说："这点请你放心，原则性我还是有的。我们一定要弄清楚赵大海为什么打人，我担心常发迹，甚至郑桐会拿这件事大做文章。"

谢东正说："这是肯定的，为争取主动，我们必须抓紧时间做出处理，越快越好，免得夜长梦多，到时不好收场。"

华原市交通局审计现场，事发后白露也严肃地批评了赵大海。

白露严厉地说："无论什么原因，你动手打人是极其错误的，对此必须向朱岩道歉。"

赵大海倔强地说："朱岩打人在先，我是正当防卫，我不道歉，我没有错。"

此时，凌钢和谢东正推门进来。

凌钢表情沉着，语气平稳地说："大海，作为一名审计干部，动手打人是错误的，影响极坏。"

谢东正严肃地看着赵大海说："刚才我和凌主任商量了一下，你必须就打人一事写出书面检查，同时向朱岩公开道歉。"

赵大海倏地站了起来，倔强地说："你们就是开除我，我也不道歉。是朱岩先动手的，我是被迫自卫还击，是正当防卫。"

谢东正脸色一沉，对着凌钢说："既然这样，我建议让赵大海停职反省，接受组织调查。"

凌钢目光严峻："我同意对赵大海进行组织调查，如何处理应根据调查结果再定。"

赵大海眼含委屈，用沉默对抗着自己的两位领导。

打架事件最终的结果是，赵大海经过认真反思，做出了深刻检查，并公开向朱岩道歉。至此，这件事画了一个不算圆满的句号。

七

晚七时许,凌钢坐在办公桌前,正在凝神沉思。

谢东正路过他门口,大声问道:"凌主任,你怎么还不下班呢?"

凌钢说:"我正在反思呢。"说着凌钢起身,示意谢东正进来坐下,他继续道:"经济责任审计开始一个月以来,先后出现了群访事件、资料被盗事件和打架事件,我作为主任,负有不可推卸的责任啊。"

谢东正凝视着凌钢,自责地说:"要说责任,我作为副主任,难道说就没有责任?每当想起这些,心里总是沉甸甸的。"

凌钢深知打架事件的严重性及其所产生的负面影响,如果不从根本上解决问题,将会后患无穷。他坦诚地跟谢东正谈起自己的一些打算:"我反复考虑,需要在全办干部中开展一次作风纪律整顿,特别强调两个方面:一是严格依法审计与文明审计,进一步规范审计程序,严格做到审计的依据、程序、取证、内容、处理等环节的合法,同时,审计必须做到有理、有据、有节、有度,严格遵守审计的规范化要求,工作中绝对不允许出现不文明现象,杜绝打架行为,深刻吸取教训;二是严守各项工作纪律,确保审计廉政、保密、质量、安全等各项制度落到实处,防范化解可能出现的风险隐患。"

谢东正点头赞同:"同志们听了你在党组会上的总结发言,心情都很沉重,虽然你主动承担了责任,但大家的思想上并不轻松,都在联系自己的思想实际和工作实际进行深刻的反思。"

凌钢道:"之所以出现上述问题,我想主要原因有三:一是党建与业务工作深度融合不到位,没有起到相互促进的作用,思想政治工作存在薄弱环节;二是没有正确处理依法审计与文明审计的关系,一定程度上存在重依法审计,轻文明审计,甚至忽视文明审计的重要作用；三是没有正确处理战略与战术的关系，总体情况把握不好，重点不突出，效果不明显。最关键的是党建工作没有做好，存在短板，对党建工作的重要性认识存在差距啊。"

谢东正说："我支持你的观点，在下次党组会上再做深入的研究。"

打架事件平息后的第二天上午，审计组重新约谈朱岩，朱岩的态度有所收敛。

谢东正指着每个标段的打分资料问道："朱处长，你作为招标委托单位，为何会参与招标的计分工作？"

朱岩心虚地推诿道："这个，这个，时间长了，有些事情实在记不清了，让我回忆一下。"

谢东正神色严肃地追问道："参与洛西高速公路投标的江山、江河建设公司拥有同样的资质条件与实质性相同的标书内容，为何参与的三个标段的评分如此悬殊？而且专家评分结果惊人一致，你还认为这是巧合吗？"

朱岩还想抵赖，白露郑重提醒道："朱处长，我们今天是依法向你进行调查，希望你如实回答问题。讲假话、作伪证要承担法律责任。"

在证据面前，在法律的威慑下，朱岩渐渐开始配合："交通局招标办为规避围标嫌疑，在洛西高速公路的招标中改变了策略，特意将招标工作委托给华原招标公司代理。为确保招标的公正与透明，修订了过去传统的招标办法，通过设置约束条件，限制一家公司多次中标的可能，每家公司最多可以参与三个标段的投标，但只能有一个标段中标。"

谢东正直指要害："既然有公开、公平、公正的招标办法，为什么会出现评分结果被操纵的情况？你是否通过暗箱操作的手段直接干扰了招标工作。"

朱岩低头不语，内心在挣扎着。

谢东正看出他的犹豫，缓了缓语气问道："华原招标公司会同意你们的做法吗？"

朱岩回答说："一开始有些犹豫，但他们又舍不得交通局这个大客户，经过一番工作，在利益面前，他们最终还是妥协了。"

白露问道："与其委托华原招标公司代理招标，为什么不用你们自己的招标办？这样还可以节约招标成本。"

朱岩道："从理论上说是这样，但高速公路的招标工作社会关注度非常高，各种检查也相应多。如果本单位组织招标，会隐藏着很大的风险，而委托社会招标机构招标情况就大不一样了，极少有人怀疑招标的公正性。"

白露讥讽道："看来你很清楚招标存在的风险。"

谢东正问道："朱处长，为什么江山、江河建设公司中标率高达百分之三十五？每次招标时，是否都有人打招呼，让你重点关照一下？"

朱岩警惕地说："没有人打招呼，至少没有人跟我打招呼。招标工作说到底看的是公司实力，优先选择有实力的公司参加投标也是我们的工作重点。"

谢东正说："既然没有人打招呼，为什么这两家公司的中标率那么高？"

朱岩道："招投标工作从本质上说严格控制的是质量，也就是说，中标公司必须具有较强的经济技术实力，所承建的工程建设必须达到优质水平，绝对不许出现工程质量问题，这是招标工作者必须严守的底线。"

朱岩的回答，在谢东正意料之中，他早有准备，追问道："据我们调查了解，具有经济技术实力的工程公司有很多家，比如说省交通投资集团公司及从事公路建设的中央企业，可为什么他们的中标率都非常低？"

朱岩快速瞟了谢东正一眼，辩解道："你说的这种情况我没有注意到，不过俗话说，熟人能多吃四两豆腐，既然江山、江河建设公司所承建的每一项工程都达到了优质工程标准，并且这两家公司在社会上有很高的信誉度，那么选择这样的公司我们放心。况且，作为建设单位，在确保工程质量的情况下，谁承建工程都是一样的。"

谢东正盯着朱岩，加重了语气："朱处长，我再次提醒你，你所回答的每一句话都要实事求是，说假话、作伪证都要承担法律责任。我们知道你的难处，依我们对你本人的了解，如果没有人干预招标工作或直接给你施加压力，你是不会冒着风险在招标计分上做手脚的。"

白露插话道："我们今天找你谈话是给你一次机会，这样的机会不会一直都有，你可要想清楚。如果你愿意替别人背黑锅，我们可以直接将已取得的证据移送纪检部门，等待你的是什么结果，你一定很清楚。"

闻听此言，朱岩神情阴郁，低头不语。

谢东正和白露没再说话，屋内陷入了沉默，随着时间一分一秒过去，强大的心理压力让朱岩承受不住了，他开口了："我根本惹不起他们，也劝你们不要再追问这件事了。这两家公司背后的势力很大，背景也很复杂。"

谢东正用指节敲打着桌子说："从来都是邪不压正，势力再大还能大过党纪国法吗？"

朱岩犹豫了片刻说："是有人干预招标工作。"

谢东正追问："这个人是谁，他是如何干预招标工作的？"

朱岩沉默了，拒绝回答。

谢东正盯着朱岩说："那请你把问题写成书面材料，也请你在谈话记录上签字。"

朱岩看了谢东正一眼，摇头予以拒绝。

为缓解朱岩的对抗情绪，促使其配合审计调查，经请示凌钢后，同意朱岩暂不签字，待条件成熟后再对他进行调查。

八

郑桐很快获悉了审计组与朱岩谈话的内容，他气急败坏地把电话打给了凌钢，质问道："为什么总是盯着高速公路招标问题不放？为什么总与交通局过不去？"

凌钢平静地回答："我们经责办严格依照审计方案要求，在依法履行审计职责，与谁都没有过节，根本不存在与交通局过不去的情况。"

郑桐愤然道："近年来，全市高速公路建设取得的成就有目共睹，你们经责办的人却视而不见，总是揪住一些历史上鸡毛蒜皮的小事不放，难道说这也是在依法履行审计职责吗？我再次提醒你，凌钢同志，千万不要被某些人利用，被别人当枪使。"

凌钢强忍住不满说："谢谢郑市长的提醒，请你放心，审计人严格依法办事，绝对不会被任何人左右，也不会被人当枪使。"

郑桐语带威胁地说："我奉劝你们经责办尽快中止这次审计调查，主动从交通局撤出来，还那里一个正常的工作环境。"

凌钢的怒气在聚集："郑市长，是否能把你刚才的话理解为对经责办的威胁？"

郑桐不假思索地说："你怎么理解都可以，前提是你们必须尽快从交通局撤出来，越快越好。否则，所造成的一切后果你们都要承担。"

凌钢忍无可忍，警告道："郑市长，我也奉劝你一句，经责办是审计厅的直属机构，不是商州市的职能部门，你无权下达这样的命令，也无权提出这样无理的要求。希望你能够正确对待审计，支持经责办的工作。如果你郑市长还讲一点政治的话，建议你不要再干预经责办正常的审计工作。"

郑桐原形毕露，恶狠狠地说："既然如此，我们也就没有什么话可说了，我再强调一次，不听劝告，一切后果都由你凌钢一人承担。"

凌钢毫不客气地回敬道："我奉陪到底，已做好承担一切后果的准备。"

气急败坏的郑桐"啪"的一声挂了电话。

郑桐直接对凌钢施压未果，及时改变了反制审计的策略，把工作重点转向了交通局审计现场负责人、投资审计处处长白露。

常发迹站在办公室门外，看到白露走来，热情地迎上去，握着白露的手说："这段时间辛苦你们啦，来，进来谈。"

白露不清楚常发迹的用意，内心十分警惕，微笑着说："谢谢常局长，你约我来是要介绍高速公路招标情况吗？"

常发迹故作严肃地说："白处长，你们经责办的人除了工作，难道说就没有其他话题了？"

白露仍站在门外："有什么事，你就直接说吧，我正忙着呢。"

常发迹一时尴尬，不悦地说："请你进来坐下再说吧。"

白露坚持道："不用，有什么事你就直接说吧。"

"我刚听说你母亲生病住院了？怎么也不打声招呼，可以由交通局出面组织全省最权威的医学专家给你母亲进行会诊，帮助她早日康复。"

白露微皱着眉，平静地说："谢谢常局长，我母亲已经康复出院了。"

常发迹有些尴尬地说："哦，这样啊，真不好意思，是我的消息不够准确。"

"没什么。"

常发迹看着白露故作亲切地压低声音说："听说你个人的终身大事还没有解决，我帮你介绍个理想的伴侣如何？"

白露脸色一红，有些生气："我个人的事，自己会解决，用不着劳驾你大局长。"说着，白露转身欲走。

常发迹急忙说:"白处长,我话还没有说完呢。"

白露有些不耐烦地说:"常局长,我真的有事要忙。"

常发迹笑着说:"你们经责办的工作很辛苦,收入又低,如果你对交通局的工作有兴趣,我可以将你调入交通局任总审计师,半年之内转任副局长,怎么样?"

白露说:"对不起,我对你说的没有兴趣。我是否可以走了?"

常发迹的笑容僵住了,顿了顿道:"好,那现在就说些你感兴趣的话,就说说你们的工作思路吧。"

白露缓和了情绪说:"好啊,欢迎多提宝贵意见。"

常发迹用责备的语气说:"你们经责办应转变工作思路,不能戴着有色眼镜看问题,一天到晚总是盯着别人工作中的失误。"

白露辩解道:"以审计目标为导向,以问题为导向,揭示问题,促进整改,促进改革,是审计的基本职责,不存在你说的戴着有色眼镜看问题……"

常发迹打断道:"你们要看到几年来全市交通发展的成就,'四纵六横'高速公路网络的建成并投入运行,得到了省政府,华原市委、市政府及社会各界的高度认可。审计人不应该,也不可能否定这一成就。"

白露严肃地说:"我们从来没有否定高速公路建设中所取得的成就。"

常发迹马上说:"那对交通局的审计调查就应适可而止,不能无休止地查下去,更不能抓住历史旧账不放。做人要有灵活性,要学会变通,否则,会给自己带来麻烦的。"

白露坦然道:"依法审计,客观公正是审计的基本原则。不存在什么麻烦。"

白露的态度超乎了常发迹的预料,他自认为精心策划的软硬兼施策略完全无效。

九

入夜。秦大川一脸严肃地坐在沙发上，审讯似的问秦晓勇："你什么时候回来的？"

秦晓勇站在沙发前回答："今天下午刚回来。"

秦大川问："有什么重要的事吗？"

陈瑞嗔道："你老糊涂了，儿子回家看看不是很正常吗？没有什么重要的事就不能回家吗？"

"我不是这个意思，我的意思是说，现在是非常时期，一切都要慎之又慎。尤其是这个时候不要谈生意方面的事。"

"非常时期与儿子回家没有任何关系，家里又没外人，儿子有事跟你说说都不行吗？你能够帮忙就帮忙，不能帮忙出个主意总可以吧？"

秦大川无奈地叹了口气："说吧晓勇，到底什么事？"

"香港南海公司收购商州燃气公司遇到了麻烦。"

"什么麻烦？"

"原先双方谈好的香港南海投资公司控股百分之五十一，现在燃气公司反悔了，提出不同意资产重组。"

秦大川紧绷的情绪放松了些："问题出在什么地方？"

秦晓勇看着秦大川，不满地说："据燃气公司透露是郑桐不同意。"

陈瑞插话说："要不你跟郑桐打个招呼？"

秦大川严厉地说："打什么招呼？跟你们说过多少次，现在是敏感时期，打招呼不是授人以柄吗？此事到此为止，不要再提了。"

秦晓勇不甘心地说："我为了这个项目，前期运作费用花掉了近五百万……"

秦大川制止道："不要再说了，你明天就回香港去，生意的事从长计议。"

秦晓勇失望地点了点头说:"好吧。"

陈瑞不满地说:"就知道跟你说了也没有用。"

此时,客厅的电话响了,接通后传来范琦焦急的声音:"秦市长,出事了,凌钢他们又咬住平州煤矿改制的事了。"

秦大川不悦道:"慌什么,天塌不下来,有事明天见面再说。"说完挂了电话。

十

新城区的黄昏是美丽的,晚霞涂抹在参差的湖畔高楼之间,环湖车流缓缓流动,闪烁的灯光宛若跳动的音符,鸟儿在绿树丛中上下翻飞唱晚,给繁华的商业街区增添了无限生机。此时,雪萍漫步在独栋别墅前的草坪上,夕阳的余晖落在草坪上,雪萍灿烂的心绪宛若落霞一样充满诗情与画意,充满遐想与希冀。在秦大川的撮合下,雪萍与凌钢面对面的沟通,可以说是一场有声有色的智力较量,虽然没有完全打消凌钢对环宇公司的疑虑,但也未让他加深对环宇公司的误解,为环宇公司做好防范应对审计工作赢得了宝贵的时间。眼前的落霞美景,让雪萍想起了法国雕塑家罗丹的名言:"世界上并不缺少美,而是缺少发现美的眼睛。"世上的一切都是美好的——至少此时的雪萍是这样认为的。

想到这些,她给范琦发了个信息,告诉他公司的调整计划已发到他的邮箱,请注意查收。

雪萍刚发完信息,范琦的电话打了过来,她急忙接通,耳边传来范琦焦急的声音:"刚刚得到消息,经责办的人一直在暗中追查商州煤矿、平州煤矿改制的情况。初步了解他们已掌握了一些线索,你赶紧将这两个煤矿改制的资料全部销毁,以绝后患。"

雪萍挂了电话急忙返回环宇公司。

十一

办公室里满脸疲惫的秦大川闭着眼睛,瘫坐在椅子上思考着审计进点以来出现的种种乱象。范琦敲门走了进来。

秦大川睁开双眼,指了指沙发示意范琦坐下,声音低沉地说:"事已至此,范局长,你还有什么妙计能够让凌钢他们收手?"

范琦道:"我昨天想了一晚上,目前我们可以从三个方面下手:一是从谢东正入手,挑拨激化他与凌钢之间的矛盾,分散凌钢的精力;二是直接向审计厅举报凌钢受贿和生活作风问题,审计厅必然会派人进行调查,很可能让凌钢停职接受调查;三是设局让凌钢翻车。"

秦大川思索了一会儿问:"具体实施方法是什么?"

范琦道:"凌钢来经责办任主任,无疑挡住了谢东正晋升的道,客观上两人之间存在着矛盾。谢东正性格耿直,我们只要找到他和凌钢意见相左的事件,加以激化,会有效果,当然,这个还需要点时间。目前我们可以做的是设局和写举报信,把钱物暗中送到凌钢的宿舍,然后及时向市纪委举报,让凌钢有嘴说不清。"

秦大川心中不忍,左右为难,沉默了半天,叹道:"可以试试,做好保密工作,谋事在人,成事在天。"

范琦点头道:"这点请秦市长放心。"

十二

范琦回到家中已近午夜。他轻轻推开门,发现老婆菊花仍蜷缩在沙发上看电视,菊花神色幽怨地看了范琦一眼,没有说话。

范琦走过去关掉电视,轻声问道:"孩子呢?"

菊花冷冰冰地说:"已经睡了。"

范琦道:"不早了,我们也睡吧,我明天早上八点还要参加一个会议呢。"

菊花冷着脸说:"其实,你根本就不用再回这个家了,你和那个姓雪的女人过得不是挺好吗?"

范琦羞恼地说:"说什么呢?外面的胡话你也相信?"

菊花斥责道:"你自己说,最近两个月,你回来了几次?即便回来,哪次不是半夜?若要人不知,除非己莫为。你自己做都做了,还怕别人议论。你这样两面讨好不感觉太累吗?"

一边是风情万种、温柔体贴的雪萍,一边是人老珠黄、横眉冷对的结发妻子。若不是念及十多年的夫妻感情及未成年的孩子,范琦真想一走了之,再也不回这个毫无生机、令人窒息的家。

范琦倒了一杯茶,闷声喝了起来。

菊花叹了一口气,无奈地说:"现在我也想清楚了,长痛不如短痛,与其这样痛苦地生活,不如早点离婚算了。"

范琦一愣:"离婚,离什么婚?离婚后孩子怎么办?"

菊花冷冷一笑:"孩子,你心中还有孩子?你的魂儿早就被那个姓雪的狐狸精勾走了。"

范琦难堪地说:"为了孩子,也为了社会影响,请你暂时就不要再提离婚的事了。"

菊花冷漠地说:"既然你舍不得那个狐狸精,就不要再回这个家了。最近,我一直在想,也许离婚是我们唯一能够解脱的办法。孩子我带,房子归孩子所有。离了婚,你就可以名正言顺地和那个女人生活在一起了,再也不用偷偷摸摸、担惊受怕地过日子了。"

范琦没有说话,屋内陷入漫长的沉寂之中。

第十章　一波三折

一

晚上十一点多，凌钢结束了一天的工作，离开了办公室，走到传达室门口时，值班的保安叫住了他："凌主任，这里有您一封信。"凌钢接过保安递过的信，一看那秀丽的字迹就知道是妻子董梅的来信。

凌钢回到宿舍，急忙坐在书桌前，拆开信封阅读起来。

亲爱的，你还好吗？夜深了，我却没有一点儿睡意，披衣起身来到窗前，眺望遥远的长空星河，一任思绪徜徉在我们相识相爱的时光隧道里，穿行于理想与现实的变幻之间，眼前浮现出一幅幅学习、工作、奋斗的生活图景。此时的我对你的牵挂与思念，如同决堤的江水汪洋恣肆，一泻千里。

亲爱的，我们已经有两个月没有见面了，尽管早已习惯了你的忙碌与"失联"，多少次我仍忍不住给你发信息，希望你能够及时回复，可常常令人失望。

没有你的消息，我的内心倍感寂寞，深感焦虑与不安，这一切都源于你所从事工作的特殊性，让我增加了多少烦恼担忧啊。

读到这里，凌刚内心百感交集，是啊，由于工作的特殊性，自己给董梅增加了多少担忧啊。回想起三年前，自己组织参与查处的一起经济大案，当事人为掩盖犯罪真相，逃避法律制裁，动用各种社会关系企图大事化小，小事化了，在说情、收买等多种手段无效的情况下，采取直接恐吓威胁家属的手段，逼迫凌钢做出让步，董梅当时收到多起威胁的电话及信息。更有甚者，一天晚上家里的玻璃窗被砖头砸破，受到惊吓的董梅，连续几天精神恍惚，忧心忡忡。凌钢因自己的工作连累妻子深感自责与不安。

在我的记忆中，你总有忙不完的工作，加班早已成为你生活的一部分，此时的你在哪里？是否又忘记了吃晚饭？是否还在加班？是否还在思考新一天的工作？超负荷工作是对身体健康的严重透支，最终影响的还是你自己，你应该知道不会休息，就不会工作的道理。希望你能够科学安排时间，做到劳逸结合，妥善处理工作与生活的关系。

回想与你相处的日子，从商都大学读研时相识，到你毕业去华原市审计局工作后结婚，从华原市审计局调入省审计厅工作的一路相伴，应该说我对你的工作是支持的，也曾为你的职业选择感到骄傲与自豪。记得当初，你选择审计职业征求我的意见时，我不假思索地回答说："只要你喜欢，无论你选择什么样的工作我都会支持你的。"可又有谁会料想到，这普普通通的一句话，却包含了太多的责任、付出、坚持、守护，甚至是辛酸与无奈。

不知从何时起，与你共进晚餐都成了一种奢望。半个月前的一天下午，你说已回中州开会，我特意请了半天假，做了一桌的菜肴满心欢喜地等你归来，女儿菲菲也欢呼雀跃，想到一家三口马上要团聚，我心里全是温馨与幸福。我和菲菲一直等到八点钟，才接到你的来电，说你已坐上返回华原的高铁，失落之感油然而生。你的再次失约，让我一时百感交集，复杂的心情难以言喻。这一段时间，我常常抱怨你心里只有工作而没有我和女儿菲菲，报怨因为你的自私与失约，让我们的生活缺少太多的陪伴与爱意。

现在的我已经适应了彼此聚少离多的日子，学会了一个人面对生活中的风风雨雨，学会了独自承受生活的酸甜苦辣。五天前菲菲因急性肠炎住院治疗，今天出院后已返回了学校。为不打扰你的工作，女儿住院一事就没有告诉你，怕你为家事分心影响工作，况且就算告诉你，你也不可能放下手中的工作回到中州，回到我们身边。其实，我想说的是，孩子的成长离不开父母的教育与呵护，缺失父爱必然会对她的成长造成一定的负面影响。希望你能够与女儿多联系，哪怕是一则信息或一声问候，都会给孩子带来慰藉与温暖，成长之中的女儿需要父爱。

此时，凌钢忽然想起多年前的一个中秋节与女儿菲菲电话视频的情景：

董梅接到凌钢的电话，非常意外，略带责备地说："你终于回电话了。"

凌钢自责地说："对不起媳妇，休息了吗？我刚回到住地，看到手机有几个未接电话，家里出什么事了？"

董梅说："你先别着急，没什么事，是菲菲找你。孩子晚上睡不着觉，说一定要等着爸爸的视频电话。"

菲菲揉着睡眼，跑向妈妈追问："妈妈，妈妈，是爸爸吗？是爸爸吗？"

董梅柔声道:"是爸爸。"

菲菲一把抢过电话,激动地说:"爸爸,中秋节快乐!"

凌钢惊喜地说:"宝贝,也祝你节日快乐!"

菲菲说:"爸爸,我还有一个作业要你做呢。"

"来,妈妈跟爸爸说吧。凌钢,中秋节学校要搞亲子活动,你在青海出差,就给孩子录段视频吧。"董梅拿过电话。

凌钢略带为难地说:"现在吗?我刚从一个建设工地回来,衣服都未来得及换呢,就这样直接录行吗?"

董梅笑着说:"行,行,帅着呢。"

凌钢整理好衣服,对着手机镜头,董梅做着录音准备。

菲菲突然说:"妈妈等等,妈妈等一下。"边说边从衣兜掏出小手绢,开始认真擦拭起手机屏幕来,逐渐增加擦拭屏幕的力度。

董梅不解地问:"菲菲,你这是干什么?"

菲菲认真地说:"妈妈,爸爸的脸上好脏啊。"

董梅声音有点发颤:"菲菲。"

菲菲继续用力擦屏幕:"爸爸,我怎么给你擦不干净啊。"菲菲委屈急躁,眼睛湿润了。

凌钢、董梅异口同声地叫道:"菲菲!"

菲菲撒娇委屈地说:"爸爸,我想你了!"

凌钢心酸无奈地说:"菲菲,爸爸也想你呀。"

菲菲问道:"爸爸,你什么时候回来?"

凌钢欲言又止……

凌钢向上看天,强忍着泪水,深吸了一口气,调整好情绪,"好了,菲菲,爸爸现在开始给你录视频……"

泪水模糊了凌钢的双眼,几年来,自己为工作常年奔波在外,与家人离多聚少,照顾父母、女儿的重任都由董梅一人承担。女儿的学习、成长自己几乎都是缺失的……每当想起这些,凌钢无比自责与愧疚。

不要怪我对你去经责办任职的抱怨与误解，也不要怪我对你只身去华原工作的太多担忧，尽管是你的真诚与决心说服了我，最终实现了你去经责办的愿望。但我更清楚，这里支持的真实含义：聚少离多将成为我们生活的常态，一路风尘、沧桑疲惫将成为一种别样的人生体验，许许多多之无奈将伴随在我们的生活左右……难以想象的是一名审计人的家属在夫妻长期两地分居的情况下，会遇到多少困难、辛酸、痛苦与无奈。

直到有一天，我去审计厅找你，等你时看到一楼大厅的电视屏幕上滚动播出着你和你的同事们工作的照片与感人事迹。照片中的你们，目光坚毅，充满了自信，骨子里透着审计人浓郁的家国情怀和正义之气。那一刻，我才真正懂得了一名审计人对审计事业的责任与执着，对党和人民的忠诚与担当。

现在我突然明白了，你作为一名审计人不是没有爱，而是把爱升华为对国家和民族的大爱，升华为对党和人民的忠诚。这种舍小家，为大家无私奉献的爱才是真正意义上的爱，也是受到人民尊敬的爱。你不是不爱我，也不是不爱这个家，你是把对我及家的爱转换为另一种表达方式。

作为审计人的家属，我开始关注与审计工作相关的一切新闻报道，当看到扶贫资金审计、环境保护审计、重大政策跟踪审计等审计厅公布的审计结果时，我常常为之兴奋与骄傲，因为这些审计结果里有你和你的同事们的功劳与付出。业余时间，我也会有意识地选读一些与审计相关的书籍，希望用这种方式更多地了解你的工作，拥有更多的共同话题，体味一名审计人的家国情怀。

时光飞逝，转眼之间，你离开中州赴华原已半年之久了。半年来，虽然你对家里照顾很少，严格意义上既不是一个称职的丈夫，也不是一个合格的父亲，但你对审计事业而言无疑是合格的，也是优秀的。

　　凌钢，我亲爱的丈夫。人生际遇千百种，有缘相识长相忆。你我有缘相识相爱并结为夫妇，是我一生的荣耀与骄傲。今生今世，我不求你显达富贵，也不在意你有多大的功名，只要你勤奋敬业，一心为公，生活快乐，平安健康，就是我最大的心愿。让我们在不同的工作岗位上，脚踏实地，为人民做一些力所能及的事情，无愧于哺育我们成长的伟大时代，无愧于生养我们的这片土地，舍此，别无他求。

妻：董梅

11月18日，于中州凌晨三时

　　读罢此信，凌钢的心情久久不能平静。他对董梅充满了感激之情，一个能够从内心深处理解、支持自己工作的妻子是多么的伟大与高尚啊。回顾几年来的风风雨雨，凌钢心绪难平，一夜难眠……

二

　　秦大川在办公室内焦躁不安地来回踱步。

　　这时，赵琼引凌钢走进来："秦市长，凌主任来了。"

　　秦大川热情地拉着凌钢的手说："听说你刚从昆明开会回来，特意把你请到办公室聊一聊。"说着，示意凌钢在沙发上就座。

　　凌钢有些茫然地看着秦大川说："您也太客气了，有事您打个电话吩咐就可以了。"

　　赵琼给凌钢倒了一杯茶放在了茶几上，之后又给秦大川的杯子里续满水，轻轻退了出去。

秦大川亲切地道:"昆明四季如春啊,你知道那儿最有名的景观是什么吗?"

凌钢不知何意,顺着他的话答道:"您不会是说滇池的大观楼吧?"

秦大川点了点头:"不错,正是矗立于滇池之滨的大观楼。大观楼是我国四大名楼之一,声名远播,自古文人骚客多有诗文赞赏,相信你也不会错过胜景,又有佳作了吧。"

凌钢笑笑说:"看来什么都瞒不过老领导,参观后确实写了两首打油诗,不过没有新意,还请老领导指点一二。"说着,将两首七绝写给了秦大川。

大观楼感怀
百里滇池奔涌来,秋光无限画图裁。
风云磨尽英雄气,家国兴衰总感怀。

滇池大观楼
夺人气势似江流,无限风光绕此楼。
借得长联向天力,声名远播动九州。

秦大川看完赞叹道:"这两首诗气势磅礴,内涵丰富,各有千秋,不过我更欣赏第一首《大观楼感怀》,全诗开合自由,时空转换自然,联想十分丰富。由眼前的大观楼联想到历史上的英雄豪杰,进而升华到家国兴衰的高度思考问题,颇有一种历史的纵深感和沧桑感啊。"

凌钢谦虚地说:"老领导过誉了。坦率地说,这两首诗过于直白,缺乏创意。"

秦大川摆了摆手道:"过度谦虚也是一种骄傲嘛。诗中提到了长联,大观楼因'海内第一长联'闻名天下,该副长联曾被毛泽东评价为'从古未有,别创一格',你知道长联的作者是谁吗?"

凌钢笑着说:"长联作者是康乾年间的寒士、著名诗人孙髯翁,此人博学多识,能诗善画,蔑视科举,一生不试,从未做过官,过着清贫的布衣生活,在观赏滇池风光时,因看不起文人雅士的歌功颂德之词,傲然书写长联,惊动一时。"

秦大川赞赏地看着凌钢:"相信你对长联的内容也不陌生吧。"

凌钢点点头说:"这副长联上联写景,集中描绘五百里滇池的自然风光及四时变化;下联由描写滇池风光转到评述历史,由广阔的空间写到历史长河,有力地拓展了长联的意境。"

秦大川感叹道:"那些曾经显赫一时、建功立业的英雄都在哪里?汉武帝刘彻、唐中宗李显、宋太祖赵匡胤、元世祖忽必烈这些在长联中出现的帝王,他们也只不过是历史的过客。他们所创造的丰功伟业,也不过是画栋上的朝云,珠帘前的暮雨,转瞬即逝。"

对于秦大川今天叫自己来的目的以及这番谈诗论文,凌钢心中一直疑惑,不知道他到底要干什么,只得耐心地听下去。

秦大川继续侃侃而谈:"那些英雄,到头来除了断碣残碑之外,只留下深山古庙的几声沉重的疏钟、若明若暗的半江渔火、深秋里的两行归雁、梦醒时的遍地清霜。更何况,你我都是凡人,做人做事又何必过于认真呢?一定要善于审时度势,从动态中把握规律性,从苗头中把握趋势性,从原则中把握灵活性,这既是为官之道,也是为人之道啊。"

直到此时凌钢才明白,秦大川这是借机在敲打自己,提醒自己做人做事一定要留有余地,不要为坚持原则而一意孤行,准确地说是让审计人在审计调查中适可而止。

秦大川停下来,喝了口茶,继续道:"常言道'识时务者为俊杰',顺势而为方为英雄。请你认真地想一想吧,雄才大略的帝王们,到头来也不过是匆匆过客,只落得苍烟落照中的断碣残碑,而你作为一个普通的审计官员,执着忙碌一生,又会有什么呢?断碣残碑都与你无缘,更谈不上青史留名了。凌钢,今天我给你讲这些,都是我的心里话,不知道你能否理解我的一片苦心。华原市人际关系本来就十分复杂，经你们审计这么一搅和，各种矛盾更是错综复杂，加之市人大、市政府、市政协换届在即，有想法的没有想法的都行动起来了，各种传言满天飞，真可谓树欲静而风不止，暗流涌动。别的我不担心，我是担心你在无意中被人利用，做起傻事来，害人害己啊。"

凌钢试探道："老领导，您能否再说得具体一些？"

秦大川不得不把话点明："由于你们经责办对商州煤矿改制、商州制药厂等企业的重点调查，已经有人在做这方面的文章了，真是一石激起千层浪啊。"

"我们也只是进行一些常规性的审计调查，实质性的问题还都未发现，怎么就会产生如此大的影响？"

"所以，我才提醒你，这就是你们面对的复杂局面。"

"老领导，我可以问您一个敏感话题吗？"

"有什么问题，你就直接问吧，我尽量回答你。"

"您这么关心商州煤矿改制与商州制药厂的调查，是否与这些企业之间有什么经济往来？"

秦大川勃然大怒，指着凌钢咆哮道："我可以明确告诉你，你可以认为我是一个平庸的甚至不称职的市长，但我绝对不是一个贪官，这点底线我还是有的。"

凌钢赶紧解释道："老领导您误解了，我刚才问得不准确，我的意思是，您是否在政策方面给予过这些企业特殊的倾斜？"

秦大川也意识到自己的失态，有意缓了缓语气说："我曾分管过工业，对这些企业有着特殊的感情，即使有政策方面的倾斜也是支持企业发展的需要，这本身并没有什么问题。"

凌钢点了点头，又道："老领导，我想再问您最后一个问题。"

秦大川说："今天我们开诚布公，你想问什么尽管问吧。"

凌钢道："前一段时间我向您汇报西龙湖污染一事，您鼓励我大胆地去审计，不管遇到谁，也不管他的职务有多高、权力有多大，都要一查到底，决不姑息。并且要我记住，国家利益和人民利益永远都是第一位的，任何时候都要坚持依法审计的原则，不知这话是否是您的真心话？"

秦大川神色微变："当然是真心话。怎么，你不会连这话也怀疑吧？"

凌钢平静地说："好，我知道该怎么做了。"

秦大川用狐疑的目光看了凌钢一眼："知道该怎么做就好，但愿你不要让我失望。"

离开秦大川的办公室，凌钢的心情怎么也无法平静下来，思绪如潮搅得他一刻都不得安宁。秦大川为什么在这样的时候给他讲这些？是真心为自己着想，还是另有目的？凌钢回想着秦大川今天的言行举止，越发觉得可疑，本能地感觉到有事情将要发生。

一阵狂风突起，卷起路边枯叶翻飞，刺骨的冷风袭来，凌钢不由自主地打了个寒战。

三

审计厅经责办会议室，审计业务会正在进行之中。

凌钢看着与会人员，语气温和地说："代理招标问题线索的发现，使整个高速公路招标的轮廓逐渐变得清晰起来，由事及人，江山、江河建设公司中标率高达百分之三十五，仅仅说是因为公司经济技术实力，这显然不能令人信服。群众反映及网上评议颇耐人寻味，都在传这两家公司有郑国玉的背景，但这不能说明郑桐直接插手高速公路招标项目，也没有证据证明郑桐干预了招标工作。"

谢东正提出了质疑："我们反复研究了江山、江河建设公司投标建设高速公路情况后发现，'空手道'运作迹象非常明显，与一般中标公司垫资建设工程有所不同的是，这两家公司中标后，都能及时收到建设单位预付的工程款，很少有银行贷款。这里面会不会涉及利益输送？会不会涉及重量级的领导干部？"

白露坦率地说出了自己的观点："纵观这两家建设公司，单纯从商业角度看，企业的行为都是合法的，疑点终归是疑点，不能作为审计取证的依据。审计组可以审计调查高速公路招标情况，也可以调查工程建设质量情况，但没有理由调查这两家民企公司。换句话说，还没有直接证据证明这两家公司有违法违纪问题。"

梁丽燕也提出了自己的看法："既然不能直接调查这两家公司，还是把主要精力放在招标程序方面。从朱岩的反应看，此人很可能是揭开真相的关键人物。显然，作为一个基建处长，朱岩不可能左右太多参与评标的专家，他没有那么大的活动能量。既然朱岩没有那么大的能量，那真正有活动能量的人又是谁？联想到郑桐曾是华原市交通局局长，也是朱岩的直接领导，曾多次暗示，甚至明确要求凌主任停止对高速公路招标情况的调查，难道背后的重量级人物就是他？就整个招标活动而言，可以说隐隐感觉到背后有他操纵的身影，但却没有发现他操纵的任何痕迹。"

凌钢归纳大家的意见总结道："综合以上分析，初步得出一个基本的线索：江山、江河建设公司—朱岩—郑桐—未知者。当然不能够排除郑桐背后还有重量级人物。在这条线索中朱岩是连结江山、江河建设公司与郑桐的关键。只有突破了朱岩，才有可能揭开高速公路招投标的内幕。"

白露有些担忧地说："现在比较麻烦的是，朱岩已对审计产生了严重的抵触情绪，自从上次与他谈话后，他就一直刻意躲避。躲避可能有两个方面的原因：一方面是来自郑桐的直接压力，另一方面是他自身存在严重的问题。"

此时，经责办纪检组组长朱枫敲门进来，在凌钢耳边低声说："审计厅纪委冷光书记来了，他们一行两人已入驻华原大酒店，请你马上过去，说有重要的事情与你面谈。"

凌钢愣了一下，心中掠过一丝不祥之感，在事先未打招呼的情况下，审计厅纪委书记突然抵达华原，一定涉及重大的违纪问题。凌钢不敢怠慢，向谢东正交代说："谢主任，你们继续讨论，我有急事先出去一趟。"说完匆忙离开了会议室。

四

华原大酒店客房内，冷光站在窗前凝视着窗外的景色。

凌钢进屋后，上前一步热情地握着冷光的手，半开玩笑地说："冷书记，你们搞纪检的总喜欢突然袭击。怎么也不提前通报一声，我们好去车站迎接……"

冷光平静地打断道："迎接就免了。"说着示意凌钢在沙发上坐下。"至于'突然袭击'的说法并不准确，我们这次来华原主要是对上次函询的问题做进一步的核实，你应该有思想准备吧？"凌钢有些茫然地点了点头。

冷光给隔壁的孟天打了个电话让他过来，朱枫倒了杯水放在凌钢面前的茶几上，又给冷光的杯中续满水，主动回避告辞了。

孟天推门进来后，冷光介绍道："这是审计厅纪委办公室主任孟天同志。"

凌钢站起来与孟天握手："欢迎孟主任来经责办检查指导工作。"

孟天微笑着说："凌主任，客气啦。"

二人寒暄完，冷光开口道："凌钢同志，我们这次来，是受审计厅党组委托，向你调查核实一些情况，希望你有一说一，有二说二，实事求是地回答问题。"

凌钢看着神色严肃的冷光，点了点头。

冷光平静地看着凌钢说："现在就有关问题当面向你核实，依照程序，核实过程全程录音。"说着示意孟天将录音机放在凌钢面前的茶几上，气氛一时有些凝重。

冷光打开自己的公文包，从中拿出一沓信件递给了凌钢，严肃地说："这些是厅里最近收到的反映你以权谋私、收受贿赂、生活不检点等问题的举报信。"

凌钢心中一沉，苦笑着不失幽默地说："我来经责办才半年时间，怎么会有这么多人关注我，至少说明我在这里干得还不错……"

冷光不满地打断道："凌钢同志，你现在是在接受组织调查，请你注意说话语气，端正自己的态度，你还是先把这些举报信看一下，再回答问题吧。"

"好，好，我注意态度就是了。"凌钢说完开始认真看信。

凌钢越看越愤怒，脸色铁青，皱着眉头问冷光："这些信是从哪里来的？这些明明就是诬告与陷害。"

冷光道："凌钢同志，你先不要激动，还是我来提问，你回答吧。正如刚才你自己说的那样，你来经责办才半年时间，为什么这么多人告你，你认真地想过没有？"

凌钢不知道该如何回答，一时语滞。

冷光接着道："有人举报你收受了被审计单位送的一辆宝马车，你解释一下这是怎么回事？"

凌钢苦笑了一下："我没有收受任何单位的宝马车。"

冷光接着问道："这封举报信说你收受了二十万美元，请你说明一下情况。"

凌钢摇头道："我没有收受任何单位任何人的二十万美元。宝马车也好，美元也好，这完全是栽赃陷害。"

冷光质疑道："为什么不栽赃陷害别人，而单单栽赃陷害你？"

冷光一针见血的质疑，让凌钢陷入了沉默。"是啊，为什么有人要栽赃陷害我？"凌钢自言自语反思道。自己自来经责办主持工作后，无论是工作方面，还是生活方面都是小心谨慎，如履薄冰，严守各项纪律和道德底线，尽管如此，还是有人举报陷害自己。

凌钢越想越气愤，烦躁地在房间里来回踱步。

冷光接着说："还有人举报你，生活作风不检点，和两个女人关系暧昧，一个是经责办财政审计处处长梁丽燕，另一个是环宇公司的老板雪萍，尤其是与这个雪萍关系极不正常，经常在一起吃吃喝喝。"说着，示意孟天从档案袋中抽出照片递给凌钢。

凌钢一看照片强忍怒气解释道："两周前，我的研究生导师、商都大学的朱华教授在环宇公司请我吃饭，雪萍作陪，这些照片不知当时是谁拍的。我跟雪萍没有任何暧昧关系。"

冷光问："那你与梁丽燕同志又是怎么一回事？"

凌钢一听更火了，怒道："这件事纯属无稽之谈，我和梁丽燕是工作关系，所有的往来仅限于工作方面，没有任何作风问题，这完全是栽赃陷害。"

冷光公事公办地问："你们是否单独吃过饭、看过电影？"

"没有，绝对没有！"

"既然都没有，那生活不检点的说法从何而来？"冷光凝视着凌钢像是自言自语，又像是问凌钢。

凌钢激动地说："冷书记，你问这样的问题，我还真没有办法回答。难道审计厅党组仅凭这几封诬告信就来调查我？"

"你先别激动，是不是诬告，调查之后才能做出结论。这么多人举报你，党组难道不应该进行调查核实吗？"冷光严肃地说。

凌钢冷静了一下，道："应该！"

"知道应该就好。一个党员干部，不仅要严格遵守各项纪律，而且还要自觉接受方方面面的监督。"冷光边说边主动给凌钢的杯子里倒满水，"凌钢同志，有些事情恐怕不是你想的那么简单，你们的对手都不是一般人，他们的活动能量非常大，单靠有限的审计手段去调查他们，很可能事与愿违。如果不讲策略地再这样查下去，不仅实现不了审计目标，还会让你身陷绝境，使经责办的整体工作陷入被动。从某些方面说，这些举报信也是好事，好在及时给你提了个醒，一切都要小心谨慎才是啊。"

冷光的一番话，给凌钢带来了暖意，他感动地说："谢谢，谢谢冷书记的理解与支持。"

冷光顿了顿，温和地说："来时，周山厅长专门让我带话给你，

'临大事而不乱，临利害之际不失故常'。一定要保持定力、保持清醒、保持从容。还特别嘱咐你们，这次审计一定要讲究审计策略，遇事要冷静应对，注意突出审计重点，精准发力，做到谋定而后动，切不可率性而为，更不能打乱仗，审计中发现的重要问题也要及时报告。东方副厅长也要我提醒你，一定注意审计安全，防范化解可能出现的风险隐患。"

这一席温暖关心的话，让凌钢激动地握着冷光的手："看来还是上级领导理解我们，感谢审计厅党组的信任和支持。"

冷光笑了："周山厅长还要我特别提醒你一件事，秦大川市长对你的看法前后有很大的变化，一开始说你工作有思路，原则性强，政策水平高，年轻有为，是个不可多得的优秀审计官员。可最近又说你政治上很不成熟，审计不讲策略，工作中横冲直撞，到处打乱仗，来华原时间不长得罪了很多人，尤其是与地方党委和政府的关系搞得很僵，并建议尽快把你调回中州。"

凌钢沉思了一会儿，说："秦大川给周山厅长讲这些并不奇怪，因为这次审计已触及了他的一些核心利益，虽然到目前为止还未取得过硬的证据，但初步判断他肯定有问题。其间他曾多次找我要求通融，均被我拒绝，因此，他建议调我回中州肯定是出于他个人利益的考虑，这也从一个侧面说明这次审计的复杂性。"

冷光道："商州市市长郑桐也对你的工作极为不满，也托人带话给东方副厅长，建议尽快把你调回中州，还商州市一个稳定的政治生态环境。"

凌钢解释说："初步调查表明，郑桐任华原市交通局局长期间，涉嫌干预高速公路招标问题，加之我们查出他的儿子郑国玉涉嫌接受利益输送，已被移送检察部门，引发了他的强烈不满，他这样做并不奇怪。"

听了凌钢的解释，冷光提醒道："依据经验，这些诬告信仅是对手所采取的初步措施，也是试探性干扰审计的基本伎俩，随着审计力度的不断加大，他们必然会变本加厉，不惜采取极端措施来阻挠审计工作。关于这一点，你们务必要引起高度的重视，切不可麻痹大意。审计时你们一定要讲策略，制定严密的防范审计风险隐患的措施，确保审计安全。特别强调的是，一定要有过硬的证据才能赢得这次审计的最终胜利。"

凌钢点了点头："有厅党组的坚强领导，有同志们的积极支持与合作，我们一定会克服审计中的一切困难，赢得这次审计的最终胜利。"之后，凌钢又扼要地向冷光介绍了这次审计的进度及总体情况。

冷光深有感触地说："华原市市长经济责任审计，注定是一次不寻常的审计，这次审计涉及面之广、层次之高、难度之大、情况之复杂，都是前所未有的。审计厅党组要求你们一定要提高政治站位，从促进完善国家治理体系及治理能力现代化的高度思考审计，从推动经济社会可持续发展的视角审视审计，从维护经济安全及国家长治久安的高度观察审计，积极实践，大胆求索，探索一条深化地市级领导干部经济责任审计的新路子。"冷光顿了顿，看着凌钢语重心长地告诫说："行百里者半九十，走九十里路只能算是完成了一半，难走的是后半程，最难实现的目标是惊人一跃，越是接近目标，越不能懈怠，越要加倍努力，越要讲究审计策略，努力完成最后的冲刺。"

五

凌钢走后，冷光用加密手机向周山厅长汇报了谈话的大致情况。

刚打完电话，门口传来敲门声，冷光打开门，谢东正站在门口大声质问道："你就是审计厅纪委那个六亲不认的冷大书记吧？"

冷光认识这个老倔头，笑着说："哎呀，谢主任，我还未来得及找你谈话呢……"

谢东正阴沉着脸，打断说："是啊，这不，我今天主动找上门来了。"

冷光一边让座，一边倒茶，仍客气地说："谢主任，你不主动找上门来，我也要找你谈一谈。"

谢东正已经知道冷光的来意，语带嘲讽地说："恕我直言，你们也真会添乱，也真会选时候，听说你们是来专门调查凌钢的，一定发现了他不少的问题吧？"

冷光一怔，不悦地责问："谢主任，你这是什么话？"

谢东正一脸怒气地说："什么话，那要看你们都干些什么事了？"

冷光缓了缓语气："谢主任，你先喝口水，消消气，有话慢慢说。"

谢东正把心中的怨气一下子发泄出来："凌钢他到底有什么问题？你们这样大张旗鼓地调查他，你们考虑政治影响了没有？这与背后放冷箭有什么区别？"

谢东正言辞犀利，让冷光不知如何回答，苦笑着说："谢主任，你要是这样说，我们就没有谈话的必要了。"

谢东正一听火气更炽："既然没有谈话的必要，干脆就不要谈了，我走行吧？"说着站起来就要往外走。

冷光冲着谢东正的背影，大声喊道："谢主任，谢东正同志，你能不能听我把话说完？"

谢东正一怔，又转身回来，坐到了沙发上，严肃地注视着冷光。

冷光平静地说："周山厅长很关心你，让我代他向你问好，说抽时间来华原专门看你。"

谢东正的脸色稍稍缓和了一些，说了声："谢谢。"

冷光接着说："周山厅长非常关注这次审计，他对这次审计的复杂性及难度有清醒的认识，对你们工作的难度及遇到的实际困难有深入的了解，也对你们的工作非常肯定，并表示要全力支持你们依法开展审计工作，排除一切阻力与干扰，一旦发现问题，无论涉及谁，也无论他的职务有多高，权力有多大，都要一查到底。"

谢东正听后一愣，又懊恼又不好意思地说："哎呀，你怎么不早说呢？"

冷光直呼冤枉："谢主任，我是想说，可你不给我说的机会呀。"

谢东正不好意思地检讨："是我误会你了。"

接着冷光简明扼要地介绍了这次调查的目的，听取了谢东正对凌钢的基本看法，并详细询问了凌钢与雪萍交往的情况。

性格耿直的谢东正直言道："说实话，我一开始看到凌钢违规与雪萍聚餐的照片后，对他的印象很不好，此事在全办职工中也产生了很大的负面影响。后来的事实证明，他吃这顿饭是有价值、有意义的，这次接触完全是因为工作。凌钢通过这次接触，了解了环宇公司的一些情况，为锁定审计工作重点提供了依据。这件事也在一定程度上体现了凌钢灵活的处事策略与工作方法。"

冷光点头道："听了你的一番话，我感到很高兴，你能够这样看待凌钢，说明你是一个襟怀坦荡的人。华原环境复杂，需要依靠智慧与策略才能处理好方方面面的关系，才能为经责办的工作创造有利的外部条件。试想，凌钢只与雪萍吃了一顿饭，就被拍了照片发到网上，是谁拍的？发到网上的目的又是什么？还有这些举报信又是怎么回事？这些现象都需要我们深思啊。"

谢东正郑重地说："冷书记，你分析得非常有道理，是我把你们的这次调查想歪了，在此郑重向你们道歉。"

冷光微笑着说："把一些问题当面说清楚就行了，至于道歉就免了。"

之后，冷光又分别与朱枫、梁丽燕、孙涛等部分中层干部进行了座谈，重点了解凌钢主持经责办工作以来的相关情况，尤其是党风廉政建设及他本人的廉洁自律情况，凌钢的表现受到了经责办同志们的一致好评。

六

这天上午，郑桐正在办公室伏案阅读文件，突然赵志打来电话："郑市长，刚刚有人往凌钢的房间里送东西。"

郑桐吃惊地问："送的什么东西？"

赵志回答道："从外形上判断可能是茶叶、酒水一类的东西。"

赵志的回答让郑桐有些兴奋："很好，你们公安局能否对凌钢的宿舍进行搜查？"

赵志道："不行啊，没有省公安厅的授权，我们无权搜查一个厅级干部的宿舍。"

郑桐马上道："那就尽快向华原市纪委举报吧。"

七

就在接受审计厅纪委谈话的当天，凌钢回到宿舍已是晚上八点钟，进门时发现，屋门上置放的书签掉在地上，凌钢直觉是有人进过宿舍，他警惕地站在屋内四下观察，沙发有轻微移动的痕迹，床也像被移动过。他仔细搜索着，床下塞了一个黑色塑料袋包着的箱子，打开一看竟是一箱茅台酒，凌钢当时就惊出了一身冷汗，继续搜寻又在沙发底下找到一个茶叶筒，打开一看，里面装满了金条。

凌钢的第一反应就是拨通了朱枫的电话："喂！朱组长吗？我是凌钢，请你马上来我宿舍一趟，十万火急！另外，也请你告诉监察处处长陈梅，让她也火速赶来。"放下电话，凌钢强迫自己冷静下来，开始思考对策。

华原市纪委接到群众举报后，经过层层请示并最终得到市委书记陈锋的同意,市纪委纪律检查室主任马华虎和纪检员吴葵两人手持搜查令直奔凌钢的宿舍而来。马华虎等人刚一下车,发现有人正在把茅台酒等物品从凌钢的宿舍内往外搬,马华虎马上上前制止。

马华虎拿出工作证,态度强硬地说:"我们是华原市纪委的纪检人员,请你们把东西放下。"。

朱枫从容不迫地说:"我们是审计厅驻经责办纪检组的纪检人员,正在执行公务,请你们配合。"说着,把工作证递给了马华虎。

马华虎扫了一眼,出示了搜查令,强调说:"我们也是执行公务,请你们让开。另外,请把搬出来的东西放回凌钢的宿舍。"

朱枫严厉地说:"我们正在执行纪律检查,这些是重要的物证,不可能放回去,如果弄丢了谁也负不起责任。"

马华虎毫不退让:"我们是奉命前来搜查的,不能让你们把这些东西搬走,东西被你们搬走了,我们无法向组织上交代。"

双方都不肯退让,事情一时就这样僵持着。最后,还是凌钢发话,同意让马华虎他们拿走东西并出具证明,暂时平息了事态。

八

审计厅党组会议正在进行,周山表情严肃地说:"今天党组会议主要研究三项内容。首先,决定由审计厅驻经责办纪检组负责实施对凌钢涉嫌受贿一案的调查工作;其次,研究对凌钢同志的处理意见;最后,研究关于加强对全省审计机关'一把手'监督的实施办法。"周山接着补充道:"凌钢涉嫌受贿一案由审计厅负责调查,这也是华原市市委书记陈锋同志的建议,审计厅决定调查由经责办纪检组具体负责落实,并将调查结果上报审计厅后再反馈给华原市纪委;关于加强对审计机关'一把手'监督办法的材料,会前都发给了大家,并征求了大家的意见。下面,由东方同志宣布对凌钢同志的组织处理意见。"

东方打开文件夹，拿出一纸文稿念道："鉴于凌钢同志涉嫌受贿正在接受组织调查，审计厅党组决定从即日起暂停凌钢同志的审计厅经责办党组书记、主任职务，由副主任谢东正同志临时主持经责办的全面工作。"

参会人员均表示同意对凌钢的调查处理。

九

秦大川站在办公室的窗前，凝视着窗外的万家灯火，陷入了沉思之中。他隐隐感觉到事情正在失控，致命的危险就要到来。怎样解决凌钢的问题，在做最后决定之际，还需要与范琦深谈一次，摸清范琦的底牌。

此时响起了敲门声，在这夜深人静的时刻分外惊心。"请进"的话音刚落，范琦就急匆匆地进来了。

秦大川示意范琦坐下后，严肃地说："今晚有几个问题向你核实一下，希望你能够如实回答。"

范琦忐忑不安地观察着秦大川的脸色说："什么事都不敢隐瞒秦市长，您有什么问题就问吧。"

"商州煤矿改制时，隐瞒了多少原煤储量？这些储量的评估值是多少？"

"具体原煤储量我不清楚，不过当时没有对全部储量进行评估。"

"这么说，隐瞒储量是事实了？怪不得一直有人举报此事。"

范琦点了点头，默认了秦大川的话。

秦大川严厉道："隐瞒原煤储量，意味着国有资源流失，你们这不是授人以柄吗？"

范琦狡辩道："煤矿储量这种地下的事，恐怕神仙也说不清。"

秦大川斥道："你把别人都当傻子了，世上没有说不清的事。"

范琦讷讷地说："此事我已让他们采取了一些补救措施。华原市国土资源局、商州煤矿的地质储量资料均已被销毁，查无实据。"

秦大川冷冷地说："资料能销毁完吗？地质部门的档案资料也销毁了吗？"

范琦心虚地说："这也正是我所担心的。不过，审计人员未必会去地质部门调查。"

秦大川极为不满地瞪了范琦一眼，接着问："华原市中心十五亩的商业用地又是怎么回事？"

范琦心里一惊，思忖着说："那是环宇房产公司与平安区政府之间的事，一切都按规范操作，应该没有什么问题。"

"被征土地居民补贴是否到位？拆迁工厂的新厂址是否落实了？"秦大川追问。

"这点请您放心，全部落实到位。"

"既然如此，为什么还有群众上访？要求兑现全部补贴？"

"所有补助资金全部划拨给了平安区政府财政局，由区政府财政局统一向相关人员发放，也可能有个时间滞后问题吧。"

秦大川将信将疑，接着问道："秦召出事是你安排的吗？"

范琦十分委屈地说："苍天可鉴，我就是脑子再进水，也不会干这种蠢事。况且，秦召不仅是您的侄子，也是我的办公室主任，我怎么会害他呢？秦召他们几个只是在一起玩玩，没有想到，警察硬说是赌博。我总觉得此事与郑桐有关，是他借机报复。"

秦大川盯着范琦，冷冷地问："郑桐在报复谁？你说实话，你经常往环宇公司跑，你和这家公司有没有利益关系？"

范琦犹豫了片刻，讷讷地说："有一些，但不多。"

秦大川斥道："中央三令五申，领导干部不准经商办企业，可你为什么就听不进去呢？"

"秦市长，不瞒您说。单靠我那点可怜的工资，生活确实困难。而且，现在办什么事不花钱啊？"

这时，赵琼敲门进来，提醒说："已经十点半了，秦市长是否早点休息？"

秦大川挥了挥手："你先回去吧，还有些事没有谈完。"

赵琼退下，随手把门关上。

范琦借机转移矛盾道："就是这个凌钢欺人太甚，紧紧咬着煤业公司、环宇公司不放，我曾私下里请他通融，他根本就不给面子。您是市长，又是他的老领导，在审计问题上，他不照样也不给您面子吗？"范琦偷眼看了看秦大川的表情，继续道："我听说凌钢已经从原商州煤矿财务科长余永胜那儿，打探到了不少信息，再这样下去，我们危在旦夕啊。"

秦大川不动声色地问道："储量评审中心那个退休主任的死亡又是怎么回事？"

知道事已至此，没有再瞒下去的必要，范琦便和盘托出："您说的是王力庆吧，那是个非常危险的人。王力庆知道商州煤矿、平州煤矿改制时隐瞒储量的情况，他向经责办的人举报了我们，扬言要把我们都送进去。当时他正要向凌钢提供证据，情况紧急，我被迫采取了措施。王力庆本身患有严重的抑郁症，他的死不会引起怀疑的。"

秦大川震惊地看着范琦，半晌后无奈地长叹了一声："已经发生的事情无法挽回，我们现在面临的情况非常复杂，要找一个稳妥的办法解决凌钢的问题。"

"您有什么想法？"范琦不安地问。

秦大川道："听说煤业公司的总经理苏运棋是凌钢的发小，因凌钢坚持调查煤矿改制，两人之间产生了矛盾，你们要在这方面想想办法。注意，一定不能乱来，要在合法的范围内解决问题。"说罢，他无力地朝范琦摆了摆手，示意范琦离开。

十

东方找来董兴华、齐华，问道："齐局长，据了解，长州经责审计组在这次经济责任审计中取得了实质性突破，大体是什么情况？"

齐华神色凝重道："从他们上报的材料看，由于个别领导干部渎职造成国家权益的巨额流失，此案涉及市政府、发改委及国土资源局等多个部门，问题比较严重。"

东方点点头，拿起了一份文件说："结合目前的情况，我起草了一份《关于进一步强化地市级领导干部经济责任审计的指导意见》，你们先看看，今天主要也是想先听取一下你们的意见。"说着把文件递给董兴华，董兴华接过文件快速看了一遍，递给了齐华。

董兴华开口道："我完全同意。围绕经济责任履行、聚焦重点内容是确保坚持正确的审计方向的重要前提，如果偏离了领导干部履行经济责任的重点，即使查处再多的问题，也不能算是实现了审计目标，更不能说是一次成功的审计。"

齐华看完后坦率地说："聚焦地市级领导干部经济责任履行的审计重点，是审计厅反复强调的，可在具体审计实施中，少数经责审计组有意无意地忽略了这个重点，比如说这次审计中就有个别经责审计组耗费精力和时间查处企业小金库，严格意义上说，与市长经济责任没有直接关系，或关系不大。"

董兴华点点头道："这也从一个侧面说明，参加审计的同志们还没完全适应经济责任审计的要求，还习惯于传统的财政财务收支审计，或者说没有从传统的审计中跳出来，正确认识经济责任审计的特点与要求。"

东方道："鉴于个别经责审计组在前一段工作中比较被动，尤其是在聚焦审计重点方面存在一些问题，这份审计指导意见，如果你们没有异议，就发给各经责审计组执行吧。"

董兴华与齐华齐声道："同意！"

第十一章　进退之间

一

经责办采取突然袭击的方式对西龙湖周边三个环保监测数据进行了集中采集，数据表明化学需氧量、氨氮量及 BOD 量等主要水质技术指标继续恶化，水质标准已从一类用水降至二类甚至三类用水，垃圾处理厂的污水排放口周边的水质已经变浊，水中有害物含量已严重超标。

出于保密需要，经责办按照审计程序及时将这些情况上报给审计厅，审计厅要求经责办就西龙湖污染事件继续调查，除采集完整的环保数据外，还要对西龙湖污染加剧的原因进行深入分析，提出有针对性的审计建议。由于西龙湖水质的持续恶化，引起了新闻媒体的关注，一经报道，便引起了社会舆论的广泛谴责，商州市环保局局长胡晓兵再次成为众矢之的。

为此，陈锋临时提议召开了一次特殊的华原市委常委扩大会议。

会上，陈锋一开口就直奔主题："最近，我用了五天时间，对环境保护情况做了些调研，发现全市的环保情况很不乐观。近几天西龙湖污染事件的曝光，让我深感不安，不知大家有何感想？"

郑桐听了这话坐不住了，主动站起来说："陈书记，此事发生在商州市管辖的范围内，商州市委、市政府负有监督不力的责任，我代表商州市委、市政府向华原市市委做诚恳的检讨。"

陈锋朝郑桐摆了摆手,示意他坐下,平静地说:"郑桐同志,你有这个态度很好,至于检讨以后再说。今天我们要弄清西龙湖污染的原因、性质及后果。"

郑桐面带羞愧地坐了下来。

陈锋表情严肃地说:"这不是一般的污染事件,而是典型的干部不作为、乱作为引发的污染事件。根源在于我们的一些干部理想信念动摇、宗旨意识淡化,换句话说,就是世界观、人生观、价值观的'总开关'出现了松动带来的直接恶果。"陈锋目光炯炯扫视着会场,继续道:"我这样说并不是随意猜测,更不是道听途说,而是有充分的事实根据。"他从文件夹里抽出一叠资料,在众人的注视下扬了扬说:"这是西龙湖监测站的监测数据,这些数据表明,近两个月来,西龙湖主要水质指标都在下滑,水源污染持续恶化,已严重影响了华原市八百五十万居民的生活饮水安全。西龙湖污染的原因及背景都要查清楚,无论涉及谁,无论涉及哪一级干部,也无论这些人在历史上有多大的贡献,都要查清楚,依规依纪依法处理,给人民群众一个满意的交代。"陈锋看了郑桐一眼,有意缓和了一下语气:"当然,我们说西龙湖发生污染事件责任在商州市委、市政府,并不是由此否定商州市近年来的发展,更不是否定商州市的整体工作,客观地说,商州市近年来经济社会发生了很大的变化,经济连续多年保持高速增长,城乡变化日新月异,这是商州经济社会发展的主流。"

陈锋的一番话,让忐忑不安的郑桐稍稍放松些。而从政经验丰富的秦大川意识到,这只不过是要说重大问题的前奏,或者说是一种铺垫。

果不其然,陈锋话锋一转,语气又变得严肃起来:"但一些干部不作为、慢作为、乱作为等问题由来已久,已成为干部队伍建设中的突出问题,成为影响制约华原市经济社会可持续发展的重要因素,已经到了非整顿不可的时候了。"

此话一出，会议室的气氛明显有些紧张。郑桐心中一沉，表情肃穆，秦大川却是一脸淡定。

陈锋环视了一下在座的每个人，用指节击打着桌子说："同志们，不作为与乱作为的实质就是腐败问题，近年来，华原市有四个市县区的书记或市长因涉腐问题被司法部门依法追究刑事责任，这些涉腐人员道德沦丧，践踏法律，突破了做人的道德底线，败坏了社会风气，把一个地方搞得乌烟瘴气，产生了极其消极的负面后果，解决干部作风问题已迫在眉睫。"

秦大川此时插话道："陈锋同志，你刚才的发言指出了目前华原市干部队伍中存在的突出问题，也是迫切需要解决的问题，客观地说，这个问题由来已久，但现在是到了非解决不可的时候了。"

秦大川的发言无疑起到了示范引导作用。果然，陈锋向秦大川投来了赞许的目光。

其他同志都依照秦大川的思路，对陈锋关于"干部不作为、乱作为"问题展开批评，有的常委还列举了一些具体事例来佐证陈锋的观点。

直到此时，郑桐才明白陈锋主持召开这次会议不仅是针对西龙湖污染事件，而且要借此来构思一篇大文章，这篇大文章的重点就是整治华原市委班子成员中长期存在的干部作风问题。

陈锋听完众人的发言，说道："初步了解，西龙湖污染的原因是其上游的垃圾处理厂排污造成的，这个问题两年前中央环保督察时曾指出并进行了相应的整改，本来已经解决，可不知什么原因，西龙湖污染再次出现，教训十分深刻。当然，垃圾处理厂负有主要责任，商州市环保局负有监督责任。听说，商州市环保局局长胡晓兵是市政府某位领导的亲戚，之前曾因西龙湖污染受到过处分，是不作为的典型，这次污染事件里面有没有领导干部默许或纵容的因素呀？"

秦大川表情一僵，有些难堪。他没有想到，陈锋会把目标直接指向他。谁不知道，垃圾处理厂当年是他负责引进的，胡晓兵是他的外甥。

秦大川正想解释几句，郑桐却抢先说道："西龙湖污染事件出现在商州市辖区内，作为市长，我负有不可推卸的责任。我们要从中吸取深刻的教训，在查清污染原因的基础上，依法严肃处理。据了解，垃圾处理厂当年选址时争议很大，但由于个别领导的坚持，这个项目最终还是在西龙湖上游落地了。客观地说，垃圾处理厂建成后，对可能出现的污染问题实施了严格的监控措施，曾出现过超标准排放问题，经过整顿后，污水排放一直达标。但由于众所周知的原因，西龙湖污染事件再次发生，事件看似偶然，实有其必然性。从实质上分析，垃圾处理厂负有管理不到位的直接责任，市环保局负有监督缺位的直接责任，对此，必须对相关责任人进行严肃问责。"

陈锋不解地问："郑桐同志，你刚才说的'众所周知的原因'指的是什么？"

郑桐坦然道："垃圾处理厂选址是当时国土资源局根据华原市一位领导的指示确定的，商州市环保局局长胡晓兵又是这位领导的亲戚，因此问题处理起来十分复杂。我认为，由于上次对胡晓兵的责任追究不到位，才出现了第二次污染事件。"

秦大川强压怒火，似笑非笑地问："郑桐同志，你想借西龙湖污染事件说明什么？"

郑桐正色道："我没想说明什么，我认为这次污染事件很严重，必须严肃追责。"

秦大川冷笑道："郑桐同志，今天是讨论西龙湖污染事件并从中找出产生问题的原因，吸取教训，而不是讨论这个项目是谁批准建设的，更不是讨论谁是谁的亲戚，你这样说的动机就值得怀疑了。"

陈锋打圆场道："开会嘛，大家各抒己见，如果把同志们的发言说成有什么动机，似乎把话题扯远了。"

郑桐坚持道："当年在西龙湖上游建设垃圾处理厂争议很大，

如果当时坚持环境保护基本国策的话，西龙湖就不会发生今天的污染事件。"

秦大川不客气地说："有争议也是商州市委常委会议讨论通过的，不是某个人决定的，你这种事后诸葛亮的做法，动机就很值得怀疑。"

陈锋风趣地说："大川同志，咱们就事论事，不讨论动机好吗？"

见陈锋有意向着郑桐，秦大川转移了话题："陈锋同志，是否应考虑以这次西龙湖污染事件为突破口，在全市干部中开展一次纪律作风整顿活动，从根本上扭转干部作风问题？"

陈锋点点头，再次强调说："不作为、慢作为、乱作为从实质上分析就是一种腐败行为，这个问题不解决，干部队伍存在的腐败问题就无法得到有效遏制。因此，我们还是要注意从分析原因入手，只有找准病根，才能开出治疗的药方，真正做到治已病，防未病。"

一位常委感慨道："三年前，平州县委书记因腐败问题被移送司法机关后，涉及了近三十名干部行贿，由于对涉案人员处理不到位，在很长一段时间内干部处于观望态度，加重了干部不作为问题的蔓延。"

另一个常委道："曾经有一段时间，在干部中流传着三不能做的原则。"

陈锋好奇地问："哪三不能做的原则？"

"三不能做的原则就是，触及纪律红线的事不能做，得罪人的事不能做，可做可不做的事不能做。"这位常委苦笑着解释。

陈锋沉吟了片刻，若有所思地说："我原则同意大川同志的建议，对西龙湖污染事件的主要责任人进行严肃追责，并以此为切入点在全市干部队伍中开展一次纪律作风整治活动，切实推动干部作风的根本转变。"

无论是秦大川还是郑桐都心知肚明，这次常委会的目的就是借助西龙湖污染事件，重拳出击不作为、慢作为、乱作为，整顿纪律作风，这就是陈锋正在构思的一篇大文章。文章的"凤头"已经亮相登场，文章的"猪肚"是否充实饱满？文章的"豹尾"又是否精彩呢？

市委常委扩大会议后第二天，郑桐组织召开商州市委常委扩大会议，部署全市开展纪律作风整顿活动，会上做出决议，对西龙湖污染事件负有监督失职责任的胡晓兵做停职处理，责令商州市纪委介入调查。

二

就在凌钢停职的第二天上午，秦大川一通紧急电话把范琦召至办公室。看到范琦，秦大川单刀直入地问："凌钢受贿是你干的吧？"

范琦点头道："该给凌钢一点颜色看看了，让他知道四处树敌的后果。"

秦大川用犀利的目光瞟了范琦一眼，不动声色地问："怎么办的？有没有后患？"

范琦得意地说："您放心，这事儿是我一个远房亲戚干的。东西放好后他向市纪委举报完就去了外地旅游。不过，有一点奇怪的是，向市纪委举报这件事的并非他一个人，据了解，至少有三个人。"

秦大川沉思了一会儿，提醒道："你这样做实在太危险了，现在到处都是摄像头，而且你这个亲戚可不可靠？"

范琦颇有把握地说："我这个亲戚肯定可靠，他是个老手，刚从监狱里放出来，就指望我接济呢。我给了他一笔钱，让他到外地躲些日子。摄像头的事，我们考虑到了，事先他踩过点，赶上电力部门维修电路停电，他才进去的。"

秦大川又问："你们之间还有联系吗？"

范琦明白秦大川的担心，回答道："之前通话都是用匿名号码，办完事后我嘱咐他不要主动联系我。"

秦大川点头道:"这是一场你死我活的较量,不能有半点的麻痹大意。这件事能让凌钢他们消停一阵子。不过,要想从根本上解决问题,还要另想办法。现在你不要再盲目出击,要以静制动,静观其变。"

三

当凌钢听到自己被停职检查的消息后,一阵头晕目眩,眼前一黑差点栽倒在地上。当他失魂落魄地回到宿舍时一头倒在了床上,震惊、委屈、怨恨、失落等情绪一起袭上了心头。作为审计执法人员,他始终坚守职业操守和道德底线,时刻保持着对腐败问题的清醒认识,做梦都想不到的是,自己居然成了涉嫌腐败被调查的对象,真是人生如梦,变幻无常,痛苦复杂的心情难以言述。

一石激起千层浪,凌钢蒙冤停职,引起了经责办干部职工的强烈反响,大家认为凌钢明明遭人陷害却受到停职处理有失公允,工作积极性受到很大影响,经济责任审计工作一度中断。当凌钢得知谢东正、朱枫带头签名向审计厅提出申诉时,他主动找到了谢东正强烈要求终止申诉。

谢东正不理解地说:"大家都知道你蒙冤停职。此事已引起了全办干部职工的强烈反响,认为有失公允,我和朱枫已带头签名向审计厅提出申诉,一定还你一个清白。"

人在倒霉的时候,更显得友谊的珍贵,凌钢被谢东正的正直和友情感动了。凌钢理解谢东正的心情,向他投去感谢的目光,温和地说:"我不赞成你们这样做,申诉一事到此为止。谢主任你要带头拥护审计厅党组的决定,精诚团结共同搞好经济责任审计,不要辜负厅党组的重托。我们应该相信组织,此事最终会有一个公正的结论。"

谢东正看了凌钢一眼,敬佩凌钢面对挫折时的定力和坦然,谢东正依然坚持道:"全办大部分同志都已在申诉报告上签了名。"

凌钢竭力劝阻道:"赶快停止,你们这样做只会把事情搞复杂,影响审计工作的进度。"凌钢看着谢东正,有些担心地问:"办里的工作都正常吧?"

谢东正沮丧地说:"正常什么呀,你这一停职,大家工作的积极性能不受影响吗?目前工作基本上处于停滞状态。"

凌钢心中一惊,急切地说:"谢主任,请你转告大家,要严格执行审计厅党组的决定,一如既往地开展工作,绝对不能因为我的停职而影响整体工作。目前经济责任审计已进入关键时期,煤矿改制、制药厂设备引进、高速公路招标等数条线索几乎同时浮出了水面。与此同时,审计的干扰与阻力也在不断增加,我这次被停职,也是对方的干扰手段,由此可见,审计与反审计的较量进一步加剧。"

谢东正点头道:"你说的这些,我何尝不知道。只是你蒙受不白之冤,我们总要做些什么呀。"

"个人事小,单位事大,要以大局为重。你一定要马上终止申诉一事,把主要精力用在工作方面,打赢经济责任审计这一战役。"

谢东正沉吟了少顷,摇了摇头,无奈地说:"好吧。"

四

严峻的现实提醒着凌钢,被动的局面才刚刚开始,对手必然会采取一切手段,寻找各种机会置自己于死地。在这样的情况下,审计厅党组让自己停职接受组织调查,从某种意义上说,也是对自己的一种保护。

凌钢推开了会议室的窗子,刺骨的寒风扑面而来。他打了个寒战,头脑顿时清醒了许多。

朱枫推门走进来看见他说:"凌主任,赶快关上窗子,小心着凉感冒。"

凌钢转过身来，一语双关："着凉能够使人清醒，感冒有利于深刻反思啊。"

朱枫走上前去，边关窗子边说："是需要反思，我们一起梳理一下事情的来龙去脉吧。"

凌钢坐到会议桌前，回忆着说："事情起源于商州煤业公司的审计调查，无意之中触动了某些人的核心利益，引发了大规模的群众集体上访；之后，朱华教授请我在环宇公司吃饭，范琦作陪，那次饭局我刻意了解了环宇公司的一些情况；再然后我受邀去秦大川家做客并几次与他在办公室谈话，秦大川都有劝阻审计工作的意图；在这之后，便有了诬告信和审计厅纪委的调查，现在发展为设计陷害，由市纪委出面搜查。"

朱枫补充道："这期间还有对审计人员的威胁、恐吓及收买等行为，整个过程一波三折，步步惊心。郑国玉受贿被移送市检察院后，拒不认罪，其背后可能隐藏着不为人知的秘密。而郑桐的活动能量不可小觑，不排除他正在酝酿着新的反制审计的计划。"

凌钢不无担忧地说："他也可能正在酝酿着一个不为人知的阴谋。审计每取得一点实质性的进展，都会遇到重重阻力。"

朱枫分析道："现在问题的关键是光天化日之下，一箱茅台酒和一茶筒金条是如何放进你的宿舍的？这不是一件简单的事情，不排除对方动用了黑恶势力。而且我认为这种陷害只是事情的开始，绝不会是事情的结束。"

朱枫的分析，让凌钢惊出了一身冷汗，凌钢思索着说："出事的当天下午电路检修停电了，监控也没有拍到，这难道只是巧合吗？"

凌钢隐约感觉到对手一直在暗中监视着自己，在窥视着审计组的每一次行动。从对手采取的措施看，几乎每一步都与审计的进度密切相关，随着对方手段的激烈程度判断极有可能审计已逼近了事实真相。

朱枫关切地说："不排除对手一直在监视你，抓住小区停电检修的时机，栽赃陷害你。由此看来，审计与反审计较量一直在持续进行之中，审计风险始终伴随着审计的全过程，我们应该深刻反思并防范化解审计风险问题。"

凌钢深有感触地说："审计与审计风险是我们首先要正确处理的关系。但我们不能因为有风险就放弃或延缓审计进程，也不能以防范风险为名给审计增加太多的桎梏。正确的做法是，既要进一步加大审计力度、加快审计进度，又要防范规避可能出现的审计风险，确保审计工作的顺利实施。"

朱枫犹豫了一下道："这件事要不要告诉你妻子董梅，让她知道你目前的状况？"

凌钢顾虑重重地说："告诉她必然会增加她的心理负担，不告诉她万一她从别的渠道知道了，到那时她所承受的压力会更大。坦率地说，对我来经责办任职，董梅一开始是持反对意见的。经过我反复做工作，最后才勉强同意，现在我摊上了这种事情，她知道后又会是怎样一种心情呢？"

朱枫说："既然是这样，还是不告诉她的好，免得让她为你担惊受怕。"

凌钢眉头紧锁，叮嘱说："请你向同志们讲一下，一定要保守秘密。"

朱枫点头安慰道："这点请凌主任放心。目前的审计工作已进入到关键时期，你好好配合纪委的调查，这次的事件很快会水落石出。经责办还有很多重要的工作等着你去做呢。"

凌钢苦笑着说："但愿吧，我真的很想尽快站起来，继续冲锋陷阵，尽早取得审计的实质性突破。"

五

凌钢的停职意味着反制审计取得了阶段性的成果，范琦与雪萍决定要庆祝一下。

晚上七点多，范琦如约来到雪萍的别墅，雪萍已经准备好了美酒佳肴，烛光摇曳下，气氛浪漫温馨，雪萍更是美艳。

范琦为眼前的场景所陶醉，上前一步，紧紧拥抱着温柔多情的雪萍。此刻，时间像凝固了一样，二人都能听到对方心脏跳动的声音，这声音几乎达到了同频共振，令人飘飘欲仙……

一番缠绵之后，雪萍柔声问范琦："上次你说凌钢很快会被停职，不久之后还会调回中州，你是如何知道这些的？"

范琦故作高深地笑着说："因为我是天生的情报专家，不仅有广泛的情报来源，而且还具有超强的情报搜集能力。审计组的一切活动都在我的掌控之中，凌钢的一举一动都逃不出我的视线。"

雪萍虽然知道范琦的活动能量很大，但不相信他所谓的情报专家之说，好奇地探询道："听说凌钢被停职是因为受贿？"

"没错。"范琦一脸幸灾乐祸的样子。

雪萍盯着范琦看了一会儿又说："我还听人说，凌钢受贿缺乏证据，他是因为审计得罪了某些领导，遭人陷害才被停职的，经责办的人还为他鸣不平呢。"

"凌钢是不是遭人陷害我不知道。据我所知，他不知进退，一味地乱打乱撞，得罪了一些权贵却是不争的事实。怎么，听口气，你有些同情他了？"范琦带着几分醋意说。

雪萍推了范琦一把："去你的，我同情他干吗？他被停职我高兴还来不及呢。他一出事，我们不都安全了吗？"

范琦笑着说："对呀。我们要好好谋划一下，如何把环宇公司做大做强。商业区的旧房拆迁工作要加快速度，争取写字楼年底就开工。"

雪萍的关注点仍在凌钢身上，便打岔说："凌钢正在接受调查，如果调查结果证明他没有受贿，他会不会官复原职？"

范琦十分肯定地说："官复原职是绝对不可能的，即使他受贿查无实据，市里的一些主要领导也不会让他继续待在华原了。你有所不知，这次他停职接受调查，就是陈锋书记向审计厅提出的。你想想，他来华原才半年多时间，审计调查了多少单位，搞得是鸡犬不宁，怨声载道，多少人盼着他早日滚回中州，没准还有人想置他于死地呢。"

雪萍仍有些不放心地说："我总觉得事情没有那么简单，这是不是陈锋书记的缓兵之计？再说了，凌钢能够执掌经责办的帅印，肯定有过人之处，我和他接触过，他这种人自律意识与防范意识很强，他不可能为贪占不义之财，因小失大，断送自己的政治前程。"

见雪萍如此高看凌钢，范琦醋意大发："你真是头发长见识短。即使这次调查没有发现凌钢有什么经济问题，但他得罪了那么多人，尤其是看了一些不该看的东西，触动了某些人的底牌，滚回中州也是迟早的事。"

"但愿如此吧。说实话，他时不时地派人到环宇公司折腾，弄得我一天到晚提心吊胆。只有把他这尊瘟神送走了，我才放心。"雪萍感叹道。

范琦叹道："说句心里话，我现在还真的不希望凌钢很快完蛋，真心希望他能够留下来，留下来帮我们的忙。"

雪萍把手放在了范琦的额头上，疑惑地问："你没有发烧吧，说什么胡话呢？"

范琦笑道："你想，他再这么折腾下去，得罪的权贵会更多，到时候不用我们出手，自然会有人收拾他。"

"这与他能帮我们忙有什么关系？"雪萍没听明白。

"这次审计以来，他一直咬着煤矿改制不放，让人还真以为环宇公司收购煤矿存在重大问题。我了解，他们东查西调并没有发现环宇公司收购煤矿的违法证据。他不走的话，能帮助我们洗清不白之冤。"范琦解释道。

雪萍心领神会道："到时，我们成了受害者，而受害者往往能够博得人们同情。"

范琦哈哈一笑:"对,受害者总是会得到人们的同情。"

看着得意的范琦,雪萍心中突然产生了一种畏惧,她第一次感到了范琦的陌生与可怕。有朝一日,范琦对自己失去了兴趣,会不会一脚把自己踢开?

雪萍堆起笑脸说:"不说他了,为你这个情报专家,我们再干一杯。祝愿我们的环宇公司蒸蒸日上,不断发展壮大。"

六

谢东正正在主持召开审计业务会。

谢东正沉稳地说:"根据凌钢同志的建议,报经东方副厅长同意,审计组收缩了审计战线,把审计重点锁定在商州煤矿改制和高速公路招标两个项目上,一定程度上缓解了审计力量分散的压力,对外营造审计组有序撤出的假象。"

梁丽燕点头赞同道:"这样可以集中精力打歼灭战,实施重点突破。"

谢东正说:"需要提醒大家的是,我们的对手也会相应地改变应对审计的策略,绝不会放松对审计组的监视,干扰审计的手法也会不断翻新,新的矛盾冲突随时都有可能暴发,大家要有一定的思想准备。下面,请白露同志介绍交通局审计发现的线索。"

白露介绍道:"在对高速公路招投标项目调查中初步发现,西北省西岭市的中天实业公司中标后违规转包并产生工程质量问题。中天实业公司是一家大型国有商贸企业,虽然具有高等级公路建设的资质,却没有建设高速公路的经历与相关业绩。就是这样一家商贸公司却能中标长达三十公里的LN高速公路项目,涉及标的资金二十五亿元。为弄清事实真相,我们从最原始的资质审查、评分标准、评分过程等环节入手,查找疑点线索。通过审核招标文件发现,该文件明显违反施工单位需具备'项目业绩'的规定,增加了'房建工程一级'的企业可增加分数等有利于中天实业公司中标的条款，而该工程并不含房建项目。参与评标的七名评委，有六名来自交通局所属部门，评标倾向性明显，按照规范的评分标准应列为废标的中天实业公司以最高报价中标，而具有丰富的高速公路施工经验且报价合理的众多企业落选。"

"弄清中天实业公司如何中标只是问题的一个方面，更重要的是要弄清这家公司如何组织施工？工程质量如何保证？"谢东正问道。

白露汇报了初步调查的情况："经过数据检索工程项目经理管理部配置情况发现，参与 LN 高速公路施工的工程管理层没有一个来自中天实业公司，也就是说，项目经理管理部主要管理人员均非中标单位人员。这种情况表明，中天实业公司中标后并未组织施工，而是违规进行了转包。而承包公司又是什么性质的企业，是否具有相关施工资质，施工质量如何保证，这一切都是下一步需要弄清的问题。"

初步调查情况披露出一个关键问题，就是工程非法转包，按图索骥追踪施工单位就可以查清事实真相。想到这里，谢东正当场拍板："鉴于 LN 高速公路早已建成，施工单位已经解散，交通局坚决否认工程转包，审计时相关人员有意回避等情况，下一步由梁丽燕和杜波同志负责追踪调查中天实业公司转包工程真相。"

会后，谢东正与梁丽燕、杜波进行了一次谈话，反复叮嘱说："你们赴西岭市调查，山高路远，情况复杂，你们一定要讲究审计策略，注意审计安全，遇到困难及时与西岭市审计局取得联系。"

深知此次西北调查意义重大的梁丽燕自信地说："您放心，我和杜波已做好了充分的准备。"

事实上，西北调查是"明修栈道，暗度陈仓"的一项策略。"明修栈道"的关键在于加大对高速公路招标资料的追索力度；"暗度陈仓"的关键是暗中查找工程质量隐患，要做到悄无声息、快速出击，速战速决。

晚上十一点许，一架波音747大型客机徐徐降落在西北省某国际机场。梁丽燕和杜波拉着行李箱步履匆匆地走出机场。初冬的朔风扑面而来，寒意十足，一片肃杀景象。二人很快拦了一辆出租车，一路飞驰向高原腹地的西岭市。

西岭市刚下过一场大雪，天气异常寒冷，寒风刮过，树枝摇摆，积雪簌簌而下，街上行人稀少，几台铲雪车在缓慢地清扫着积雪。

梁丽燕和杜波踩着积雪，几经周折终于来到了位于市北郊的中天实业公司大楼。梁丽燕他们的到来，让中天实业公司大为意外，一番交涉后，他们拒绝提供任何资料，西北调查陷入了困境。

七

常发迹焦躁不安地在办公室内踱着步子，电话铃响了，常发迹一把抓起电话，里面传来中天实业公司总经理邵鹏那浓重的西北口音。寒暄几句后，双方很快达成了攻守同盟的协议，绝不向审计人提供任何资料，让审计人铩羽而归。

梁丽燕及时将调查情况向审计组做了报告，请求联系当地审计部门支持。谢东正第一时间与西岭市审计局的张局长进行了沟通。在张局长的协调下，中天实业公司总经理邵鹏被迫配合审计调查。经过一番艰苦的较量，邵鹏终于讲出了工程中标及转包的真相：商州新建公司借用中天实业公司的资质中标并组织了工程施工，至于其他信息邵鹏推说一概不知。

这次西岭市的调查，虽然没有达到弄清所有问题的目的，但却初步掌握了商州新建公司借用资质投标的真相，新建公司总经理莫源第一次进入了审计人的视线。

八

梁丽燕等人做好充分调查准备后,新建公司的总经理莫源被请到了综合组审计现场。

在梁丽燕等审计人面前,莫源表现出一副从容淡定的样子,承认新建公司借用中天实业公司资质中标及承建 LN 高速公路,否认存在工程转包问题。

梁丽燕开门见山地问:"新建公司没有施工经验,也缺乏相应的工程技术人员,如何承担高速公路建设?如何保证工程质量?"

莫源辩解道:"施工经验可以积累,技术人员可以招聘,工程质量当然可以保证。"

杜波说:"知情者反映,高速公路施工时曾多次发生质量事故,请你解释一下原因。"

莫源不慌不忙地回答:"你所说的质量问题我不清楚,新建公司承建的 LN 工程没有质量问题。"

梁丽燕又问:"既然如此,新建公司为什么不能按合同要求按期建成 LN 高速公路?"

杜波补充道:"不仅没有按期交付,新建公司还通过虚假合同的形式,转移了工程资金五千万元。"

莫源一时眼神有些慌乱,但很快镇静地说:"我不知道你们从哪里得到的信息,完全子虚乌有。"

如果没有过硬的证据,莫源这样的人是不会说出任何实情的。梁丽燕从容地将准备好的工程监理日志及相关质量事故的照片放在莫源面前。

杜波指着照片道:"LN 高速公路建成通车后质量事故频发,其中约十公里的山区路段存在重大安全隐患,已进行封闭维修,维修费用超过两亿元。"

在事实面前，莫源选择了沉默。

与莫源谈话后，梁丽燕向谢东正汇报了调查进展："中天实业公司违规出借资质、商州新建公司违规转包，造成重大工程质量事故的事实已基本查清，但涉及此案的两个关键问题尚未落实：一是莫源与邵鹏的中间牵线人是谁？或者说，操纵整个事件的幕后人没有查清；二是违规修改招标办法及计分标准，让中天实业公司中标的幕后操纵者没有查清。当然也不排除两件事为同一人操纵。"

谢东正问道："你们有没有怀疑对象？"

梁丽燕道："目前真正的操纵者是谁不好说，但朱岩是此案的关键人物，至少他是知情者。他不仅参与组织了LN高速公路招标的整个过程，而且也参与了该工程的竣工验收工作。"

谢东正点头道："分别从莫源和朱岩二人入手，寻查整个案件的真相。"

九

谢东正与梁丽燕等人正在拟定与莫源、朱岩的谈话方案，郑桐突然打电话通知谢东正和梁丽燕去他办公室一趟，说有重要事情协商。

郑桐与谢东正一见面，就关切地问："谢主任，高速公路审计调查还顺利吗？要不要我再给交通局打个招呼，让他们积极配合你们审计？"

谢东正微笑着说："谢谢郑市长的关心，调查还算顺利。"

梁丽燕从公文包里拿出笔记本，开口道："郑市长，我把这一段时间的调查情况向您汇报一下。"

郑桐连忙摆了摆手："我不是你们的主管领导，你们不用向我汇报。我今天叫你们来，主要是了解一下审计进展情况，有什么需要商州市政府做的工作尽管开口,你们毕竟是审计厅派出的审计大员。"

谢东正忙说:"郑市长太客气了,我们虽然是审计厅的直属机构,可毕竟是在华原工作,促进地方经济社会发展是我们的重要职责……"

郑桐打断道:"最近,社会上传言很多,说经责办受某些人的煽动,不顾近年来高速公路发展的实际,专门与高速公路过不去,紧紧咬住高速公路建设中的某些问题不放,东查西调,非要搞出些名堂不可。"

"郑市长,情况不是这样的……"

郑桐打断谢东正的话:"你还是听我把话说完。我自认为对审计的认识是到位的,也是积极支持的,当我了解到交通局配合审计不到位,提供资料拖延时,马上给常发迹局长打电话,要求他们端正态度,积极配合审计工作,协助你们尽快把问题查清楚。"

谢东正只得点头道:"您的支持非常重要,正是由于您的大力支持,审计调查工作才得以顺利进行。"

郑桐看了一眼谢东正,自顾自地说:"现在问题的关键是,你们不仅在交通局进行审计,还把审计的范围扩大到了省外,在社会上造成很大的负面影响。"

见梁丽燕想插话,郑桐朝她摆了摆手:"谢主任,只要你们拿出交通局违法乱纪的证据,我郑桐二话不说,建议把他们移送司法机关依法处理。可是你们这么长时间东查西查也没有什么结果,只凭怀疑甚至道听途说,弄得人心惶惶,鸡犬不宁,严重干扰了交通局正常的工作,也背离了审计促进稳定、促进发展的目的。"

谢东正刚要开口,被郑桐用眼神制止,他接着说:"从根本上说,你们审计的目标与华原市委、商州市委的工作目标是一致的,都是为了促进经济社会稳定发展,我们的认识也是一致的,也不应该有任何分歧，否则就无法坐在一起讨论工作了。"

谢东正试探着问："郑市长，您的意思是……"

"我的意思很简单，如果交通局有问题就抓紧调查核实，如果没有问题请尽快撤离。这次你们审计的对象是秦大川市长经济责任履行情况，而不是交通局的工程建设情况。"郑桐以命令的口吻道。

谢东正辩解道："郑市长，您理解错了，交通局是华原市政府的重要职能部门，也是这次审计的重点单位。"

郑桐不客气地说："市政府的职能部门并非交通局一家，为什么你们偏偏与交通局过不去？会不会有什么私心呢？"

谢东正忍住内心强烈的不满，平和地说："郑市长，是您误解了，我们只是例行正常的审计调查，并没有您说的那种情况。"

"今天我是该说的、不该说的都说了，希望你们能够理解我的一片苦心，也希望你们能够三思而后行。"郑桐顿了顿，接着补充道，"谢主任，希望你们能够认真吸取凌钢同志的教训，坚守做人的道德底线和法律底线，不要做与审计活动无关的事情，也不要做与审计职责无关的事情，不要被某些别有用心的人利用。"

不等谢东正回答，郑桐双手抱拳，冲着他们二人拱拱手，几乎是下了逐客令，谢东正和梁丽燕领教了郑桐的霸道。

十

审计厅纪委经过深入调查，确认凌钢系遭人栽赃诬陷，受贿事实不成立。对此，审计厅党组决定，即日起恢复凌钢经责办党组书记、主任职务，继续主持经责办全面工作。

这对全体经责办的同志们来说，无疑是打了一针提神剂，让大家又重新振作了起来。

十一

傍晚，秦大川回到家中，妻子陈瑞已经准备好了饭菜，两人边吃饭边聊着天。陈瑞问道："听说凌钢又官复原职了？"

秦大川点了点头。

陈瑞有些担忧地说："这么说凌钢还会继续揪住煤矿改制、制药厂、垃圾处理厂不放？"

秦大川道："这也是我最担心的事，一想起这些事就让人头疼。"

陈瑞想了想说："凌钢这个人同他的名字一样，宁折不屈，硬得很。我们来软的，用感情软化他。明天我们请凌钢来家里吃顿便饭，就说给他压压惊，你们坐下来心平气和地好好谈谈。"

秦大川想了想说："好，你现在给他打电话。"

陈瑞拨通了凌钢的电话，凌钢那边很快接了起来，热情地说："陈老师好，有事您盼咐！"

陈瑞笑着说："没有什么事，想请你明天晚上来家里吃顿饭，也算是给你压压惊。"

凌钢明白其中的深意，有些犹豫地说："这……这个时候去您家里不太合适吧？"

秦大川从陈瑞手中接过电话，以不容置疑的语气说："有什么合适不合适，明天晚上我在家里等你。"说完便挂了电话。

凌钢放下电话后，心情有些沉重，隐隐感到这是一场鸿门宴啊。

次日，凌钢手提果篮如约来到了秦大川的家中。陈瑞笑吟吟地一手为凌钢开门，一手接过果篮。

进屋后陈瑞张罗着给凌钢倒茶、上水果。秦大川也从房间里走了出来，热情地与凌钢打招呼。

落座后，秦大川关切地问："最近还好吧？你被停职的那段时间，我和你陈老师真是牵肠挂肚。说句心里话，我知道你的人品，压根就不相信你会接受贿赂。现在，真相大白了，果然你是好样的，我秦大川也没有看错人。知道你洗清冤屈后，我们都非常高兴，尤其是你陈老师兴奋得一晚上都没睡好，一定要见见你，请你吃顿饭为你压惊。"说话间，陈瑞将削好的苹果递到凌钢手上。

"谢谢老领导，也谢谢陈老师的关心。"凌钢激动地站了起来向秦大川和陈瑞鞠躬致谢。秦大川笑声朗朗，连忙摆手，示意他坐下。

接着秦大川话锋一转，话中有话地说："经过这件事，我想你一定会反思很多，也一定会成熟很多。"

凌钢点了点头。心里明白这顿饭不简单，秦大川别有用意。

秦大川接着问："你知道为什么有人要陷害你吗？这些人是谁？"

凌钢摇了摇头，苦笑道："陷害我的也许是一个人，也许是一个利益团伙吧。"

秦大川盯着凌钢看了一会儿，若有所思地说："你可以不知道是谁在陷害你，但你一定要知道为什么有人要陷害你。"

凌钢道："这次审计中触动了某些人的既得利益，对方狗急跳墙了。"

秦大川叹了一口气，说："我觉得，经过这次折腾，对你而言未必是坏事，从某种意义上说，也是一件好事。"

"一件好事？"

"是一件好事，它会让你从中吸取经验教训，考虑问题更冷静，做事更谨慎，再也不会乱打乱撞了。"秦大川注视着凌钢，道，"这件事也在提醒你处事留有余地，凡事适可而止。否则，谁又能保证类似的事情不会出现第二次、第三次呢？"

凌钢明白，秦大川是在提醒他要学会明哲保身，及时收手，不要再追查煤矿改制、垃圾处理厂等敏感问题，否则，还会受到打击报复。凌钢苦笑了一下，非常无奈地说："我知道老领导的好意，也知道您的良苦用心，可我也有自己的难处。"

"什么难处？"

"省里有审计厅的高度重视，华原有广大群众的普遍关注，单位内部有干部职工的严密监督，尤其是审计厅党组驻经责办纪检组的监督，这么多双眼睛盯着这次审计啊。不瞒您说，上次就因为我不同意对煤矿改制进行二次调查，就有人把举报信都寄到周山厅长那儿了，很多事情我也是身不由己啊。"

"我理解你的难处，但这次的教训你一定要谨记，不要再纠缠历史旧账，方方面面的情况太过复杂。我是真的不希望你再出什么事。"秦大川推心置腹地说。

"感谢老领导的提醒，我一定会注意审计策略与方法。"

秦大川盯着凌钢，一脸真诚地说："华原的水太深了，而你又缺乏基本的斗争经验，为了保护你，我建议你尽快回中州去，离开这个是非之地。"

"回中州？这不是我个人能决定得了的事。"凌钢惊讶道。

"只要你同意，其他的工作我来做。"秦大川自信地说。

明白了秦大川的意图，凌钢顺势而为，笑着说："既然老领导让我回中州，就按您的意见办吧，我就静候佳音了。"

秦大川满意地笑了。这顿饭表面上吃得宾主尽欢。

离开了秦大川的家，凌钢思绪如潮难以平静。秦大川为什么要急于把自己赶回中州？难道说煤矿改制、垃圾处理厂等企业与他有直接的利益关系？可以凌钢对秦大川的了解，秦大川既不爱财，也不贪色，为什么还要与范琦、雪萍等人搅在一起呢？这一切背后到底隐藏着什么样的秘密？

一阵凛冽的寒风迎面吹来，凌钢打了个寒战。天色有些灰暗，整个局势就像这天色一样。凌钢隐约感觉到"黑天鹅"现象还可能再次出现，自己一定要有足够的耐心，冷静观察，以静制动。

第十二章　花明柳暗

一

雪萍一听说审计组又在接触苏运棋，马上给苏运棋打电话："苏总，听说你最近天天去经责办审计组汇报工作？"

苏运棋语气坚定地否认道："没有的事儿雪总，你千万不要听信传言。"

雪萍质问道："你没与审计组的人见过面？"

苏运棋镇定地说："审计组的同志通知我去说明一些公司经营情况，没有涉及公司秘密。"

雪萍威胁道："涉及不涉及公司秘密只有你自己知道。该说什么，不该说什么，你心中应该有数，不要忘了王力庆。"说罢挂了电话。

苏运棋一时面色灰白。

凌钢坐在办公室的沙发上，严肃地追问苏运棋："运棋，作为老同学，我真心奉劝你，实事求是地把当年商州煤矿改制的情况说清楚。"

苏运棋道："煤矿改制没有问题，你让我说清楚什么？"

凌钢苦口婆心地说："煤矿改制造成国有资产流失的信息满天

飞,你只要打开国有企业改制的网页,就应该知道这样的信息有多少。"

苏运棋紧锁眉头道:"网络上的信息不可信,况且我也不相信你们经责办是靠网络信息取证。"

凌钢沉思了片刻,轻声责问道:"那你为什么来找我?"

苏运棋神色不安地说:"我最近发现好像总有人在暗中跟踪我。"

凌钢暗中一惊,问:"知道是什么人在跟踪你吗?"

"不知道。"

"你最近得罪什么人没有?"

"没有!没得罪什么人。"

凌钢拿起纸杯倒了杯水递给苏运棋,安慰道:"既然没有得罪什么人,你怕什么?"

苏运棋接过纸杯猛地喝了一口,不安地说:"你们经责办能否派人保护我的个人安全?"

凌钢笑了:"运棋,你也真会开玩笑,经责办又不是司法部门,没有司法权力,怎么派人保护你?"

苏运棋叹了口气,面色阴郁。

凌钢说:"我希望能帮到你,可你总是遮遮掩掩。你什么时候想通了,愿意谈了随时可以来找我。"

苏运棋深深地看了凌钢一眼,转身离去。

二

就在与凌钢见面的第二天晚上,苏运棋收到了恐吓短信,让他管住自己的嘴巴,不要像疯狗一样到处咬人,否则,王力庆的结局就是他的下场。苏运棋急忙拨打对方电话,对方已经关机。

惊恐之下苏运棋给凌钢打电话要求马上见面,凌钢意识到事态的严重性,不敢怠慢,匆忙赶赴约定的茶楼。

凌钢一走进茶楼，苏运棋便迎了上来，拉着凌钢的手说："你总算来了，都急死我了。"

凌钢关切地问："发生什么事了？"

苏运棋看了看四周，低声说："走，我们去楼上包间里再说。"

两人刚在包间落座，苏运棋就焦急地说："我现在真的遇到麻烦了，你一定要帮帮我。"

凌钢安慰道："不用急，有话慢慢说，到底怎么回事？"

"最近两天总感觉有人在跟踪我，就在刚刚我还收到了威胁信息。"苏运棋边说边把手机信息展示给凌钢看，"这一切都发生在审计组找我谈话之后，雪萍那天也打电话威胁过我。"

凌钢道："这才是问题的关键，审计组找你问话，雪萍他们为何恐慌？还拿王力庆吓唬你，这说明什么？形势已经非常严峻了，运棋，你还要替他们隐瞒煤矿改制情况？"

苏运棋犹豫再三，下定决心地说："雪萍最担心的是煤矿探矿权未纳入评估一事。"

凌钢马上问道："一共隐瞒了多少原煤储量？"

苏运棋说："初步估计原煤储量约有一亿吨。"

凌钢震惊地问："一亿吨？"

这时，服务员敲门进来，问道："哪位是苏运棋先生？"

苏运棋非常意外地说："我就是，有什么事？"

"一楼大厅有您的电话。"

"我的电话？"

服务员点了点头。

苏运棋感到十分奇怪，对凌钢说："你稍等一会儿，我去去就来。"说罢随着服务员去了一楼。

五分钟过去了，十分钟过去了，仍不见苏运棋回来，凌钢突然意识到了什么，推门向楼下冲去，一楼大厅里根本没有苏运棋的踪影。

凌钢追问刚才的服务员："刚才接电话的先生去哪里了？"

服务员说:"那位先生接完电话后就走了。"

凌钢赶紧拨打苏运棋的手机,无人接听。

第二天上午,传来了令人震惊的消息,商州煤业公司总经理苏运棋因交通事故意外身亡。

三

苏运棋的死,深深地刺痛了凌钢的心,使他陷入痛苦与自责之中。痛定思痛,当务之急是要调查清楚苏运棋真正的死因。由于审计部门没有调查交通事故的职责与权力,只能根据公安部门的需要做些相应的配合工作。

深刻的教训使凌钢意识到,商州煤矿改制已成为某些人敏感的神经,稍一触及便引发连锁反应,甚至过激反应。群访事件是这样,中介机构调查是这样,与华原市审计局发生资料冲突也是这样,苏运棋的意外死亡更是如此。

凌钢回想起对煤矿改制的调查过程,可以说一波三折,这次刚刚有了新的线索却再次意外中断。现在看来,把国有煤矿企业改制列为审计重点之一的思路是正确的,也是符合审计方案要求的,错就错在没有把握好审计时机与节点。如果当时审计人员从煤业公司撤出后,能够及时调整审计思路,加大外围的调查力度,一鼓作气,不给对方喘息的机会,就有可能一举突破。遗憾的是由于审计组内部认识不统一,在调查方法与调查时间上发生了冲突,贻误了战机,造成了目前这样被动的局面。

凌钢仔细回忆与苏运棋的谈话内容,重点就是储量一亿吨的煤矿探矿权。之前审计组只注意到对方隐瞒采矿权储量,一直不知道隐瞒探矿权问题。遗憾的是到目前为止,探矿权名称、探矿期限、权证号码、探矿范围及归属等情况都还是一个未知数。

欲解开这一秘密就必须取得相关的档案资料,而档案资料由华原市国土资源局保管，应对审计经验丰富的范琦不可能不采取相应的防控措施。换句话说，审计人员短时间内很难取得这份关键资料。在持续跟踪调查商州煤矿改制真相未果的情况下，苏运棋的主动求见，无疑为揭开谜底带来了新的希望，有可能成为问题突破的关键。可事与愿违，在真相即将大白之时，线索突然中断，这不仅让凌钢原先的预想全部落空，而且还使他陷入了进退两难的境地。进，已没有明确的重点与线索，在方向不明的情况下，盲目前进意味着更大的失败；退，在审计任务未完成的情况下，又不知退往何处，更何况退则意味着职责履行的严重缺位。现在看来，举报信显然是对手抛出的烟幕弹，是误导审计的一种策略。

此时的凌钢，陷入了前所未有的挫败感之中。冷静下来细想，目前的重点不是急于找到审计的突破口，而是需要找出失败的根源，在吸取教训中找出新的希望。

四

初冬的雁鸣湖已失去往昔游人如织的喧哗，显得有些寂寞，唯有湖畔一隅的松树林在寒风中肆意摇出一片翠绿，给原野带来勃勃生机。

周山在松林旁一边缓缓踱步，一边思考着问题。

东方走上前来，询问道："周厅长，你看了这期的《审计动态》有何感想？"

周山用深邃的目光看着东方说："经济责任审计中出现的一些新动向需要引起我们足够的重视，从严治理审计队伍，进一步强化思想政治建设尤其重要，初步考虑在全省审计机关开展一次纪律作风专项整治活动，突出以案释法、以案释纪的教育功能，积极发挥负面典型的正面教育作用。"

东方赞叹道:"这个思路非常好!开展纪律作风专项整治活动非常及时,也非常必要。"

这时,齐华带着西州、东州和太州三个经责审计组报送的《审计动态》赶了过来。

周山微笑着一挥手:"《审计动态》就不看了,你简要说一说就可以了。"

齐华汇报道:"主要内容是这三个经责审计组为应对一些被审计单位分化瓦解审计组而采取的反制措施。"

周山道:"说具体一些。"

齐华详细报告道:"针对一些被审计单位个别人利而诱之、分而治之的情况,这三个经责审计组从提升审计干部的政治素质入手,结合典型案例,开展了纪律作风大讨论活动。"

周山赞许道:"很好,尽快把他们的做法转发给所有经责审计组,推动纪律作风教育活动的深入开展。"

齐华离开后,周山对东方说:"为加强对地市级领导干部经济责任审计工作的指导,建议你尽快去一趟经责办,做一次系统的调查研究,全面了解经责办工作的真实情况和遇到的具体困难,有针对性地解决审计中出现的问题。同时,代表审计厅党组与华原市市委书记陈锋同志、市长秦大川同志进行一次面对面的沟通交流,争取他们对经责办工作最大限度的支持,为审计工作创造宽松的环境和条件。"

东方点头道:"好的,我这就去准备。"

周山微笑着补充说:"今天上午,我分别与陈锋书记和秦大川市长通了电话,就审计中遇到的一些困难进行了初步沟通,他们都表示将一如既往地支持审计工作。我还就近期审计厅将派你赴华原市调研一事向他们进行了通报,他们表示欢迎。"

东方紧握着周山的手说:"我明天就赶往华原。"

周山满意地点了点头。

五

次日上午，东方一行三人抵达华原，在凌钢的陪同下，深入各审计小组进行调研。

他们在深入各小组了解情况后，还听取了凌钢关于目前审计进度、组织模式、计划方案及所遇困难的报告。

东方听取报告后，对经责办的工作予以了高度肯定，强调了经济责任审计在促进权力规范运行中的重要作用，并特别指出了审计人员要加强风险防范，更加团结地应对各种风险挑战。

在谈到审计组遇到的困难与干扰问题时，东方强调："我来华原之前，周山厅长分别与华原市委、市政府主要领导同志进行了充分沟通，陈锋书记、秦大川市长均明确表示将一如既往地支持审计工作，为完成市长经济责任审计创造必要的环境与条件。"东方深邃的目光缓缓地扫视了一下会场，热情地鼓励道："沧海横流，方显英雄本色，越是困难越向前，我坚信大家具有迎接挑战、化解风险、战胜困难的智慧与能力。"

会场爆发出了长时间的热烈掌声。

会后，秘书引着谢东正走进了会客室。

早已等候在此的东方主动伸手，微笑着说："谢主任，您身体不好，承担的任务又重，一定要注意身体啊。"

谢东正紧紧握着东方的手，激动地说："谢谢领导关心，也感谢您对经责办工作的重视与支持。"

东方指着沙发说："咱们坐下谈。"

二人落座后，东方凝视着谢东正，目光中透出一缕忧虑："华原环境的复杂性已超出想象，你们的工作难度之大可想而知。"

谢东正深有感触地说："是啊，凌钢同志汇报的情况是客观的，也是符合实际的。"

东方说:"越是情况复杂,越要加强经责办内部的团结,尤其是要加强领导班子的团结。只有这样,才能形成合力,有效发挥经责办的整体优势,才能顺利完成审计厅党组交办的各项任务。审计厅党组相信你谢东正同志有政治头脑和大局意识。"

谢东正马上表态道:"这点请厅党组和您放心,我会摆正位置,积极配合凌钢同志做好方方面面的工作。"

东方点了点头,微笑着提出了一个尖锐的问题:"您是个坦率的人,您和凌钢在工作上的主要分歧是什么?"

谢东正有些吃惊,诚恳地说:"说实话,我和凌钢同志在审计思路方面存在一定分歧,但仅限于工作方面,不过这个问题通过沟通已经解决,思想认识已经统一。"

东方又问:"能否说具体一些,存在什么分歧?"

谢东正答道:"主要表现为对领导干部'权力运行和责任履行'审计重点的理解不同,我认为审计重点是对秦大川履职情况的总体把握与评价方面,在此基础上突出审计重点;而凌钢的思路是强调对重大经济决策事项落实情况的审计及对重点问题的审计,存在对整体情况把握不全面的现象。比如说,他坚持重点追踪一些重大经济决策事项引起了相关领导的干预,产生了一定的负面影响,审计配合问题并没有得到有效解决。"

东方沉吟了片刻说:"工作思路上存在分歧是一种正常现象,要通过沟通交流,尤其是开展批评与自我批评,促进思想认识统一,绝对不允许因为观点不同引发不团结问题。"

谢东正点头道:"这点也请您放心,至少目前在经责办没有出现不团结问题。有问题提到当面,背后不搞小动作一直是经责办的优良传统。"

东方客观地说:"在这方面,你们班子中的每个人心态都比较阳光、开放,总体工作做得比较到位,经责办的领导班子是一个富有战斗力的班子。从这件事也可以看出,你是一个有胸怀、有担当的同志。"

谢东正诚恳地说:"团结、批评、包容是一个领导干部应具有的最基本素质。"

东方感叹道:"团结就是力量,是做好一切工作的重要基础与条件。从实践看,没有一个团结有力的领导集体,就不可能形成强大的凝聚力与战斗力,也不可能取得预期的成果。在团结方面,班子成员之间的团结显得尤其重要,它是干部队伍建设的关键。常言道:相互补台,好戏连台;相互拆台,一起垮台。"

谢东正说:"正因为如此,凌钢同志多次强调,每个班子成员要像爱护眼睛一样爱护这个集体,珍惜来之不易的团结局面。"

东方话锋一转,微笑着说:"东正同志,我这次来经责办调研,希望您多提宝贵意见或建议。"

谢东正犹豫了一下说:"说句心里话,这次市长经济责任审计难度之大及阻力之大实在出乎我们的预料,目前我仍有两个担忧。"

东方一怔,盯着谢东正问:"哪两个担忧?说说看。"

谢东正说:"一是对重点问题追踪调查的阻力很大,短时间内难以取得实质性的突破,最终可能不了了之;二是凌钢与秦大川的特殊关系,很可能使他在一些关键性问题上做出让步。这两个问题都会影响对秦大川履行经济责任的客观评价。"

东方用赞许的目光看着谢东正,说:"谢谢您的坦诚,关于您所担忧的两个问题我也有同感,我会在适当的时机与凌钢同志交换意见,相信凌钢同志会正确对待并处理好这两个问题。"

谢东正发自内心地道了一声:"谢谢!"

六

东方与谢东正谈话之后,分别与陈锋和秦大川进行了会面,并代表审计厅党组感谢华原市委、市政府对经责办工作的支持。陈锋表示全力支持经责办的工作,有什么困难可以让经责办的同志直接向他反映，将及时解决审计中遇到的困难和问题。秦大川则仍坚持自己的意见，认为这次审计工作思路上出现了偏差，扩大了审计范围，不顾华原市近年来经济社会发展取得重大成就的客观事实，揪住一些历史上的陈年旧账不放，这次审计不仅影响了部分干部的积极性，而且一定程度上干扰了华原市经济社会发展的大局。

东方与陈锋、秦大川见面后，又与凌钢进行了一次深谈。

凌钢先向东方汇报道："这次审计已初步发现了商州煤矿改制及商州制药厂引进设备中存在国有资产流失问题，目前正在加大追踪调查。近年来快速崛起的商业帝国——环宇公司已形成了庞大的利益集团，涉及许多地方政府官员，不排除个别市级领导参与其中，甚至成为这个利益集团的保护伞。秦大川多次指责审计，给经责办审计工作带来了很大的压力，希望引起审计厅的重视。"

东方有些意外地问："秦大川公然指责审计工作？"

凌钢点了点头。

东方若有所思地说："这一现象要引起足够的重视。"

凌钢接着补充说："另外初步发现，高速公路建设过程中，违规招标造成工程质量事故频发。审计的难度在于这些问题均发生在商州市市长郑桐担任华原市交通局局长期间，初步判断与郑桐的直接干预密切相关，而郑桐的干预又与他的儿子郑国玉大量承建高速公路有直接的关系，但目前尚未掌握确切的证据。事实上，在这次审计过程中已经触动了郑桐的某些利益，引起了他的强烈不满，他多次指责审计不应过度涉及高速公路招标事项，同样给审计工作带来了很大的思想压力。"

听了凌钢的汇报，东方提醒道："凌钢同志，你到经责办工作的时间不长，事情的复杂性已超出了想象，你们目前遇到的对手并非一般的人，如果不讲策略地再这样查下去，只怕会遇到更多的麻烦，诬告陷害只是给你们提了个醒，你们要特别注意审计安全啊。另外，你们怀疑环宇公司存在重大问题，甚至怀疑个别市级领导有问题,在没有证据的情况下,先不要在审计组内部讨论此事,一旦信息泄露,将会使审计工作陷入非常被动的局面。"

凌钢点了点头:"请领导放心,我们一定会找到确凿的证据,让他们输得心服口服。"

东方叮嘱道:"实现审计目标,光有勇气是不够的,盲打莽撞是不可能取得胜利的。要注重审计策略,加强谋划,创新审计方法。善于把握审计规律,既是推动审计工作的制胜法宝,也是提高审计本领的重要途径。在审计实施中,坚持增强忧患意识和保持战略定力相统一、坚持战略研判和战术决断相统一、坚持审计过程和审计实效相统一。《孙子兵法》云:'善战者,求之于势。'对大局和大势的准确把握,是赢得审计胜利的先决条件。对审计干部,尤其是审计领导干部来说,要善于做到谋子之前先谋势、着眼全局看局部,同时决断和行动要又快又准,精准把握审计进程、判断出招时机,找准靶心,一击即中,切实提高审计工作效率。"

凌钢听后深受启发。

七

这天,秦大川应邀来到东方的客房内与他谈话。

秦大川一坐下便感慨地说:"说句心里话,东方副厅长,现在的市长并不好干,责任重,风险大啊。"

东方问道:"秦市长何出此言?"

秦大川说:"华原及所属市县区是一个近两千五百万人口的工农业大市,经济基础薄弱,发展任务艰巨啊。"

东方微笑着说:"据了解,最近几年华原市经济发展速度是比较快的,取得的成绩有目共睹,秦市长功不可没啊。"

秦大川叹了一口气:"有成绩就必然有失误,这几年我的告状信也不少啊。"

东方呵呵一笑道:"每枚硬币都有两面,不同的人看硬币的视角是不一样的,只有把两面统一起来看,才能够全面客观地看待一枚完整的硬币。只要你秦市长行得正、立得直,有几封告状信也没有什么大惊小怪的。"

秦大川意有所指地说:"话是这么说,但就有那么一些单位,总是戴着有色眼镜看问题,对待成绩视而不见,总盯着一些陈年旧账做文章,弄得你一天到晚地心神不宁,分散了大量的精力啊。"

东方安慰道:"秦市长,我劝你也不必太在意这些告状信。"

秦大川说:"不在意不行啊,就说这次审计吧……"

东方警觉地问:"这次审计怎么了?"

秦大川沉吟了片刻,说:"首先说明,我不是对凌钢同志有意见,更不是告他的状。但我总感觉这次审计工作思路上出现了偏差,在一定程度上影响了华原市经济发展的大局。"

东方一惊,说:"您是否把问题看得过于严重了?根据审计法及省委授权,由审计厅统一组织对地市级领导干部履行经济责任情况进行审计,是一种常规性的审计。审计实施中必然涉及市政府重大经济决策事项的调查与评价,目的是促进领导干部依法履行职责,担当作为。"

秦大川说:"你说的这些我都明白,问题在于正确认识经济社会发展中出现的一些问题,不能以偏概全,只看缺点不看成绩,甚至抓住一点不及其余,这样做会挫伤干部工作的积极性及创造性。"

东方皱了皱眉头,严肃地说:"您能否再说具体一些。"

秦大川神色严峻地说:"商州煤矿改制、商州制药厂设备引进、垃圾处理厂等项目都是经商州市委、市政府集体研究决定的,并且产生了良好的经济效益和社会效益,根本不存在国有资产流失问题。可令人费解的是,凌钢同志不顾事实,一味地揪住企业建设及改制过程中存在的一些不规范问题大做文章,产生了很大的负面影响。"

东方问:"您说的这些情况与凌钢同志交换过意见没有?"

秦大川不悦地说:"我曾多次与凌钢交换意见,希望他能够从华原市经济社会发展的大局出发,不要纠缠于一些陈年旧账,可他固执己见,听不进不同的意见。"

东方惊讶地说:"据我了解,凌钢曾是你当年在审计局时的老部下,怎么会出现这样的情况?"

秦大川感叹道:"人是会变化的。我认为凌钢已不适合主持经责办的工作,建议把他调回中州。"

秦大川对凌钢的成见之深出乎了东方的预料。东方诚恳地说:"秦市长,你刚才反映的情况非常重要,我将如实向审计厅党组报告。至于凌钢的工作安排,最终由审计厅党组决定。"

八

为弄清华原市政府对巨额赔款追责的真相,何宾和李玉龙走访了市监察局,结果大跌眼镜,监察局答复根本没有收到市政府的相关文件,也就是说,市政府责成监察局调查交通局赔偿款及追究相关责任人的文件只是一纸没有任何意义的空文。原希望通过走访监察局取得赔偿资金真相的计划落空,审计又一次陷入了僵局。

问题仍聚焦在洛州工程公司的经济技术实力方面。既然采用BOT投资模式,主路建设需要大量投资,服务区建设也同样需要大量投资,洛州工程公司是否具有相应的经济技术实力?他们查看华原市政府常务会议纪要时发现,当时明确要求交通局"对高速公路投资商的经济技术实力进行考察",还要求"交通局对投资商融资能力和组织建设能力进行考察"。

审计人员调查发现,交通局接到市政府的通知后,时任交通局局长郑桐和副局长常发迹仅作了圈阅处理,并没有安排任何调查。

进一步调查财务报表发现,洛州工程公司成立当年,这家公司及其母公司同乐投资公司的资产分别为十一亿元和二十三亿元,年度利润分别为二亿三千万元和四亿二千万元。这与审计核实的情况严重不符,也就是说,这份财务报表是假的。

郑桐和常发迹对市政府提出的考察意见仅仅圈阅了之,没有提出处理意见实质上是一种失职渎职行为,它是洛州工程公司老板王柄昆以欺骗手段获取高速公路建设经营权的关键所在。

随即,常发迹被请进了审计组谈话室。

应对审计经验丰富的常发迹一副从容的样子,主动找了凳子坐下,未等审计人开口,便夸夸其谈:"近几年来,华原市高速公路建设取得了超常规发展,'四纵六横'高速网络的形成对拉动全市经济发展发挥了巨大作用,我也为此付出了很多……"

白露打断道:"常局长,有关高速公路作用与建设成就,我们抽时间再谈,今天主要向你核实一个情况。"

常发迹不悦地问:"什么情况?"

白露道:"洛州高速公路赔款两千万元是怎么回事?"

常发迹马上说:"洛州绕城高速公路的赔款与我没有一点儿关系。"

白露嘲讽道:"常局长,你这样回答就不实事求是了。"

常发迹装糊涂:"我怎么不实事求是了?"

何宾提醒说:"两千万元赔款合同可是你代表交通局与洛州工程公司签订的。"

常发迹狡辩道:"是我签订的不错,但也不能说是我的责任。"

"合同的约束条款明显缺失,你应该知道吧?"白露问。

常发迹继续狡辩道:"由于缺乏经验,工作上难免出现纰漏。"

白露没有与他辩论,而是换了一个话题:"常局长你分管财务处,财务处对洛州工程公司虚构财务报表、伪造银行资信证明审查不严,你应该负有领导责任吧?"

常发迹推诿道:"这是财务部门的责任,我只是履行签字程序。"

白露严肃地说:"你明明知道因为洛州工程公司经济实力不足,才导致洛州绕城高速公路延期十个月不能开工,却还要赔偿这家公司两千万元，为什么？"

常发迹答道："这是集体研究决定，我仅是具体执行者。"

白露接着问道："洛州工程公司因经济实力不足退出高速公路主路建设。为何还要按照BOT模式继续让这家公司承建服务区？"

常发迹道："这同样是集体决策，不是我一个人能够左右的。"

白露平静地说："既然是集体决策，请你提供集体决策的会议纪要或领导班子签字的手续。"

常发迹道："我承认，交通局在这个方面管理不够规范，可能没有履行你说的集体签字手续。"

何宾说："没有履行签字手续，如果有交通局'一把手'的授权书也可以。"

常发迹沉吟了片刻，摇了摇头道："也没有'一把手'的授权书。"

白露用锐利的目光盯着常发迹："既然常局长不能提供集体决策的手续，请你在谈话记录上签字。"说着示意李玉龙把谈话记录递给常发迹。

常发迹看完谈话记录，竟然摇了摇头，拒绝签字。

九

与常发迹谈话后不久，经责办就连续收到多封群众来信，集中反映交通局审计小组负责人白露不仅超越审计权限到处延伸审计，干扰交通局的正常工作，而且工作方法简单粗暴，以势压人，强烈要求经责办对白露进行立案调查，追究她的责任，还交通局正常的工作环境。

经责办反复研究群众来信后认为，不排除因审计触及了某些人的核心利益，对方试图干扰审计。经责办研究决定，由纪检组组长朱枫出面，直接约谈白露，进行必要的谈话提醒。

这天上午，白露来到了朱枫办公室，朱枫将几封群众来信递给了白露，观察着她的反应。

白露越看越生气，把举报信拍在桌子上，气愤地说："简直是胡说八道，无中生有陷害人。"

朱枫没有就举报信的内容进行询问，而是关切地问："白处长，交通局的审计还顺利吗？"

白露缓和了一下情绪，尽量平静地说："不太顺利，或者说，很不顺利。"

朱枫道："是对方不配合吧？"

白露点了点头，略带委屈地说："在审计实施中，交通局审计小组严格执行依法审计的原则，所有审计调查都严守审计边界，根本不存在超越审计权限的问题。同时，我们还严格遵守文明审计的规定，谨小慎微，如履薄冰，根本不存在信中提到的问题。"

朱枫点了点头，说："作为纪检组组长，我当然相信我们的审计同志。问题的关键是，对方为什么抛出这么多群众来信，集中反映审计人员超越审计权限及审计不文明问题？"

白露坦率地说："朱组长，我觉得对方之所以集中举报我违法违纪，关键在于这次审计触及了某些人的核心利益。这是对方采取的干扰审计与转移视线的伎俩。"

朱枫颔首默认："我同意你的分析。对方越是不配合审计，或者说阻挠审计，作为审计人就越要保持清醒的头脑，这叫作'你急我不急'。"

白露说："谢谢朱组长的及时提醒，赵大海的教训已经给我们敲响了警钟，请你相信交通局审计小组的同志们，我们不会再犯同样的错误。"

朱枫欣慰地说："你能够这样认识问题，说明我们的依法审计和文明审计的意识已深入人心，已经真正变成大家的自觉行动了。交通局是市政府的重要职能部门，审计时稍有不慎会直接影响经责办的整体形象。对此，你们要有足够的警惕性，务必使同志们严格执行各项审计纪律，克服困难，团结协作，圆满完成审计任务。"

白露当即表态："请朱组长放心，参加交通局审计的同志们一定会把依法审计与文明审计的要求落到实处。"

十

审计组再一次约了常发迹谈话，离约定的时间已经过去了一个半小时，常发迹还未出现，白露、何宾在交通局会议室一筹莫展地等待着。这时，谢东正推门走了进来，二人急忙迎了上去。谢东正没有见到常发迹，不解地问："这么快就与常局长谈完了？"

白露郁闷地说："谈什么呀，到现在也没有见到常局长的踪影，刚才还打电话催他呢。"

何宾也发牢骚说："这位常局长的架子大得很呢，我们已经催了很多次了，说是马上到，就是不见踪影。审计连一点强制手段都没有，想想就憋气。"

谢东正安慰道："好事多磨嘛，既然人家忙，我们就耐心等待吧。有的时候，审计与被审计双方比的就是耐力，谁的耐力强谁就会笑到最后。"

何宾依旧气呼呼地说："谢主任，任何耐力都是有限度的，常发迹这么做，就是故意的，换句话说，就是藐视我们审计。"

谢东正说："话不能这么说，也许人家确实有急事，我们就耐心等一等，相信他总会来说明情况的。"

何宾十分不满地说："我们一直索要交通局与洛州工程公司签订的两千万元赔款协议原件，他们到现在都没有提供。"

谢东正十分意外，皱着眉头质问："上周你们汇报说已经取得了双方的协议，现在又说没有取得协议，到底是怎么回事？"

白露解释道："我们取得的只是协议的复印件，协议的原件一直没有拿到。前几天他们就在放风说复印件只是个草案，没有法律效力。"

谢东正意识到了问题的严重性："没有协议的原件,尤其是没有双方签字的协议,就不能作为审计的合法证据。既然这样,那我们今天就要向这位常局长讨个说法。"

谢东正的话音刚落,常发迹和朱岩气喘吁吁地从外面走了进来。"对不起,实在对不起,让大家久等了。路上遇到些特殊情况,堵车了。"常发迹边解释,边观察谢东正等人的反应。

朱岩也为常发迹开脱道："常局长非常重视今天下午的谈话,连续推掉了几个重要会议。"

谢东正没有说话。

白露看着常发迹道："常局长,今天时间紧张,我们就直奔主题了。从目前我们掌握的情况看,就在你代表交通局与洛州工程公司签订了赔偿两千万元协议的当天,交通局就将赔款全额支付给了对方。可你们到现在都没有按审计要求提供双方签订的协议,更为严重的是还故意删除了电脑交易资料。作为交通局的主要领导,你应该知道这样做的后果是什么。"

常发迹显然早有准备,从容地说："我是交通局主要领导不假,可有些具体事,我也不太清楚。况且,我对电脑也是个外行,是不是这里边有什么误会?"

常发迹此时还在演戏,李玉龙火了,斥责道："哼!误会,根本就不是什么误会,是你不愿意讲实话吧?"

何宾轻轻拍了拍李玉龙的肩膀,严肃地说："看来,常局长愿意承担一切后果了。"

常发迹双手一摊,一副无所谓的样子。

白露向李玉龙使了个眼色,李玉龙会意,他快步走到会议室窗前推开窗子向下望了望,又回头瞪了常发迹一眼,急忙向楼下走去。

善于察言观色的朱岩见状也走到窗前向下看了一眼,发现楼下停着一辆陌生的公务用车,他快步走到常发迹旁边耳语了几句,常发迹霎时脸色一变。

为了创造有利的谈话氛围，也为给常发迹增加心理压力，白露对朱岩说："今天我们专门找常局长了解情况，你去忙你的工作吧，需要时再通知你。"

朱岩与常发迹对视了一眼，常发迹点了点头，朱岩离开了会议室。

谢东正看了一眼手表，道："常局长，我们对你也算是仁至义尽了，该提醒的与不该提醒的，我们都提醒了。相信你今天不说，明天也会说；在此地不说，换个地方你一定会说。"

常发迹赶紧解释道："谢主任，不是我不说，有些事情不是你们想象的那样，情况很复杂，一句半句也说不清楚。"

"没有说不清楚的事情，是你根本就不想说。故意删除财务数据资料，那可是一种犯罪行为，是要承担法律责任的。"谢东正盯着常发迹说。

常发迹有些坐不住了，从口袋里拿出了一支香烟点上，猛地抽了一口，由于用力过急，呛得他连声咳嗽起来。

此时，李玉龙推门进来，走到谢东正面前轻声地说："谢主任，我们约的人已经到了，就在楼下，是否让他们上来？"

谢东正看了一眼常发迹，沉着地说："你去跟他们说一下，让他们在楼下先等一会儿，时间不会很长，等我的电话吧。"

李玉龙点了点头，看了常发迹一眼，推门而去。

常发迹听到他们两人的对话，拿烟的手突然有些轻微的颤抖，不安地说："谢主任，你听我说，情况真的不是你们想象的那样……"

谢东正表情严肃，盯着常发迹问："所有的证据都指向你，不是我们想象的那样，又是怎么样？"

"这个，这个，我的意思是你们还是不要碰他，此人位高权重，树大根深，你们根本惹不起他。"常发迹有些结巴地说。

谢东正把茶杯重重地往桌子上一放，严厉地说："笑话，什么位高权重、树大根深，什么根本惹不起，我看你根本就没有打算说实话。即使你现在不说,也请你相信,我们一定会把事情搞清楚。"

常发迹一言不发,一个劲儿地抽烟。

谢东正突然大声说:"白处长,给李玉龙打电话,让他们上来吧。"

常发迹一把抓住谢东正的手,阻拦道:"别,别这样,我也是替你们着想,怕你们为难。"

"没有什么能够让我们为难的。"谢东正凛然道。

常发迹脸色发白,片刻后艰难地说:"这一切都是郑桐指示我做的。"

第十三章　危中孕机

一

当得知凌钢仍在暗中调查商州煤矿改制问题，秦大川意识到之前的所有努力都白费了，形势相当严峻。

范琦也三番五次地给秦大川打电话，焦虑地劝说秦大川尽快出手，否则，局面将变得不可收拾。秦大川思前想后，认为上次范琦与他的谈话还是有所隐瞒，范琦到底做了些什么，或者说，打着自己的旗号做了些什么，自己所知甚少。因此，在采取进一步行动之前，有必要与范琦再深谈一次，弄清楚心中的疑惑。

谈话的地点选择在了华原北龙湖之滨的茶庄，这里远离市区，无人打扰，没有录音录像。有的只是碧云长空，远山近水。一时，秦大川几乎忘记了近日的烦恼与面临的危机，情不自禁地吟诵道："碧水欲浮天，余霞染暮烟。诸峰竞奇秀，秋色动山川。"

范琦边拍手边向秦大川走来，借机谄媚道："好诗，好诗。"

秦大川瞟了范琦一眼："你一天打几个电话说有急事见我，这里没有别人，有什么急事就直接说吧。"

范琦急忙道："还是审计的事，凌钢一天到晚没事找事，就连停职期间也没有消停。他一直咬住煤矿改制的事情不放，对环宇公司明查暗调，很可能已掌握了不少秘密。"

秦大川不动声色地说:"煤矿改制的情况我多少听说了一些,环宇公司都有什么秘密我可一点不知情。"

范琦避重就轻地说:"煤矿改制的主要问题是评估不规范,环宇公司整体收购商州煤矿自然存在问题。"

秦大川严厉地斥道:"事到如今,你还不把话说清楚,没人能帮得了你。"

范琦知道今天不把事情说清楚,秦大川是不会帮自己的,而他是自己唯一的希望与救星。想到这里,范琦咬咬牙道出了真相:"环宇公司收购商州煤矿主要存在两个问题:一是收购时原煤储量评估不准确,二是探矿权储量近一亿吨未纳入评估范围。"

秦大川愣了一下,盯着范琦咆哮道:"探矿权一亿吨的储量漏评,这是典型的国有资源流失,你不觉得你的胆子太大了?"

范琦期期艾艾地说:"收购煤矿时大家都没有经验,也没有考虑那么多,本想这件事就这么神不知鬼不觉地过去了,没有想到这次审计被经责办盯上了。"

秦大川紧张地追问:"这个探矿权处理了没有?有没有补救措施?"

范琦道:"三年前已经转让了,无法补救了。"

秦大川问:"转让给什么公司了?费用是多少?"

"转让给了一家央企煤电公司了,转让费四个亿。"范琦犹豫了一下,还是说出了实情。

"什么?转让费四个亿?"这次秦大川彻底震惊了。

范琦深知后果的严重性,低下了头不敢看秦大川。

秦大川说:"我原来只认为你不该参与企业收购事项,也不该干预环宇公司的经营活动,没有想到你陷得这么深,更没有想到你的胆子这么大。"

"事情已经发生了,找您就是让您帮忙想想办法,不然我们会有天大的麻烦。我这样做也是为了您的安全着想。"范琦眼中闪过一抹阴冷之色。

秦大川惊讶地问："这事与我有关系吗？"

范琦平静地说："环宇公司这几年来的收益主要来自商州、平州两个煤矿储量的转让，公司每年都会给一些领导干部的家属大量分红，这其中也包括你的夫人陈瑞。"

"你说什么？陈瑞也参加了分红？"秦大川震惊到脸色发白。

"不仅如此，每年环宇公司还给你儿子秦晓勇的香港南海投资公司汇入大量的资金。"

秦大川声音都有些发抖了，追问道："什么？环宇公司给晓勇汇款干什么？"

范琦道："三年前，你儿子的公司经营不善，发生了巨额亏损，是你儿子一次次给我打电话求我帮忙，我这也是为您分忧啊。"

秦大川沉默了片刻，尽量平静地问："环宇公司一共给晓勇汇了多少资金？"

范琦想了想说："大约六个亿吧。"

秦大川再次震惊了："什么？六个亿？他要那么多资金干什么？"

范琦说："刚才不是说了，香港南海投资公司经营亏损。"

秦大川盯着范琦问："他做什么生意亏损那么多？"

范琦说："我了解是炒期货亏损，由于行情低迷被期货交易所强行平仓。"

秦大川追问道："晓勇的香港南海投资公司现在还亏损多少？"

范琦得意地说："现在不仅不亏损，而且每年都在赢利，他的公司已积累了大量的财富。不瞒您说，自从晓勇的南海投资公司与环宇公司合作后，他的公司每年都从环宇公司分得大量的利润，所以发展很快。"

"晓勇的公司每年还从环宇公司分利润？到底是怎么回事？"秦大川彻底蒙了。

"三年前，香港南海投资公司因做期货亏损，公司陷入了绝境，后经环宇公司救助，虽然渡过了难关，但经营依然困难。在此情况下，晓勇多次找到我，要求环宇公司整体收购香港南海投资公司。考虑到环宇公司境外的发展需要，我便同意了晓勇的要求。经过双方协商，环宇公司出资三千万元，香港南海投资公司以资产及商誉做抵押折合人民币两千万元，组建新的公司，双方股本占比分别为百分之六十和百分之四十，双方合作后，原香港南海投资公司名称保留不变。之后，香港南海投资公司以境外公司的名义分别向华原及所属市县区发电公司、房产公司、煤气公司、水源公司等公司投资八亿多，从中获取了六亿多的投资收益。几年来，香港南海投资公司仅在内地获取减免税费就高达四亿多，晓勇也由此成为亿万富翁，知名投资企业家。"

秦大川脸色苍白，无力地说："把环宇公司的资金转入香港，再以香港南海投资公司的名义，也就是境外公司的名义投资华原的企业，享受境外企业优惠政策，从而获取大量的减免税费，你们这是给非法经营披上合法的外衣，这样做是在犯罪呀！"

范琦得意地说："秦市长，是您理解错了。晓勇他们这样做，不仅没有犯罪，而且每年还为国家创造了大量的财富，安排了大量的人员就业。"

秦大川万念俱灰地说："发生了这么多的事情，你为什么不早点告诉我？为什么要一直对我隐瞒？"

范琦坦然地说："秦市长，不告诉您，是不想让您为这些事分心，更不想让您为此增加烦恼。"

秦大川明白，范琦处心积虑地从自己的妻子、儿子身上下手，如今已把自己死死地捆绑在他的战车上了。想到此处他怒斥道："真是小人行径，可恶至极。"

范琦笑了："秦市长，如果不是我出面让环宇公司帮忙，恐怕你的儿子不是进监狱，就是破产跳楼。哪会成为今天的成功人士。"

秦大川一时无语，出神地凝望着室外碧波涌起的湖水，片刻后问道："上个月发生的煤矿职工群访事件也是你干的吧？"

范琦答道："这也是没有办法的办法，经责办在审计调查商州煤业公司时，紧紧咬着煤矿改制情况不放，如果不采取果断措施逼他们撤出，后果不堪设想，我这样做真的是为您着想。"

秦大川冷笑道："为我着想？如果你真的为我着想，也不会背着我干了这么多的坏事，也不会到现在才告诉我。"

"秦市长，您又误会了，不告诉您，就是不想让您知道得太多，有些事您不知道自然就没有责任，当然也就没有风险，这不是最大限度地保护您嘛。如果把一切都告诉了您，您不就成了同谋者了吗？常言道，不知者不为罪嘛。"范琦有理有据，振振有词。

秦大川用犀利的目光盯着范琦："你总是自以为是，过于自负。要知道，不止一家监督部门盯上你了，凌钢正在配合公安部门调查王力庆意外死亡一事，听说公安部门已经发现了一些线索。"

范琦一时有些慌乱，沉吟了片刻说："秦市长，还有一件事，有必要告诉你。除了王力庆之外，还有一个危险人物就是煤业公司的总经理苏运棋，他参与了商州煤矿改制和环宇公司的收购工作，知道一些内幕。前段时间，他与经责办审计组接触密切，极有可能反水，逼得我不得不出手。"

秦大川长叹了一声："退一步讲，就算是王力庆、苏运棋揭发了你什么，他们也罪不当死啊。现在出了人命，你以为警察能放过你吗？"

范琦阴郁地说："事情处理得很干净，他们想找到证据没那么容易。现在已经到了鱼死网破的时候，问题的关键在于凌钢，如果他能够灵活一点，哪怕给您这位曾经的老领导一点面子的话，我们也不会被逼到死角。可恨的是他这个黑脸包公软硬不吃，风吹不透，水泼不进，逼着我们出手啊。只有解决了他，让死棋重新走活，我们才能逃过此劫。"

秦大川此时心中一片悲凉，上贼船容易下贼船难，他已经没有退路了。可是真的要对凌钢下手，他无论如何都于心不忍。

秦大川冷笑道："你连续解决了两个危险人物，结果怎么样？你多积点儿德吧，不要再做伤天害理的事情了。"

范琦窥视着秦大川的神色说："凌钢是所有危险的源头，不彻底解决凌钢，我们就危险了。当然，我说的解决并不是非得要他的性命。"

秦大川盯着范琦，示意他说下去。

范琦道："解决凌钢问题的对策，有上中下三策：上策是挑起审计组内部的斗争，通过内斗逼他尽快滚回中州；中策是设计把他送进监狱，免费住大房子；下策是制造一起意外车祸，让他长期休息。"

秦大川沉思了一会儿，下定决心道："不要伤人，想办法早日让他回中州吧。"

范琦离开时，已是夕阳西下，暮色苍茫。看着他离去的背影，秦大川周身都是寒意。审计不到两个月时间，却发生了这么多的变故。过去的已经过去，未来的路该如何走下去？秦大川内心是一片迷茫。

二

华原市交通局审计现场。白露、赵大海等人正在分析全市公路投资状况的数据。赵大海指着屏幕上的图表介绍道："这些图形显示高速公路建设中普遍存在的超概算问题，高速公路项目超概算几乎达到了百分之五十，四年来全市高速公路建设实际投资超概算幅度平均为百分之三十。"

白露分析道："这种情况表明，一方面工程概算编制不合理，存在较大的随意性；另一方面工程投资成本控制不严格，甚至存在投资管理失控现象。"

赵大海指着一条数据继续分析："图形显示，超概算最严重的是西北高速公路，实际投资比概算多出了百分之六十。"

审计经验告诉白露，高速公路数据的异常变化隐藏着鲜为人知的异常现象。坚持对这些异常现象进行全方位的剖析，对资金流向进行重点追踪，对工程质量实施针对性的检查，对工程绩效进行全面评估，一定会有意外收获。

正当白露等人拟采取具体措施时，电脑屏幕上出现了斑驳的马赛克……

审计员小张惊叫了一声："不好，电脑中病毒了。"

赵大海看了一眼道："不是电脑病毒，而是电脑遭到了黑客攻击。"话音未落，电脑已经黑屏。赵大海果断地关掉了电脑，重新启动后，仍无法正常显示数据。经过一番操作，数据依然无法恢复，但赵大海及时锁定了黑客的 IP 地址。

白露和赵大海快步来到了交通局基建处处长室，正在悠闲喝茶的朱岩吃了一惊，忙问："白处长，你们怎么来了？"

白露没有说话，赵大海冷笑一声，质问道："请问朱处长，审计组会议室的电脑是怎么回事？"

朱岩一脸惊讶地问："什么电脑怎么了？"

白露当即命令朱岩："请把你的电脑打开，我们要检查你的电脑。"

朱岩断然拒绝："对不起，你们无权检查我个人的电脑。"

白露冷冷一笑，问："为什么？难道你的电脑有见不得光的事？"

朱岩理直气壮地说："因为这是我个人的电脑，所以你们无权检查。"

赵大海机智地责问："既然是你个人的电脑，为何下载单位的数据？"

朱岩反应不及，下意识问道："你是怎么知道的？"

赵大海冷笑道："若要人不知，除非己莫为。"

白露说："有没有下载单位的数据，打开电脑不全都清楚了？"

朱岩态度蛮横地说："不开，你们能把我怎么样？"

白露严肃地说："你是想让我们直接找市纪委驻交通局纪检组的领导吗？是希望把事情闹大吗？"

朱岩权衡了片刻，不情愿地打开了电脑，赵大海很快将其电脑储存的公路建设及运营数据全部进行了拷贝。

拷贝了数据,让白露稍微舒了一口气,继续追问朱岩:"审计组会议室的电脑到底是怎么回事?"

朱岩一脸委屈地说:"什么怎么回事?我真的不知道发生了什么事。"

赵大海说:"就在几分钟前,会议室的电脑遭到了黑客的攻击,所有数据全部被删除,难道不是你的杰作吗?"

闻听此言,朱岩气得差点跳了起来,指着赵大海说:"你说话要负责任,不要信口开河。"

白露和赵大海见再问下去也不会有结果,便没再搭理朱岩,回了会议室审计现场。所幸的是被黑客删除的数据,经由从朱岩电脑上拷贝的数据整理后,可以正常使用。

然而,令人意想不到的状况发生了。当天晚上十点多钟,交通局办公大楼突然停电了。有人闯进了审计组会议室,从保险柜中盗取了交通局的全部审计资料,并对办公电脑进行了破坏。审计取证资料丢失,审计人多日的努力化为泡影。

三

夜晚,秦大川回到家后,问坐在沙发上的陈瑞:"夫人,你知道什么叫'上贼船容易下贼船难'吗?"

陈瑞很意外,抬头看着秦大川问:"你在说什么?"

秦大川感叹地说:"做梦都没有想到,范琦胆子那么大。"

陈瑞不以为意地说:"范琦胆子怎么大了?他不是你最得力的干将吗?"

秦大川看着陈瑞,平静地说:"你拿过范琦的好处没有?"

陈瑞沉默了,过了一会儿说:"你到底想说什么?"

秦大川突然严厉斥责道:"你如实回答我的问题。"

陈瑞犹豫了片刻，低声说："没有。"

秦大川叹息道："你说实话吧，你到底从范琦手中都得到过什么好处？现在说还来得及，否则……"

陈瑞的眼神中掠过一丝慌乱："否则怎么样？"

秦大川沮丧地叹息道："否则，你我都会有天大的麻烦。"

陈瑞看着秦大川的样子，意识到问题的严重性，说出了实情："四年前经范琦牵线，一次性入股环宇公司五十万元，每年分得红利三十万元，现在一共拿到了一百二十万元的分红。"

秦大川追问："除此之外，你还与范琦有什么经济往来？"

陈瑞道："没有了，就这些。这是投资入股，并没有违反法律呀？"

秦大川没有好气地说："哼，没有违法。投入五十万元，年分红三十万元，做什么生意会有这样高的回报？"

陈瑞一时无语。

秦大川想了想道："好在事情没有我想的那么严重，你尽快把全部分红退给环宇公司。"

陈瑞道："退回我没有意见，可是现在手中没那么多钱啊。"

秦大川果断地说："把你母亲的福利房卖掉先凑一凑，退还完分红，断绝与环宇公司的一切经济往来。赶快办理，越快越好。"

四

经责办的几位审计员正聚在一起沟通工作进展。

凌钢问白露："白处长，最近和朱岩谈得怎么样？他有没有提供一些有价值的信息？"

白露满面愁容地说："朱岩防范心理极强，我们和他谈了几次，都没有得到有价值的信息。每次一谈到具体问题，他就左推右挡。"

凌钢问:"他怎么左推右挡?"

白露气愤地说:"江山、江河建设公司在高速公路建设中屡次中标,他说是严格按照公开、公平、公正的法定程序进行,公司中标完全靠的是公司实力;新建公司借用资质中标,他解释是改革总会有失误,在所难免,如果为改革付出代价,连神仙都会原谅;说到洛州绕城高速公路赔款问题,他们坚持说是对洛州工程公司前期费用的一种补偿,并非什么赔款。他反复强调只要把公路建成了,至于谁建设,谁获利都是无所谓。"

谢东正担忧地说:"据说朱岩是郑桐的亲信,他这么死扛与顽固不化,说明对手势力强大。他们一定不会束手就擒、坐以待毙,必然会调动一切力量向审计组反扑。"

这时,梁丽燕推门进来,带来了一个惊人的消息:凌钢被苏运棋举报了。

凌钢一怔道:"你不是开玩笑吧?死人怎么举报?"

梁丽燕急得直跺脚,严肃地说:"这事儿怎么能开玩笑,苏运棋不是现在才举报,是在他出事之前。"

谢东正吃惊地说:"之前举报为何现在才开始调查?"

凌钢意识到了问题的严重性,急忙问:"消息可靠吗?"

梁丽燕点了点头:"消息绝对可靠,昨天下午市纪委检查室的马华虎等人已开始调查了。"

谢东正说:"昨天下午就开始调查了,为什么我们都不知道?"

梁丽燕道:"也许是保密工作做得好吧,凌主任,你一定要小心了。"

凌钢向梁丽燕投去感谢的目光。

凌钢回到办公室,不安地来回踱步,他实在想不明白,苏运棋能举报自己什么?他为什么要举报自己?

此时,梁丽燕敲门走进来。

凌钢停止踱步,郑重地交代说:"我有一种直觉,此事肯定不是苏运棋所为,一定是有人借机搬弄是非,干扰审计。他们这样做，是狗急跳墙了。后面不管发生什么事，哪怕我再次被停职检查，甚至被捕，你们也要尽快拿下朱岩，一旦从朱岩这里撕开口子，高速公路招标的所有秘密都会真相大白。"

梁丽燕神情凝重地说："我认为，雪萍也应重点突破。"

凌钢道："你说得有道理，你尽快协调谢主任与雪萍谈话，我们要双管齐下。"

梁丽燕不无担心地说："只怕对方也会想到这一层，他们必然会在朱岩、雪萍等人的身上下功夫，千方百计地阻止我们调查。"

凌钢说："所以你要抓紧时间尽快安排审计组与这两个人谈话。我和谢主任要分别与他们二人谈，看他们到底能撑到什么时候。"

梁丽燕问："此事是否先与审计厅通个气？"

凌钢果断地说："不用了，审计厅肯定早已接到举报了。"

梁丽燕走后，谢东正来到凌钢办公室。

谢东正主动给凌钢杯中续上水，温和地说："凌主任，你现在最重要的是保持冷静。你认真回忆一下最后一次与苏运棋见面的情况，看能否找出蛛丝马迹。"

凌钢努力回忆了一会儿，摇了摇头。

谢东正又问："苏运棋能举报你什么呢？"

凌钢郁闷地说："我哪里知道。但我可以明确地告诉你，我从未收过苏运棋财物。"

谢东正安慰道："纪委办案重证据，不会冤枉好人。只要自己清白，就没什么可担心的。"

凌钢点了点头："谢主任，我已通知梁处长尽快安排时间，我们分别与朱岩和雪萍进行审计问询，你也要做些准备。"

谢东正说："好的，我现在就去准备。"

谢东正离开后，一种莫名的恐惧突然向凌钢袭来，凌钢屏息静气强迫自己平静下来。脑海中反复出现与秦大川、郑桐交谈的场景，事情会不会与他们有关？

五

皓月当空，寒气袭人，残雪在星光的映衬下依稀可见。

秦大川披着一件大衣，独自站在阳台上，静静地眺望夜色长空。

陈瑞轻轻地走到他身边，责怪道："你都那么大年纪了，还跟自己较什么劲？"

秦大川内心十分痛苦，无可奈何地说："不是我跟自己较什么劲，实在是我寝食难安啊。"

"还是因为范琦吗？"

"如果仅仅是他一个人的事还好办。"

"还有凌钢？"

秦大川沮丧地说："他们两个我曾经都很欣赏，但一个利用你和晓勇处心积虑地把我往贼船上拉，让我充当他的保护伞；另一个一味地坚持原则，千方百计地追查陈年旧账，欲置我于死地。"

陈瑞面露愧色，半晌后安慰道："天无绝人之路，相信事情总会出现转机。"

秦大川久久没有说话，直到夜风愈寒，夫妻二人才缓步回屋。

这天，秦大川接到范琦电话，要来当面向他汇报工作。离约定时间还有十几分钟，范琦便敲门进来，笑眯眯地把一叠材料放在了秦大川的办公桌上："秦市长，凌钢受贿的证据确凿，证据链完整，这次他翻不了案了。"

秦大川问："怎么回事？"

范琦道："这次举报人是凌钢的发小苏运棋。"

秦大川惊讶道："什么？死人怎么举报？"

范琦呵呵一笑，解释道："死人当然不能举报，这是苏运棋出事之前的举报材料。"

秦大川看了范琦一眼，示意他继续说。

"苏运棋向凌钢一次性行贿三百万元，赃款直接存入凌钢的银行卡上，这是凌钢接受资金的银行账号复印件。"边说边把复印件指给秦大川看。

秦大川仔细看了看，问："苏运棋这笔资金的来源是什么？"

"初步判断是商州煤业公司的资金。"范琦回答。

"我要的是确切证据，而不是什么初步判断。"秦大川说。

范琦道："我们正在组织财务人员查找资金的来源，很快就会有结果。"

秦大川点点头："是要好好查一查，看看凌钢还有没有其他受贿问题。"

秦大川想了想又问："钱存入凌钢的账户后，有没有使用？"

范琦兴奋地说："有！凌钢收到资金的第二天就用这笔钱在华原东区购买了一套商品房。"

"有没有房产证？"秦大川眼睛一亮。

"还未来得及办理房产证。"

秦大川有些兴奋地说："范局长，听你这么一说，事情基本清楚了，凌钢为了在华原长期待下去，需要购买一套房子，于是向苏运棋索贿。苏运棋动用商州煤业公司的资金满足凌钢的私欲，事后苏运棋认识到这种行为有违法纪，于是主动向有关部门举报了凌钢。"

范琦赶紧说："秦市长分析得非常正确。另外，经责办的部分干部反映，凌钢与财政审计处处长梁丽燕的关系极不正常，下班后两人经常在一起研究工作，凌钢急于购买房子，会不会与此事有关系？"

秦大川若有所思地说："你提供的这个情况非常重要，你组织人暗中做些调查。当务之急是把手中的材料做扎实，及时把取得的材料转交给纪委的同志。同时，还要做好经责办内部的工作，特别要做好那些对凌钢有意见、遭受排斥的人的工作，毕竟堡垒最容易从内部攻破。经责办内部的工作，一直是我们的薄弱环节，一定要加强。谢东正是个性格耿直的人，也是个有名的炮筒子，一定要利用好这个炮筒子。对经责办关键人员要制定有针对性的策略，一人一策，分而治之，利而诱之。"

范琦听后连连点头。

六

这天，凌钢和白露按计划找朱岩谈话。为制造有利于谈话的宽松氛围，有效地提升谈话质量与效率，凌钢态度温和，面带微笑地开场道："朱岩同志作为交通局基建处处长，具体负责组织招标及公路建设，工作中敢于担当，认真履行工作职责，为全市公路建设与发展做出了重要贡献。"

朱岩深感意外："感谢凌主任对我工作的肯定，没有想到经责办的领导看问题如此客观。"

凌钢话锋一转道："但功是功，过是过，二者不能相抵。"

朱岩心中一惊，暗自思忖着凌钢的话。

凌钢接着说："社会上对近年来高速公路招标问题非常关注，负面的议论很多，相信朱处长也有所耳闻吧。"

朱岩不动声色地说："听说了一些，但这些议论都是无中生有。"

白露借机引导道："既然是无中生有，为何不借这次审计澄清事实，还原真相？"

朱岩不置可否，没有说话。

凌钢话题一转道："朱处长出生于平原县的一个小山村，世代务农，家境贫寒，因学习刻苦，以优异成绩考入了中州交通大学。大学毕业后，通过公务员考试顺利进入了市交通局，由于工作勤奋敬业，得到了时任交通局局长郑桐的赏识，在郑桐的关照下，工作刚刚八年就被破格提拔为主持基建处工作的副处长，负责全市公路规划与建设，两年后再次被破格提拔为基建处处长兼招标办主任，成为交通局年轻有为且最有实权的处长。"

"感谢组织多年来对我的培养，让我有机会得到发展。"朱岩冠冕堂皇地说。

凌钢的语气变得严肃起来："所以，你就为报答某些领导的知遇之恩，在工程招标中进行了一系列变通。把本应公开、公正、透明的招标活动变成了暗箱操作，使一些不符合条件的施工单位违规中标，导致高速公路建设相继出现了质量事故，严重影响了公路交通安全，你对得起组织上对你的培养吗？"

朱岩内心一动，抬眼看了看凌钢，欲言又止。

凌钢继续道："你作为一名受党教育多年的处级干部，不把党和人民赋予的权力用来为人民服务，而为了所谓的报恩，搞一些歪门邪道，你不羞愧吗？"

朱岩的心理防线有所松动，辩解道："我，我，这里边可能有些误解……"

凌钢质问道："误解？中天实业公司作为商贸公司违规中标高速公路项目并出借资质，造成严重的工程质量问题是误解吗？郑国玉暗中操纵江山、江河建设公司在高速公路招标中屡次中标是误解吗？洛州工程公司违规中标洛州绕城高速公路是误解吗？"

朱岩脸色发白，细细的汗珠从额头沁出。

正在这时，纪检组组长朱枫敲门进来，走到凌钢身边低声耳语了几句，凌钢听后示意白露继续谈话，自己则跟着朱枫出了门。

七

朱枫在门口对凌钢说："市纪委的马华虎主任和一名纪检人员在经责办会议室等你，要向你核实一些情况。"

尽管凌钢早有思想准备，但还是觉得很突然："为什么不早通知？"

"我也是刚接到通知。"朱枫说。

凌钢沉吟了片刻说:"这样吧,你先让他们等一会儿,我这儿正在谈话,估计再过半个小时就差不多了。"

朱枫面露为难之色:"东方副厅长亲自打电话,要求你暂停手头的工作,全力配合市纪委调查组。"

凌钢闻听此言,犹如跌进万丈深渊。东方副厅长亲自打电话要求停止他的职务,可见事态多么地严重。此时凌钢大脑一片空白,不知道如何面对这突发事件。

看着呆立着的凌钢,朱枫提醒道:"凌主任,东方副厅长的指示你还是应该执行,他代表的是审计厅党组,传达的是审计厅党组的决定。"

凌钢苦笑着说:"我当然明白这是厅党组的决定。你能否变通一下,再给我二十分钟。"

朱枫考虑了一下,说:"好,就二十分钟。时间一到,你必须马上和我一起回经责办,向市纪委的同志说明情况。"朱枫神色严峻,语气坚定,灵活之中透出原则性。为争取到的这二十分钟,凌钢向朱枫投去感激的一瞥。

八

市纪委书记祁正把凌钢的卷宗放在了陈锋办公桌上,指着卷宗介绍说:"这是凌钢受贿款的银行转账凭证及购房合同材料,证据确凿,建议立案审查。"

陈锋随手翻了翻卷宗,用深邃的目光盯着祁正说:"凌钢是省管干部,应报省纪委同意,证据一定要百分之百地准确。"

祁正道:"已向省纪委报告,从材料看,受贿事实清楚,证据链条完整。"

陈锋语重心长地说:"我们一定要接受上次凌钢遭人陷害的教训,所有证据必须与当事人核实。如果再出错,你我都不好向省委交代。"

祁正很意外,意识到陈锋对此事的慎重态度,只好答道:"好吧!市纪委会作进一步核实后再详细向您汇报。"

陈锋感觉到祁正态度的微妙变化,耐心地说:"凡事都有一定的逻辑动因,凌钢作为审计厅经责办的主任,来华原半年多时间就接受巨额贿赂,明显有悖常理。举报人苏运棋的动机也让人生疑,尤其联系到举报人已死,成了死无对证。"

祁正说:"说句心里话,陈书记您说的这些我也有同感。因此,我特意来向您汇报。"

陈锋提醒道:"审计工作比较特殊,审计之中难免会触动某些人的直接利益,引起了他们的恐惧。这些人为掩盖自己的罪行,会千方百计地设计陷害审计干部,凌钢作为经责办的'一把手',自然成了某些人的眼中钉、肉中刺,欲除之而后快。作为纪检部门,不仅要依法查处违法违纪的干部,更要依法保护那些公道正派、为民干事的干部,保护那些清正廉洁、工作能力强、政绩突出的干部。要特别警惕极少数人为了一己之私利,打击陷害领导干部的不法行为,致力净化政治生态环境。"

祁正当场表态:"好的,我马上安排,落实您的重要指示。"

九

凌钢返回谈话室,继续与朱岩展开心理战。

一谈到具体问题,朱岩就保持沉默,但从他不断擦汗的举动判断,内心是在进行激烈的思想斗争。凌钢的内心也极不平静,对手一次次出招,手段不断升级,刚洗清冤屈复职,又被陷害停职,接下来还不知道自己又要面对什么困难。凌钢端起杯子喝了几口茶,强迫自己冷静下来。

朱岩一言不发,凌钢不得不耐着性子好言相劝:"朱处长,打开窗子说亮话,高速公路招标及建设的审计调查已经全面展开,对某些问题已取得了确凿的证据。即使你一句不说,也不影响我们对审计发现问题的定性与处理,我们之所以找你谈话,是再给你一次机会,如果你不配合,将会后悔终生。常言道'机不可失,时不再来',你要三思啊。"

白露也在一旁提醒道:"朱处长是个聪明人,应该知道实事求是的重要性,你如果继续抱着侥幸心理,避重就轻或死扛到底,是过不了关的。"

朱岩犹豫着说:"凌主任,我现在说还不算晚吧?"

凌钢盯着朱岩平静地说:"那要看你都说些什么。是避重就轻,还是把所有的问题都说清楚。"

朱岩端起面前的茶杯,一气喝完了杯中的水,咬牙道:"我说,我全说。洛州绕城高速公路招标及业主变更,我虽然是参与者,但主要是依据时任交通局副局长常发迹的要求办理,相关合同、协议也都是由他直接与洛州工程公司签订,你们从合同及补充协议上可以获取相关的证据材料。"

凌钢追问:"按照基本建设要求,应对投标单位的经济技术实力进行考察,为什么你们没有考察?"

"考察与否应由领导来决定。我曾提出过考察建议,可建议不仅没有被采纳,而且还受到了常发迹的严厉批评,指责我瞎操心,要我摆正自己的位置,干好自己的事情。"

"江山、江河公司频频中标又是怎么回事?"

"一方面,这两家公司确实有经济实力,建设质量也不错;另一方面,有郑国玉暗中操纵这两家公司,郑国玉的背景,我不说你们也应该清楚。"

"你所说的背景,是指原交通局局长郑桐,对吗?"

朱岩点了点头。

凌钢继续追问:"这两家公司既然有实力,为何还出现工程质量问题?他们在参与投标过程中有没有人跟你打招呼或施加压力?"

朱岩沉默不语。

"是郑桐直接打的招呼吧?"

朱岩继续保持沉默。

"郑桐是偶尔打招呼,还是每次都打招呼?"

朱岩依然沉默。

凌钢叹了口气问:"朱处长,他们是否给了你什么好处?"

朱岩条件反射似的否认道:"没有,绝对没有!"

凌钢追问道:"既然没有得到过对方的好处,为什么还要在评分等方面予以特殊的照顾呢?"

朱岩低下头无话可说。

白露提醒道:"朱处长,你是还希望他们能够帮助你吗?你想一想苏运棋和王力庆的结局,你就应该知道怎么做了。"

凌钢示意白露将苏运棋发生交通事故的照片放在朱岩的面前,事故现场血肉模糊,惨不忍睹。朱岩一看便不寒而栗,冷汗顺着鬓角流下。

凌钢感慨地说:"这些人为了自己的利益,穷凶极恶,无法无天。朱处长,你该清醒了,再这样下去,你会是什么样的结局?"

朱岩双手抱头崩溃地说:"凌主任,你让我好好想一想……"

此时,朱枫敲门进来站在门口,指了指腕上的手表,示意凌钢时间到了。凌钢忙收拾了一下桌上的材料,小声叮嘱白露、赵大海乘胜追击,便和朱枫一起离开。

凌钢离开后,朱岩的态度突然发生了逆转,一问三不知,被追问得急了,就说自己血压升高,头晕目眩,需要休息。白露和赵大海无奈地中断了和朱岩的谈话。

十

凌钢一推开经责办会议室的门，马华虎等人就从沙发上站了起来。朱枫指着马华虎二人主动介绍说："凌主任，这位是市纪委调查组的马主任，这位是调查组的成员吴蔡同志。"凌钢主动同马华虎、吴蔡握手，朱枫见引见的任务已完成，便主动退出了会议室。

三人落座后，马华虎公事公办地说："凌主任，我们受华原市纪委委托向你核实群众举报的几个问题，请你配合我们的工作。"马华虎说着从公文包里拿出打印的两封举报信和一张银行卡复印件递给了凌钢。

凌钢翻看着举报信和银行卡复印件说："这张银行卡不是我的，苏运棋因交通事故已去世很多天了，难道死人也会写信举报吗？"

马华虎说："请你认真核对一下写信的日期，苏运棋这封举报信是在他出事之前写给市纪委的，银行卡是半年前办理的，经办人及银行卡的户名都是你凌钢的名字，打到卡上的这三百万你应该给个合理的解释吧？"

凌钢脸色凝重地说："这完全是陷害，我可以明确地告诉你们，我从来没有办过这张银行卡，更不知道这三百万是怎么回事。"

马华虎不悦地说："凌钢同志，请你再仔细核对一下，这张银行卡是今年2月1日，也就是半年前办理的，经办人签名就是你凌钢的。"

凌钢镇定地说："我是今年4月份才从审计厅调到经责办的，2月1日就办理了银行卡，从逻辑上就解释不通。银行卡是谁具体办理的，我真的不清楚。目前，我在华原除了一张工资卡外，从未办理过其他银行卡。"

马华虎说："我们特意去银行调查了办卡手续，办卡预留的身份证复印件是你的，经办人签名也是你的，这你又该做何解释？"

凌钢反问道："身份证都可以造假，难道说签名就不会造假吗？"

马华虎没有说话，又从公文包中拿出了一张购房合同递给凌钢。

凌钢看完后脸色铁青，把购房合同重重地拍在茶几上："这份购房合同是今年2月2日签的，当时我还在中州工作，我在华原买房干什么？"

马华虎咄咄逼人地说："这要问你自己呀，难道不是你为来华原工作做准备吗？这份合同记录的购房人、购房时间、房子面积、所处位置及价值等内容非常齐全，银行卡及转账凭证都摆在这里，购房合同有你本人的签名，你还有什么话说？"

凌钢气愤道："做什么准备？我在哪儿工作都是组织上决定的，不是我个人能够决定的。"

凌钢想了想说："你们可以调查一下这套房子是谁在住，问题不就清楚了。"

马华虎冷笑道："调查过了，遗憾的是目前这套房子还未交付使用，难道这个情况你不清楚吗？"

凌钢倒吸了一口冷气："我今天算是明白了，这是有人一心要整死我，给我精心设置的一个大陷阱啊！"

马华虎面无表情地说："今天就先谈到这里吧，你也再好好想想有什么需要主动向组织交代的。"

晚饭后，凌钢心神不宁地来到了办公室，为平息心中的烦躁，他拨通了妻子董梅的电话。

凌钢问道："你和孩子都还好吧？"

董梅欢喜的声音传来："我们都好。我今晚值夜班，菲菲在学校上晚自习，你怎么样呀？"

凌钢答道："我很好啊。"

也许是心灵感应，也许是直觉，董梅从凌钢的语气中判断出他情绪的异常，追问道："你是不是有什么事呀？"

凌钢一怔，努力装出愉快的语气："没什么事，一切都挺好的。"

董梅叮嘱道:"照顾好自己,一定记着要按时吃饭,少加班,多休息。"

凌钢答应着,怕再说下去让董梅察觉到什么,简单说了几句便挂上了电话。

凌钢坐在沙发上,闭目沉思,梳理纷乱的头绪。

身份证是关键,苏运棋怎么会有自己的身份证呢?再往深层想,苏运棋和自己几十年的交往中没有任何利益上的冲突,来华原之前两人更是没有矛盾,他不可能陷害自己。只有一种可能,有人从自己住过的酒店或个人资料中获取了自己的身份证复印件,银行卡及购房合同肯定是陷害,但这个人是谁呢?为什么能在自己调到华原之前就已经开始布局了呢?

第十四章　决战时刻

一

范琦是一个自律性和意志力都很顽强的人，集中体现在他对锻炼身体的长期坚持。从中学时代开始，他几乎每天早晨六点钟准时起床，到住地附近的公园快走一小时，风雨无阻，雷打不动。他始终认为，虽然跑步能够加快运动速度、增大运动量，但由于短时间内消耗体力过大难以持久；而散步由于速度过缓、运动量小，难以达到锻炼的目的，唯有快走才是最佳锻炼方式。也正是由于常年坚持快走锻炼，他能始终保持旺盛的精力。

这天早晨他同往常一样，一起床，就来到了东城区环湖公园快走。

天色未明，寒气袭人，公园里见不到人迹，冬青树在凛冽的寒风中摇摆，残存的积雪时刻提醒着严冬的考验。范琦像钟表一样围绕着公园的环形道快走起来，脑子也像马达一样高速运转着。他一边快走，一边回想着与秦大川交流的情景。

范琦兴奋地对秦大川说："目前局势已大为好转，凌钢再次停职，马华虎也介入调查了。"

秦大川神色复杂地瞟了范琦一眼："虽然如此，但我心中仍隐隐地感到不安，事情可能没有我们想象的那么简单。"

范琦疑惑地问:"为什么?"

秦大川叹了口气,说:"我感觉这很可能是陈锋以退为进的策略,因此凌钢的停职具有很大的不确定性。陈锋城府很深,他不会轻易妥协。"

范琦恍然大悟道:"秦市长,经您这么一说,还真有可能。"

秦大川说:"凌钢停职也不排除是审计厅的一种缓兵之计。以我对凌钢的了解,他最大的特点就是意志力与忍耐力超强,不到万不得已不会主动退出战场,尤其是危机四伏、胜负未定的战场。"

范琦不无担忧地说:"现在最要命的是对凌钢的处理仅仅是停职调查,而不是立案审查,二者有着本质的区别,前者是一般性的组织处理,后者则是强制性的法律惩罚。到目前为止,市纪委对凌钢的调查仍未取得实质性的突破,搞不好他还会有翻盘的机会。"

秦大川点头道:"现在依然是危机丛生,千万不能放松警惕,关键是如何取得凌钢受贿的确凿证据。"

范琦说:"据说,凌钢在接受纪委调查时态度强硬,面对银行卡及购房合同拒不认账。举报人苏运棋已死,知情人乔燕子辞职后不知去向。现在的关键是尽快找到乔燕子,她可能已回了山西晋南县老家,应尽快通知马华虎去晋南县追踪调查,让乔燕子按照我们的思路举证凌钢,从而把证据坐实。"

秦大川马上说:"既然知道其中的利害,就抓紧行动吧。"

范琦点头道:"好的,我会尽快取得过硬的证据。"

范琦边走边盘算,形势还是有利的,晨练结束时,沉重的心情似乎也变得轻松起来。

二

与雪萍摊牌的时机已经成熟。谢东正与梁丽燕反复研究,并私下征求凌钢的意见后,制定了一套周密的审计询问方案。根据这个方案，经责办将以突然袭击的方式与雪萍直接接触，展开正面交锋，力求取得关键证据。

但这并不容易。当谢东正和梁丽燕来到环宇公司时，正在组织召开公司业务会的雪萍得到通报后，一时显得有点惊慌，但很快便稳住了情绪，委托陈副总经理继续主持会议，自己带着财务部张主任到楼下迎接谢东正一行。

见到二人后，雪萍快步迎了上去，主动伸手握着谢东正的手说："欢迎审计厅领导来环宇公司视察工作。"之后，她又热情地握着梁丽燕的手，使劲地摇了摇："梁处长，我们可是老朋友了，我可是真心欢迎你们审计厅领导来公司检查指导工作。"

梁丽燕轻笑一声说："首先说明，我们不是审计厅的领导，也不是来公司检查指导工作，只是来调查核实一些情况。"

雪萍说："对我们公司来说，都是一回事。"

随后，雪萍将他们引到了公司会议室。双方落座后，未等雪萍开口，谢东正开门见山地说："雪总，今天我们来环宇公司主要向你核实三个问题，希望你有一说一，实事求是。"

雪萍看着严肃的谢东正，虽然心中十分厌烦，但仍装出一副高兴的样子，微笑着回答："配合审计是我们公司的义务，请谢主任放心好了。"

谢东正目光炯炯地盯着雪萍问："环宇公司出售探矿权是怎么回事？"

雪萍瞬间心中一惊，反问道："什么探矿权？我不明白你在说什么。"

"你应该明白，探矿权都出售了，还能说不知道？"

雪萍表面平静，内心兵荒马乱，快速思考着怎样回答这个问题。探矿权的事是只有几个人知道的秘密，审计人是怎么知道的？他们会不会是诈自己呢？自己坚持不能承认。想到这些，她柔声道："谢主任，你真会开玩笑。"

谢东正浓眉一拧，正色道："我没有开玩笑，希望你正视问题，如实回答。"

雪萍收起笑容道："谢主任，请你拿出证据。"

谢东正示意梁丽燕把年初商州煤业公司与东峪煤电投资公司签订的转让探矿权意向书出示给雪萍。

雪萍看后，一脸惊慌，如同行窃时被人当场抓住一样，但很快她就稳定了情绪，诡辩道："这份意向书，是煤业公司苏运棋背着我与东峪煤电公司签的，我也是第一次看到，具体情况我真的不知道。"

谢东正严肃地质问："雪总，证据就摆在你面前，还想抵赖，你是不是自以为比别人聪明，把我们都看成傻子了？"

雪萍说："看你说的，苏运棋经手的事，您让我怎么回答？我总不能说假话吧。这样吧，我随后了解一下情况再回答你们，怎么样？"

见打草惊蛇的目的已经达到，谢东正顺水推舟道："好吧，就按你的意见办，不过时间不要太长。"接着谢东正继续问道："苏运棋是怎么死的？"

雪萍不动声色地说："不是死于意外交通事故吗？"

梁丽燕插话说："苏运棋出事之前，我们曾经接到举报，说有人要暗算他。"

雪萍盯着梁丽燕一脸惊异："竟有这样的事？为什么有人要暗算他？"

梁丽燕平静地说："因为苏运棋知道了太多的秘密，直接威胁到了某些人的利益，估计环宇公司特约顾问王力庆的死也与他知道太多的秘密有关吧？"

雪萍紧锁眉头问："估计？你们审计人就是依据估计判定问题性质？"

梁丽燕说："当然不会根据估计定性，我们一定会找到证据。"

雪萍笑了："一会儿是暗算，一会儿又是估计，我怎么听着都像是天方夜谭。"

谢东正瞥了她一眼问："据了解，苏运棋有记日记的习惯，他生前有一本日记本，里面应该记录了很多秘密。雪总，你看到过这个日记本吗？"

雪萍眼中闪过一抹惊慌，摇了摇头道："这事儿我今天还是第一次听说，由此看来，还是你们审计人神通广大。"

雪萍的惊慌被谢东正捕捉到，谢东正立刻说："可我们听说，环宇公司有人一直在寻找这本日记。"

雪萍强装镇静道："你们这是从哪儿来的消息？我可从来没有听说过。"

"雪总，请你谈一谈，环宇公司收购商州煤矿后，一共出售了多少股权？都与什么样的公司进行了重组？累计获取的收益是多少？"谢东正公事公办地问。

雪萍犹豫着说："你所说的重组也好、出售股权也好，我印象中只是做了一些前期调查，有的只是签订了意向书，并没有取得实质性的进展。"

谢东正道："那请你介绍一下意向书的情况。"

雪萍推诿道："我不了解具体情况，具体操作都是吴天峰副总经理与苏运棋两人负责。"

谢东正说："那好，你现在就通知吴天峰副总经理来会议室，让他介绍情况。"

雪萍面带遗憾地说："真不巧，吴天峰三个月前就辞职了。"

谢东正一愣，接着道："麻烦你与他联系一下，让他尽快到经责办说明情况。"

雪萍双手一摊，无奈地说："非常遗憾，他辞职后就失去了联系，谁也不知道他的具体去向。"

明知道雪萍在撒谎，但谢东正一时也无奈。不过跑得了和尚，跑不了庙，当事人不在，相关资料应该在。想到这里，谢东正提出要看一看档案资料。令谢东正意外的是，雪萍痛快地答应了。

正在这时，坐在一边的张主任突然满脸惊慌地说："雪总，档案室昨晚发生了火灾，还没来得及跟您汇报。"

雪萍故作气恼，厉声责问道："怎么会发生这么严重的事情？为什么现在才说？"

张主任诚惶诚恐地说："初步判断火灾原因是电路老化。工作人员在整理损失情况，准备一并向您汇报。"

谢东正追问道："资料损失严不严重？"

张主任一脸沉痛地说："起火点附近的地质储量资料、合同资料损毁严重些。"

谢东正和梁丽燕交换了一下眼神，谢东正开口道："雪总，带我们去现场看一下。"

张主任领着谢东正一行来到位于负一楼的档案室，一出电梯就闻到一股焦煳味。档案室里几名工作人员正在清理现场，地上堆放着一堆尚未毁损的档案，谢东正和梁丽燕仔细察看后发现，合同档案及地质资料档案均不在此，剩余的财务档案也已残缺不全。原定通过突击察看档案的计划落空了。

三

到下班时间了，秦大川仍端坐在办公室里，耐心地等待着昔日的部下马华虎的到来。马华虎一进秦大川的办公室，就把一份材料放在了秦大川的办公桌上，愤愤不平地说："秦市长，凌钢该抓啊。明明证据确凿，他却拒不认账，态度嚣张。如果不立案审查，对他采取强制性措施，他会死不认账的。"

此时，赵琼敲门进来，送来了一份文件，秦大川签字后将文件递给赵琼，赵琼提醒道："秦市长，别忘了晚上还有一个外事活动。"

秦大川说："知道了，你先走吧，我还要与马主任谈点事。"

赵琼走后，秦大川对马华虎说："走，我们出去再说。"

两人开车来到了护城河畔，下车后沿河堤并肩而行。此时的河水已失去了昔日流动的欢快，水面上凝结了一层薄薄的冰，浓烟淡雾笼罩着两岸，疏密有致的垂柳枝条随风轻摆。河边行人稀少，偶有一两个跑步的年轻人从远处闪过，周围异常静谧。

秦大川开口问道："核实的情况怎么样？"

马华虎汇报道："凌钢除了承认身份证复印件是他的外，银行卡及购房合同一概否认。还口出狂言，让我们零口供办案。"

秦大川看着马华虎，问道："你怎么看这件事？"

马华虎气愤地说："银行卡与购房合同明明是他本人的，办卡和购房合同的签名也是他的，可他就是死活不认账。我的意思是尽快立案审查。"

秦大川叹息了一声，有些无奈地说："立案审查固然是最有效的措施，但必须经过市委同意，陈锋书记明确表态不同意对凌钢立案审查。"

马华虎听后非常失望："如果仅靠一般性的组织调查，突破凌钢的难度实在太大了。"

秦大川掏出一支烟却没有马上点燃，先闻了闻，眼睛看向远处道："不能光听凌钢一面之词，也可以适当扩大一下调查范围，群众的眼睛是雪亮的，只要有人能证明银行卡或购房合同是凌钢的，这事就好办了。"

一听扩大调查范围，马华虎立时两眼放光，兴奋地说："这样一来，就增加了几分胜算。"

秦大川提醒道："有传言说，凌钢与经责办财政审计处处长梁丽燕关系暧昧，必要时，也可以找梁处长谈一谈，看看能否从她那里得到一些有价值的线索。总之，一定要把凌钢受贿的证据坐实。"

说完秦大川点燃了手中的香烟，抽了一口接着道："关键是弄清苏运棋给凌钢的三百万元资金的来源，要把商州煤业公司的财务账好好查一查，同时，还要查一查有没有'小金库'。"

"对，对，对，我之前怎么没有想到这层。商州煤业公司很可能有'小金库'，是需要好好查一查，一旦资金来源落实，一切皆顺理成章了。"马华虎奉承道。

"调查凌钢一定要小心谨慎，注意策略与方法，千万不要被他抓住什么把柄，反咬一口，他毕竟是审计官员，反调查能力非常人能比。"秦大川提醒着。

马华虎一个劲儿地点头称是。

秦大川拍了拍马华虎的肩膀道："这件事办好了，我会向祁正书记建议由你来担任市纪委副书记。"

马华虎激动地点头说："就怕祁正不同意，他的原则性可是出了名的。"

秦大川掐灭了手中的香烟，平静地说："这不是你操心的事，祁正那里，我会去做工作，今天就先谈到这儿吧，你先走吧。"

马华虎走后，秦大川凝视着河面，默默地告诫自己，决战的时刻已经到来，一定要沉住气，实施精准打击。

四

谢东正、梁丽燕的环宇公司之行，无疑起到了敲山震虎的作用。当范琦从雪萍的电话中得知情况后，他深刻地意识到真正的危险已经到来。当天晚上两人就在雪萍家中密谋对策。

一见面雪萍就神色不宁地说："事情紧急，不得不找你商量应对之策。"

范琦尽管内心也很慌张，但在雪萍面前装作十分镇定，安慰道："别着急，慢慢说，他们都掌握了什么具体线索？"

雪萍看着范琦镇定的样子，情绪慢慢平静下来："谢东正和梁丽燕开口就追问探矿权转让问题……"

范琦脱口问道："探矿权转让？他们怎么会知道探矿权一事？"

雪萍白了他一眼说："我也不知道他们是怎么知道的，会不会是苏运棋向他们透露的？"

"不可能，苏运棋不可能知道这件事，问题会出在哪个环节？"

"会不会是你们国土资源局的人无意之中向他们透露的？"

"有这种可能，不过可能性极小。审计这伙人真是无孔不入。"

两人沉默了一会儿，雪萍说："我想起来了，问题很可能是出在环宇公司内部。"

范琦示意她说下去。雪萍道："谢东正当时让我看的探矿权转让意向书，是一份草拟稿，并非签订的正式协议。"

范琦听后若有所思地说："这样看来应该是公司内部出现了问题。探矿权的事你没跟他们说什么吧？"

雪萍不悦地说："我没那么笨，我是一问三不知。后来他们就转移了话题。"

"转移了话题？"

"嗯，他们问我苏运棋是怎么死的，还说正在追查苏运棋的日记本。"

范琦警惕地问："他们是不是怀疑苏运棋的死与我们有关？苏运棋的日记本又是怎么回事？"

雪萍迟疑了一下说："说是苏运棋有记日记的习惯，里面可能会有秘密。"

范琦的脸阴沉下来，追问道："他们还问你什么了？"

"他们提出要看一看合同档案。"

范琦冷笑道："看合同档案？我明白了，他们的主要目的就是原煤储量和探矿权转让。幸亏我们早有准备。"说完两人略带得意地相视一笑。

雪萍有点担心地说："这次躲过去了，但谢东正他们不会轻易放弃，下一步我们该怎么办？"

范琦想了一会儿，下定决心般地说："对付凌钢和谢东正的工作由秦大川来做，当下我们急需做的是尽快向海外转移资金，环宇公司所属的二级单位能够注销的尽快注销。同时，为避风头，你先到香港躲一阵子。最好明天就走，如果这边平安无事，你再回来，如果形势不对，你马上去美国。只要你一走，经责办的那帮人就没法查下去。"

雪萍有些不舍地说："我走后，环宇公司怎么办？你什么时候去香港呢？"

范琦道："公司先交给陈副总代管，公司是你的，谁也抢不走。我在这里先观察一段形势，伺机而动。"

雪萍哭丧着脸说："你是不是把情况估计得过于严重了？也许事情还远没有到这个程度，我先安排一下，下个月再去香港……"

范琦打断道："绝对不行，探矿权转让涉及几个亿的国有资产流失，经责办的人盯上这件事就会追查到底。苏运棋的日记本不知真假，但却是一个危险的因素。"

一想到马上就要离开华原，离开自己光鲜的舞台，雪萍内心无限不舍，幽怨地说："公司那么多事要安排哪能说走就走？我最快也得到下周三才能动身去香港。"

范琦严厉地说："到那时说不定他们已经开始对你实施边控了，你想走也走不掉了。你是想在大牢里过一辈子？"

雪萍害怕了，低声道："一切都听你的，我明天就飞香港。"

这时，秦大川给范琦打来了电话，说有急事让范琦马上去他办公室。挂了电话范琦转身欲走，雪萍从后面抱住他，不舍地说："你的心真狠，说走就走，我们不能多待一会儿吗？我明天一走，不知何时才能见面。"

范琦哄劝道："现在不是有急事吗？以后见面的机会多着呢。明天我去机场给你送行。"

雪萍缠绵道："不要明天，我现在就要。"

范琦的心软了下来，两人长时间地拥抱在一起，翻滚在一起，纠缠在一起，用热吻化解心中的恐慌和离别的焦虑，用鱼水之欢摆脱所有的烦恼……

五

为从根本上解决经责办的威胁，秦大川一方面指使马华虎加大对凌钢受贿问题的调查力度，搜集相关证据；另一方面想方设法向陈锋施加压力，试图对凌钢立案侦查。为增加胜算，秦大川把工作的重点放在了祁正身上，想让祁正站在自己这边，联合向陈锋施压。

这天下午，秦大川特意来到祁正办公室。一番寒暄之后，秦大川笑着对祁正说："祁正同志，凌钢受贿一案调查得还顺利吧？"

祁正暗中一怔，不知秦大川何意，同样笑着回答："正在进行之中，怎么秦市长也关心此案？"

秦大川说："审计官员受贿在华原市历史上是第一次，社会关注度非常高，我作为市长当然也关注此案的调查情况了。"

祁正点了点头，表示理解。

秦大川接着又问："市纪委是否已立案审查？"

祁正看了秦大川一眼，说："目前正在按照程序对他进行组织调查呢。"

秦大川强调道："我是说采取强制性措施的审查，而不是泛泛的组织调查。"

祁正目光中有掩饰不住的惊讶，从容道："采取强制性措施必须有过硬的证据，到目前为止，我们还没有取得过硬的证据。仅凭个别人举报就对一个厅级领导干部进行立案调查，不符合纪律检查要求。况且，即使需要采取强制性措施，也必须报省纪委批复同意方可实施。"

秦大川不甘心地说："过硬的证据往往需要通过立案审查取得，泛泛调查很难查清事实真相。"

祁正略显严肃地说："大川同志，对领导干部立案调查，必须严格按组织程序办理,不能滥用纪律检查手段,避免造成冤假错案,给党和国家造成不应有的损失。在此方面我们有深刻的教训。"

见祁正态度坚决,秦大川改口道:"是的,是的,应该严格按组织程序办理。"

秦大川在祁正那里碰了软钉子后,转而找机会主攻陈锋,毕竟此案立案与否陈锋有最终的决策权,只要做通了陈锋的工作,此事就会出现转机。

机会很快就来了。这天上午,陈锋找秦大川沟通干部纪律作风整顿的开展情况,研究部署下一步深化整顿成果的工作。

在谈话中,秦大川巧妙地将话题转移到凌钢身上,感叹像凌钢这样年轻有为的领导干部,来华原半年多时间就腐败掉了,实在令人痛惜。

陈锋敏锐地觉察到了秦大川的目的,但秦大川为什么急着给凌钢立案定性,这里面到底隐藏着什么玄机?陈锋一时还真弄不明白。

陈锋面带微笑地说:"大川同志,对凌钢我们目前还不能定下腐败这样的结论。"

秦大川道:"虽然结论不能过早地下,但一定要正视这个问题,审计系统难道就真的是一方净土?又有谁能够保证,审计系统就没有腐败分子?"

秦大川的咄咄逼人,让陈锋心生不满和怀疑,不动声色地说:"你说的问题应引起我们足够的重视,但要说一个经责办主任来华原半年多就腐败掉了,确实令人难以置信。"

秦大川不愿意放弃,注视着陈锋说:"陈锋同志,关于凌钢受贿的情况是否采取强制性措施调查,最终还是要由你来决定,我只是提个建议。"

陈锋沉吟了一会儿,严肃地说:"这事应该听取纪委的意见,以事实为根据,如果证据不过硬,盲目采取强制性措施,出了问题谁负责?谁又负得起这个责任?上次市委征求审计厅意见后让凌钢同志停职接受组织调查，后来的事实证明他是遭人陷害，这件事给凌钢同志造成了很大的伤害。这次的事件也很蹊跷，这里面会不会隐藏着什么阴谋呢？"陈锋顿了顿，看向秦大川意味深长地说："凌钢一案，不排除再次遭人陷害的可能。这次审计也许无意中触动了某些人的利益，因此有人要针对他。正好借这次调查之机，把真相查清楚。为公道正派、真正为民办事的干部撑腰鼓劲，依法追究陷害者的责任，如果凌钢真存在贪腐问题，我们也绝不手软，依法处理，净化政治生态环境。"

秦大川看陈锋的态度如此坚决，便顺着陈锋的话慷慨陈词道："目前，我市干部队伍中确实存在着诬告、陷害干部的一股歪风邪气，应该引起我们足够的重视。我们下一步应重点整治这股歪风邪气，营造风清气正的社会环境。"

六

凌钢再次被停职后，除偶尔去办公室拿报纸外，基本上都是一个人待在房间里看书，几乎与世隔绝。对于习惯忙碌的他来说，突然间闲下来很不适应，也倍感寂寞与无聊。

马华虎等人自从上次当面向他询问调查后，再也没有找他。昨天下午梁丽燕打电话告诉他，马华虎找她了解情况，并诱导她举证凌钢受贿，对于子虚乌有之事她坚决予以否认，并与马华虎发生了激烈的冲突，两人闹得很不愉快。梁丽燕特别提醒凌钢，一定要提防马华虎找人造假做伪证，从和自己的谈话中可以明显感受到此人用心险恶。凌钢能够猜到，马华虎一定正在全力以赴地查找证据，寻找一切机会对自己采取强制性措施，将自己置于死地。眼下的平静背后蕴含着更大的危险，而自己却束手无策。想到这些，凌钢甚至有些绝望。

傍晚又下起了大雪，整个城市银装素裹，远处的山峦、近处的楼房及飘飘洒洒的雪花给万里山河增添了无限生机,也激发了人们燃烧的激情与青春热血。雪,在凌钢的心中永远是神圣的,在漫天雪花飘舞中,凌钢仿佛听到了来自宇宙的天籁之音,听到了天边的滚滚春雷,"问苍茫大地,谁主沉浮"的豪情油然而生。此时,凌钢忽然产生了一种冲动,他要到大雪纷飞的世界去奔跑、去驰骋、去挥洒,去释放压抑太久、太久的活力。

他特意换上了一套红色运动服,旋风似的冲出了令人窒息的小屋,冲向了漫天雪飘的大地,冲向了冰雪覆盖的银色世界。他胸中燃烧着一团熊熊烈火,也燃烧着烈火一样的激情,这激情融化了烦恼,融化了忧伤,融化了愤懑,也融化了太久的压抑,融化了世界的一切和一切的世界。这团燃烧不熄的烈火,让凌钢伴随着漫天飘落的雪花像逐日的夸父,不停地在操场上奔跑,跑了一圈又一圈,摔倒了,爬起来;再摔倒了,再爬起来,直到满身是雪,是泥,是汗,是泪,是伤,直到精疲力竭……

获悉凌钢的情况,董梅心急如焚,彻夜难眠。第二天,董梅就冒着严寒来到了华原,来到了魂牵梦萦的亲人身边。久别胜新婚,一番缠绵之后,董梅说出了自己的想法,她让凌钢放弃审计职业,和自己一起回中州。她告诉凌钢,早就有朋友找她,想请凌钢去外资企业任职,职位高、收入高,一家人在一起回归平静的生活。

凌钢深知董梅的良苦用心,也理解她的一片深情,但让凌钢离开自己热爱的审计事业,无疑是一种艰难的选择。他不忍心让妻子伤心,只好推托说,现在是停职接受调查期间,问题尚未查清,这个时候不能离开华原。现在最重要的工作是配合市纪委调查,洗清冤屈后再回中州,体贴的董梅表示理解。陪伴凌钢两天后,因为要回中州工作和照顾孩子,董梅离开了华原,临走时反复叮嘱凌钢,待他的问题澄清后,尽快离开这个是非之地,回到自己和孩子身边。

七

　　这天傍晚，凌钢刚从超市买东西出来，一个五六岁的小男孩向凌钢跑来说："叔叔，有位阿姨让我给你带封信。"说着，将一个信封塞到凌钢手中。凌钢环顾四周，并未发现周围有人，他疑惑不解地拆开信封，从里面拿出两张照片，一张是秦大川与马华虎在护城河边交谈时的照片，另一张是秦大川、马华虎、范琦三人聚在一起吃喝的照片，从神态上可以看出，三人关系非同一般。两张照片上的拍摄时间，正是凌钢"受贿"事发的第二天。

　　拿着照片，凌钢沉思了片刻后做出了一个决定，他要把这两张照片直接拿给秦大川看。凌钢马上给秦大川打电话说要去家里看望他，秦大川以不方便为由婉言拒绝。凌钢马上强调主要是想让老领导看照片。

　　秦大川警惕地问："什么照片？"

　　凌钢轻笑道："就是老领导的两张生活照。"

　　敏感的秦大川马上意识到事情不简单，便痛快地说："你来坐坐也好，你陈老师一直在为你担心。"

　　晚上六点半，凌钢如约来到了秦大川的家。依旧是陈瑞开的门，依旧是笑容满面地把凌钢迎进了客厅，递上了一杯浓香的茉莉花茶。秦大川像什么事都没有发生过一样，微笑着打招呼："凌钢来了，快请坐。"招呼凌钢在沙发上坐下，秦大川关切地问："最近还好吗？"

　　凌钢点了点头，笑着回答："托老领导的福，一切都好。"

　　秦大川笑眯眯地赞叹道："那就好，那就好。原来担心你会有一肚子的牢骚，没想到你是如此地豁达，你能有这样的心态我就放心了。这也是我最欣赏你的原因，任何困难与险阻都打不垮，压不弯，是条硬汉。"

凌钢苦笑一声，话中有话地说："承蒙老领导的关照，这点委屈不算什么。"

秦大川故作为难地说："说句实话，我也不相信你会收受贿赂，可实名举报，又有那么多证据摆在那里，我还能怎么办？"

凌钢平静地说："这事不怪老领导，只怪我太缺乏防人之心了，既然有人举报就应该接受调查。"

秦大川道："你能这么想说明你已经成熟了，是能够经得起风浪的。你不知道我这段时间内心是很痛苦的，你毕竟是我最器重、最看好、最有发展前途的老部下啊。"

陈瑞在一旁插话说："你被停职的这几天里，你老领导整夜失眠，痛心不已。他跟我说，根本不相信你会接受贿赂，你不是贪财的人。"

看着两口子一唱一和的样子，凌钢的心里只觉陌生又可笑。

秦大川看着凌钢说："凡事要往好处想，你被停职，从另一个角度看，我认为对你未必是一件坏事。一个人要真正地成熟，就必须经过无数次的风雨磨砺，不经风雨不见彩虹嘛。你最大的优点是做任何事情都有一股韧劲和执着精神，最大的缺点也是这股韧劲与执着精神。"

凌钢苦笑着说："有些方面我确实反应迟钝，还请老领导明示吧。"

秦大川意味深长地说："就以这次煤业公司审计调查为例，本来是一次常规性的审计调查，可你却抓着一些陈年旧账不放，我也三番五次地提醒你，可你就是听不进去。结果呢，弄得天怒人怨，最终给自己惹上了麻烦。"

秦大川明显是在暗示，给自己带来麻烦的是环宇公司。凌钢心中骂道真是厚颜无耻，但表面上还是装着虚心倾听的样子，点头默认。

秦大川也可能意识到暗示得过于明显，转移话题道："再以高速公路招标为例，招标工作早已成为陈年旧账，人们看到的是高速公路建设带来的经济效益与社会效益，这也是时任交通局局长郑桐的最大政绩，赢得了广泛的社会赞誉。可你却咬住招标过程中一些不规范问题大做文章，郑桐能放过你吗？"

凌钢沉吟了一会儿，说："我听明白了，老领导的意思是，审计触及了某些人的利益，必然遭到对方的报复，或者说是一种报应，对吗？"

秦大川点点头道："难道还有其他解释吗？你一心要找别人的麻烦，甚至要置人于死地，别人能不反击吗？能放过你吗？常言道：兔子急了还咬人呢，况且这次逼急的不是兔子，而是活生生的人啊。你在找别人麻烦的时候，就要做好被打击报复的思想准备。"

凌钢不软不硬地说："说句实话，审计工作就是得罪人的工作。在这方面我也有思想准备。"

秦大川不悦地说："既然你一意孤行，听不进劝，那你就好自为之吧。"

凌钢苦笑了一下，从口袋里拿出两张照片，放在了茶几上："我今天来是专门给老领导送照片的，看来有人一直在暗中关注您。"

秦大川看到照片，猛然一惊，追问道："这些照片是从哪里来的？"

凌钢没有回答，从沙发上站了起来，平静地说："照片已经送到，我的任务也完成了。"说罢告辞抬脚就往外走。

陈瑞虽然在厨房里忙碌，但一直在留意客厅里的动静，看到凌钢站起来向外走时，她急忙从厨房里跑了出来，拉着凌钢的手嗔怪道："都当主任了，还耍小孩子脾气，也不怕老师笑话。"说完转身责怪秦大川："都几十岁的人了，有啥话不能好好说。"

秦大川故作轻松地说："没事，就是点小误会。"说着也主动拉着凌钢的手："来，来，来，快坐下，我们继续聊，夫人你去厨房忙吧。"

凌钢借坡下驴，重新坐了下来，开口道："照片从哪里来的，还真不能说，也请老领导理解。"说罢，若无其事地端起茶杯慢慢品起茶来。

秦大川又看了看照片，轻松地说："没有想到，还有人这么关心我秦大川的生活，刻意给我的生活留下纪念。"秦大川指着一张照片说："我想起来了，这是去年参加一家企业的座谈会，会后和参会人员一起用餐，当时很多人都在，不知道为什么只拍了我们三个。"

凌钢问道："您说这张照片是去年拍的吗？"

秦大川的眼中掠过一丝不易觉察的慌乱："就是去年的聚餐照片。"

凌钢平静地说："看来老领导记错了，两张照片上标注的时间都是上周。"

秦大川盯着凌钢，气恼地问："凌钢，你纠缠什么时间拍的重要吗？与你有什么关系？"

凌钢说："当然有关系。我遭人陷害的第二天拍到了您和马华虎的照片，隔天拍到了你们三个在一起聚餐。"

秦大川开脱道："我们聚餐与你没有任何关系，是你自己想多了。"

凌钢愤愤不平地回敬道："我想多想少都不重要，重要的是老领导您不要想多了。"

秦大川倏地站了起来，满脸怒气地径直走到窗前，眺望窗外的风景，气氛一时有些尴尬。此时，凌钢的手机响了，是谢东正打来的，说有急事让凌钢尽快回单位一趟。

挂了电话，凌钢跟秦大川说："老谢说单位有急事让我回去一趟，我得赶紧先走了。"

秦大川惊疑不定地问：这么晚了，能有什么急事？"

凌钢答道："老谢电话里没说，老领导我先告辞了。"说罢就往外走，秦大川半信半疑地送凌钢离开，陈瑞也忙从厨房里出来，打开了大门，目送凌钢远去。

回去的路上，凌钢一直在想，不知道秦大川看到照片后，会采取什么样的行动，还有是谁给自己提供的照片，目的是什么呢？他这样想着，不知不觉已到单位门口，抬头看见门口那棵直插云霄的雪松，它挺拔、昂扬、向上、神圣、不畏严寒，像值守的钢铁战士，忠诚地守护着家园。凌钢似乎从中得到了某种启示，不禁吟诵道：

一身苍绿傲云直，大地情怀草木知。
胸有乾坤春似海，寒冬何惧雪霜时。

八

凌钢涉嫌受贿疑点重重，审计厅党组对此事非常重视，要求驻经责办纪检组对凌钢受贿情况展开全面调查，还原事实真相。

纪检组组长朱枫和纪检员郭杰等人分析后认为，凌钢涉嫌受贿主要涉及三个关键问题：一是三百万元是苏运棋个人的资金，还是商州煤业公司的资金，二者的性质完全不同；二是核实银行卡是凌钢本人的，还是另有其人，重点核实经办人的签字；三是购房合同是凌钢本人签字，还是其他人签字。查清了这三个问题也就查清了凌钢受贿的事实真相。

根据上述情况，纪检组很快拟定了调查实施方案，报审计厅党组批准后付诸实施。朱枫和郭杰首先来到了城市合作银行西城路支行分理处，向银行提出调阅监控录像的申请，银行答复视频资料保留期为半年，办卡时间超过了半年，视频资料已按规定销毁。他们又依照程序向银行递交了查阅办卡记录申请，并于第二天上午取得了银行卡办理手续的相关资料。为慎重起见，朱枫、郭杰从经责办机要室取得了凌钢批复文件的签名，与银行卡经办人一栏凌钢的签名对比后，两人都吃了一惊，两份签名惊人地一致。

接着，朱枫和郭杰又来到了平州房产公司，依照程序取得了凌钢签名的购房合同复印件，对比后发现，购房合同上凌钢的签字与其在银行的签名完全一致。郭杰又找来凌钢的其他签字，反复核对结果表明，银行卡经办人、购房合同上的签名与凌钢在单位文件上的签名完全相同。

初步调查结果要不要上报，在纪检组内部引发了争议，纪检员老张与郭杰认为应如实上报，两人初步认定银行卡及购房合同都是凌钢本人经办。朱枫却提出了异议，语重心长地告诫大家，这涉及一个审计官员的清白，需要严谨慎重。签名字迹相同，目前只是肉眼的直观判断，不能作为证据，应通过权威部门笔迹专家鉴定，得出科学的结论后再上报。最后，经过讨论，纪检组形成了暂不上报、继续调查的意见，笔迹鉴定的同时，将下一步调查的重点放在追踪三百万元资金的来源上。

追踪资金流向时发现，该笔资金从凌钢的银行卡上划转到平州房产公司后，与其他售房资金混合使用，没有再转到其他账户，也就是说，三百万元资金确实系购房款，不属于过桥性质的资金。

纪检组发现，凌钢银行卡上的三百万元资金来源于交通银行乔燕子的个人账户。进一步调查发现，乔燕子是苏运棋的爱人，原商州煤业公司出纳员，自从苏运棋出事后，她便辞职，带着九岁的女儿回山西晋南县老家了。

朱枫和郭杰不敢怠慢，马上赶赴晋南县，在当地公安机关的协助下，几经周折找到了家住城郊的乔燕子。

见到朱枫等人，乔燕子一副惊魂未定的样子，当朱枫说明来意并出示工作证后，她显得更加紧张与不安。一开始问话，她什么都不说，在朱枫的反复开导下，乔燕子才讲出了事情的经过，就在昨天下午，华原市纪委一位姓马的主任和另一个人胁迫她，让她指认凌钢向苏运棋索贿，苏运棋让她给凌钢的银行卡上打了三百万元。如果不按照他们说的做，她和她女儿就会有大麻烦。

朱枫马上意识到问题的严重性，追问道："姓马的是否留下电话或其他证据？"

乔燕子战战兢兢地说："没有，什么都没有留下。"

朱枫又问："你与他们怎么联系？"

乔燕子说："姓马的说不让我与他们联系，如果有事，他们会主动找我。他们临走时还特意交代，不能把与他们见面的事跟任何人讲。"

听到这些，郭杰从胸腔里发出一声怒斥："无耻透顶！"

朱枫又问："凌钢的银行卡到底是怎么回事？是凌钢自己办的卡吗？"说着，从文件包中拿出银行卡复印件，递给了乔燕子。

乔燕子仔细地看了一眼银行卡复印件，小心问道："就是这张卡吗？"

朱枫点了点头。

乔燕子非常肯定地说："这张是我去银行办的。"

朱枫问："凌钢知道这张卡吗？"

乔燕子摇了摇头道："当时凌钢还在中州上班，他根本不知道银行卡这件事。"

朱枫继续追问："今年2月份，有人用这张卡在地中海花园购买了一套价值三百多万元的商品房，你知道这件事吗？"

乔燕子道："知道，房子是我买的，手续也是我经手办理的，凌钢不知道购房一事。"

此时，乔燕子接到了一个陌生电话，接听后她的脸色瞬间发白，一个劲儿地回答说："是，是，好，好……"

看到乔燕子的神色异常，朱枫马上警觉地问："是谁打来的电话？"

乔燕子畏惧地说："是、是、是昨天见面的那个马主任。"

朱枫马上追问："他都跟你说了些什么？"

"他让我不要与任何人说我和他们谈话的内容，也不要向任何人提及凌钢的事……"乔燕子带着哭腔说。

朱枫拿过乔燕子的手机看了一眼来电显示，很快又递给了她说："你问他现在在什么地方？"

乔燕子哆哆嗦嗦地拨打过去，对方却已关机。

朱枫安慰了乔燕子几句，继续问道："你为什么要以凌钢的名义办理银行卡及购买商品房？是想送他一套房子吗？"

乔燕子愣了一下，有些不好意思地说："什么呀，给他送房子干吗？我们又不求他办什么事。这套房就是借用一下他的名额，这几年华原对商品房进行了限购，一家只能购买两套房子。我们已经有了两套，想再买一套作为投资。凌钢是运棋的发小，又在中州上班，就用了他的名额买了一套。"

朱枫点点头，问道："你和凌钢熟悉吗？"

乔燕子说："他和运棋关系很好，我们算熟悉吧。"

朱枫不动声色地问："你和苏运棋向凌钢提起过买房这件事吗？"

乔燕子惭愧地摇头道："没有。本来就未经凌钢同意，偷用人家的身份证，怎么好意思再提起这件事。"

"按你的说法，凌钢至今还蒙在鼓里，对此事一无所知？"

"是这样。"

"既然凌钢根本不知道买房这件事，你又怎么会有他的身份证？"

"有一次凌钢回华原，让运棋帮他买回中州的火车票，运棋当时复印了他的身份证。"

"按照银行规定，办理银行卡要使用身份证原件，可你并没有凌钢的身份证原件，是如何办成银行卡的？"

"你说的规定是有，不过那是针对大型商业银行，像我办卡的这种地方小型银行，为了争取客户，只要有身份证复印件就能办。"

郭杰忍不住插话责备道："你知道吗？就是因为你的这种行为，给凌钢带来了多大的麻烦，他现在被停职，正在接受组织调查。"

乔燕子脸一红，羞愧地说："真的很对不住凌钢，我们没有想到事情会这么严重，只是想借个购房名额。"

朱枫用眼神示意郭杰不要再责怪乔燕子，他温和地问乔燕子："为什么你办理银行卡及购房合同的签名和凌钢本人的那么像？"

乔燕子红着脸低下头说："运棋以前也说过，我的字迹和凌钢的很像，为了买房我也刻意模仿过他的签名，不过细看还是有一定区别的。"

郭杰和朱枫对视了一眼，两人都松了一口气，朱枫问乔燕子："购房所需的三百万元资金并不是一个小数，你们是如何筹到这么多钱的？"

乔燕子说："运棋把他在煤业公司百分之五的股份转让了，加上我们历年来的积蓄才凑够这笔买房款。"

朱枫继续问道："既然你们购买商品房与凌钢无关，或者说凌钢根本不知道这件事，为什么苏运棋要举报凌钢受贿呢？"

"运棋出事之前，有一次喝多了跟我说有人威胁他，让他举报凌钢接受贿赂。运棋是个正直的人，不会做违背自己良心的事。他说他就是死，也不会举报凌钢。他说完这话没多久，就遭到意外，不明不白地死于交通事故。"乔燕子一阵心酸，眼泪止不住地涌了出来。

朱枫安慰道："苏总的事，我们都听说了，不过这件事还在调查之中。请你一定相信人民政府，相信公安机关，真相总会有大白的那一天，作恶者最终会受到法律的严惩。"

乔燕子流着泪说："但愿如此吧。"

朱枫和郭杰不虚此行，查清了凌钢受贿案的关键问题，随后，按照调查程序，郭杰将谈话记录整理后，让乔燕子认真核对后签字。

这场由范琦精心设计的陷害凌钢受贿一案，在经责办纪检组提供的有力证据面前，失败了。两次陷害引起了陈锋的高度重视，暗中安排市公安局对审计组成员进行秘密保护。

第十五章　步步惊心

一

再次接到复职的通知后，凌钢百感交集，感慨万千。怎么也没有想到，一次正常的经济责任审计，会引发如此多的风波，自己这两个月来的人生经历真是跌宕起伏，个中甘苦只有自己知道。

受贿之事终于澄清了，笼罩在凌钢心中多日的阴霾一扫而空，又可以像往常一样去单位上班了，凌钢的心情也变得分外轻松愉悦。早晨起床后，他先慢跑了近一个小时，精神抖擞地提前来到了办公室。

为尽快突破朱岩，凌钢复职第一天就约谈了朱岩，约谈地点这次改在了经责办。上次谈话功败垂成，经过一段时间的心理准备，朱岩有备而来。当他看到凌钢进入会议室时，瞬间有些紧张。

凌钢轻松地跟朱岩打了个招呼，特意为他倒了杯茶，接着，凌钢明确告诉朱岩，审计组已全面展开对交通局所有招标项目的调查，其中存在的重大问题将会真相大白，并特别提醒朱岩"勿谓言之不预"，说话做事要想清楚后果。

凌钢说完后和白露静静地看着朱岩，耐心地等待着朱岩的反应。朱岩左思右想，权衡利弊后，终于说出了实情。

朱岩交代，自从他任基建处处长兼招标办主任后，就成了交通局的焦点人物，近年来，仅高速公路建设投资就逾八百亿元，朱岩也成为一些投标企业重点围猎的对象，几乎每次公开招标都有不同的人和他打招呼。朱岩为自己定下了两个原则：一是不贪不占，绝不受贿；二是主要领导原则，凡是主要领导交办的事项，尽可能满足。

凌钢追问道："都是什么人和你打招呼？郑桐是否也打过招呼？"

朱岩答道："郑桐打招呼不多，有几次单独给我交代过任务，要求关照某个公司。倒是他儿子郑国玉几乎每次招标都来找我，要求重点关照江山、江河建设公司。"

"郑桐是否也要求你重点关照江山、江河建设公司？"

"从来没有。"

"江山、江河建设公司是什么样的公司？是郑国玉的私人公司吗？"

"这是两家股份制公司，专门从事高速公路工程建设，经济技术实力雄厚。郑国玉既不是这两家公司的法人代表，也没有在其中担任任何职务。"

凌钢有些惊讶地问："那郑国玉是否在公司中拥有股权？"

朱岩说："我也怀疑他在其中有股权，但具体情况不清楚。"

白露插话问道："高速公路招标，每次不都是依照程序公开、透明的吗？郑国玉打招呼有用吗？"

朱岩说："从程序上讲公开、透明，但都由人来操作，比如投标前置条件的设置、招标内容的确定、评分标准的设计、专家人选的确定及增分因素等，都是人为操作的直接结果，程序规范不等于操作规范。"

凌钢又问："那洛州工程公司是怎么中标的？这家公司获赔两千万元又是怎么回事？"

朱岩端起杯子喝了口水，想了想说："洛州工程公司是为承建洛州绕城高速公路专门成立的工程公司，严格意义上讲，这家公司并不具备承建高速公路的基本条件，但由于人为干预的因素，最后按照程序及评分标准还是中标了。这家公司最大的问题是资金实力不足，它所承建的高速公路又是BOT项目，一时筹不到必要的资金，导致中标后无法正常开工。其间，这家公司也曾提出工程转包，但因要价过高没有公司接手。这条高速公路迟迟不能开工建设，引起了市政府的关注，在市政府有关领导的多次过问下，洛州工程公司被迫放弃了建设权，为平息洛州工程公司的不满，最终同意补偿该公司两千万元。"

凌钢追问道："这家公司是谁介绍的？"

朱岩低头沉默不语。

"是郑桐直接介绍的吧？"

朱岩看了凌钢一眼，默默地点了点头。

凌钢看着朱岩问："当时你不知道这是一家空壳公司吗？"

朱岩答道："开始不知道，后来是在审查洛州工程公司投标资格时发现了问题。"

凌钢问："既然发现了问题，为什么不及时提醒郑桐注意呢？"

朱岩无奈地说："提醒了，但我人微言轻。"

凌钢又问："审计调查发现，交通局与洛州工程公司的所有协议都是由常发迹签订的，这又是怎么回事儿？"

朱岩回答道："郑桐做事很谨慎，从来不留痕迹。对外签订合同协议都由常发迹出面。"

这次约谈取得了突破性的进展，朱岩的话进一步证实了审计人对高速公路建设中一些重大问题的判断。

二

凌钢再次复职的当天下午，郑桐就把赵志叫到了办公室，再次指示赵志安排警力对凌钢进行全面监视，并进一步暗示，必要时可对凌钢采取极端措施。

离开郑桐办公室之后，赵志陷入了进退两难之中。在法与理的激烈碰撞中，在良知与感情的反复较量中，赵志最终选择了坚守自己作为公安局局长的职业道德和做人底线，没有听从郑桐的指示，从而引起了郑桐的强烈不满。此后，他在不同的会议上公开批评赵志不讲政治与规矩，指责赵志不与市委、市政府保持一致，甚至与市委、市政府对着干。

两个月后，郑桐借干部调整之际，以工作需要为名，将赵志调整至经济技术开发区任管委会主任，免去了他市公安局局长之职。

三

常言道，堡垒最容易从内部攻破。为打开经责办这个神秘的堡垒，范琦可谓煞费苦心，用尽心机。当他得知谢东正与凌钢因工作思路曾多次发生冲突的情况后喜出望外，尤其是得知谢东正还是个象棋迷时，更是喜不自禁。谢东正原则性与自律意识强在审计系统是出了名的，他虽然是个象棋迷，但除参加省象棋协会组织的一些正规比赛外，很少与外单位的人对弈。

范琦与谢东正的联系是通过参加象棋比赛建立起来的。双方认识后，范琦多次主动约谢东正下棋，切磋棋艺，逐渐发展成了棋友。这天晚上，两人约在了省体育中心象棋室对弈。

谢东正执红子率先发动攻势："当门炮。"

范棋执黑子沉着应对，严密防守："马来跳。"

谢东正连续"拱卒""上马"猛烈进攻。范琦以守为攻"平车""上士"，积极防御。你来我往，时间不长，双方盘面上便呈现出胶着状态。

"老谢，下这么多次棋了，你怎么还是循规蹈矩，就不能有点创意？"范琦盯着盘面讥讽道。

"没有办法，性格使然。循规蹈矩不等于一定会输棋。"谢东正颇为自信地回答。

"与时俱进是事物发展的规律,不会创新就没有出路,也会碰钉子。"

"碰不碰钉子与创新没有关系,往往是那些自以为聪明的人要摔跟头。"

"听说你们审计组最近很辛苦,又是内查又是外调。你不觉得这样很累吗?"

"内查外调是审计的基本方法,至于累嘛,做什么工作都一样。你能说你的工作不累?"

"那倒也是,不过一天到晚地盯着别人的鸡毛蒜皮小事不放,就不单纯是工作方法,而是思想认识问题了。"范琦话中有话地说。

谢东正皱眉道:"是不是思想认识问题并不重要,重要的是审计严格依法办事,坚持原则。"

范琦研究着胶着的棋局,头也不抬地说:"哼!坚持原则?别人都坚持原则了吗?"

"别人坚持不坚持原则,我管不了,但作为审计人,必须按原则办事,这是我做人的底线。"谢东正停下手头的动作,认真地说。

范琦故意长叹了一声:"这就是你做人的问题了。坚持原则本身并没有错,错的是只知道原则性,不知道灵活性。恕我直言,你最大的问题就是一根筋,为这你这么多年吃的亏还少吗?"

谢东正怔了一下,苦笑着说:"吃亏是福嘛,我觉得挺好。"

"吃亏是福?你当了近十年的副主任,一直没能扶正,现在让一个比你小十六岁的人当你的顶头上司,这是福吗?"范琦挑唆着。

"扶不扶正是组织上考虑的事情,我也不是当'一把手'的料。况且,我年纪也大了,还有一年多就要退休了,现在只想把自己的工作做好,问心无愧就行了。"谢东正平静的语气中透出了一丝无奈。

"既然如此,你还较什么劲?还咬着个别公司的陈年旧账不放干吗?"范琦不动声色地说。

"你所说的个别公司不就是环宇公司吗？你为什么这么关心这家公司？不会是在这家公司里有股份吧？"谢东正半开玩笑半认真地说。

范琦故意哈哈一笑，说："股份倒没有，我只是为你着想。你说你都快要退休的人了，还这么拼命干吗？"

谢东正看着范琦道："古人尚知'位卑未敢忘忧国'，我也是尽本分，做好本职工作而已。范大局长，你今晚是找我下棋，还是来讨论我工作的？这棋你还下不下了？"

范琦得意地笑了笑，说："当然下，看棋，跳马，将军！"

谢东正刚才被范琦的话搅乱了思路，被对方钻了个空子，老将被逼进了死胡同，谢东正连忙摆手欲悔棋："不算数，不算数！你这是搞突然袭击。"

范琦哈哈笑着制止道："摸子为动，放子为落。悔棋不君子，君子不悔棋，这局你认输吧。"

谢东正无奈只得作罢，说话间，两人又摆开了第二局。范琦执红子先行，谢东正执黑子应战。

这次范琦先行，"进兵"率先发起攻势，点明了攻击方向。

谢东正沉着应战，"飞象"挡住了红兵的路线，加强了阵地防御。

范琦再次挑衅"跳马"，试图杀开一条血路，同时深度谋划整个布局，为夺取战场主动权创造有利态势。

谢东正紧急"出车"迎敌，注意加固后方阵地，同时做好车马炮诸兵种的协同作战。

几次攻守移位后，局势很快演变成了短兵相接的白热化态势，铁马嘶鸣，炮声隆隆，双方再次陷入胶着状态，一时难解难分。二人都在根据战场变化，及时调整布局，精准发力，力求掌握战场主动权。

自负的范琦一不留神，在不知不觉中钻进了谢东正设置的圈套，强攻的战马被对方偷吃掉了，范琦后悔得直跺脚，由此借题发挥起来:"还是惯用伎俩,习惯给人设套。从你的布局来看,心术不正啊。"

谢东正讥讽道:"如果你心术正,上盘棋就不会偷吃别人的炮了,这叫作有来无往非礼也。"

范琦心里并不在意棋局的输赢,目的只是探听消息,他假意思索着棋局,漫不经心似的说:"谢主任,我其实一直挺好奇,你们在环宇公司折腾了那么长时间,到底查出了什么问题没有?"

"怎么什么话到了你的口中都变味了,调查是审计的一种基本的方法,并不是什么折腾。"谢东正拿着棋子玩味地说,"范局长,关于环宇公司我能问你几个问题吗?"

范琦笑道:"有什么问题就直接问吧,千万不要给我设套就行。"

"你和环宇公司到底是什么关系?你和雪萍又是什么关系?"谢东正单刀直入地问道。

范琦淡定地说:"环宇公司主要业务是房地产开发,这家公司的用地申请都是国土部门批复,我和雪萍是因为工作关系认识的,怎么这里面有什么问题吗?"

"没你说的那么简单吧?我们了解,你可是环宇公司的常客,和雪萍的关系也非同寻常。"谢东正看着棋盘从容地说。

范琦表情一僵,不满地说:"完全是毫无根据地乱说,你们审计查来查去就这点捕风捉影的事?我建议你们专业点,去查一查商州市国土资源局的档案,看看有没有矿业权出让的相关资料,一定要把环宇公司彻底查清。"

范琦主动提出让审计组去查商州市国土资源局的档案,谢东正一时有些蒙,他这样做的目的是什么?谢东正无法判断。"我们怎么做不用你操心。还是看好你的棋吧,平车,将军。"

范琦讥讽道:"这完全是一步臭棋,你这是自乱阵脚。"

两人不再说话,各怀心思地下着棋。

四

下午五时许,秦大川和范琦驱车来到了华原北郊的千里黄河大堤。残雪犹存的大堤显得空旷寂寞,两侧的松树在北风吹拂下发出了飒飒之声。

这天下午刚一上班,范琦得到了最新消息,经责办的审计人员已开始调查平州煤业公司违规获取采矿权一事。这宗采矿权涉及一亿吨原煤储量,是当年环宇公司从央企国润煤电公司的后备资源储量中低价受让的,也是当年秦大川违规审批的最大一宗矿业权转让,环宇公司获取采矿权后一转手,获取利润近十亿元。

范琦马上把消息报告给秦大川,秦大川听到后坐卧不安,好容易熬到市委常委会结束,便匆忙叫上范琦见面谋划。

一上黄河大堤,秦大川就急切地说:"这里非常安全,你可以说了,到底是怎么回事?"

范琦有些紧张地说:"一位朋友透露,经责办的人今天上午已从国土资源部查阅了国润煤电公司采矿权转让的档案,并获取了整个转让审批流程。同时,还让国土资源部出具了相关情况说明。"

秦大川马上问道:"经责办是怎么发现这一情况的?"

范琦连忙推脱责任:"具体情况还不清楚,但消息肯定不是从国土资源局内部泄露的。尽管经责办来国土资源局查阅过几次档案,但他们都没有看到想看到的资料,也没有人介绍过这方面的情况。不过,之前经责办的人好像已经对国润煤电公司转让背景及原因进行过相关调查。"

严冬时节的黄河,失去了汛期时的喧嚣与咆哮,河水沉稳地缓缓东逝。大堤上有一些零星的松塔掉落在地上,秦大川俯身捡起了一个松塔观察了一会儿,用力向黄河水面抛去。秦大川拍了拍手,冷静地说:"范琦,现在情况非常严重,你要尽可能准确了解经责办已经掌握了什么情况及他们下一步的行动计划。"

范琦忐忑不安地说："目前知道的就这些，凌钢他们下一步很可能来国土资源局具体核实情况。从档案原始记录情况看，国润煤电公司采矿权转让存在两个致命的问题：首先，未履行国土资源局内部审批程序，也就是没有经过局党组会议集体决策，采矿权出让报告是以国土资源局的名义直接上报市政府；其次，市政府没有召开专题会议集体研究，由您直接在报告上批复，换句话说，没有经过市政府的集体研究。"

秦大川质问道："上次你汇报说通过自查自纠，档案问题已经得到了妥善解决，怎么还存在致命的问题？到底是怎么回事？"

范琦答道："不错，上次通过自查自纠，档案问题确实得到了妥善解决。可问题的关键是经责办的人不认可我们自查完善的档案，他们坚持认为，一些矿业权转让程序上存在漏洞，要求重新调查，还原事实真相。"

秦大川边听边向黄河观景台走去，脚步不停地问："你们内部都有谁了解这方面的情况？"

范琦亦步亦趋地跟在秦大川身后："除了矿业处处长知道此事外，其他人并不知情。"

秦大川驻足向对岸张望，在阴沉沉的天色下，无法看清北岸大堤。秦大川呆立了片刻，转身对范琦说："经责办的人既然盯住了这件事，下一步他们肯定要去国土资源局查阅相关档案。当务之急是要尽快补充完善你们内部的审批程序，只要你们的审批程序完善了，我这里就没有什么大问题，任何工作都有一个逐步完善的过程嘛。"

范琦点头道："我已经私下给矿业处处长打过招呼，正在准备补充档案资料。但由于此事过久，国土资源局内部情况又比较复杂，做工作需要一个过程，还不能留下任何破绽。"

秦大川无奈地点点头，心事重重地继续缓缓前行。此时，暮色渐浓，整个黄河大堤显得空旷冷寂。

秦大川叹了口气道："形势严峻，事关重大，一定要做好耐心细致的工作，对相关人员利而诱之，档案资料要做得天衣无缝，确保万无一失。同时，要注意务必让相关人员严守秘密。目前看来，这次采矿权事件嫌疑最大的就是苏运棋。"

范琦疑惑地问："秦市长，您说这事与苏运棋有关？"

秦大川看了范琦一眼："不是你们内部泄露的，那目前除了苏运棋还会有谁呢？他参与过国润煤电公司矿业权转让工作，后来又与经责办接触频繁，加上他和凌钢的关系，只能是他。"

范琦思索片刻点头道："您分析得对，苏运棋极有可能在出事前把消息透给了凌钢，凌钢明修栈道，暗度陈仓，一方面紧紧咬着商州煤矿改制不放，转移我们的注意力，另一方面又暗中派人对国润矿业权出让情况进行秘密调查。"

秦大川点了点头，不放心地叮嘱道："一定要把这宗矿业权转让手续完善好，做到程序规范符合要求，让经责办的人找不到破绽或漏洞。"

范琦频频点头道："好的，好的。"

秦大川提醒道："现在凌钢又官复原职了，经过两次的劫难，他会从中吸取很多教训，也会变得更加疯狂。他就像一只出笼的老虎，迟早是会吃人的。平州煤矿改制的事情不能掉以轻心，国润矿业权转让更不能麻痹大意。我们不能抱任何侥幸的心理了，必须严防死守，不给对方任何可乘之机，双方的较量已到生死关头，谁都没有退路。"

五

档案是特定历史的复盘，能够再现历史的真实性。为全面了解国润煤电公司采矿权转让的真实情况，张帆和李明多次去华原市国土资源局查阅该公司的档案资料，但均查无实据。

经审计厅协调，张帆、李明直接到省国土资源厅调阅了国润煤电公司采矿权转让的档案资料，取得了相关的原始证据，弄清了矿业权转让的事实真相。之后，二人又到国润煤电公司进行实地调查，在该公司的配合下，很快弄清了采矿权转让的真实原因及背景。调查结果表明，这是一起典型的领导干部直接干预煤矿资源配置造成巨额国有资产流失的案件。根据调查结果，审计组及时上报了审计要目信息，引起了审计厅的高度重视，审计厅报经省政府批准后，以转送函的形式将审计要目直接转发华原市政府进行调查整改，并将整改结果向审计厅反馈。

华原市政府接到审计厅转来的审计要目后，秦大川直接批转国土资源局进行调查核实。在范琦的操纵下，国土资源局很快上报市政府复查情况报告，全面否定审计要目的结论，为充分说明核实结果的真实性，将国润煤电公司采矿权转让的审批流程及原始档案资料复印件作为复查报告的附件。华原市政府依据国土资源局的复查结果复函审计厅，不仅推翻了审计要目反映的审计事实，而且还建议审计厅查明事实真相，追究相关审计人员的直接责任。

审计厅高度重视华原市政府的反馈意见，及时将反馈意见转至经责办并要求重新核查。东方副厅长亲自给凌钢打电话，要求组织专门力量尽快查清事实真相，并将核查结果上报审计厅。

事关审计机关的公信力与社会形象，容不得丝毫的麻痹大意。为搞好此次复查工作，经责办成立了以张帆为组长的审计复核调查组，制定了周密的实施方案。

周日下午，按照事先约好的时间，张帆和李明来到国土资源局组织召开局领导班子座谈会。会议开始之前，张帆宣布了"约法三章"的审计纪律，为保证座谈会顺利进行，避免外部干扰，要求所有参会人员主动关闭手机，将手机装入写有自己名字的档案袋内，交由工作人员统一保管。范琦一听便反对道："手机是重要的联络工具，尤其是作为单位领导，关机会影响工作。而且开会关机,在国土资源局没有这个先例。"

张帆软中带硬地解释说:"没有先例,我们就来个创新,至于影响工作,请大家放心,今天是周日休息时间。"

范琦不肯就范,继续发难:"如果市委、市政府召开紧急会议联系不上人,谁来负这个责任?"

张帆显然早有准备,微笑着说:"范局长,我们这样做是为了避免不必要的干扰,确保座谈会顺利进行采取的临时性措施,会议结束,手机自然会还给大家。至于你提到的市委、市政府如果有紧急会议的话,按照工作程序会通知到本单位的办公室,由办公室再通知到本人,而不是由市委、市政府直接通知到参会人员。"

看到张帆态度坚决又有理有据,范琦只好说:"既然张处长坚持这样做,那就按你的意见办吧,不过我要提醒的是,关机时间不能太长。"说罢,不情愿地将手机关机放入档案袋,交给了工作人员。

会议开始后,张帆没有马上就相关问题与参会人员座谈,而是首先组织大家学习《审计法》相关条款,统一思想认识,并让每个班子成员对提供资料或谈话的真实性做出郑重承诺。同时,他还要求参会人员对国土资源局向市政府报送的《关于国润煤电公司采矿权转让情况的申请报告》一文的真实性做出承诺,签字确认。这一要求同样遭到了范琦的强烈反对,带头拒绝在确认书上签字。范琦非常不满地质问道:"张处长,今天我们参加的是审计调查座谈会,你们这样做有法律依据吗?"

张帆严肃地回答:"《审计法》明确规定,被审计的单位和个人有配合审计的责任与义务,要如实向审计机关提供资料。让大家做出承诺,是为了保证提供资料的真实性,故意提供虚假资料或虚假情况的都要受到责任追究。"

范琦争辩道:"国土资源局年年都接受审计检查,每年所提供的资料都是真实合法的,不存在提供虚假资料的情况。"

张帆说:"这次座谈会根据审计需要召开,是审计人员依法履行审计职责，获取真实资料是审计座谈会的一项重要内容。既然国土资源局提供的资料都是真实的，为什么还要拒绝签字？"

范琦自知理亏，明白不签字是不可能了，便在文件上签了字。

参会人员集中签名后，便开始了个别谈话，谈话的重点是国土资源局向市政府报送的《关于国润煤电公司转让采矿权情况的申请报告》的真实性。

逐个谈话前，张帆反复强调如实提供情况的重要性，及提供虚假情况应承担的法律责任。个别谈话时，审计人员也做好了谈话记录，记录经双方确认后签字认可。在法纪的威慑下，除范琦外，其他六名领导班子成员均承认这份报告及审批程序是后补充的。纪检组组长孙玉德还结合自己的工作，向审计小组详细汇报了一些群众反映的关于国润煤电公司采矿权违规转让的情况，同时也坦率地谈了自己的一些看法，希望审计厅经责办能够把这些问题调查清楚。

国润煤电公司转让采矿权的神秘面纱被彻底揭开，围绕此问题的审计与反审计较量也暂告一个段落。令人意想不到的是，就在座谈会的第二天，审计厅纪检组又收到了一封举报信，实名举报经责办张帆等人急功近利，严重违反依法审计的要求，用强制手段非法限制被审计单位领导干部的人身自由，并强烈要求追究张帆等人的法律责任。

六

张玉杰关于群访事件第二次调查情况的汇报，引起了陈锋书记的特别警觉，两次调查的结论惊人地一致，都是经责办审计方法失当引发了大规模的群众集体上访。从突然间聚集几千人的大规模上访，到审计人员刚撤出煤业公司上访群众就开始有序撤退，都表明审计组无意之中触动了某些人的核心利益，而核心利益的实质就是腐败问题。这么简单的道理，为什么作为市委调查组组长的张玉杰认识不到呢？联想到不久前，曾发生过市审计局与经责办争抢资料的不正常现象，难道说张玉杰与这次群访事件有某种关系？为慎重起见，陈锋通过组织、纪检等部门对张玉杰的履职情况进行了调查了解，调查结果表明，张玉杰是一位政治意识强、作风务实、公道正派、为政清廉的领导干部，从市审计局连续多年获得市政府先进单位看，张玉杰是一位不可多得的优秀审计局局长。如此看来，张玉杰应当不会与群访事件有关，既然他与群访事件没有关系，为何会得出这样的调查结论？唯一合理的解释就是，张玉杰组织的两次调查受到了个别市领导的直接干预，那么这个干预调查的领导又是谁呢？陈锋一直在寻找答案。

一段时间来，张玉杰的心情非常郁闷，原因就是群访事件的调查。从昨天向陈锋书记的汇报情况看，陈锋对调查结果持怀疑态度。这让张玉杰忐忑不安，他感觉到，陈锋对这两次调查的结论不满。

群访事件的调查引起了陈锋与秦大川两位市委主要领导同志的高度关注，陈锋认为这是一起因腐败问题引发的群访事件，必须彻查原因，还原事实真相，给群众一个公正的交代；秦大川则认为事件已经平息，问题也已经妥善解决，调查应就事论事，不宜扩大调查范围，更不能搞得满城风雨。张玉杰作为调查组组长，对市委两位主要领导同志的指示都要认真执行，对每项具体要求都要严格落实。可问题在于，他们的意见明显相左，张玉杰陷入了进退两难的尴尬境地。

作为一名审计局局长，张玉杰考虑更多的是全市经济社会发展的大局，是依法履行审计监督职责。虽然他表面平静如水，但内心却非常矛盾与痛苦，尤其是当他看到经责办的同志为忠实履行审计职责，在困难重重、压力四围的环境中忘我工作时，深受影响与感染。为此，一方面他与秦大川等人极力周旋；另一方面组织力量秘密调查国企煤矿改制情况，从侧面支持经责办的审计工作。在极度保密的情况下,他以审计调查矿产资源开发利用情况为名,以资产重组为切入点,掩盖了审计调查的动机,巧妙地避开了相关利益人的监视。

七

根据省政府的统一部署,审计厅从直属单位抽调三十人参加厅统一组织的国家重大财政政策跟踪审计,经责办有六人被抽调。鉴于华原市经济责任审计进入关键节点的特殊情况,凌钢请示东方副厅长,经责办财政审计处不参加这次审计,但被东方拒绝。这样整个经济责任审计组只剩下十八个人,凌钢被迫再次压缩审计战线,调减审计人员。

正当凌钢一筹莫展时,孙涛领着张玉杰敲门走进了凌钢的办公室。

凌钢看到张玉杰,连忙从座位上站了起来,上前一步握着张玉杰的手热情地说:"欢迎张局长来经责办指导工作。"

张玉杰笑着说:"我是来领任务的,不是来指导工作的。"

两人落座后,孙涛倒了一杯茶放在张玉杰面前的茶几上,又给凌钢的杯中续满了水,轻轻退了出去。

张玉杰开口道:"凌主任,无事不登三宝殿,我今天来有一事相求。"

凌钢客气地说:"张局长有什么指示?"

张玉杰微笑着说:"指示不敢当,我是希望审计局能够参加这次市长经济责任审计。"

凌钢听后一愣,不明所以,一时没有说话。

张玉杰看着凌钢,解释道:"我的意思是,在市长经济责任审计中,审计局应主动承担一些具体的审计工作。现在你们审计力量明显不足,审计局及时加入可以有效解决这一问题。同时,审计局的同志也可以从中学到经责办一些好的审计做法与经验。"

凌钢听着表情逐渐严肃起来："张局长，你实话告诉我，你今天来是不是受秦大川市长的指示？"

张玉杰也严肃地说："凌主任，今天我来完全是从审计大局考虑，从履行审计职责的角度考虑，与秦市长没有丝毫的关系。我也是一名受党教育多年的审计干部，对华原市干部队伍中出现的一些消极腐败现象深恶痛绝。由于受管理体制等因素的限制，一些严重问题无法及时得到查处，我忧心如焚。看到你们在环境十分复杂的情况下，排除各种阻力与干扰，严格坚持依法审计、认真履行审计职责，这种敬业精神深深地感染了我、教育了我、激励了我，从你们身上我看到了审计责任与国家希望。因此，我想尽我所能为你们提供一些支持和帮助。我愿意真诚地接受审计组的领导，承担一些力所能及的工作，助力完成审计任务。"

凌钢虽被张玉杰的一番话感动着，但却婉拒道："张局长，你应该清楚，华原市审计局在秦大川市长直接领导下开展工作，现在你提出要参与市长经济责任审计明显不合适。"

张玉杰十分诚恳地说："凌主任，我知道你心中的顾虑，也了解你的苦衷，你是否担心审计保密问题？这个请你放心，做好保密工作是审计局的一项重要职责，绝对不会出现泄密现象。"

凌钢犹豫着说："我担心的不仅仅是泄密问题，主要担心的是……"

张玉杰打断凌钢的话："凌主任，虽然之前我们双方曾有一些误会，甚至出现了一些不愉快的事情，但请你相信我的诚意，也应该相信我们审计局，毕竟天下审计是一家嘛。"

凌钢坦率地说："天下审计是一家不错，但审计局毕竟是市政府的职能部门，一旦参加了市长经济责任审计会给你们审计局的工作带来很大的压力与负面影响。从工作大局出发，我不希望你们介入这次审计。"

张玉杰再次诚恳地说："如果你觉得审计局直接参与这次审计

不合适的话，我们可以暗中配合你们完成一些审计工作。"

凌钢被张玉杰的真诚所打动，最后同意了张玉杰的请求，两人就具体配合事项深入交换了意见。

不久之后，审计局便及时向经责办通报了洛州煤矿采矿权受让情况。

百密一疏，就在审计人员取证洛州煤业公司地质储量资料时，惊动了范琦，引起了他的警惕。精明的范琦很快意识到了审计局调查的目的，马上向秦大川进行了汇报。秦大川知悉情况后既感到意外，又非常生气，当即打电话警告张玉杰："张局长，听说你们审计局在秘密调查洛州煤矿企业改制情况，这是怎么回事？"

张玉杰连忙解释道："秦市长，我们只是按照审计厅的统一要求，对全市近年来矿产资源开发利用情况进行调查摸底，并不针对哪一家企业。"

秦大川严肃地说："你说的情况我多少了解一些，但你们一定要按照审计方案要求进行，切不可节外生枝。哪些企业是调查重点，哪些企业是非调查重点，你这个当局长的心中一定要有数。"

对于秦大川公开干预审计调查工作，张玉杰尽管心中十分不满，但还得应对道："请秦市长放心，审计局一定严格按照您的要求，认真做好这次调查工作，调查结束后，第一时间把调查结果送您审定。"

听了张玉杰的表态，秦大川有些放心了，但生性多疑的他，还是忍不住敲打道："经责办利用这次经济责任审计，以延伸审计为名，到处伸手查找问题，弄得人心惶惶，鸡犬不宁，你们审计局就不要再跟着添乱了。"

张玉杰表示明白，一切都按秦市长的要求办，秦大川这才满意地挂了电话。

自从接到秦大川的警告电话，张玉杰小心谨慎了许多天，并有意停止了对国企改制情况的审计调查，果断中止了与经责办审计组的联系。这样既不给自己带来麻烦，也不给经责办增加额外的负担。

八

之后几天，张玉杰的心里一直七上八下，他有一种不好的预感，审计局第二次暗中协助经责办审计调查一事很可能走漏了风声。果不其然，这天张玉杰接到了赵琼的电话，秦大川市长要见他，请他来办公室。张玉杰匆匆赶到秦大川办公室，敲门进去时秦大川正在悠闲地品茶，看见张玉杰进来，秦大川连客套都省了，直接质问道："张局长，你们审计局怎么又和经责办的人搅和在一起了？矿产资源开发利用情况调查不是已经结束了吗？到底是怎么回事？"

张玉杰赔着笑脸说："秦市长，我正要向您汇报此事呢。"

秦大川冷笑着说："正要汇报？我不叫你来，你就不会主动向我汇报，最近审计局不是一直在配合经责办秘密调查环宇公司并购商州煤矿、平州煤矿、洛州煤矿的情况吗？你张局长不是一直在躲着我吗？"

张玉杰赶紧否认道："秦市长，您误会了，您是分管审计的直接领导，有重大事情我肯定要向您汇报……"

秦大川不悦地打断道："你们审计局与经责办联手调查煤矿企业改制，一明一暗配合默契，这么重要的事情你汇报了吗？"

张玉杰心中一惊，仍赔着笑脸解释说："秦市长，也就是例行审计调查，况且……"

秦大川冷笑了一声，揶揄道："况且什么？你那是例行审计调查吗？你那是项庄舞剑，意在沛公吧？"

张玉杰强压心中的不满，耐心解释说："这次审计调查，是根据省审计厅的统一安排实施，市审计局也只是例行公事而已。"

秦大川把茶杯重重地放在了办公桌上，指着张玉杰的鼻子训斥说："张局长啊，没想到你竟然能当着我的面说假话。你那是例行审计调查吗？你明明知道经责办在干什么，却主动配合他们，来查找市委、市政府在国企改制方面存在的问题。"

张玉杰说："秦市长，对矿产资源开发利用情况进行调查，是审计厅统一部署的审计调查任务。之前，我已向您单独作过汇报……"

秦大川打断说："不错，你张局长之前是向我作过汇报，可并没有汇报审计局配合经责办的工作。"

张玉杰一急："这，这，主要原因是这次调查与经责办的经济责任审计内容有些重合，所以……"

秦大川再次打断说："所以，你们审计局就名正言顺地与经责办搅和在一起，联手查找市委、市政府的重大决策情况，把工作中出现的一些失误归咎于市委、市政府，进而否定市委、市政府的正确决策。你知道这样做的性质与后果吗？你这是成心与市委、市政府作对，把你个人凌驾于市委、市政府之上，带头破坏政治纪律与政治规矩。"

一顶顶沉重的大帽子向张玉杰飞来，一下子把他压得喘不过气。张玉杰脸色苍白地说："秦市长，我怎么敢与市委、市政府作对呀。"

秦大川端起了茶杯，继续慢慢品茶，并不看张玉杰，不动声色地说："你做都做了，还有什么不敢？这次审计调查都发现了什么问题？"

张玉杰斟词酌句地说："也没有发现什么实质性的问题，只是改制时一些做法不规范。"

秦大川抬头盯着张玉杰问："真的没有实质性问题？那资源储量评估不完整是怎么回事？"

张玉杰心中猛地一惊，秦大川是如何了解这一情况的？他知道了多少？张玉杰小心地试探道："秦市长，您是说资源储量评估不完整吗？"

秦大川的脸色越发难看了，他从沙发上站了起来，在办公室里来回踱步，突然他停下脚步盯着张玉杰冷笑道："这么说，你们还发现了其他重大问题？"

张玉杰有点紧张地说："初步判断，资源储量评估不完整，但并没有取得过硬的证据，现在下结论还为时过早。"

"哼！为时过早？你可以为经责办保守秘密，不过不要忘了，你是华原市任命的审计局局长，不是审计厅任命的审计局长，什么事能做，什么事不能做，你自己应该清楚。你以为不向我汇报，就没有人汇报了吗？你是不是认为你比别人都聪明？"秦大川走到办公桌后缓缓坐下，接着问道，"张局长，你来审计局多长时间了？"

秦大川的意思已经很明显了，如果自己不站在他这边，透露经责办的动向，他是要对自己下手了。联想到去年水利局范局长因水利项目设计变更与秦大川意见相左，当面发生了争论，随后，秦大川多次在公开场所批评范局长不作为、慢作为。范局长迫于秦大川的种种压力，不到五十四岁的他一个月后提出退休申请。想到此处，张玉杰不寒而栗，小心翼翼地回答："来审计局刚刚三年。"

秦大川板起面孔说："三年时间不短了，干部在一个单位时间长了既不利于工作，也不利于个人成长。市委组织部最近准备调整一批干部，你先考虑一下，去哪里比较合适，想好了告诉我一声。哦，对了，市行政学院的周院长已到退休年龄，如果你有兴趣，可以考虑一下，不过考虑时间不宜太长。"

张玉杰还想说什么，秦大川不耐烦地朝他摆了摆手。张玉杰只好长叹一口气，心情沉重地走出了秦大川的办公室。

张玉杰一离开秦大川的办公室，赶紧给凌钢打电话商讨对策，但电话一直没人接听。他乘电梯刚下到一楼大厅，迎面遇到匆匆赶来的凌钢，他也是被秦大川一通电话紧急招来的。

张玉杰与凌钢打招呼后，两人来到了一楼步梯旁。张玉杰低声提醒说，审计局与经责办合作的消息已走漏了风声，引起了秦大川的极度不满，让凌钢注意随机应变。凌钢凭着多年对秦大川的了解，知道一旦双方配合的消息泄露，秦大川会毫不犹豫地调整张玉杰的工作，他马上关心地问："张局长，秦市长是否提到了你的工作要变动？"

张玉杰有些意外，点了点头，苦笑着说："提到了，只是让我考虑一下，并没有做最后的决定。"

凌钢自责地说："是我连累了你，我会主动向秦市长说明情况，此事与你无关，尽力阻止他对你工作的调整，必要时我直接向陈锋书记汇报并说明情况。"

张玉杰此时关心的不是自己工作的变动，而是审计进度："凌主任，建议你不要向陈锋书记汇报，一旦汇报了，事情将会变得更加复杂。我现在关心的是，环宇公司违规并购平州、洛州煤矿的关键证据取到了没有？最近能否取得实质性的突破？"

凌钢自信地说："关键证据尚未取得，不过我们已接近成功，相信不久就会取得实质性的突破。"

听了凌钢的话，张玉杰长长舒了口气："那我就放心了。不过，还是希望你们加快审计进度，力求尽快取得关键证据。"

凌钢点头道："请你放心吧，一定不会让你失望。"

这时，凌钢的手机响了，凌钢看了一眼是秦大川办公室打来的电话。

张玉杰问："是秦市长的电话吧？"

凌钢点了点头，看着张玉杰关切地问："你下一步如何打算？"

张玉杰涩声道："还能有什么打算，市委党校有个为期一个月的领导干部培训班，明天我就去党校报到。赵琼说这事是秦市长特意安排的。一切顺其自然吧。"

凌钢安慰道："去党校学习应该是目前规避风险的最好办法。你工作的事，让我再想一想办法。"

张玉杰感动地说："谢谢你的关心。不过，我工作的事，请你暂时不要向陈锋书记汇报，如果你现在汇报了，会把事情搞复杂。"

凌钢点了点头，表示明白。

张玉杰提醒道："凌主任，秦市长正在气头上，一会儿你跟他说话，一定要注意方式。"

凌钢紧紧地握着张玉杰的手，感激地说："谢谢你，张局长。请放心，我会注意的。"

凌钢走进秦大川的办公室，秦大川指着对面的沙发示意凌钢坐下，不无嘲讽地说："凌钢，你一个经责办主任怎么那么忙，又是审计煤业公司，又是调查制药厂，还对交通局、国土资源局进行检查，真的有那么多问题需要审计吗？"

凌钢装作没听明白，谦虚地说："老领导说话真幽默，我这也是按照审计方案对一些事项进行调查，与您的工作相比根本算不了什么。"

秦大川不动声色地问："你们与审计局的合作还愉快吧？"

凌钢假装不在意地说："我们只是在审计调查国企改制时，因涉及煤矿资源整合情况，按厅里要求请审计局的同志帮忙核实了一些情况，谈不上合作。"

"问题都核实清楚了吗？"

"其实就是一些基本情况，谈不上是问题。经责办例行审计，请审计局帮忙，这种事情在审计部门之间非常普遍，天下审计是一家嘛。"

秦大川不悦地说："审计局毕竟是市政府的职能部门，张玉杰连个招呼都不打，这就不合规矩了。"

凌钢赶紧解释道："老领导，您误会张局长了，这就是一般性的情况核实，也是我主动请求审计局帮助的，没想到这点小事儿还惊动了您。"

秦大川道："你不用替他做任何解释，他的事情以后再说。我今天找你主要是为审计干部专业培训的事。根据年度审计培训计划，市政府决定对全市审计系统处级审计干部进行为期半个月的封闭培训，这次培训的师资主要由你们经责办承担，经责办处级以上干部轮流去讲课。这次培训计划已征得省审计厅领导的同意，你要好好准备呀。"

凌钢心中暗暗叫苦，目前经济责任审计正进入关键时刻，眼看就要有突破性进展，哪有时间去授课，他推辞道："老领导，对全市审计干部培训非常必要，授课工作是否能由市审计局承担？我们实在抽不出力量……"

秦大川马上打断说："凌钢，你刚才还说天下审计是一家，既然是一家，难道这点小忙你都不愿意帮？"

凌钢只能无奈地说："既然老领导把话说到这份儿上，我们就试试看，但能否让老领导满意就不知道了。"

秦大川笑着说："由你亲自担任主讲老师，我心里就有底了。记着，上课时间是下周一至周三，一共三天，如果我有时间，一定去听听课，长长见识。"秦大川看了看表，客气地说："今天就谈到这儿吧，实在对不起，下面我还有一个专题会议，就不送你了，咱们下周一培训班上见。"

凌钢起身告辞离去。

就在秦大川约见张玉杰的第三天下午，市委组织部正式下达通知，根据工作需要，张玉杰调任华原市行政学院院长，免去其华原市审计局局长职务，市政府秘书长刘国政调任审计局局长。

据传，对张玉杰工作的调动，常务副市长高继元在市常委会上提出了不同意见，但由于秦大川的坚持，常委会最终通过了张玉杰的工作调动。

张玉杰工作的变动，对凌钢触动很大。他特意拜见了市委书记陈锋，详细报告了审计局协助经责办开展工作的一些情况。陈锋听后，意味深长地说："凌主任反映的情况很重要，之前我也曾听说了一些情况，对领导干部的工作安排市委有统筹的考虑。"

九

获悉交通局审计小组的资料被盗，市委书记陈锋震怒了，他当即给市公安局局长段晓波打电话要求限期破案。陈锋一针见血地指出，审计资料被盗事件再次说明反腐斗争形势的严峻性，市委绝对不会坐视不管，不仅要管，而且要一管到底！他们也太猖狂了，不仅想方设法地干扰审计工作，雇用黑客破坏审计数据，现在已经发展到公然进入交通局大楼盗窃审计资料，行为极其恶劣。华原市还有没有安全感？市委会高度关注案件的侦破情况，直到真相大白。

根据陈锋书记的指示，段晓波马上组织精兵强将对审计资料被盗案迅速展开侦破工作。侦破工作首先从调查停电原因入手，调查结果表明停电确因电缆老化引发，排除了人为因素。由于作案人员手段专业，现场没有留下任何有价值的线索或痕迹，侦破工作一度陷入了困境。

根据审计组建议，段晓波要求侦查人员将黑客攻击审计组电脑的 IP 地址作为侦破的重点之一。遗憾的是，赵大海锁定的 IP 地址系匿名申请注册的临时性网址，黑客作案后立即对其进行了注销，通过查找 IP 地址取得突破的希望落空。

侦查人员对当天晚上进出交通局大楼的人员进行了严格的排查，发现当晚除加班或值班的职工外，只有一名叫钱志浩的保安进入了大楼，监控里没有拍到钱志浩出楼的画面。侦查人员将侦破的重点锁定在钱志浩身上，追踪调查发现，钱志浩于案发后当天晚上就消失了。

保安负责人介绍，钱志浩今年三十岁，毕业于少林武术学校，擅长拳术与棍术，在武术比赛中获得过名次。他平时为人很低调，不爱张扬，他自己私下里讲，之前他曾在另一家单位从事保安工作，但具体在什么单位工作不得而知。

至此，追踪钱志浩就成了侦破工作的重点。

很快侦查人员查到钱志浩于案发的第二天出境，飞往澳大利亚。审计资料被盗案因嫌疑人的外逃再次陷入僵局。

十

这天上午,高继元正在批阅文件,秦大川的秘书赵琼拿着一个文件夹敲门走了进来。赵琼将文件夹递给了高继元,客气地说:"高副市长,这是秦市长让补充完善的两份政府常务会议纪要,秦市长说如果没有意见,请你补签个字。"

高继元接过会议纪要认真阅读,渐渐地眉头紧蹙起来。赵琼观察着高继元神色的变化,默默等待着。

高继元看完文件,抬头看着赵琼平静地说:"赵秘书,这两次会议我都没有参加,会议涉及的内容我一无所知,现在让我签字不太合适吧?"

赵琼微笑着说:"高副市长,这两次会议你确实没有参加,如果我没有记错的话,一次是因为你出国考察,另一次是你去中州出差。让你补签字是秦市长的意见。"

高继元非常认真地说:"从会议纪要内容看,这两次政府常务会议都是研究减免企业税费问题,且不说减免税费是否合规,仅就环宇公司涉及减免的税费就高达一亿元,对其他同类企业是否会产生不良影响?这样做需要慎重考虑啊。"

赵琼平静地说:"高副市长,秦市长特别让我提醒你,环宇公司是市委、市政府重点扶持的民营企业,实施税收优惠政策、鼓励民营企业发展符合市委、市政府相关要求,况且所减免的税费均为地方税费,不涉及中央、省财政收入,法规上应该没有问题。"

高继元站了起来,严肃地说:"你回去告诉秦市长,由于我没有参加会议,事后也没有人告诉我会议内容,因此,这个字我不能签。"

赵琼勉强笑笑说:"好的,我把你的意见汇报给秦市长。"

十一

秦晓勇心神不安地在客厅里来回踱步。他今天下午被秦大川一通电话召了回来,虽不清楚叫他回来的具体原因,但从秦大川严厉的态度中隐隐感觉将会有大事发生。

此时,秦大川下班回家,秦晓勇急忙迎了上去,接过秦大川的公文包放在了客厅的柜子上。秦大川坐在沙发上,随手点燃一支香烟,缓缓地抽了一口,神色严峻地盯着秦晓勇问:"你在香港的南海公司有多少资产?"

秦晓勇不知秦大川用意,忐忑地告诉他,大约十亿元港币。

秦大川皱了一下眉头,又问:"属于你个人的资产有多少,股份有多少?"

秦晓勇答道:"南海公司是以我个人名义注册的公司,我个人占股百分之四十,环宇公司占股百分之六十。"

秦大川追问:"你与环宇公司之间是否有投资协议?"

秦晓勇犹豫着说:"双方只是口头约定,我曾多次提出与环宇公司签订协议都被范琦拒绝了。"

秦大川把烟头往烟灰盒中一拧,怒不可遏地站了起来训斥道:"你真糊涂呀,你经商这么多年,连个基本法律意识都没有。"

秦晓勇一时吓得不敢吭声。

秦大川沉着脸说:"你听好了,尽快把你手中的股份变现,然后转移到美国。同时,你也要做好去美国的准备。"

秦晓勇为难地说:"可公司的流动资金很少,绝大部分都进行了长期投资。而且南海公司经营得好好的,为什么要转移资产呢?"

秦大川怒道:"你尽快按照我的要求去做,不要问为什么。"

秦晓勇没有意识到危险在逼近,不情愿地说:"那我尽量去做吧。"

秦大川严厉地说:"不是尽量去做,而是一定要做好,力求在最短的时间内把尽可能多的资产变现后转移到美国去。"

看着秦大川严厉的样子，秦晓勇不敢违抗，点头答应了。

十二

审计组连续几天找朱岩谈话，引起了常发迹的惶恐。

这天下午，常发迹向郑桐报告了凌钢等人约谈朱岩的情况，郑桐听后气急败坏地斥责道："这么重要的情况为什么不早说？"

常发迹委屈地说："朱岩没有及时报告，这几天我一直参加市政府会议，有些大意了。"

郑桐缓了缓语气道："常局长，你有什么好主意？"

常发迹此时哪有什么主意，讨好地说："出现这种情况，我也很意外，一切都听您的。"

郑桐忽然想起了灵宝寺胡大师的提醒，他眼中闪出一抹寒光，阴沉地说："凌钢是一切危险的源头，必须对他采取更严厉的措施了。"

担心郑桐动了杀机，常发迹连忙摆手说："不妥，不妥。"

郑桐瞟了常发迹一眼："怎么不妥？"

常发迹分析道："凌钢两次遭人陷害，都有惊无险，很快就官复原职，说明了什么？"

"说明了什么？"

"说明有人一直在暗中保护他。"

郑桐迟疑了一下："你是说，陈锋书记一直在暗中保护他？"

常发迹点了点头说："除他之外，我还真看不出来，谁有这么大的能耐。"

郑桐思索了片刻，自言自语地说："这次麻烦大了，如果此时再对凌钢下手，弄不好会引火烧身。既然我们动不了凌钢，就从朱岩身上下手。"

常发迹暗中一惊，感觉当下无论动谁都会引火烧身，心惊肉跳地问："怎么下手，不会是灭口吧？不到万不得已，绝对不能走这条路啊。"

郑桐瞪了常发迹一眼，不满地说："胡说什么，还是用老办法——利而诱之。"

常发迹松了一口气，谄媚道："好计谋！"

郑桐看着常发迹说："知道该如何做朱岩的工作了吧？"

常发迹自信地说："知道了。只要朱岩能够推翻原来的供述，经责办就奈何不了他。朱岩一旦没事了，我们自然就平安了。"

郑桐点了点头。

常发迹犹豫了一会儿，提醒道："多事之秋，国玉也要有所防范才是啊。"

提起郑国玉，郑桐就抑制不住地怒火升腾，就是常发迹这个蠢材，把自己的儿子送进了监狱。可目前形势艰难，还不得不用这个蠢材。郑桐竭力控制住情绪，不动声色地问："国玉正在监狱服刑，还要防范什么？"

常发迹说："经责办的人随时都可能去监狱找国玉了解情况，为避免增加国玉的新罪行，还是要做好防范工作啊。"

常发迹这番话说到了关键点上，郑桐忙道："你说得对，要尽快找人给国玉打个招呼，免得节外生枝。"

第十六章　思维陷阱

一

以朱岩提供的材料为线索，不久，谢东正等人正式找常发迹谈话，谈话在十分严肃的气氛中进行。谢东正用犀利的目光注视着常发迹，郑重地说："你说你是按郑桐授意签字办理的，有什么证据吗？"

谢正东不怒自威的神态，让常发迹一开始就忐忑不安："我说的不是证据吗？"

谢东正语气平和地解释道："我们说的证据是指文字材料，比如说，郑桐让你在合同上签字的授权书，对洛州工程公司赔款的会议纪要或其他领导签字的文件等。"

常发迹瞬间目光黯淡，情绪非常低落地摇了摇头。

负责谈话记录的张帆提示道："如果没有郑桐的授权书或会议纪要等文件，就无法证明这些是郑桐的授意，只能说明是你个人行为，只能由你独自承担相应的责任。"

常发迹神情复杂地辩解道："郑桐在交通局说一不二，如果没有他的同意，我是不可能签字的，这点请你们一定相信我，我说的都是实话。"

谢东正露出一丝不易觉察的讥笑，故意激将道："审计注重证据，单凭你一面之词无法作为审计证据。"

"反正我说的都是实话，信不信全由你们。"常发迹无奈地叹了一口气。

张帆再次提示说："你说这一切都是郑桐指使的，可你又拿不出过硬的证据，如果郑桐不承认呢？你敢与他对质吗？"

一想到郑桐那盛气凌人的样子，常发迹的心里就发虚，他低下头不吭声。

谢东正看着一言不发的常发迹，换了一个角度提醒说："既然你说这一切都是郑桐让你做的，那请你认真回忆一下，郑桐在什么时间、什么地点让你在合同上签字？当时是否还有其他人在场？"

常发迹回忆说："大约两年前夏天的一个下午，他让我去他办公室专门跟我交代的，没有其他人在场，只有我们两个人。"

"郑桐具体交代了你什么？"谢东正紧追不舍。

常发迹继续回忆道："具体说了什么，我已经记不清楚了，大意是承建洛州绕城高速公路的公司因资金问题影响了工期，已引起了市政府及社会舆论的关注，为避免麻烦让这家公司退出绕城高速的主路建设，考虑到洛州工程公司前期做了大量工作，给予他们两千万元的经济补偿。"

"对这些条件，你当时有没有提出异议？"

"有，我当时就对赔偿两千万元表示不同意，我认为洛州工程公司拖延工期应该对其罚款，而不是对其补偿。但郑桐讲，这是一家背景很深的企业，又有上级领导打招呼，我们得罪不起，还是破财消灾、息事宁人的好。就这样，按照郑桐的要求，第二天我就与洛州工程公司签订了补充合同。"

谢东正步步紧逼："与洛州工程公司签订补充合同一事，上过局党组会或办公会议没有？"

常发迹摇了摇头："当时郑桐催得很急，没有来得及上会议研究。至于其他局领导是否知道，我就不清楚了。总之，我是按照郑桐的要求办理的。我只是个具体经办人,其他情况一概不知。"

谢东正突然转移话题:"用黑客手段删除财务资料又是怎么回事?"

常发迹一惊,故作镇静地回答:"这件事我真的不知道,你们可以直接调查财务人员。我对电脑一窍不通。"

此次谈话的目的基本达到,谢东正客气地说:"我们知道这么大的事情也不是你一个人能够决定的。我们也不希望你替别人背黑锅,你回去好好地想一想,把整个事情的经过都写出来,到时我们再详细谈一次。希望你不要回避矛盾,有什么说什么,把具体过程都写清楚。"

常发迹表情沉重地点了点头,没有说话。

就在谢东正等人为取得的新进展感到欣慰时,戏剧性的变化发生了。两天后,常发迹主动来到交通局审计组会议室。他一改上次忐忑不安的样子,先是高谈阔论地赞扬了一番审计人爱岗敬业、敢于担当之后,从容地拿出了一份整改材料,其中包括东海省同乐投资公司代洛州工程公司归还的两千万元借款。

张帆看完材料后疑惑不解地问:"两千万元是交通局对洛州工程公司退出洛州绕城高速公路主路建设权的赔款,怎么又变成借款了?"

常发迹从容地解释道:"原来合同约定的是赔款,之后又觉得赔款不妥,交通局就责令同乐投资公司打了个两千万元的借条,好在这笔借款已于昨天归还,国有资金未造成任何损失。"

张帆一个劲儿地追问:"借条是什么时间出具的?两天前找你谈话时为何没有提及?"

"借款时间为双方签订补充合同的第三天,也就是两年前的10月12日。前天你们问的时候,我一时没有想起此事,回去后才想起来,正好这时钱也到账了。现在好了,事情都解决了,审计促进管理的目的也达到了,可以说实现了双赢。"常发迹笑着用手指着盖有华原市交通局与洛州工程公司单位公章的借款合同。

张帆盯着合同，一脸凝重地问："常局长，你能说一下借款合同签订的具体情况吗？"

常发迹脸色一变，非常不客气地说："张处长，你这样问我就不明白了，你们审计的目的不就是促进问题的整改，我们已经按照审计要求进行了整改，洛州工程公司所欠交通局的资金已全部归还，你还要怎么样？"

张帆不卑不亢地答道："由于你提供的证据十分突然，我总得把情况弄清楚吧。"

常发迹绵里藏针地说："具体情况已经告诉你了，归还的资金也已经到位，你还有什么不明白的？我感觉你们审计的指导思想出现了偏差。"

张帆马上不客气地追问："指导思想出现了什么偏差？请你把话说清楚。"

常发迹意识到话说得有些过了，有意缓和了一下语气："你们这次审计与以往我们所接触的审计完全不同。以往的审计总是从促进管理出发，充分肯定总体工作所取得的成就，然后通过审计发现问题，帮助解决实际困难，通过完善管理制度促进规范管理，提质增效。可你们这次审计一开始就把重点锁定在查找问题方面，对交通局近年来取得的成就视而不见，一味地揪住一些历史上的旧账不放，你们这样做既不客观公正，又不实事求是。因此，我认为你们的指导思想偏离了正常的审计目标。"

张帆正欲开口解释，常发迹连忙朝他摆摆手，继续慷慨激昂地说："中央反复强调，要把干部在推进改革中因缺乏经验、先行先试出现的失误和错误，同明知故犯的违纪违法行为区分开来；把上级尚无明确限制的探索性试验中出现的失误和错误，同上级明令禁止后依然我行我素违纪违法行为区别开来；把推动发展的无意过失，同以权谋私的违纪违法行为区分开来。中央的重要指示，实质上是在倡导一种容错纠错机制，它对保护那些作风正派、敢作敢为、勇于担当、锐意进取的干部具有十分重要的意义。我认为，你们审计干部应该认真学习中央的重要指示，深刻理解指示的精神实质，切实转变观念。就以两千万元赔款为例，当时，也是从维护建设单位与施工单位双方权益出发，签订了补偿合同，后意识到此问题不符合相关要求，改签为借款合同，体现了知错即改的原则。"

此时，朱岩敲门进来，说："局党组会议开始了，赵副局长让常局长赶快回去主持会议。"

常发迹向张帆等人拱拱手："我刚才说的话也可能过头了，请你们谅解。不过还是希望你们能够站在'三个区分开来'和促进发展的角度思考问题，这样我们就容易达成共识。"说完就匆匆离开了审计组会议室。

二

就在审计组第二次约谈雪萍的当天下午，范琦给凌钢打来电话："朱华教授从美国回来了，想见见你。"凌钢问道："朱教授见我有什么事吗？"范琦直截了当地说："朱华教授是环宇公司的投资顾问，当然是为环宇公司的事。"

凌钢推辞道："如果是这样，我可不敢去了。你知道，现在有多少双眼睛在盯着我，上次就因为去环宇公司吃饭惹了一身麻烦。多事之秋，还是小心谨慎为好，请多多理解。"

范琦道："这次不吃饭也不去环宇公司，朱教授说去神州茶楼喝杯茶见个面。"

神州茶楼是家百年老店，虽叫茶楼，实际上是一家综合性的饭店，两年前神州茶楼改制，环宇公司投资两千多万元入股茶楼，成为茶楼最大的控股股东。

凌钢脑海中飞快地盘算着，朱华的再次出面预示着有机会触及环宇公司的核心秘密,于是欲擒故纵地说:"这不太好吧?"

范琦见有机可乘,马上道:"我们就在神州茶楼等你,不见不散。"说完便挂了电话。

凌钢结束了与范琦的通话后,马上用加密电话向东方副厅长作了简要的汇报。

东方听完汇报非常吃惊,没有想到朱华居然是环宇公司的顾问,范琦直言不讳地透露这层关系为什么?朱华作为华原市政府首席经济顾问,他与秦大川私人关系甚好,今晚的见面与秦大川有没有关系?东方认为不确定因素太多,风险太大,建议凌钢慎重考虑。凌钢则认为这是看清环宇公司底牌的机会。随着调查的进展,黑幕正在一层层被揭开,凌钢感觉真相就在眼前,值得冒险。

东方考虑再三,最后同意了凌钢单刀赴会的请求,反复强调一定要注意安全。

下班后,范琦亲自开车来接凌钢。华灯初上的都市霓虹闪烁,车水马龙,一片祥和。逶迤多姿的云龙河在万家灯火的映衬下穿城而过,让城市散发出别样的风情。此情此景犹如《华原夜景》描写的那样:

楼宇参差绿树环,流光车海色斑斑。
云龙摇动星天落,却被芳堤撞个湾。

路上凌钢和范琦闲聊道:"真没想到朱教授居然是环宇公司的投资顾问。"

范琦呵呵一笑道:"朱教授不仅是教授,也是商人,他有自己的投资公司。商人嘛,无利不起早,朱教授不仅是环宇公司的投资顾问,而且在环宇公司持有股份。"

凌钢吃惊地说:"原来如此!怪不得朱教授关心环宇公司的审计,不过,他多虑了,这就是一次常规性的审计而已。"

范琦有些激动地说:"常规性审计?你们三番五次地到环宇公

司调查，始终咬着环宇公司不放，又是外部调查，又是找人谈话，弄得人心惶惶的，这是常规性审计吗？"

凌钢呵呵一笑道："是你范老兄把情况想复杂了，从我们的角度看，这就是常规审计，审计哪个单位都是这样。"

范琦根本不相信凌钢的话，苦笑着摇了摇头。

凌钢试探道："朱教授有什么想法和要求吗？"

范琦马上道："当然是希望你能网开一面，坐下来好好谈谈。"

两人说话间已经到了神州茶楼。

三

凌钢一下车，严冬的寒意扑面而来，街灯下草木萧疏，一片肃杀景象。傍晚时分的茶楼，应是一天之中最繁忙的时刻，但此时神州茶楼门前只稀疏地停着几辆豪华轿车，门口也没什么人，显得有些冷清，与平时热闹的情景形成了很大的反差。

谈笑之间，凌钢和范琦上到了三楼，刚出电梯，雪萍便笑嘻嘻地迎了上来，热情地握着凌钢的手，十分客气地说："欢迎凌主任大驾光临。"

凌钢笑着恭维道："雪总什么时候都是那么光彩照人。"

三人来到了装修奢华的包间。西装革履的朱华教授从容地从沙发上站了起来，凌钢赶紧上前一步握着他的手，热情地说："朱教授好！好久没有见到您了，一切都好吧。"

朱华笑着道："好、好、好，一切都好。"

服务员布完酒菜后，范琦挥了挥手，让他们都退了出去。气氛一时有些尴尬，凌钢率先开口道："朱教授这次回来是商谈业务，还是参加学术研讨活动？"

朱华从容地说："这次回华原主要是参加市政府组织的经济发展论坛活动，看望一下故朋旧友，顺便了解一下环宇公司的审计情况。"

凌钢没有想到，朱华会如此开门见山，便呵呵一笑，谨慎地应道："审计调查仍在进行中，尚未有具体结果。"

雪萍不失时机地插话道："环宇公司有什么不规范的地方，还望主任高抬贵手，通融通融。"

朱华试探着问："那大体情况怎么样？"

凌钢有些为难地说："我也只是了解个大概情况，听我们的同志讲，环宇公司违法违纪金额很大。"

范琦与朱华交换了一下眼色，范琦开口道："要不就让环宇公司补缴一些罚款？"

雪萍点头道："对对，我们可以多交一些罚款。"

凌钢说："这事真的不好办，上有审计厅的领导盯着，下有经责办的同志们监督着，稍有不慎就会给我带来麻烦。"

范琦不以为意地说："有啥麻烦，在经责办还不是你凌老弟一句话的事。"

凌钢感叹道："我回华原只有半年多时间，根基都不稳，经责办内部的情况也很复杂，我也是如履薄冰啊。就说上个月就因为我不同意对环宇公司进行二次调查，有人就写信把我告到了厅长那里，我被领导严厉地批评了。"

范琦看向朱华，朱华向他点了点头。范琦开口道："其实我和朱教授都有个担心，环宇公司是市委、市政府树立的标杆企业，也是全市民营企业的一面旗帜，这面旗帜如果倒了，我们都不好交代。"

朱华走到凌钢身边，拉着凌钢的手亲切地说："来，我们借一步说话。"

两人来到了隔壁的雅间，刚落座，朱华便急不可耐地说："凌钢，作为你的老师，按理说，我不应干预你的工作，可情况特殊，我不得不与你见上一面，有些事情还请你变通一下。"

凌钢当然知道朱华想说什么，但仍十分客气地说："朱教授，有什么话您尽管说，只要不违反纪律，我尽力而为。"

朱华如实介绍了他与环宇公司之间的经济利益关系，特别强调环宇公司的特殊背景及秦大川的影响力。建议凌钢在处理环宇公司的问题时要适可而止，为自己，也为别人留条后路。凌钢为麻痹对方，诚恳地表示环宇公司情况复杂，容他时间想想办法。

这次与朱华相见，就像是一个魔咒，绕不开一个关键的人物——市长秦大川，此人在这场角逐中已呼之欲出。虽然在预料之中，但从朱华的口中听到秦大川的名字，凌钢还是暗中吃了一惊。秦大川作为自己曾经的领导，给予自己很多的帮助，对自己一生都产生了积极的影响。更为重要的是，秦大川一直以来留给公众的形象都是一个为政清廉、为民办事的优秀领导干部，他怎么会与范琦、雪萍、朱华这些人纠缠在一起？凌钢实在想不明白，更想不明白的是秦大川究竟陷得有多深。

凌钢灵活的处事原则，让朱华很满意。当他们二人重新回到包房时，范琦看到二人神色轻松，便试探地问："凌老弟，你得给我们交个实底，环宇公司的事到底怎么处理？"

朱华笑着说："范琦，凌钢心中已经有数了。今天不谈工作，只喝茶，怎么样？"

凌钢话中有话地说："是得交个实底了，不然我的心里一直七上八下。"

范琦一愣："你心里七上八下？"

凌钢不慌不忙地从上衣口袋中拿出两张打印出来的网上截图照片，放在了范琦面前。范琦和雪萍看到照片，脸上现出不自然的神色。范琦为掩饰尴尬，笑着说："这不是咱们上次吃饭的照片吗？"

凌钢瞟了他一眼说："就是这两张照片被人发到网上后，不知给我惹来了多大的麻烦，让我受了多少批评。"

范琦赶忙说："这要怪雪总管理不严，这是哪个工作人员发到网上的，雪总你要好好查查。虽然事情已经过去了，但这事毕竟给凌老弟添了麻烦，雪总，你还不向凌老弟敬杯茶赔个礼？"

雪萍马上乖巧地端起茶杯道:"凌主任,是我们的员工不懂事,我回去一定严查,我代他向你道歉。"

"慢着!"凌钢的眼睛看向房间的监控摄像头,"还是请雪总把监控关掉吧,免得明天又有照片发到网上。"

雪萍马上道:"我大意了,马上关掉。"

朱华圆场道:"凌钢作为审计部门的领导,小心谨慎是应该的。换位思考,如果我是凌钢,也会这样做的,大家要相互理解嘛。"

趁凌钢去洗手间之机,朱华把和凌钢单聊的情况讲了一遍。范琦半信半疑地提醒朱华,凌钢城府很深,他还没有明确表态,不可掉以轻心。范琦的话让朱华心里一沉。

四

凌钢借去洗手间之机,小心地观察着周围的一切。茶楼今天客人很少,三楼只有他们这个包间有人,保安却有七八个。从窗户向楼下看,有几名保安在巡逻。凌钢心中泛起莫名的寒意。

回到了桌前,大家又闲聊了一会儿,范琦终于按捺不住了:"凌老弟,都说你年轻有为,足智多谋,办法很多,环宇公司的事就拜托你了。"

既然把话挑明了,凌钢也不再回避,苦笑了一声:"请范老兄及在座的各位多多谅解,不是我凌钢不给大家面子,也不是不讲哥们儿义气,而是这件事太大,也太棘手,容我再考虑考虑。"

同样的话,在范琦的提示下朱华两次听到的感受已大不相同,朱华有些警觉,他强笑着借口还有事,告辞离去。

送走朱华后,凌钢突然问范琦:"范老兄,你这么关心环宇公司,到底是为什么?难道说你在这家公司里也有股份?"

范琦一脸诚恳地说:"凌老弟,跟你说句掏心窝子的话,你说有就有,你说没有就没有,这些都不重要,重要的是我在这家公司有一定的话语权。"

看着凌钢疑惑不解的神情,范琦凑近凌钢,低声道:"雪总不是外人,你有什么条件、什么要求,尽管开口,我们尽量满足你。"

凌钢心中一惊,不动声色地问:"范老兄,你什么意思?"

范琦答非所问:"这也是秦市长的意思,秦市长还特意交代,如果你想到华原市政府工作,他可以推荐你出任市政府秘书长,也可以推荐你到商州市担任市委书记。"

凌钢说:"这是秦市长的意思吗?前几天他还动员我回中州呢,怎么这么快就改变主意了?"

范琦十分肯定地说:"这是秦市长亲口告诉我的,千真万确。"

凌钢沉吟了一会儿,凑近范琦,低声问:"秦市长在环宇公司是否也有股份?"

范琦摇了摇头:"这倒没有,他一贯把钱看得很淡,他要的是权力。"

凌钢好奇道:"既然如此,秦市长为什么这么关心环宇公司。"

范琦一副推心置腹的样子:"你问得非常好,一开始我也不太理解,后来明白了,秦市长关心环宇公司是因为这家公司是在他的强力推荐下被树立为华原市标杆企业的,也是他负责重点联络的民营企业。如果这家企业出现了问题,他能不受影响吗?别忘了,即将召开的华原市人代会有一项重内容就是选举市长,秦大川要保住市长职务,还需要做很多工作,至少当下不能出现任何负面消息。"

凌钢不解地问:"秦大川续任市长不是顺理成章吗?为何还要做很多工作?"

范琦故作神秘地说:"你只知其一,不知其二,去年秦市长背了个党内警告处分,正是由于这个处分,使得续任市长一事充满了变数。"

"处分不是已经解除了吗?他不应该再受什么影响了。"

"理论上是不受什么影响,但实际情况要复杂得多,这个处分对秦市长的影响太大了。"

凌钢点点头道："听你这么说，我似乎明白了。"

范琦追问道："你明白什么了？"

凌钢笑了笑说："我明白什么了，你应该明白。"

范琦与雪萍惊喜地交换了一下眼神，雪萍马上从包里拿出四张银行卡放到凌钢面前。

范琦真诚地看着凌钢："凌老弟，环宇公司的事情就拜托你了，只要你肯帮忙，我们都是知恩图报的人。这四张银行卡，每张存款五百万元。如果不够，你尽管开口，我们尽己所能。"

凌钢听得心惊肉跳，强自镇定地拿起面前的一张银行卡认真地看着，一副舍不得放下的样子，片刻后叹道："两千万元，足够我花几辈子了。"说罢他把这四张银行卡推到了范琦面前："不怕你范老兄见笑，我这人天生胆小怕事，也不是富贵命，拿了这么多的不义之财，会吃不下饭，睡不着觉，折寿。为了多活几年，还是不拿为好。"

范琦和雪萍听完凌钢的话，脸色阴沉。范琦看向凌钢的眼神中充满戾气。凌钢冷笑一声，起身离去。

提前离场的朱华此时正在茶楼后花园的小径上独自徘徊，他心烦意乱地抽出一支香烟，拨弄着火机准备点燃，手却不受控制地哆嗦个不停，他一怒之下把烟连同火机狠狠地朝地上摔去……

环宇公司是朱华的利益输送站，几年来，朱华从环宇公司获取了数以亿计的资金。一旦环宇公司出事，朱华不仅会断了财路，他的一些操作也将被曝光，这些足以让他身败名裂甚至有牢狱之灾。

根据预设方案，一旦今晚对凌钢的收买失败，只能采取最后的行动，让凌钢在路上遭遇一场车祸。朱华在等待着最后的结果，这时他的手机响了，接通后手机里传来范琦不安的声音："朱教授，情况有变。保安报告，附近有两辆警车一直在徘徊。"

朱华一下子瘫坐在地上，颓然道："难道这一切都是天意？"

五

凌钢一回到办公室，马上用加密电话向东方汇报了事情的经过。

一直守候在值班室电话机旁的东方，听到凌钢的声音后，长长地舒了口气，关切地问："情况怎么样？"

凌钢汇报道："远比想象的复杂，环宇公司是一个典型的官商勾结的犯罪团伙。"

东方急切地追问道："秦大川、郑桐和范琦都是其中的核心成员吗？"

"初步判断，秦大川和范琦都是核心成员，但郑桐与这个团伙似乎没有什么关系。"凌钢如实地说出了自己的判断。

"啊，这点倒出乎意料。"东方沉吟片刻问，"秦大川、朱华与环宇公司是什么关系？"

凌钢谨慎地回答："按照范琦的说法，朱华既是环宇公司的投资顾问，也是隐形股东之一；秦大川与环宇公司没有经济关系，但他应该是这家公司的幕后保护伞。"

"你拿到证据了吗？"

"没有。"

东方沉吟了一会儿说："如果没有证据，暂时先不要上报。你下一步如何打算？"

凌钢胸有成竹地说："范琦是这个圈子的核心人物，掌控着这个团伙的一切，不排除他在环宇公司拥有暗股。我们可以依据领导干部不准经商办企业的规定，尽快提请纪检部门介入调查，相信很快就能够取得突破。"

东方道："你这个建议很好。请尽快形成文字材料上报厅党组，由党组决定。此事涉及众多领导干部，尤其是涉及地市级领导干部,一定要慎之又慎,切实做好保密工作。"

凌钢不敢怠慢,连夜整理材料,第二天一上班就将专题材料上报了省审计厅。

六

随着审计调查力度的加大,环宇公司非法侵占巨额国有资产的问题逐渐浮出水面。与此同时,范琦等人干预审计调查及设计陷害审计干部的问题也引起了审计组的特别关注,他们以环宇公司非法经营为重点展开全方位的审计调查。

感受到日益逼近的危险,范琦决定铤而走险,一方面勾结黑恶势力威胁恐吓审计人员,另一方面又千方百计地腐蚀收买审计人员。当这些手段都失败之后,范琦借参加全省土地资源开发论坛的机会,用伪造的身份证从中州乘机出逃香港。

凌钢应约来到了市纪委书记祁正的办公室,了解范琦的出逃情况。此时,祁正正在与市委书记陈锋通电话,汇报范琦一案的调查情况。凌钢敲门进来后,祁正冲凌钢摆了摆手,示意他先坐下,对着电话继续道:"陈书记,根据公安部门通报的情况,范琦已于两天前出逃香港,时间应该是经责办正式向纪委报告的前一天。目前他仍滞留在香港,我已按您的指示,并请示省纪委,由华原市纪委和公安局成立了联合追逃抓捕小组,于今天晚上直飞香港,有什么进展情况再及时向您汇报……"

放下电话,祁正歉意地握着凌钢的手,有些遗憾地说:"刚才你也听到了,陈锋书记要求我们尽快对范琦采取措施,并在最短的时间内查清他的违法乱纪问题。联合追逃抓捕小组已经开始行动了,相信不久就会有结果。"

凌钢非常意外,几天前,范琦还在全省土地资源开发论坛上慷慨激昂地发表讲话,怎么突然间就出逃香港了?

祁正神色凝重地从文件袋中拿出了一叠举报材料递给了凌钢："这是纪委最近几天收到的举报材料，举报你们单位的副主任谢东正同志，超越审计权限，限制范琦的人身自由，多次恐吓威胁范琦如不交代问题，将移送司法机关，从而导致范琦出逃境外。还举报财政审计处处长梁丽燕急功近利，通过非法手段取证，严重影响了企业合法经营权，成为社会不稳定的潜在因素，还举报……"祁正看了凌钢一眼，犹豫了一下说，"还举报你与梁丽燕有不正当的男女关系，把经责办搞成了夫妻店。"

凌钢脸色铁青，将举报信重重地拍在了桌子上，气愤地说："真是卑鄙无耻，纯粹是无中生有，陷害诬告。"

祁正泡了一杯茶递给了凌钢，又往自己的茶杯中倒满了水，神态平和地说："凌主任，你先不要激动，喝口水消消火气，发火是解决不了任何问题的。有些事情要比我们想象的还要复杂，范琦违法乱纪并不是一个孤立的问题，他很可能只是某个利益集团中的一个链条，审计所揭示的问题也只是冰山一角，危害更为严重的问题尚未暴露出来。随着审计力度的进一步加大，相信会有更多、更严重的问题浮出水面，隐藏在幕后的真正对手不会主动放弃抵抗，必然会进行疯狂的反扑，对此，你们一定要保持高度的警惕严阵以待，时刻准备应对更为复杂的局面。另外，这些告状信再次给你们提了个醒，一切都要谨慎再谨慎，你们的对手绝非等闲之辈，审计工作中稍有瑕疵，就有可能给对方造成可乘之机，甚至带来难以估量的损失啊。"

祁正一番真诚的话，既饱含着同志之间的理解与深情，又寄予厚望与提醒，让凌钢激动不已："谢谢祁书记的理解与支持。"

祁正温和地说："要说感谢，我们应该感谢你们经责办才对，是你们严格依法审计，才揭示了华原市干部队伍中存在的严重腐败问题，促进了反腐败斗争的深入开展，也为我们树立了榜样。"

凌钢客气地说："这次审计能够取得突破与市委、市纪委的支持密不可分，我一定把您对经责办工作的支持传达给全体审计人员，再接再厉圆满完成这次审计任务。"

"不过，我还是要提醒你一句，你们要有过硬的证据才行，否则，情况会变得更加复杂，也可能前功尽弃。这样的教训实在太多，也太深刻了。"祁正叮嘱道。

凌钢点了点头，很有信心地说："请祁书记放心，我们一定会取得过硬的证据，一定会让对手输得心服口服。"

此时，秘书送来一份急件，是追逃抓捕小组从香港发来的传真件，内容显示范琦已逃往美国，请示下一步行动方案。祁正在接收文件上签署意见后，交给了秘书。秘书离开后，祁正向凌钢转告了追逃抓捕小组行动失败的消息。

凌钢心中一沉，十分疑惑地说："范琦的动作好快呀，他到香港才一天就逃往美国了？他是不是得到了什么消息？"

祁正没有回答凌钢的疑问，沉思了一会儿说："泄密的可能性不大，范琦的防范意识和反侦查能力都很强，从他伪造身份证件、选择出逃时间来判断，应该是早有预谋。当然，范琦的背景复杂，背后势力强大，也不能完全排除有人泄密的可能。他这一逃，给我们下一步的工作增加了难度和不确定性。"

七

范琦自从逃往香港之后，犹如丧家之犬，惶惶不可终日。自从雪萍告诉范琦经责办已掌握了商州煤业公司重组及探矿权出让情况时，范琦就明白这盘棋局的胜负已见分晓。他不愿失去奋斗多年所获得的一切，更不愿坐以待毙、束手就擒，他给秦大川拨打电话，希望秦大川能够力挽狂澜、扭转乾坤，从而让自己转危为安。可电话拨通了，对方没有接听；重新拨号，接通后对方立即挂断电话；再次拨打，对方就已关机，这是他多年与秦大川联系时从未有过的现象。瞬时，他心头涌起强烈的不祥之感。

现在回想起来，他才突然意识到这一切都是陈锋与周山联手布下的迷魂棋局。两次让凌钢停职又复职，全是他们不经意之间的神来之笔。凌钢第一次停职，让自己放松了应有的警惕，结果凌钢复职后加大了对环宇公司的审计力度，直击商州煤业公司股权重组；凌钢第二次停职接受纪委调查，自己和秦大川满以为可以借马华虎之手除掉凌钢，结果经责办纪检组快速查清了凌钢并未受贿的事实真相，凌钢再次复职。凌钢两次停职，都不同程度地迷惑、麻痹了自己及秦大川；凌钢两次复职，让他以廉洁铁面的形象重新活跃在审计舞台上。正是在这起起伏伏之间，陈锋和周山完成了巧妙的布局。遗憾的是，直到现在自己才看明白了棋局的布阵，然而，为时已晚。

现在最为痛心的是雪萍没来得及逃出来，给自己带来了巨大的遗憾，同时也埋下了隐患。雪萍之前曾按他的要求买了机票要去香港，临去机场之前，被他阻止了。阻止的原因就是凌钢的第二次停职，让他误以为安全了。一想到这里范琦就追悔莫及，痛不欲生。

八

范琦到达香港后，整夜失眠，神情恍惚。第二天下午，百无聊赖的他来到海边，尽管这里风景如画，游人如织，但他却没有心情欣赏这一切，他默默地注视着这个陌生的地方，脑海中不断切换着昨日与今日的生活画面。

人生如戏，戏如人生。范琦满怀愁绪地在海边徘徊，艰难地思索着自己的人生变化轨迹。从大权在握的国土资源局局长沦落为浪迹天涯的亡命之徒，是他始料不及的，也是他最不愿意面对，却必须面对的残酷现实。究竟是什么原因，使他一步步走向深渊呢？恍惚之中，一个漂亮的女人面带微笑、十分优雅地向他款款走来……

范琦第一次见到雪萍时，她还是刚出校门不久的大学生，在信达房产公司从事公关营销工作。当时的她穿着一身藕荷色连衣裙，长发披肩，开口先笑，浑身上下洋溢着迷人的气息，充满着青春的活力，尤其是那双会说话的眼睛，具有摄人魂魄的魅力。

那天上午，信达房产公司的老板赵海洋，为申请一块商州老城区公园北侧的十五亩商业用地，带着公关部助理雪萍找到了时任商州市国土资源局局长的范琦，之前赵海洋曾多次托人找到范琦想要购买那块黄金地块，均被范琦拒绝。善于揣摩人心理的赵海洋并不死心，全方位研究范琦的处事特点、风格及嗜好，做足了功课，带着雪萍来撞运气。

范琦刚放下电话正欲外出，赵海洋就带着雪萍敲门而入。赵海洋微笑着跟范琦打招呼："范局长好啊，这位是我们信达房产公司公关部助理雪萍小姐，今天特意来拜会范局长。"

范琦尽管阅人无数，但见到雪萍的那一刻还是被她高雅的气质征服了。范琦分外热情地说："请坐，二位快请坐。"边说边要给客人倒茶。

雪萍看到年轻有为又大权在握的范琦后，不由得心生好感。她主动从范琦手中接过茶壶，先给赵海洋杯中斟茶，之后又把范琦杯中倒好水，两人开始眉眼含笑地互相打量。

赵海洋从两人的目光中捕捉到了他想要的机会，不失时机地说："范局长，雪萍助理可是我们公司有名的才女，不仅人长得漂亮，而且才华也十分出众啊。"

雪萍含情脉脉地望着范琦，轻声柔气地笑着说："久闻范局长大名，请范局长多多关照。"

范琦盯着雪萍含笑道："雪萍小姐客气啦。"

两人相互欣赏，攀谈中很快拉近了两个人的距离。当然，赵海洋的良苦用心也没有白费，在美人计的作用下，用地申请很快得到了批复。

在后来的交往中，范琦告诉雪萍自己是农家子弟，世代务农，父母体弱多病，生活非常困难，考上大学后却无钱读书，是在村支书一家的资助下，才完成了学业。为了报恩，他毕业后就与村支书的女儿菊花结了婚，菊花没读过什么书，两人在思想认识、生活方式上差异巨大，日子过得磕磕绊绊。一次他试着向菊花提出离婚，菊花哭闹着说要是离婚，她也没脸活在世上了。从此以后，他再也不敢提离婚的事了。为了双方的面子及社会影响，范琦把菊花接到了华原，后来菊花领养了一个儿子，两人就这样一直维持着名义上的婚姻。

雪萍也向范琦讲述了自己的人生际遇，大学毕业后找工作一直不顺利，前几个工作都没干多长时间，现在所谓的公关助理工作，就是陪客户吃饭、跳舞，像个交际花一样周旋于客户与老板之间，男朋友为此和她分了手。

范琦怜惜地说："同是天涯沦落人。既然苍天让我们有缘相识，就一切从头开始吧。虽然我不能让你大福大贵，但我会努力让你过上好日子，让你开心。"就这样，之前没有任何交集的两个人，从此纠缠在了一起。

潮水卷着层层浪花温柔地向海岸涌来，又依依不舍地退回大海深处。白色的沙滩上留下层层波纹状的水痕，五颜六色的贝壳散落在整个沙滩，在余霞的投射中熠熠生辉，充满浪漫、诗情、画意。逐浪的海鸥款款而飞，更增添了大海的灵动与美妙。如织的游人，又让这里充满生机与活力。落霞时分的大海深邃辽阔、令人陶醉，也令人忧伤。范琦忽然想起，未能及时出逃的雪萍，此时可能正在审讯室里接受审查，承受着难以想象的煎熬，眼里充满着恐惧、无奈，甚至绝望。

岁月无情，人生如梦。雪萍温柔多情，对自己一往情深，她是上苍送给自己的礼物。这样的女人，今生今世恐怕再也找不出第二个了，也再没有机会与她相见了，想起这些，范琦不禁一阵心酸，眼睛湿润了。

泪眼蒙眬之中，范琦的眼前浮现出另一幅场景，赵海洋堆着谄媚的笑容，带着风情万种的雪萍再次来到了他的办公室，这次赵海洋的目标是商州东区核心地段——东龙湖北侧的四十亩商业用地。范琦拒绝了赵海洋购地的要求，理由是这块地很快会规划为公共绿化用地，不属于出让使用权的范畴，不能对外出售。赵海洋堆着笑，目光反复在范琦与雪萍的脸上切换着，恳切地说："范局长，都说谋事在人，成事在天，天下没有一成不变的事情。只要你范局长肯帮忙，这事就有希望。"

范琦盯着赵海洋看了一会儿，善意提醒道："赵总，凡事都有一个度，触犯法律底线的事千万不要做，会给自己带来无尽的麻烦的。"

利字当头，赵海洋哪肯放弃，他权衡片刻，提出了一个十分诱人的条件："我们可以合作开发，利益共享，风险共担。请范局长认真考虑一下，这事我就全权委托雪萍助理负责了。"

既然是合作，又由雪萍全权负责，随后的事情就变得简单了。很快，赵海洋如愿以偿地拿下了这块地，同时傍上了大权在握的合伙人。也是从这时起，范琦从一名为政清廉的政府官员，转变为权色利一体的特权人。

一年后，赵海洋因金融诈骗罪被判处有期徒刑二十年，商州市国土资源局借机收回了已出售的四十亩土地使用权。在范琦的精心策划下，将该宗土地以每亩低于同类地段一半的价格出让给雪萍新组建的环宇公司，并以此为抵押向银行贷款两亿元，从此开始了"空手套白狼"的创业历史。几年后，一个综合型的投资公司在商州大地上悄然崛起，成为驰骋于商界的一匹黑马。

汽笛声打断了范琦的思绪，放眼望去，几条快艇从眼前的海面上快速掠过，海鸥在天际翱翔，远处海面上点点白帆。沙滩上的游人，尽情享受着落日时分的浪漫。

九

范琦驻足远眺，很快又沉浸在遥远的回忆之中。商场如战场，既需要冲锋陷阵的将军与士兵，同样也需要足智多谋，运筹帷幄，决胜千里的元帅，战争胜负的关键在于排兵布阵，做到先谋而后动。环宇公司组建后，以四十亩商业用地为基础，以土地抵押银行贷款为资本，开始了疯狂的敛财活动。范琦在幕后，雪萍在台前，两人分工协作，明暗配合，采取一切手段巧取豪夺，谈笑之间共同打造秘密的商业帝国。短短四年时间，他们连续在商州新区、华原新区开发了两个高档大型住宅小区，获取巨额利润之后便把黑手伸向了国企资产重组方面，采取压低资产评估价值、隐瞒资源储量等手段，大量攫取国有权益。整体收购商州煤矿便是其中一个例证，通过隐匿原煤储量及探矿权出售等手段，非法获利近二十亿元。范琦现在回过头一想，当时头脑过热，实在有些得意忘形了，以至于被审计厅经责办盯上，成了最大的风险隐患。

他不禁又想起商州制药厂引进项目，原本处于试验阶段的新型抗癌药品尚未投入批量生产，在他们的游说下，时任商州市委书记的秦大川为了政绩，最终做出了整体引进设备的决策。这个失败的项目给当地财政造成了二十多亿元的经济损失，秦大川也受到了党内警告处分。但环宇公司却从中赚取了中介费用及建设费用近两亿元。最为关键的是他们通过这个项目把秦大川套住，成为环宇公司的保护伞。

不知何时，暮色已笼罩了大海，游人逐渐稀少，潮水一改白天的温柔与浪漫，发怒似的一浪接一浪地向沙滩扑来。此时，范琦的手机突然响了起来，知道这个手机号码的只有秦晓勇，范琦赶紧接听，电话里传来秦晓勇焦急的声音："刚刚得到消息，根据陈锋的指示,华原市纪委和公安局已组成联合追逃抓捕行动小组,由纪委一位副主任带队直奔香港而来。他们一行三人,于今晚六点半起飞,预计九点钟到达。"

闻听此言,范琦心慌意乱,顿时觉得眼前一片漆黑。稍稍稳定情绪后,他忙向秦晓勇讨主意求助。秦晓勇告诉他,目前脱离危险的唯一的办法就是尽快去美国。今晚八点半有一趟香港直飞洛杉矶的航班,他已经替范琦买好了机票,正好能赶在抓捕小组到达之前逃离香港。

惊魂未定的范琦直到去美国的航班起飞,一颗悬着的心才落了下来。飞行途中的范琦又恢复了往日的自信,兴奋地向乘务员索要香槟酒。乘务员一边为范琦倒酒,一边友善地问:"先生有什么喜事庆贺?"

范琦微笑着答道:"庆祝自由与新生!"

一个畏罪潜逃的罪犯,一个全然陌生的国度,等待他的会是自由与新生吗?

第十七章　大雪无痕

一

根据审计的需要，审计组约谈了相关领导干部。约谈既是经济责任审计的必要程序，也是经济责任审计的重要内容，当然这样的约谈具有一定的指向性。受审计组组长东方副厅长委托，凌钢、谢东正等人直接约谈了郑桐。

在华原市委谈话室，凌钢目光平静地看着郑桐，开宗明义地提出了三个问题："第一、江山建设公司和江河建设公司在高速公路招标中，中标率高达百分之三十五，短短几年之中承揽高速公路工程额超二百五十亿元；第二，洛州工程公司因经济实力不足造成中标项目后长达十个月不能开工，退出主路建设后获得经济赔偿两千万元；第三，中天实业公司中标 LN 高速公路项目后违规转包引发质量事故，公路建成投入运营后，因质量问题被迫封闭维修达一个月之久。这三个问题，社会关注度高，群众反映强烈，而且全部发生在你任华原市交通局局长期间，请你结合职责履行情况谈谈自己的看法。"

郑桐听完，端起茶杯慢慢地呷了一口，从容地说："江山、江河建设公司屡次中标，主要是这两家公司实力雄厚，经济技术力量强。选择什么样的工程公司参与建设是根据高速公路建设的需要确定的。"

凌钢问:"这两家建设公司屡次中标有没有人为干预因素?有没有特殊背景?"

郑桐看了凌刚一眼:"我不知道你所说的特殊背景指的是什么。高速公路所有项目招标都是严格按照公平、公正、公开的原则进行的,并且依照招投标法设置了严格的资质要求和约束条件,因此,不存在人为干预的问题。江山、江河建设公司中标次数多少与特殊背景没有任何关系。"

谢东正目光炯炯,直视郑桐,说:"审计调查,你儿子郑国玉直接参与了江山、江河建设公司的投标和建设高速公路项目,在你管辖的范围内承建大量工程,你认为这是否符合国家规定?"

郑桐说:"你说的情况,我不太清楚。郑国玉是天昊商贸公司的总经理,商贸公司从事的经营活动与高速公路建设没有直接关系。至于说郑国玉参与江河、江山建设公司有关经营事项,我并不知情。退一步说,即使这里面有什么问题,也是郑国玉本人的问题,与我没有直接的关系。"

凌钢追问道:"在你担任交通局副局长和局长期间,郑国玉通过江山、江河两家建设公司参与高速公路项目投标是否跟你打过招呼?你有没有跟相关部门打过招呼,或暗示什么?"

郑桐脸色微变,语气坚定地回答:"没有,绝对没有。"

谢东正严肃地说:"请你认真地回忆一下,在历次招标期间,你有没有为江山、江河公司跟相关人员打过招呼或暗示?如果有,一共有几次?"

郑桐看了谢东正一眼,摇了摇头道:"没有,一次也没有。"

谢东正咄咄逼人地问:"如果我们了解到你在高速招标过程中曾为某公司利用职权打过招呼,你觉得应该怎么办?"

谢东正的态度并没有激怒郑桐,他平静地回答:"首先,交通局有严格的内部控制制度,不是'一言堂';其次,我没有必要违反组织原则,做违纪违规的事情。"

谢东正旧话重提:"你真的认为郑国玉在你主持交通局工作时参与高速公路招标符合规定吗?请你说出你的真实想法。"

郑桐不悦道:"我再说一遍,我不知道郑国玉的事。你们坚持说他参与了高速公路项目,可以去调查。"

谢东正直率地说:"我们当然会调查,并且也一定会查明事实真相。"

凌钢为缓和气氛,平和地说:"郑桐同志,第一个问题你可以再回忆一下,抽时间我们再细谈。请你谈谈第二个问题,也就是洛州工程公司退出洛州高速公路建设后,获取两千万元的赔偿问题。"

郑桐沉思了一会儿说:"洛州绕城高速公路项目比较复杂,建设过程中出现了一些特殊情况。由于多种因素,建设工期滞后了几个月,不过从最终结果来看工程质量还是不错的。"

"郑桐同志,请你详细介绍一下这条高速公路都有哪些复杂性,特殊在什么地方?"凌钢追问道。

郑桐稍稍一愣,说:"洛州工程公司是交通局从东海省引进的重点工程公司,也是有经济实力的公司,这家公司中标洛州绕城高速公路项目后,由于资金等方面的原因,没能及时开工。经过交通局慎重考虑,让这家公司退出了高速公路建设。考虑到他们前期有不少投入,在充分评估损失的基础上给予了这家公司两千万元的经济补偿。"

"洛州工程公司中标后,为何长达十个月迟迟不能开工,主要是什么原因?其间,作为项目主管部门的交通局都做了什么工作?"

面对凌钢尖锐的提问,郑桐有些吃不消了,推诿道:"这项工作由时任副局长常发迹同志分管,具体情况你们可以找他了解。"

凌钢笑了笑,说:"常发迹那里我们会找他了解情况的,今天我们是按照审计程序约谈你,主要想听一听你对此问题的具体看法。"

刚踢走的球又被重新踢了回来,郑桐不禁暗暗叫苦,解释道:"这中间我也做了一些调查,发现延期开工的主要原因是资金没有落实。因此,我提出让这家公司主动退出。"

凌钢打断道："是交通局资金没有落实，还是洛州工程公司资金没有落实？"

"客观说，两家都存在资金没有落实的问题，当然了，主要是洛州工程公司资金不到位。"郑桐回答道。

谢东正突然插话："郑桐同志，实际情况不是这样吧。据我们了解，这个项目采用的是BOT建设模式，建设资金全部由承建单位洛州工程公司筹集，与交通局资金是否落实没有什么关系。"

郑桐额上已微微冒汗，强笑道："看我这记性，时间太久了，把这事给忘了。东正同志提醒得对，这个项目的确是BOT建设模式，建设资金应该由洛州工程公司全部承担，为什么资金没有落实呢？哦，我想起来了，是洛州工程公司的母公司同乐投资公司在资金运作中出了问题，从而影响了工期，大概情况就是这样。"

知道郑桐在演戏，凌钢轻笑道："郑桐同志，你这个理由也太牵强了吧？洛州绕城高速公路投资概算四十亿元，承建企业至少要有百分之三十的准备金，也就是说，洛州工程公司必须有不低于十二亿元的自有资金。对于注册资本仅有一亿元的洛州工程公司而言，显然不具备这样的实力。"

郑桐感到自己后背也在冒汗，故作镇定道："你说的情况，我还真的不清楚。建议你们还是向常发迹同志了解一下情况，具体情况他应该比我熟悉……"

谢东正有意打断，皱着眉说："郑桐同志，建设资金是BOT项目建设的前提，也是投标企业中标的前置条件，更是项目招标资格审查的必要内容，如果连这些基本情况都没有搞清楚的话，你们的招标工作一定存在着严重问题。你作为当时交通局的'一把手'，应该知道承担什么责任。"

郑桐虽然努力控制着自己的紧张情绪，但额上的汗已不受控制地流了下来。他心虚地说："时间太长了，有些事记不太清楚了，我需要与相关人员碰一下情况，再答复你们。"

关键时刻，凌钢哪能放松，他看着郑桐道："按照国家有关规定，引进一家外来企业，必须对该企业的经济技术实力进行考察，不知道你安排谁去考察的，考察结论是什么？"

郑桐的目光有些躲闪，继续推诿道："时间长了，我记不清谁去考察的，你们可以去基建处了解一下具体情况。"

谢东正不客气地说："我们已经了解过了，你根本没有安排任何人去考察，而且，就是你违反规定不同意对洛州工程公司进行考察。"

郑桐强辩道："东正同志，说话要负责任，你有什么证据？"

谢东正拿起手上的一份会议纪要，朗声读了一遍，这份会议纪要记录了当时一位处长提出要对洛州工程公司的经济技术实力进行考察，被郑桐当场否决。

郑桐狼狈地辩解道："这里面肯定有特殊情况，不然，我是不会做出这样的决定的，你让我再想一想。"

凌钢点点头道："好，这个问题你再想一想。那么请你解释一下，两千万元赔偿款到底是怎么回事？"

郑桐暗暗松了一口气道："首先我要声明一点，给洛州工程公司的两千万元资金并不是什么赔偿款，只是对该公司前期准备费用的经济补偿。"

"补偿依据是什么？"凌钢追问。

郑桐答道："洛州工程公司中标绕城高速公路项目后，做了许多准备工作，产生了大量费用，作为建设单位，为了弥补该公司的经济损失，经过研究给予必要的经济补偿。"

谢东正气愤道："你说的情况并不属实。实际情况是，洛州工程公司从中标绕城高速公路项目之日起，就在准备如何将这条高速公路进行转包，并不像你所说的那样做了许多开工前的准备工作。由于各种原因，转包没有成功，造成工期拖延十个月之久。之后是在市政府的督导之下，才由其他公司接手建设。洛州工程公司没有投入一分钱却获取了两千万元的经济补偿。另外，经我们进一步调查发现，对洛州工程公司的赔偿，既没有做任何评估，也没有经相关会议研究，这应该是由你一个人决定的吧。"

郑桐厚颜无耻地说："话说到这里，我特别感谢你们经责办，是你们帮助交通局澄清了事实真相，规范了交通局的管理。我们接受你们的审计建议，进行了积极的整改，两千万元补偿资金作为借款已于上周全部收回。需要特别强调说明的是，洛州工程公司当时出具了借款收据，对该公司赔款或补偿的说法并不准确。"

谢东正不满地追问道："资金收回了，教训吸取了没有？相关人员的责任追究了没有？如果没有这次审计，是不是两千万元就不用收回了，国有资金就这样流失了？对此你没有责任吗？"

郑桐表情木然，沉默不语。

片刻后，凌钢打破沉默问道："郑桐同志，中天实业公司违规转包LN高速公路造成质量事故频发，对此你有什么想法？"

郑桐继续打太极，推诿道："LN高速公路项目也是由常发迹同志主抓的，当我了解到建设过程中出现工程质量问题后，责成常副局长组织力量进行了全面调查，对出现工程质量问题的路段及时进行了重修，处理了相关责任人员，确保了这条高速公路的建设与运营安全。"

"据调查了解，中标LN高速公路的施工单位中天实业公司是西部一家从事商业贸易的公司，这家公司既没有建设高速公路的经验，也没有这方面的专业施工队伍。招标文件规定得非常清楚，要求投标单位必须拥有高速公路建设的经历及业绩，请你解释一下，以中天实业公司的资质为什么能够中标？"凌钢追问。

郑桐眉头微皱，说："刚才我已经说过，我不具体负责这项工作，很多具体情况我真的不清楚，也没法向你们解释明白，建议你们还是向常发迹同志了解情况。"

凌钢并没有放弃，继续追问："据我们调查了解，中天实业公司的老板是你大学时的同学，这家公司参与投标也是你从中牵线搭桥，你怎么能不知道具体情况？"

郑桐狡辩道："是我牵的线不错，但具体过程我不清楚，公开招标既然中天实业公司能中标,自然是有实力的。"

此时谢东正忍不住讥讽道:"中天实业公司连施工经历及工程业绩等基本条件都不具备,谈何实力?这家公司能够中标没有你的直接干预吗?"

郑桐恼羞成怒地说:"现在我终于明白了,你们今天的谈话就是为了给我泼脏水,陷害我。"

凌钢敲了敲会议桌,严肃地说:"郑桐同志,没有想到你一个市级领导干部会这么认识问题,这样对待审计约谈。今天我们所提出的问题,建议你回去认真地思考一下,并按审计要求,尽快形成文字材料交给审计组。对于不同的意见,我们另外安排时间再沟通,今天的谈话就到这里。"

二

郑国玉通过江山、江河建设公司参与高速公路建设的真相逐渐明朗,为进一步挖掘真相,审计组拟对正在某监狱服刑的郑国玉进行调查,这个消息引起了郑桐的恐慌。他一方面给东方副厅长打电话,请求网开一面,不要再调查郑国玉,遭到了东方的明确拒绝。另一方面他又与华原市纪检部门的某领导打招呼,希望帮助做些经责办的工作。这位领导客观分析了郑桐目前面临的严峻形势,认为此时继续做经责办的工作已无可能,要做最坏的准备,并暗示郑国玉可以利用保外就医的机会潜逃。

范琦的出逃让凌钢意识到,在这场没有硝烟的战争中,与对手比拼的不仅是谋略与智慧,更重要的是速度,一定程度上讲,速度成了决定胜负的关键。就在范琦出逃的第二天,凌钢等人再次约谈雪萍时,发现雪萍已经神秘地失踪了。去调查郑国玉的审计组成员传回消息,郑国玉利用保外就医的机会潜逃,不知去向。三个关键人物的消失,让真相的曙光再次被重重黑幕遮蔽。

凌钢的心中疑惑不安,范琦的顺利出逃,郑国玉、雪萍的神秘失踪,这后面有没有秦大川或郑桐的影子?最让凌钢担心的是,雪萍会不会像苏运棋、王力庆一样遭遇"意外"?

三

为彻底查清高速公路建设中存在的质量问题,白露对近四年来的重大设计变更及投资增加情况再次进行系统分析,从中发现由江山、江河建设公司承建的西北高速公路中,仅黄峪大桥及配套防护工程就因设计变更增加投资三点八六亿元。

审计经验告诉白露,这项变更极不正常。为查清事实真相,白露、赵大海对黄峪大桥及配套工程的设计变更进行了全面调查,并将变更内容、原因、批复等情况锁定为调查重点。设计变更说明引起了白露的特别关注:2008年8月,华原市西部山区出现了百年不遇的特大暴雨,已建成的黄峪大桥路基下沉,桥身变形,经工程设计人员勘察后调增概算二点九亿元用于维修,由于大桥防护工程全部被冲毁,重新建设需要增加投资零点九六亿元,两项合计,共需要增加投资三点八六亿元。

这段说明中有三个重要信息:一是增加投资的主要原因是遇到百年不遇的特大暴雨,说明设计本身存在缺陷,当然也不排除存在施工质量问题;二是路基下沉及桥身变形,表明大桥损坏严重,无法正常使用;三是大桥防护工程全部被冲毁,表明防护工程也存在施工质量问题,或存在设计缺陷。

当白露将分析结果向审计组汇报后,凌钢惊讶道:"什么?防护工程全部被冲毁?"

谢东正有些不解地问:"凌主任,你知道防护工程这件事?"

凌钢道:"前几天在与一位朋友聊天时,他说到了某重点防护工程因质量问题进行过重建,造成了重大损失。当时我问他是什么工程时，他没有说具体工程，说他也是听别人说的，不知真假。"

谢东正分析道："根据白露的介绍，可以初步判断，防护工程主要是为防护黄峪大桥而建设的配套工程，大桥出现了问题很可能与这个防护工程没有发挥作用有直接的关系。"

凌钢点点头，沉思了片刻，从容道："我先谈一下工作思路，请大家议一议。下一步工作安排初步考虑兵分三路：一路由白露带队继续追查大桥设计变更情况，从原始勘察设计报告查起，弄清是否存在设计缺陷问题，在此基础上，重点调查施工方案及施工依据，是否存在违反设计要求，施工单位自行其是，导致出现重大质量事故或存在安全隐患问题；另一路由梁丽燕带队调查工程监理情况，重点抽查黄峪大桥、防护工程的监理日志，弄清是否存在施工单位违反设计规定或偷工减料造成的工程质量问题；第三路由我带队直接去黄峪大桥防护工程施工现场进行实地调查，主要弄清大桥路基下沉及桥身变形原因，弄清防护工程施工过程及防护效果情况。"

谢东正听完工作安排，有点儿不高兴地说："凌主任，你不会让我下岗失业吧？"

凌钢笑着说："鉴于你的身体状况，建议你先休息一段时间再说吧。"

谢东正夸张地甩了甩双臂，笑着说："我身体好着呢，关键时候你不能让我当观众。再说了，你是这次审计的总指挥，不能随意离开指挥岗位，我的意思是让我去黄峪大桥现场吧。"

凌钢犹豫地说："从经验和能力上说你去当然没问题，我就是担心你的身体吃不消。"

谢东正凝视着凌钢："放心，我没有问题，你就安排任务吧。"

凌钢看着谢东正真挚迫切的眼神，点头同意了他的请求："那就有劳你了，赵大海和你一起去。大海，路上照顾好谢主任。"

赵大海赶紧答应道："请凌主任放心吧，保证完成任务。"

四

弯道，连续的弯道；山峦，重叠的山峦。面包车在西部山区的高速公路上急驰，谢东正与赵大海两人坐在车内默默地翻阅着大桥防护工程的施工图纸及竣工验收报告。车窗外，寒冬让大山褪尽了五颜六色。天空灰暗，北风呼啸，仿佛将有暴风雪来临。

郑桐刚上班就接到了卧牛山县县委杨书记从大桥乡打来的电话，得知谢东正带人去察看黄峪大桥及防护工程的消息。

郑桐气急败坏地吼道："经责办的谢东正就是一个疯子，是个六亲不认的冷血动物。你多跟当地的群众做些工作，不能让他们从群众中得到什么有价值的信息。多花些工夫，陪他们去工程现场转转，让他们体会一下山区修路的艰辛与不易。"

郑桐结束和杨书记的通话后，马上打给常发迹："谢东正带着审计组的人去了黄峪大桥施工现场，我有一个很不好的预感，他们可能已经发现了什么线索，你要做最坏的打算……"

谢东正、赵大海在孙县长的陪同下，坐着一辆老掉牙的吉普车，沿着坑坑洼洼的山路，前往黄峪大桥北面的防护工程进行实地考察。隆冬季节北风呼啸，滴水成冰，赵大海和谢东正在寒风中被冻得脸青唇白。

赵大海嘟囔道："防护工程怎么修在这里，这也太偏僻了。"

孙县长指着大坝介绍道："防护工程之所以选择这里，主要是借助这里的地势。你看，这是两山中最窄的一个峡谷，东西两侧分别有两条山涧，在这里拦腰建一条大坝，可以把上面奔涌来的洪水分流到左右两侧的山涧之中，减少洪水对下游黄峪大桥的直接冲击，从而起到保护大桥的作用。"

听了孙县长的介绍，赵大海点了点头没有说话。他认真观察了一会儿周围的环境，有些疑惑地问："在这儿建这么一个大坝需要投资九千六百万元？"

孙县长当然明白赵大海的疑惑，解释道："确实需要这么多钱，这里处于大山腹地，交通运输十分困难，没有一个亿的投资是建不起来的。"

赵大海还想问什么，被谢东正用眼神制止住了。赵大海随即附和地说："还是孙县长了解情况，说得有道理。"

五

得知范琦已逃至美国的消息后，秦大川并没有感到轻松。

至今，秦大川仍固执地认为，范琦是个不可多得的人才。近年来，华原市经济快速发展，GDP连续几年保持两位数增长，都与土地开发利用分不开。在范琦的努力下，落户华原、商州工业园区的大批外商投资企业的土地供应问题及时得到了解决，为全市经济社会可持续发展注入了强劲的活力。这也是秦大川坚持推荐范琦为副市长人选的重要原因。

当初在得知范琦逃往香港的消息后，秦大川第一时间与陈锋书记通了电话，果断建议市公安局立即成立追逃抓捕小组，前往香港抓捕范琦。这一通电话，让陈锋消除了几分疑虑。

连日来，秦大川回到家中都是忧心忡忡、寝食难安的样子。陈瑞忍不住安慰道："天无绝人之路，一切都顺其自然吧。"

秦大川强撑道："你放心，我没事。昨天下午陈锋找我谈话时，我主动承担了责任，做出了深刻的检查。范琦出事我负有领导责任，是我用人失察，犯了错误，但有错无罪。"

陈瑞有些担心地说："范琦出逃，雪萍不知去向。但环宇公司的事涉及十几个领导干部，他们会不会把你牵涉进去？"

秦大川不悦地说："他们是他们，我是我。我没有收过环宇公司的一分钱，谁也奈何不了我。"秦大川看了看陈瑞，放软了声音,温和地说:"这几天,我想了很多,我放心不下的就是你和晓勇,好在这些事现在与你们都没有关系。一切顺其自然吧!"

六

郑桐自上次约谈后,极力回避与凌钢等人的见面,也未按照审计要求提供书面材料。其间,审计组也曾督促过,但郑桐都没有给予正面答复。不作答复并不意味着此事会不了了之,正当审计组准备将此情况向华原市委专题报告时,郑桐主动打电话约凌钢去他办公室喝茶。

凌钢如约来到了郑桐的办公室。寒暄之后,郑桐脸上堆笑地说:"凌主任,今天请你来,主要是请你喝茶,同时有些问题想当面向你请教。"

凌钢面带微笑,不卑不亢地说:"郑市长请喝茶,深感荣幸。请教不敢当,有什么问题我们可以一起探讨。"

郑桐故作亲切地说:"这次审计有两个月了吧?"

凌钢平静地说:"是的,你想问什么就直接问好了。另外,我这次来,也是希望你能尽快按审计约谈要求提交书面材料。书面材料是审计谈话的重要结果,请你认真对待。"

郑桐应承道:"好,好,书面材料我会尽快提供的。今天主要想和你探讨一个困扰了我很长时间的问题。"凌钢客气地示意郑桐说下去,郑桐继续道:"你们审计这两个月,知道华原市发生了什么变化吗?"

凌钢想了一下,试探性地问道:"你不会是说群访事件吧?除此之外,我还真不知道发生了什么。"

郑桐一脸痛惜地说:"当然不是指群访事件了,这件事早已过去了。我今天说的是这次审计给华原政界带来的直接冲击。"

凌钢不解地问:"什么直接冲击?我没有听明白,审计冲击华原什么了？"

郑桐十分痛心地说："连续十年来，华原市的 GDP 及固定资产投资双双保持稳步增长态势，经济增长速度稳居全省第一位。你们审计这两个多月来，全市 GDP 陡降了近五个百分点，固定资产投资猛降了八个百分点，其中商州市 GDP 及国有资产投资降速均超过百分之十。最近一个月，经济滑坡严重。已有五家投资商在国外滞留，本来已谈好的四个项目全部搁置，涉及几百亿的投资，六七万人的就业。"

"郑市长，你说的这些与我们审计有什么关系？"凌钢忍不住问。

郑桐冷笑道："当然有关系。他们是害怕审计人找他们谈话，请他们去经责办说明情况。"

凌钢明白了，郑桐是想把华原、商州经济增长速度下滑及外商投资停滞的责任归咎于这次审计。"郑市长，你这么说我就不明白了，我们坚持依法审计、文明审计，根据审计需要找相关人员谈话是依法履行审计职责呀，至于个别商人滞留国外不归，恐怕是心中有鬼吧。况且，接受审计谈话的商人也不止三五个，为什么他们都能积极配合？"

"凌主任，投资商心中有没有鬼并不重要，重要的是华原、商州经济要发展就离不开投资啊。没有投资，就谈不上发展，没有发展，老百姓就业、吃饭、社会稳定等方面都成了大问题。"

凌钢听不下去了，站了起来，十分严肃地说："我们审计刚刚两个月时间，很多内容尚未涉及，按照法定程序也只是找了一些相关人员谈话，这样一次正常的审计会影响华原、商州的经济发展吗？你应该清楚，经济增长乏力是全球的共性问题，受全球经济发展的周期性波动影响，近年来我国经济增速放缓属于正常现象。更重要的是，商州、华原的经济同全国一样，由高速增长阶段转向高质量发展阶段，正处在转变发展方式、优化经济结构、转换增长动力的特殊时期，华原经济增速放缓属于暂时现象。把这种暂时现象归咎于经责办审计是缺乏根据的，也是不符合实际情况的。"

郑桐赶紧打圆场道："凌主任，对不起，可能是我刚才说得不够准确。主要是你们调查了几家民营企业，雪萍的失踪和范琦的出逃，社会震动太大了。我没有别的意思，都是为了经济发展大局，坐，坐，坐下说。"

凌钢重新坐下："郑市长，我们对雪萍和范琦等人的调查，都是因为涉及了腐败，反腐倡廉是大势所趋，民心所向。"

"凌主任，你说得没有错，严查腐败也没有错，但它只是诸多工作中的一项重要工作，而不是中心工作，以经济发展为中心才是一切工作的重中之重啊。"

"郑市长，腐败问题不解决，经济能发展吗？能科学发展吗？不能把审计监督与发展经济对立起来，这种想法是极其错误的。"见郑桐不置可否，凌钢继续道，"郑市长，你想过没有，一个地区经济状况的底数摸清楚了，违法乱纪的状况得到了有效遏制，将会大大增强投资者信心，营造出更好的招商投资环境，这对当地的经济发展无疑会起到促进作用。"

"凌主任，有一个情况似乎不容回避吧，你们这次审计确实对华原经济发展产生了一定的负面影响，投资商滞留国外，项目开发搁置总是事实吧？"

凌钢再次不满地站了起来，严肃地说："郑市长，我不同意你的观点，你这样的说法太片面了。影响经济发展的因素是多方面的，诸如经济发展思路不清晰、中央重大政策措施落实不到位、重大经济事项决策不科学等。如果一定要说审计对经济发展有影响的话，我想通过审计一定会起到规范管理、促进经济社会发展的作用。中央一再强调新发展理念，无论什么理由，我们都不能以牺牲国家利益、人民利益为代价来换取局部的发展，如果以损害国家利益、人民福祉为代价换来了短期繁荣，那么这种繁荣是不健康的，也是畸形的，更是不能长久的。"

郑桐叹息道:"说实话,我与审计部门打交道也不是一两次了,每次审计我们配合得都很好,审计组的同志们也非常理解支持我们的工作。可是这次审计与以往不一样,没有想到在一些问题的认识上会有如此大的差距。"

凌钢严肃地说:"产生认识差距的主要原因在于政治站位,如果站在讲政治的高度认识问题,我想我们的认识应该是一致的。至于,你刚才说的与之前的审计配合得很好,我不敢苟同。"

郑桐一脸疑惑地问:"你这话什么意思?"

"就在我来你这里之前,商州市分管城建的汪副市长已被华原市纪委请去说明情况了。去年省审计厅审计时,一位审计人员发现了汪副市长的问题,但他没有如实上报审计厅,现在也在停职反省。"

郑桐大吃一惊,班子里的副市长出了这么大的事,身为市长的自己事先竟没有得到一点儿消息,郑桐意识到了问题的严重性。他试探地问:"凌主任,你知道汪副市长犯了什么事吗?"

"汪副市长的案件是华原市纪委直接办理的,我并不清楚。"凌钢平静地说。

郑桐一时心乱如麻,无心再与凌钢谈下去,敷衍道:"我一会儿还有个活动,今天就先谈到这里吧。"

凌钢起身告辞,提醒道:"请你尽快按审计约谈要求提交书面材料。"

郑桐没有说话,只挥了挥手。

七

近几天,关于秦大川出事正在接受组织调查的流言四起。还有好事者分析说,最近一周,不仅电视与报纸上没有秦大川的任何消息,就连全市经济工作会议他都没有参加。事实上,秦大川是因为严重的高血压病和失眠住院接受治疗。

常务副市长高继元得知秦大川住院的消息后专程去医院探视。坦率地讲，高继元与秦大川的关系非常一般，除了工作上的交往以外没有私交。几年来，高继元对秦大川的所作所为有一定的看法，也隐隐约约感到秦大川与范琦以及环宇公司关系不正常，不排除秦大川涉腐的可能。高继元想借探病之机与秦大川深谈一次，尽己所能感召他，让他能够主动说清楚问题。

高继元的到来，让秦大川既意外又高兴。他客气地把高继元让到了病房内的沙发上，并主动介绍说，经过一个星期的治疗，他的高血压已得到初步控制，血压开始恢复正常，晚上也能够睡得着了。

高继元听完感慨地说："秦市长，您一定要注意身体，身体是革命的本钱啊。"

寒暄几句后，高继元将话题转向了范琦。高继元神色凝重地说："秦市长，没想到范琦这个人这么胆大和贪婪，仅从商州煤矿、平州煤矿、洛州煤矿三个改制企业中就侵吞国有资产十多亿元。"

秦大川叹息道："是啊，真没想到范琦这样的人才，最终还是倒在腐败路上。"

高继元点了点头："确实可惜，范琦多年前还是平原省十大杰出青年呢。"

秦大川痛心地说："他曾是我最看重的干部，他出事让我太震惊了。"

高继元试探地问："范琦出事前您没有发现什么异常吗？"

秦大川不动声色地说："他隐藏得太好了，我们都被他骗了。"

高继元看着秦大川，知道这个话题谈不下去了，便道："秦市长，有个问题，困扰我很长时间。一些领导干部，尤其是高级领导干部，党和国家在赋予他们权力的同时，也给予了相应的福利待遇，可为什么他们还是要贪腐呢？最后还不是身败名裂，被人民唾弃。"

"这是一个十分复杂的社会现象，贪婪是人的原始本性，领导干部拥有一定的权力，一旦放松监督与自我约束，就很容易滋生贪婪。解决这个问题的关键在于加强思想政治教育，不断提升领导干部自我约束能力，同时，还要建立健全预防领导干部腐败的制度机制，这就是中央反复强调的要构建领导干部'不能腐、不敢腐、不想腐'体制机制的根本原因。所以嘛，我经常讲，每个领导干部都要心存戒尺，敬畏法律，敬畏职责，慎重用权。领导干部一定要有底线意识，树立法律底线和道德底线的双重思维，心底无私才能天地宽。"秦大川侃侃而谈。

高继元频频点头，犹豫了一下，鼓起勇气问道："您是否也像您自己说的那样？或者说您自己做得怎么样？"

秦大川愣住了，片刻后他从沙发上站了起来，走到落地窗前背对着高继元，室内一片寂静。

高继元也站了起来，心情复杂地注视着秦大川的背影。

此时，护士敲门走了进来，为秦大川测量了血压，发现血压有明显的上升，提醒秦大川要按时吃药，注意控制情绪。秦大川客气地向护士表示谢意，目送护士离开了病房。

看到秦大川无意继续交谈，高继元只得无奈地说："秦市长，您休息吧，安心养病，工作上的事情您不要操心，有我们几个副市长顶着呢。"

秦大川客气地说："谢谢你高副市长，在百忙之中特意来看我。"

八

高继元离开后不久，凌钢抱着一束鲜花来到了秦大川的病房。多年的感情让凌钢想最后努力一次，让秦大川能够迷途知返。

秦大川客气地请凌钢坐下，凌钢关切地询问了秦大川的身体状况，秦大川简要介绍了治疗情况及恢复状况后，两人一时陷入了沉默。

凌钢打破沉默，诚恳地问道："老领导，您能跟我说说商州煤矿改制是怎么回事吗？是谁帮助环宇公司整体收购了商州煤矿？又是谁操纵隐瞒了原煤储量？"

秦大川平静地说："煤矿改制是根据中央要求进行，改制方案是经过商州市委、市政府集体研究决定，呈报华原市政府批复。环宇公司收购商州煤矿完全是市场行为，没有人为干预。至于原煤储量瞒报，那应该是评估机构的责任。"

凌钢叹了口气："商州煤矿最初的改制方案是职工集体持股，由于您的干预，最后让环宇公司独家收购。原煤储量评估应包括备用储量7号与9号煤层，也是由于您的干预，最后这两个煤层的储量作了技术处理，导致五千万吨原煤储量漏评。改制方案是商州市委、市政府集体决定的不错，可在讨论时有人提出异议，不同意环宇公司控股收购时，是当时主持商州市委、市政府工作的您，强行拍板通过。还有，您在担任华原市市长期间，违规审批了央企国润煤电公司低价转让采矿权给环宇公司，涉及原煤储量一亿吨，环宇公司按市场价转让后非法获利十多亿元。"

秦大川猛地一拍沙发扶手站了起来，质问道："凌钢，你说话要负责，你说的这些有证据吗？"

凌钢表情凝重地说："您应该清楚，审计是重证据的，没有证据我不会这么说。"

秦大川怔了怔，颓然坐回沙发上，声音沉重地说："目前看来，在商州煤矿改制这件事上，确实出现了国有资产的流失，这件事我是负有领导责任，教训深刻啊。"

第十八章　商城早春

一

雪萍神秘地失踪了，谁也不知道她的去向。公安部门对她可能去的地方都进行了严密的布控与搜索，均未发现她的任何踪迹。

当雪萍获悉范琦已登上前往美国航班消息的那一刻起，她就彻底明白了在与审计的博弈中他们已经输定了，一切都将不可挽回。范琦出逃香港时，两人曾约定，只要情况出现转机，他会在第一时间联系她，让她做好出国的准备。如果情况继续恶化，双方将不作任何联系，避免出现意外。范琦逃往美国，自己最后的一丝希望已彻底变成绝望。

现在回想起来，凌钢实在是个厉害的角色，也是一位善于伪装的高手，两次被免职旋即两次复职，可谓打而不倒、击而不败。从他派人调查商州煤业公司起，准确地讲是从他来经责办那一刻起，自己这个阵营中的人注定会出事的。原来还希望秦大川能帮她逃过一劫，可这个老狐狸后来根本就不接她的电话。不接电话可能有两种情况：一种情况是危险已向他袭来，他为了自保不愿节外生枝，另一种情况就是他已被纪检部门控制。无论哪种情况，对雪萍而言都是雪上加霜。

雪萍目前唯一能够做的就是尽快潜逃。逃到哪里去呢？出国已经不可能,估计警方早已布下了天罗地网。此时雪萍多少有些怨恨范琦,既恨他的自负,也恨他的绝情,他丢下自己一个人逃往国外。但仔细一想,此事也不能全怪范琦,自己也同样犯了轻敌、侥幸的错误。现在怨恨和后悔都已经没有意义,只有想办法尽快离开华原。雪萍特意把手机调整为静音留在别墅里,带着匆忙收拾好的贵重细软和银行卡,趁着夜色掩护,匆匆离开华原,逃往太行山腹地的一个只有几户人家的张家村。

三年前,雪萍在太行山徒步登山时,在一处未开发的野山上不慎滑落山谷受伤,恰巧被张家村张奶奶救助,雪萍在张奶奶家住了五天,村子偏僻,生活条件艰苦,但张奶奶尽已所能无微不至地照料受伤的雪萍,让雪萍留下了终生难忘的记忆。雪萍离开时拉着张奶奶的手含泪说一定会回来看望她。

当雪萍精疲力竭地逃到张家村时,村子因为异地搬迁已不见人迹,张奶奶的老屋已经荒废,围墙坍塌,屋顶倾斜,野草满院,一片凄凉。没有人烟的山村一片死寂,阴森的古木,高耸的山岩,呼啸的山风,令人心生寒意与恐惧,雪萍再一次陷入了绝境。

雪萍在村头的悬崖边上徘徊,凝视着眼前山间飘浮的云雾,思绪纷飞。

大学毕业后她一直找不到理想的工作,为了生存,沦落为商人们充当门面的花瓶。曾经的理想与信念在灯红酒绿中渐渐地迷失了方向,她像个交际花一样周旋于商人、官员之间,直到有一天遇到了范琦,她对他一见钟情。对雪萍而言,她和范琦拥有真挚的爱情,是范琦改变了她的命运,也是范琦成就了她的事业与成功。

她想起多年前,就在环宇公司刚刚办理商州核心区四十亩土地征用手续后的一天下午,范琦开车带她来到了商州南郊的商州煤矿。范琦指着往来奔驰的拉煤卡车,雄心勃勃地说,这座生产规模六十万吨的煤矿很快就要易主姓雪了。

雪萍不知何意,狐疑地看着范琦问道:"什么意思?你想收购这家煤矿吗？你有那么多资金吗？"

范琦信心满满地说："资金不是问题，考虑到零资产收购难度太大，可以让中介机构在评估时把资产净值压缩到百分之六十以内，最多不超过一个亿就能把这座煤矿收入环宇公司名下。"

雪萍根本不敢相信这个蛇吞象的收购计划："这可是一家国有大型煤矿啊，别说是一个亿了，就是五个亿，政府也未必肯出售，你就不要白日做梦了。"

范琦有些神秘地对雪萍说："是不是白日做梦以后再说，不过可以向你透露一些信息，整体收购已经开始运作了，相信时间不长就会有结果，你就等着好消息吧，到时别兴奋得睡不着觉就行了。"

雪萍不相信地说："没有五个亿资金，看你如何收购。市政府的领导怎么可能让你收购？我劝你还是醒醒吧，别再做美梦了。"

范琦笑而不语，并不解释。结果不到三个月时间，经过资产评估、政府批复、人员重组等一系列繁杂的手续后，环宇公司出资两千五百万元收购了商州煤矿百分之六十二点五的股权，不足半年，又出资一千五百万元，完成了另外百分之三十七点五股权的收购，至此，商州煤矿彻底变成了环宇公司的私营煤矿。不久，环宇公司用相同的手段，又收购了另一家规模大体相同的平州煤矿。

此后，通过资产转让、合作经营等资本运作手段，环宇公司先后从商州煤矿与平州煤矿净获利二十多亿元。环宇公司采取资产并购及资本运作模式，使公司业务迅速拓展，涉及房产开发、环境保护、煤矿经营、餐饮服务四个业务板块，短短四年时间，环宇公司就发展成为华原市十大民营企业，雪萍也自然成为风光无限的优秀民营企业家。

一阵乌鸦的聒噪声打断了雪萍的思绪，不知什么时候起风了，浓雾早已散去，苍茫开始笼罩大地。

现实如戏，高潮之后，落幕也就不远了。范琦和雪萍在疯狂攫取财富的过程中，也曾引起了经济监督部门的关注，数次稽查，都由于秦大川等人的暗中保护，安然无恙。直到遇到凌钢他们的这次审计，所有手段用尽，拼死挣扎后还是被逼入绝境。范琦外逃美国，自己却已无处可逃。此时，雪萍耳边似乎听到了由远及近的警笛声，绝望一阵阵袭来。想到再难相见的范琦，雪萍感到锥心般的疼痛。与其在铁窗中度过悲惨的后半生，不如求个痛快。永别了，亲爱的范琦，永别了，曾经拥有的一切。雪萍走到悬崖边，狂笑了一声，将细软及银行卡抛向了空中，纵身一跃像落花一样向山谷飞去。

贪婪无度丧灵魂，日暮乌啼总怨春。
醉梦醒时方悔晚，坠崖犹似落花人。

二

在华原市人民医院1206病房里，凌钢与秦大川的谈话仍在继续。

此时，凌钢从公文包中拿出一张照片放在了秦大川的面前。秦大川看着照片，皱起了眉头："这是我和晓勇在香港的合影，你给我看这个是什么意思？"

凌钢平静地说："老领导，这张合影是您和晓勇在他的香港南海投资公司前拍的吧？据调查，这家公司是秦晓勇独资创办的私营公司，目前公司资产规模已超过十二亿元港币，其中注册资本金三千万元港币，是由环宇公司注入的。此外，近三年来，环宇公司向该公司累计注入资金超过十个亿。"

秦大川不动声色地说："这些我并不了解，这是他们企业间的事。"

"环宇公司一直是您重点支持的企业。几年来，市政府在投资、税收、资源整合等方面给环宇公司许多优惠政策，仅减免税费一项就高达五亿元。晓勇的公司每年都从环宇公司的投资中获得大量的利润分成，累计获取利润近六亿元，难道这不涉嫌利益输送吗？"凌钢问道。

秦大川不悦地说："我再强调一遍，这是他们企业之间的经济往来，我并不知情。至于你所说的利益输送，请你拿出证据。"

凌钢从公文包中拿出一份批文放在秦大川的面前："这是您任华原市常务副市长时批复的一份文件《环宇公司关于申请减免'地中海花园'征地税费及建设配套费八千五百万元的报告》，您在批复中写道：'环宇公司是市委、市政府重点扶持的民营企业，为支持该企业的发展，请国土资源局、财政局按环宇公司申请内容办理减免手续。'"

秦大川戴上眼镜，仔细地看了看批文，问道："这有什么问题吗？"

凌钢严肃地说："当然有问题。依法经营，照章纳税是企业的基本责任与义务，即使是市委、市政府重点扶持的企业，也不能违反国家税收政策，违规减免税费。"

秦大川振振有词地说："支持民营企业发展，市委、市政府专门下发过文件，我是按照文件依规批复，没有任何问题。"

凌钢立即纠正道："市委、市政府确实有关于支持民营企业发展的文件，但对土地税费的减免是针对公益性建设项目，并不包括商品房建设项目，环宇公司要求减免的'地中海花园'项目是高档住宅项目，是典型的商品房建设项目，并非公益性项目。"

秦大川狡辩道："这个项目规划中有一所学校，这算不算是公益性项目？"

"规划中的学校是公益性项目，可这个学校并没有建设，而是增建了几座高档住宅楼。况且规划中的学校的建筑面积不超过八千平方米，涉及减免税费不超过五百万元。"

"你说的这个情况我倒没有注意到。由此看来，是我没有弄清总体情况，对一些政策精神深入研究不够，现在看来这个批复确实不够严谨。"

"秦市长，您这一不严谨可就是八千五百万啊。据我们调查了解，市委、市政府重点扶持的十大民营企业中，其他九家加起来都没有环宇公司享受的优惠政策多啊……"

没等凌钢把话说完,秦大川不耐烦地打断道:"我明确告诉你,我做人是有底线的,绝不做越过法律底线与道德底线的事。"

凌钢叹了口气,诚恳地说:"于公于私我都真心不愿意看到您出什么问题。今天和您谈的这些多有冒犯,还请您多多谅解。您也累了,好好休息吧,我先告辞了。"

凌钢离开后,秦大川静静地坐着,脑海中回想着今天与高继元、凌钢交谈的情景,反复思索后,他起身拿起了桌上的电话,拨通了市纪委书记祁正的电话:"祁正书记吗?我是秦大川,我有重要个人事项需要向你当面报告,请你派人把我接到市纪委,我现在在市人民医院1206房间……什么,你亲自来,好的,我在医院等你。"放下电话,秦大川长长地舒了口气,感到从未有过的轻松。

约半个小时后,祁正领着市纪委的两个同志来到秦大川的病房。秦大川从容地与祁正握手、打招呼,客气地说:"请稍等,让我把这首诗写完。"说着,在已摊开的宣纸上挥毫泼墨:

群雄逐鹿竞风流,三国烟云一卷收。
成败是非终是梦,江山指点待从头。

书毕,他潇洒地将毛笔往桌子上一掷,面目狰狞地狂笑不止:"成败是非终是梦,人生如梦,梦如人生啊!"说完瘫倒在地上。

凌钢站在远处,神情复杂地看着秦大川被市纪委的同志带走,望着苍老、疲惫的老领导,惋惜与遗憾再次袭上了心头,曾经那么优秀的老领导,那么廉洁自律的市长,就这样倒下了。

三

谢东正等人乘坐的面包车停在卧牛山县交通局院内,等候多时的交通局马局长快步迎了上去，热情地握着谢东正的手用力摇了摇。谢东正开门见山地说："我们需要的资料，不知道准备齐了没有？"

马局长赶紧道："杨书记、孙县长分别打电话要求交通局积极配合你们的工作，资料不齐交不了差呀。"

谢东正客气地说："感谢马局长对我们工作的支持。大家都比较忙，我看这样，我们看财务资料，留下财务负责人，其他人员都去忙自己的工作吧。"

马局长客气地说："配合审计，就是我们当下最重要的工作。"

谢东正等人在交通局仔细查看过相关资料后，将马局长请到了会议室。谢东正指着防护工程合同问道："马局长，这个防护工程需要这么大量的土石方与投资吗？"

马局长看了看合同解释说："工程土石方是根据设计图纸计算，投资额又是根据工程量计算，这些没有问题。"

赵大海在一旁插话道："根据估算不应该需要这么多的工程量与投资额。"

马局长笑了笑说："这位领导，工程量与投资额是严格按照设计及工程定额计算，哪能依据估算呀。防护工程现场你们也去看过了，施工图纸你们也看了，防护工程所需的工程量在那儿摆着呢。"接着，他将话锋一转诉起苦来："两位审计领导，你们终年生活在大城市，体会不到山区修路的艰难与不易，为修这条高速公路，仅我们交通局就牺牲了两位同志。为解决资金不足问题，县委县政府几乎集中了全县的财力，还号召全县人民集资捐款，先后集资捐款四十多万元。为确保工程建设质量，水泥、钢材等建筑材料都选用最好的，通往全县的高速公路就是这么建起来的。"

谢东正、赵大海专注地听着，没有说话。马局长顿了顿，接着说："谢主任，这两天我接了不少电话，对你们来卧牛山县审计很不理解。你们放着中央和省里数千亿的投资不审计，却跑到我们一个国家级贫困县查问题，是不是审计方向弄偏了？"

谢东正看了马局长一眼，严肃地说："马局长，请你告诉大家，审计什么单位的投资，都是按照国家法律要求进行，目的是促进建立完善的投融资体制，提高投资效益。单位不论大小，只要使用了财政资金都是审计的范围。"

结束了一天的工作，谢东正、赵大海回到招待所继续讨论着审计调查情况，通过实地察看、查阅资料及走访农户，两人有一个共同的感受，无论黄峪大桥工程，还是防护工程都存在投资过大问题。赵大海坦率地说出了自己的怀疑："谢主任，他们提供的资料会不会是假的？"

"审计需要质疑思维，需要对人和事做出独立判断，但仅仅靠怀疑是不够的，我们必须找出足够的证据。"

两人想起走访农户时的情景，几个被访人回答问题时眼神躲闪，会不会是因县交通局的人在场，他们有什么顾虑？还有现场看到的防护工程建设规模与图纸存在明显不符的现象，初步综合判断防护工程可能存在二次施工。

谢东正是个经验丰富的老审计，他思索着道："这两项工程的施工日期是多长时间？"

赵大海从档案袋里找出了交通局提供的汇报材料，翻看着说："施工日期为八个月，具体施工时间为2009年10月至2010年5月。您是觉得工程施工日期有什么问题吗？"

谢东正思索着说："根据这两天的调查情况，施工单位很可能没有按照设计的时间进行施工，或者说拖延了施工日期。如果我没有判断错误的话，这两项工程，尤其是防护工程本应在非汛期施工，应抢在汛期到来之前完成防护工程建设。如果延期至汛期，防护工程本身都有可能被洪水冲垮，不可能起到保护下方黄峪大桥的作用，延期会导致这两项工程被迫重新建设。这应该是两项工程变更设计方案，增加大量投资的最主要原因。"

赵大海恍然大悟，激动地说："对呀，我怎么就没有想到这一层。说实话，我对工期也进行过思考，也产生过怀疑，可就没有想这么多、这么深。"

谢东正笑着说:"我们搞审计工作,一定要树立严谨细致的工作作风,对任何事物都要有自己独立的判断,不能人云亦云,对经济活动中出现的异常现象要进行大胆怀疑,只有这样,才能透过事物的现象找出事物的本质。以黄峪大桥的防护工程为例,因设计变更就增加了九千六百万元,明显有违常理。只有弄清防护工程变更的原因,才能找出隐藏在事物背后的秘密。初步判断产生问题的原因有两个:一是没有按工期要求如期完成施工任务,已建成的防护工程被汛期的洪水冲毁后重建;二是工程没有按设计要求施工或偷工减料造成工程质量不合格重建。前者涉及建设单位相关人员渎职,后者涉及弄虚作假,侵占国有资产,无论哪种情况,都是一种犯罪行为。"

赵大海频频点头:"谢主任,下一步我们该怎么办?"

谢东正胸有成竹地说:"你把我们调查的情况整理一份汇报材料及时反馈给审计组,让他们从黄峪大桥工程及防护工程设计方案变更入手,进一步查清设计变更所造成的损失及相关责任人。"

"谢主任,你真是经验丰富,思路独特呀,以后多给我们年轻人讲讲您的工作经验与方法。"赵大海由衷地说。

找到了解决问题的方向,谢东正格外兴奋,感觉浑身有使不完的劲,真诚地对赵大海说:"审计是一项极具挑战性的事业,除涉及审计专业知识外,还涉及政治、经济、法律等多方面的知识,只要你们年轻人肯吃苦,勤于思考,一定会快速成长起来的。作为一名老同志,在这次审计中,我的感触也很多,对审计反腐利剑作用的认识越来越清晰,有了一些新的认识并形成了一些新的观点。"

"谢主任,都有什么新观点?说出来也让我受受启发。"

"最近,中央反复强调要发挥审计在党和国家监督体系中的重要作用,这是中央从国家长治久安发展高度,对审计职责所作的战略定位。目前情况下,审计应在三个方面发挥重要作用:首先,维护国家经济安全,通过依法审计,规范经济秩序,维护财经法纪,推动深化改革,保障经济社会健康稳定可持续发展。其次,促进中央政令统一,通过对中央重大政策措施的跟踪审计,推动政策措施的落实到位,打破政策执行中的'阻梗塞',打通政策落实的'最后一公里';同时,还要注意揭示经济社会运行中的各种风险隐患,助推打赢防范化解重大风险、精准脱贫、污染防治等攻坚战,守住不发生系统性风险或区域性风险的底线。最后,促进全面从严治党落到实处,通过开展经济责任审计,促进各级领导干部把政治建设放在首位,认真扛起全面从严治党的政治责任,推动领导干部严格守法守纪守规尽责,纠正制止领导干部履职过程中存在的不作为、慢作为、乱作为现象,纠正制止领导干部工作中的越位、错位、缺位现象,纠正制止庸政、懒政、怠政现象,营造风清气正的政治生态环境。"

赵大海兴奋地说:"听君一席话,胜读十年书。您的这番分析,不仅让我拓展了工作思路,也进一步增强了我做好审计工作的信心。"

次日早上,天空又飘起了雪花。谢东正、赵大海在马局长的陪同下,乘吉普车再次赶赴防护工程现场。约两个小时后,他们进入了防护工程的防护区域,路面陡峭湿滑,正在爬坡的吉普车突然打滑失控,快速从坡上滑下冲向山谷,庆幸的是被路边的防护栏挡住,吉普车连翻两个跟头,谢东正被从车内甩了出去,头重重地撞在一块岩石上。

满脸是血的赵大海从变了形的车子里艰难地爬出,踉跄着跑到谢东正身边,哭喊道:"谢主任,谢主任,你醒醒,醒醒呀!你可千万不能出事啊。"

谢东正从昏迷中醒来,声音微弱地说:"保护好资料……"话未说完人又昏了过去。

卧牛山县人民医院抢救室外,闻讯赶来的凌钢陪同着谢东正的妻子、女儿焦急地等在抢救室外。当抢救室的大门打开时,疲愈的医生带来了噩耗，人们哭喊着向覆盖着白床单的谢东正围拢过去。

凌钢满脸泪水，哽咽着说："谢主任，您就安心休息吧，我们不会让您失望的，一定会完成您的遗愿，全力打赢经济责任审计这一仗。"

四

达摩克利斯之剑终于落下了，一切都似乎重新归于平静。

秦大川投案自首后，陈瑞接到单位通知，被解除返聘，她所承担的设计项目已由新的设计师接任。一时间关于他们夫妇二人联手作案，疯狂敛财的流言四起。社会就是这么现实，也是这么残酷。

原来车水马龙的热闹场景转眼之间成了人去楼空的落寞，昔日温暖的家庭突然变成了令人窒息的空巢。世事变迁，无处话凄凉。陈瑞想逃离这个压抑的空巢，逃离这个伤心的城市。

可是她又能逃到哪里去呢？她曾想去香港与儿子晓勇团聚，很快晓勇因诈骗、洗钱等罪名被警方通缉的消息传来，她彻底崩溃了，绝望了。冥冥之中，她想投湖自尽来结束自己的一生。她来到西龙湖景区，望着微波荡漾的湖水、上下翻飞的海鸥及若隐若现的远山，犹豫着、彷徨着，死的意念与生的欲望都在不停地争夺着她。当她经过痛苦的抉择，想要纵身投湖的一瞬间，耳边回荡起凌钢的善意提醒："人总得直面现实，再难也得活下去，只有活下去，人生才有希望。"这句话把她从湖边拉了回来。

一个人的家让陈瑞感到森森的冷意，为了排遣孤寞，她经常一个人到附近的一家茶楼打发时光，看着忙碌的别人，反思自己的人生。

一直惦念着陈瑞老师的凌钢，连续两天去她家中探望，迎接他的都是把门的铁将军。以往的车水马龙，今日的门庭冷落让凌钢不由得颇感凄凉，一时心中闪现出唐代诗人崔橹《华清宫》的诗句："门横金锁悄无人，落日秋声渭水滨。红叶下山寒寂寂，湿云如梦雨如尘。"凌钢正欲离去时，恰巧陈瑞步履蹒跚地回来。陈瑞看到凌钢时，大脑一片空白，片刻后凄然一笑说："你来了，进屋吧。"

凌钢眼睛湿润了，上前一步紧紧地拉着陈瑞的双手。"陈老师，您还好吧？"

说话间陈瑞开了门，两人进了屋里。

这些日子，没有人再主动登门来访，看到凌钢，陈瑞心中一热，眼泪流了出来。凌钢看着她的样子，心里很难过，又不知道如何安慰。沉默了一会儿，凌钢小心翼翼地说："晓勇的情况您知道了吗？"

提起晓勇，陈瑞的眼泪再次涌出。"晓勇走到今天，作为母亲我严重失职，要是我当年坚决不同意晓勇在香港创办公司，把他留在身边，也许……"陈瑞哽咽得说不下去了。

凌钢安慰道："经商办企业难免会遇到各种风险，相信晓勇会从中吸取教训，重新站立起来。陈老师你也不必过多地自责，每个人都有自己的生活方式，也都有自己的路。当下，您一定要注意自己的身体，多在外面走走，相信一切都会过去。"

凌钢的一番话，温暖着陈瑞的心，让她多了些活下去的勇气。

五

当陈锋听取了祁正关于郑桐涉嫌腐败问题的汇报后，长时间陷入了沉思之中，一个受党教育多年的华原市委常委、商州市市长，一个终日把为人民服务挂在嘴边的市级领导干部为什么经不起金钱的诱惑？为挽救郑桐，也为了教育全市党员干部，陈锋决定亲自找郑桐深谈一次，促使他主动交代问题，争取宽大处理。

谈话是在极其严肃的气氛中进行的,但无论是陈锋旁敲侧击提醒,还是直截了当指出要害,郑桐都坚决否认,声称自己遭人陷害,恳请组织主持公道,还他清白,谈话在尴尬的气氛中结束了。

谈话结束的第二天下午,郑桐匆匆赶到宝灵寺,神色紧张地向胡大师讨教脱险之策。胡大师听完郑桐的诉说,分析着:"陈锋老谋深算,是运作政治棋的高手。他主动找你谈话,对你来说是一件好事。"

郑桐露出不解的样子。

胡大师一副高深莫测的神情,继续道:"郑市长,请你认真地想一想,如果真像陈锋说的你涉及腐败问题,那还需要他主动找你谈话?那不应该是纪委找你谈话吗?"

郑桐认同地点了点头,示意胡大师继续说下去。胡大师端起茶壶往郑桐的杯子里续上茶,又在自己的茶杯里增添少许,慢慢地呷了一口,不紧不慢地说:"陈锋找你谈话,只是试探你一下,他手中并无实据,你做好后面的善后工作,他们拿你没有办法。从你的运势上来说,你的仕途还会更上一步,当上华原市市长指日可待。"

胡大师的话,一时让郑桐颇感安慰。

六

几天后,商州市党风廉政建设大会隆重召开,参加会议的人员除商州市"四大班子"成员外,还有全市科级以上干部二百余人。市委副书记、市长郑桐刚发表完讲话,会场出现了一阵骚动,华原市纪委书记祁正等一行人走向主席台,刚才还慷慨激昂、侃侃而谈的郑桐顿时面如死灰。

省纪委的同志当场宣布对涉嫌严重违纪的郑桐采取组织措施时,浑身瘫软的郑桐一时竟站立不住,被两个干警架着离开了会议室。

突发的情况，产生了极具震撼的效果，在场人员受到了强烈的心理冲击，切切实实地上了一堂党风廉政课。

七

东方副厅长对着《审计重要情况》一页页看着，越看心情越沉重。这次审计发现了多名市县级领导干部涉嫌腐败问题，尤其是秦大川、郑桐两位地市级领导干部涉嫌犯罪更是令人触目惊心。东方抬头看了看凌钢问道："取得这些证据，你们克服了很多困难吧？"

凌钢点头说："是的，因为这次审计涉及多名领导干部，尤其是涉及两位地市级领导干部，审计调查阻力之大、取证难度之大、人为干扰因素之多前所未有。说实话，调查过程中，我也很困惑迷茫，客观地说，秦大川、郑桐在党组织的培养下，都是依靠勤奋与实干一步步成长起来的，他们都为当地经济社会发展做出了重要的贡献，甚至突出的贡献，可最终还是经不起名利的诱惑，实在令人痛惜。"

东方的心情也很复杂，沉吟了片刻后说："这个问题十分复杂，不是几句话能够讲清楚的。从本质上讲，这些领导干部并不是道德品行很差的人，他们也勤勤恳恳地为党和国家干了不少实事，为老百姓干了不少好事，并得到了人民群众的拥护和党组织的认可。可是，随着他们职务的升迁，权力的增加，渐渐形成了以自我为中心，唯我独尊的思维方式，他们在职责活动范围内，规避监督与制约自行其是。近年来的审计情况表明，领导干部腐败问题呈现出四个特点。"

"四个特点？"凌刚脱口而问。

东方总结道："一是能人腐败，这些腐败分子往往能力超众，非常能干事，也会干事，做出了突出的成绩，得到了组织和人民群众的认可；二是家族式腐败，领导干部全家共同涉腐成为腐败发展的新动向；三是善于伪装，这些腐败分子口是心非，往往以清正廉洁的形象出现在公众面前，背后却大搞权钱交易或权色交易，带头破坏政治纪律和政治规矩，践踏法律与道德底线；四是涉腐手段隐蔽，往往以合法手段攫取非法利益，污染社会环境。大量事实说明，领导干部没有天生的免疫力。"

凌钢赞叹道："您总结得太精辟了，'领导干部没有天生的免疫力'可以说一针见血，振聋发聩，具有很强的警示意义。"凌钢思索了片刻，小心地问道："从这次审计的结果看，腐败问题主要发生在'一把手'身上，这是否与监督体制不健全、不完善有很大的关系？"

东方看了看凌钢，神色凝重地说："肯定有关系。如果每个单位内部有一个比较正常的监督制度与机制，也不至于会有这么多领导干部走上违法犯罪的道路。至于你刚才提到对'一把手'的监督问题，应该是当前干部监督中存在的一个突出问题。从这个意义上讲，这次审计中发现的'一把手'腐败问题不能认为是简单的个案，而是具有社会普遍性的意义，掩盖的一些深层次问题值得我们深入思考与分析。作为单位或部门的'一把手'，事实上内部很难对他进行有效的监督；作为地区的'一把手'，对他的监督难度会更大。无论是单位内部的组织监督、群众监督，还是同级纪委的外部监督，以及报社、电视台等舆论监督，都难以做到真正有效的监督。"东方端起茶杯，喝了一口茶，继续道："我们必须做更深层次的思考，要从体制、机制、法律制度与法律结构上寻找解决问题和预防问题的治本之策。目前情况下，要坚定不移地推进全面从严治党，始终坚持把政治建设放在首位，全面加强组织建设、思想建设、纪律建设和作风建设，营造风清气正的良好政治生态环境，始终保持反腐斗争的高压态势，要坚持无禁区、全覆盖、零容忍，坚持重遏制、强高压、长震慑，重点查处政治腐败与经济腐败相互交织的案件，查处不收敛不收手、群众反映强烈的领导干部及重点领域、重点环节的腐败案件。深化标本兼治，强化不敢腐的威慑，扎牢不能腐的笼子，增强不想腐的自觉，以反腐永远在路上的坚韧和执着，确保党和国家的长治久安。一句话，就是共产党人只有正视发展中自身存在的问题，勇于探索自我革命之路才能真正跳出历史周期律。"

对东方高屋建瓴的分析，凌钢不住点头认可，思索片刻后，他开口道："最近我一直在思考一个问题，就是土壤污染与心理污染问题。秦大川、郑桐等一批领导干部涉腐问题，除自身变化原因外，是否与这'两个'污染有密切关系？"

东方沉思了好一会儿，才说："这也是一个十分复杂的社会问题，我对这个问题以往曾思考过，但思考不够深入。联系目前社会上存在的腐败现象，应该说既与滋生腐败的土壤污染有直接关系，也与个人心理污染有直接的关系。以秦大川为例，他本是一个德才兼备的领导干部，为华原市经济社会发展做出了突出的贡献，随着职务的不断升迁，相应的权力也越来越大，在位高权重监督机制不健全、监督弱化的环境中，逐渐放松了自我改造与自我约束，理想信念淡化、宗旨意识淡薄、人生观与价值观严重扭曲，渐渐发展成为一种污染心理，表现为私欲膨胀、利令智昏、为所欲为，成为不受约束与监督的特权人物，而土壤污染又强化了他的心理污染，他的不法行为又反过来加重了土壤污染，使之恶性循环，连锁反应，产生了难以估量的消极后果。"东方顿了顿，有点激动地说："这就要求我们每个人，尤其是共产党员从现在做起，从自我做起，在改造客观物质世界的同时，还要加强主观精神世界的改造，致力消除'两个'污染源，从而营造海晏河清、乾坤朗朗的政治生态、经济生态、社会生态环境。我们审计人今天的一切努力，不正是为了更加美好的明天吗？"

八

华原市市长经济责任审计反馈会议如期举行。审计组组长、审计厅副厅长东方同志主持会议，审计组副组长、审计厅经责办主任凌钢代表审计组反馈审计情况。华原市委常委，市人大、市政府、市政协领导班子成员，市中级人民法院院长，市人民检察院院长出席会议；其他在职副市级以上领导干部，市纪委和市委组织部领导班子成员，市直各单位主要负责人、华原市所属市县区党政"一把手"列席会议。反馈会上，凌钢充分肯定了华原市政府在贯彻落实中央、省委重大决策部署，推动全市经济社会科学发展等方面取得的成就，特别指出，近四年来，华原市政府不断推进全面从严治党，查处了一批违反中央廉政规定精神问题和腐败案件，党的建设不断加强，政治生态环境不断好转。在肯定工作取得成就的同时，也指出华原市政府存在的突出问题：主要是贯彻落实中央、省委重大决策部署不够到位、防范化解风险存在薄弱环节、环境治理与保护不够有力、扶贫攻坚精度不准、全面从严治党责任落实不够有力、违反中央规定精神问题明目张胆与隐形变异并存、重点领域腐败问题仍然多发、一些干部不作为等十个方面的问题。这次审计共发现重大违法违纪案件线索十多起、涉及领导干部四十余人，其中地市级干部两人，处级干部二十二人，已按有关规定移送有关部门处理。审计情况反馈后，东方同志提出了深入学习贯彻落实中央会议精神，准确把握新时代党的建设总体要求，切实担负起管党治党的政治责任，认真贯彻科学发展理念，坚决打赢风险防范攻坚战、污染防治攻坚战等六点整改意见。

最后，陈锋代表华原市委、市政府做了表态性发言：这次审计指出的问题一针见血、切中要害，我们深受触动和教育。华原市委、市政府完全接受审计组反馈的意见，对指出的问题坚决整改，以扎实的工作成效，让党中央放心，让省委放心，让全市干部群众满意。要提高政治站位，强化审计整改自觉，把思想和行动统一到党中央的决策部署上来，统一到省委工作要求上来，切实用好这次审计成果，做好审计"后半篇文章"，把政治意识、大局意识、核心意识、看齐意识更加牢固地树起来，以实际行动体现"两个维护"。

审计情况反馈后，陈锋主持召开了审计整改专题会议，凌钢作为特邀代表参加了这次会议。会上，陈锋在谈到审计揭示的腐败问题时，十分震怒。陈锋一针见血地指出：在中央反腐高压的态势下，我们市的一些领导干部心存侥幸，仍然我行我素，不收手，不收敛，继续腐败，可谓前腐后继，反腐斗争形势严峻而复杂。

凌钢不禁回想起这次审计过程中的波折与艰辛。由于秦大川、郑桐等人干扰破坏，使得商州煤矿改制、商州药厂设备引进及高速公路招标问题等线索几次中断，已经取得的审计资料得而复失，关键人物或消失或出逃，使得案件扑朔迷离；在少数别有用心人的煽动下，不明真相的群众围攻审计人员，设计陷害审计干部，人为地增加了案件查处难度，增加了审计的不确定性。不仅如此，审计安全问题始终是困扰审计的突出问题，在整个审计实施过程中，审计人员被跟踪、监视、威胁、利诱几乎成了常态，审计与反审计的较量一刻也没有停止，严峻复杂的局面考验着每一个审计人的政治智慧与政治定力，谢东正的意外殉职，更是让人扼腕叹息。

凌钢思绪纷飞之际，会场上传来陈锋沉痛的声音："同志们，说到这里，我们必须致敬一位审计战线上的老同志，一位视原则为生命，为审计事业献出生命的共产党员，他就是审计厅经责办副主任谢东正同志。他在这次审计中，为查处一起工程腐败案件，以身殉职。"

凌钢回想起与谢东正合作共事的日子，这位老同志以极大的政治热情与行动默默地支持着他的工作，在审计最困难的时候，甚至在他最为迷茫的时候，给他鼓励与力量。谢东正身体力行，面对利诱不为所动；面对威胁，毫不退缩，用实际行动践行了入党誓言。同时，凌钢也为他们之间的误解而抱愧与自责。至今凌钢还清晰地记得，在他遭人暗算停职检查期间，是谢东正义无反顾地扛起继续推进经济责任审计的重任，始终把审计重点锁定在领导干部职责履行方面，聚焦在煤矿改制、公路招标、垃圾处理厂等重大决策事项方面，始终坚持依法审计、实事求是的原则，顶住了威胁、利诱、说情等方面的压力，带领审计组的同志们艰苦奋斗，与腐败分子及黑恶势力展开殊死较量，促进了重大问题的查处，为取得关键的证据赢得了宝贵的时间；其间，谢东正还冒着极大的政治风险，一次次向审计厅及华原市委等相关部门写信反映凌钢遭人暗算的情况，强烈要求审计厅、华原市委主持正义，洗清凌钢所受不白之冤，严惩真正的犯罪分子，揪出操纵此事的幕后黑手。尤其令人感动的是，最后一次讨论分工的情景，谢东正紧紧握着他的手说："这是我经历的最为复杂的一次审计，阻力之大、干扰之多超出了以往，但只要我们坚持依法办事，紧紧依靠党组织，依靠审计干部，就没有破解不了的难题，也没有攻不破的堡垒，发挥审计在反腐中的利剑作用正当时……"

　　凌钢默默想着这些往事，眼泪抑制不住地流了下来，他在心里默默地说："谢主任，从我来经责办的第一天算起，咱们共事刚好整整六个半月时间，其间经历风雨无数，有过矛盾与冲突，有过误会与迷茫，更多的是团结与合作，由于时间太短，彼此还有很多话来不及细说，也还有许多工作没来得及去做。你为什么走得那么快、那么急，为什么就不等到我们胜利的那一天呢？老兄，你说话不算数，你曾答应过我，等我们这次审计胜利时，要组织召开一个全办干部都参加的庆功大会，会后还要举办庆功宴，咱俩一定要一醉方休，可你却突然走了。"

　　讲到谢东正的事迹时，陈锋的声音中也有一丝沙哑，他停了一下,继续道:"审计情况还表明,我们干部队伍中,不仅存在着严重的腐败问题,还存在着少数干部不作为、慢作为、乱作为等问题,这是新形势下腐败问题新的表现形式,这个问题已经到了非整顿不可的地步了。"陈锋的声音在会场中回荡着。

会议结束时,已是华灯初上。夜幕下的华原展示着一贯的繁华与美丽。纷纷扬扬飘落的雪花,在万家灯火的映射下,将长空与大地联结在一起,为城市平添了几许浪漫与诗意。此时,凌钢走在积雪覆盖的街道上,情不自禁地吟咏道:

飘飘洒洒树披银,大地凝寒孕早春。
守望街灯依旧在,照亮风雪夜归人。

是啊,严冬来了,春天还会远吗?那飘洒的雪花、那凝寒的大地、那守望的街灯,不正无声地孕育着春天的希望吗?

九

针对商州垃圾处理厂进口固体垃圾造成严重污染的问题,经责办及时向省审计厅做了专题报告。省审计厅迅速行动,组织专门力量进行全面调查,很快摸清了全省处理进口固体垃圾的总体情况,调查结果上报中央后,引起了中央领导同志的高度重视,中央资源环境保护部门果断下达了严禁进口国外固体垃圾的禁令,从根本上解决了进口垃圾造成的环境污染问题。

根据经责办审计移送处理书,华原市纪委迅速行动,对范琦涉腐一案进行深入调查,调查结果表明,范琦就任国土资源局局长期间,利用职权疯狂敛财,给国家造成重大经济损失,由他个人直接或间接控制的私营煤矿八座,资产逾二十亿元。此外,他还利用掌管土地审批的权力,通过低价出让土地使用权为民营企业让利、政府再高价回购土地等手段，造成国有土地权益流失逾五十亿元。

郑桐严重违反政治纪律和政治规矩，非法干预国有企业正常经营活动，直接插手重点工程招标等问题被省纪委立案调查；调查结果表明，郑桐利用职权为其儿子郑国玉的私营企业谋取非法利益，仅郑桐通过打招呼、暗示等方式介入高速公路招投标一事，郑国玉的公司以百分之二的服务费标准，就非法获利八亿多元。

秦大川投案自首后，儿子秦晓勇也因涉嫌诈骗罪、洗钱罪等数罪并罚被判处有期徒刑十二年。秦大川在接受组织调查期间，写下了洋洋洒洒的万言忏悔录，并现身说法剖析了人性变异与党性扭曲的心路历程，成为一部不可多得的警示世人的反面材料。

华原市市委、市政府根据审计结果及建议，连续多次召开审计整改专题会议，部署以治理干部队伍中普遍存在的"不作为、慢作为及乱作为"为重点的整改活动，先后出台并完善了涉及强化干部经济责任及经济发展在内的三十多项管理制度，扩大和深化了审计成果；进一步促进了党风和社会风气的根本好转，政治生态、经济生态和社会生态得到了进一步的净化；全市GDP、固定资产投资等主要经济技术指标在低位徘徊四个月后逐步回升，重新返回经济增长的合理区域，呈现出强劲的发展态势。

随着中央审计委员会第一次会议的胜利召开，标志着我国审计进入了一个新时代。构建"集中统一，全面覆盖，权威高效"的审计管理体制加快提速，全国审计"一盘棋"的大格局进一步形成，审计再次被注入了新的活力，赋予了新的历史使命。有理由相信，在中央审计委员会的统一领导下，审计机关将继续探索中国特色社会主义审计道路，在推动全面深化改革开放、推进国家治理体系及治理能力现代化、维护国家经济安全及保障国家长治久安中发挥越来越重要的作用。

后记

审计为共和国保驾护航
——长篇小说审计"三部曲"创作思考

2021年10月,又是一个金色的秋天。我的思绪倘徉在新中国发展的长河里,穿行于光荣与梦想交相辉映的丰碑间,眼前浮现出一幅幅壮美的审计画卷。审计,伴随着我国改革开放的大潮而前行,肩负着民族复兴的使命而奋进。一路风雨兼程,在共和国波澜壮阔的发展征程中,激浊扬清,护法铸魂,致力净化政治经济生态环境,谱写了一曲曲不辱使命的审计赞歌。

为忠实地记录国家审计的发展历程,艺术再现新时代丰富多彩的审计活动,我于2011年10月开始尝试用小说形式记录审计生活的生动场景,再现审计人"以审计精神立身、以创新规范立业、以自身建设立信"的精神风貌,经过近十年的不懈努力,先后创作完成了长篇小说审计"三部曲":《审计风云》《审计利剑》《审计使命》,以此献给为保障经济社会健康发展无私奉献的审计人,献给关心支持中国特色社会主义审计事业发展的各位领导与同志们。

一、题材与立意

审计是党和国家监督体系的重要组成部分,在推进国家治理体系和治理能力现代化中发挥着十分重要的作用。就国家审计内容而言，可大体划分为公共资金、国有资产、国有资源、国家重大政策、领导干部经济责任五种基本类型。这些审计内容为文艺创作提供了取之不尽、用之不竭的资源宝库，丰富了审计艺术创作题材。为了形象反映当代中国审计活动的真实场景，艺术再现审计人物的光辉形象，揭示审计人丰富的内心世界，我力求站在时代的高度，用艺术把握世界的方式，分别选取土地资源开发利用审计、金融风险防控审计、市长经济责任审计三次独立审计活动进行艺术构思，对审计过程进行全景式的展示与回望。这些展示与回望是在我国全面进入深化改革的历史大背景下徐徐展开，集中体现在2011年至2021年经济社会发展变化的十年之间，采撷期间审计活动的动态剪影，呈现着鲜明的时代特色，洋溢着浓郁的当代中国审计的生活讯息。

宏大的时代背景为审计提供了广阔的舞台，精彩纷呈的审计活动为展示审计人的形象提供了生活环境，同时也为小说立意提供了坚实的实践基础。小说是现实生活的一面镜子，按照艺术作品源于生活、高于生活、引导生活的创作原则，力求从推进全面深化改革的大背景下观察审计，从促进国家治理体系完善与治理能力现代化的大格局中审视审计，从维护经济安全及确保国家长治久安的高度考量审计，在揭示经济社会矛盾运动中，还原真实的审计风貌，再现审计过程，把握审计规律，塑造人物形象，挖掘思想深度，提炼小说主题。

创新是一切事物发展的不竭动力和生命源泉，艺术作品也是这样。审计艺术贵在创新，言他人未曾言，写他人未曾写，切忌模仿或照搬，如果一味地模仿或照搬，不仅难以写出新意，还会有重复他人之嫌，必须在深度把握现实生活的基础上，独辟蹊径，在创新上下功夫，推陈出新。综观我国审计机关成立三十多年来的审计文学发展史，虽然长篇审计小说的总量明显偏少，但却产生了一些优秀的审计文学作品，这些作品对审计特点与规律进行了不同程度的揭示，推动了审计文学的发展。审计"三部曲"要在题材选用及主题挖掘方面完全避开同类作品，事实上是不可能的，也是没有必要的，但必须强调作品反映内容角度的创新，尽可能做到首创。在此方面，我进行了一些有益的探索，2012年2月出版的《审计风云》是我国第一部反映土地审计的长篇小说，2018年8月出版的《审计利剑》是我国第一部反映金融审计及揭示金融风险的长篇小说，这部《审计使命》是我国第一部反映市长经济责任审计的长篇小说。以《审计利剑》为例，作品选取了金融审计的题材，但与同类题材不同的是，小说第一次将金融活动与金融风险纳入了审计的视野，第一次将金融政策跟踪审计作为小说展示的对象，第一次将金融风险防控上升到维护国家经济安全的高度进行审视，第一次提出了"领导干部没有天然的免疫力"的重要论断，其中金融活动中的风险隐患特点及表现形式、金融审计与反审计的较量，是其他审计小说中不曾出现的情景。再如《审计使命》，第一次将市长活动纳入了审计视野，第一次将市长履职情况作为小说展示对象，第一次将经济责任审计上升到确保国家长治久安的高度进行审视，第一次提出了对包括市长在内的"一把手"进行有效审计监督的重大课题。

审计"三部曲"的立意是，维护国家经济安全及保障国家长治久安，重点聚焦防控经济风险及反腐问题，通过对依法审计活动的客观描述，深刻揭示了维护国家经济安全，反腐斗争的复杂性、艰巨性及必胜的信念。同时，小说还通过设置戏剧性的矛盾冲突，展示了审计人"为国审，为民计"的家国情怀，诠释了他们对事业、家庭、情感、责任、良知及面对挫折所表现出的乐观主义与奉献精神。

二、谋篇与布局

时代背景展示了人物活动的空间，题材确定了人物活动的范围，立意指明了人物活动的方向，接下来就是重点提炼小说的观点与题目了。从国家审计的实践看，土地资源审计、国家重大政策跟踪审计、党政主要领导干部经济责任审计等审计活动，都依法揭露了一些领导干部及公职人员在职责履行过程中存在的越位、错位、缺位等现象，依法查处了大量不作为、慢作为、乱作为等问题，推动了中央政令的统一及令行禁止，推动了中央重大决策部署的贯彻落实，审计过程往往呈现出矛盾的复杂性，审计在加强对权力监督与制约、净化政治经济生态环境及推动反腐败斗争深入开展等方面发挥着独特的作用。据此，根据小说的内容确定了不同的题目。依据土地审计过程中审计双方的反复较量，将土地审计的题目确定为《审计风云》，依据金融审计过程中复杂的矛盾冲突，将金融审计的题目确定为《审计利剑》，依据市长经济责任审计特点，将经济审计的题目确定为《审计使命》。在确立不同作品观点与题目的基础上，谋篇布局，构架不同作品的故事情节和具体内容。

为全方位、立体性地展示人物形象，真实地反映审计活动规律，审计"三部曲"全部采用"纵横交错"的结构法，即以事件发生的时间为"经"，以人物活动的空间为"纬"，"纵横交错"地搭建全书结构。从"纵"的方面说，以时间推移作为故事情节发展的"经线"，以《审计利剑》结构为例，全书分为三个部分：一至二章为故事的"序幕与开端"，把整体故事的起因及主要人物联结起来，暗示故事发展的曲折性与复杂性；三章至十章作为故事的"发展与高潮"，是小说发展的主干部分，通过矛盾冲突法将各种矛盾戏剧性地交织在一起，展示人物性格特征，推动情节发展；十至十二章是故事的"结局和尾声"，把故事发展的结果逐步展现出来，以此引发社会性的思考。从"横"的方面来说，以空间方位转换为其"纬线"，采取"蒙太奇"艺术剪接手法，把同一时间、不同地点发生的各种事件交织在一起，把各类人物的独立活动有机地联系起来。从而展示不同人物的活动场景，拓展了人物活动空间。通过这样的设置，既从"纵"的方面注意到了时间的连贯性，又从"横"的方面照顾了空间的并列性，实现了一经多纬，变化有序，多而不乱的艺术构思。

在此基础上，通过设置事业线与情感线交织叠加的方式，布局全书内容，推动情节发展，艺术再现审计人活动场景。仍以《审计利剑》为例，事业线集中描绘了以东州银行审计为中心，以东州房产公司、万盛投资公司审计为重点，全景式展示了东州银行审计的起因、准备、实施、报告及总结的全过程，再现了典型环境中的典型人物。在具体情节与细节上通过艺术处理，增强了人物的艺术感染力。情感线是推动情节发展和矛盾冲突不可分割的重要部分，是人物亲情、友情、爱情的集中体现。如对张剑锋亲情的描述主要通过"医院探视""夜半电话""母亲病逝"三个场景集中展示。张剑锋为完成组织上交给的任务，把照顾母亲（正在住院）的重任托付给了体弱的妻子，其复杂的心情可想而知。面对突然离世的母亲，在遗像前他长跪不起，愧疚复杂的心情是无法用语言表达的。工作责任之重，思想压力之大，失去亲人之痛等矛盾纠结，就是通过这些具体情节与细节一一展现出来的，从而成功地塑造了以国家利益为重、不惜牺牲自己一切的审计人的崇高形象。

《审计使命》的结构与之略有不同，虽然也是设置了"纵横交错"经纬线，但根据故事情节发展的需要，集中描绘了矿产资源审计、高速公路审计两条并行的经线，其中穿插了人物活动的纬线，有意识弱化了情感线。总体而言，适应广阔而复杂的审计活动需要，《审计使命》的结构较为清晰严谨，以审计目标为出发点，以审计与反审计的较量为一切矛盾的焦点，以华原市市长经济责任审计为核心，审计联系着各种人物和事件，揭示了国家审计的本质、特征及发展方向。作品涉及单位众多，其中涉及的主要企业包括环宇投资公司、商州煤业公司、商州制药厂、商州垃圾处理厂、洛州投资公司、交通投资集团公司等；涉及的党政机关包括华原市市委、市政府、市纪委、市发改委、审计局、财政局、交通局、环保局、国土资源局等单位；作品由此展开了有分有合的诸方面描写，做到了线索纷繁而主线突出。篇首的山雨欲来，引出了主要人物出场，以审计为纽带，探索影视创作方法在小说中的具体运用，将各种人物和事件联系起来，故事情节发展曲折有致，生活场景五彩斑斓，体现了对小说结构艺术的新探索。

三、思想与艺术

优秀文学作品总是深刻的思想性与完美的艺术性的有机统一。对照这一标高，在审计"三部曲"创作中，探索用哲理性的目光、批判性的视角及创新性的思维，审视人物与事件，探寻人物内心变化的轨迹，揭示事物发展规律，挖掘思想深度，创新艺术形式，深化小说主题。

在主题思想挖掘方面，始终坚持把审计放在全面深化改革的大背景下予以观察，在推进国家治理体系及治理能力现代化的大格局中予以考量，在维护国家经济安全及确保国家长治久安的高度予以审视。

时光回到2011年，那一年我国土地开发利用发展到了一个新的阶段，依稀看到了我国房地产过快增长引发的炒房热问题，国家为抑制房地产过快增长采取了一系列调控措施，引发了审计机关的关注并揭示了大量腐败问题。据此创作了第一部长篇审计小说《审计风云》，揭示了以某市国土资源局局长高杨为首的犯罪集团利用职权侵蚀国有土地权益问题，维护了国家土地安全。当时创作这部小说的一个主要原因是，土地问题将成为审计机关关注的重大经济问题，全国性的土地资源审计即将到来，事实上，在《审计风云》出版两年后的2014年4月，才由审计署统一组织了全国性的土地审计，对规范我国的土地资源开发利用，优化国土资源配置发挥了十分重要的作用。

防范化解重大风险，助力打赢"三大"攻坚战，守住不发生系统性风险或区域性风险的底线，是审计机关的重要职责，据此创作的《审计利剑》，是形象展示当代中国金融审计活动的一幅剪影。通过对东州银行审计全景式的描述，深度审视人物与事件，探寻人性变化的轨迹，从历史与现实、社会与个人、体制与机制等方面剖析滋生腐败的主要原因。通过反面人物张弛、郭春来等少数领导干部的人性变异、党性蜕变的心理变化描述，挖掘他们为什么会从具有崇高理想的共产党人，异化为金钱奴隶的根本原因。

《审计使命》的反面典型——华原市市长秦大川、商州市市长郑桐等地市级领导干部涉腐，说明了反腐斗争的复杂性与艰巨性，依法查处这些腐败分子则预示着反腐斗争的必胜性。作品没有单纯地停留在事物表面的客观描述方面，而是透过现象看本质，透过苗头看趋势，从涉腐分子的理想动摇、信念缺失、道德沦丧等层面剖析产生腐败的根源。在此基础上，提出了加强对权力的监督与制约，坚持把政治建设放在首位，统筹推进党的各项建设等治本之策，只有这样才能营造出海晏河清、朗朗乾坤的太平盛世，永葆党和国家的生机与活力。

在人物形象塑造方面，始终坚持在矛盾冲突中刻画人物形象，在细节描述中展示人物性格，在典型环境中塑造典型人物。

通过矛盾揭示冲突，充分展示人物性格的复杂性，深入挖掘人物内心的奥秘。审计"三部曲"中，根据故事情节的发展及矛盾冲突的深化，塑造了党政领导干部、审计人员及腐败分子三类不同的人物形象。以《审计利剑》为例，集中塑造的三类人物分别是：一是以省长朱宏、省纪委书记欧阳为代表的省级领导干部形象，他们信念坚定、"四个意识"牢固、政治理论素养高、驾驭复杂局面的能力强，是人民群众信赖的高级干部；二是以审计厅长周明国、审计处长张剑锋为代表的优秀审计官员形象，他们信念坚定、业务精通、清正廉洁、敢于担当，充满着审计人的浩然正气；

三是以张弛、沈东方为代表的腐败分子形象，他们理想动摇、道德沦丧、贪婪成性、阴险狡诈，是人民群众的背叛者。审计人物形象的塑造，不仅展示了他们复杂的内心世界，而且也丰富了审计人物艺术画廊。如《审计风云》中的张胜、孙岩，《审计利剑》中的周明国、张剑锋，《审计使命》中的凌钢、谢东正等，已成为审计官员的艺术代表，散发着审计人物的艺术光辉。

通过对比手法刻画人物形象是作品的重要特色。张剑锋是《审计利剑》重点塑造的审计官员形象，他沉着干练、坚持原则、敢于担当、无私无畏，这一形象是通过与反面典型沈东方和郭春来、同事陈娟与赵国华、同学左岚岚及亲情等一系列矛盾冲突完成的，成为当代审计官员充满昂扬正气的艺术典型。对不同人物心理活动的细节描绘是塑造人物形象的又一特征。以沈东方为代表的腐败分子，一方面，他们相互勾结、相互利用，精心编织社会关系网，以达到掩盖犯罪真相的目的；另一方面，他们又相互倾轧、困兽犹斗，人性的变异与性格扭曲在逼真的细节描写中一一暴露。这样的心理剖析贯彻全书，也穿透了历史，增强了人民群众反腐必胜的决心与信心。

在小说艺术创新方面，始终坚持在继承传统艺术表现手法的基础上创新，在推动故事情节发展及展示矛盾冲突中提炼观点，在古诗词创作中提升思想高度。

艺术创新集中体现在三个方面：一是用鲜明的观点替代传统小说的数字表述，每章都采取简明的"四言"标题形式，归纳本章的主要内容，引导读者了解故事发展情节，增强了小说的可读性与感染力，克服了阅读长篇小说时的冗长之感；二是根据不同情节和内容的需要，每章都列出若干"四言"小标题，揭示本章故事发展的主要内容及矛盾冲突，引发读者对故事发展及结果的联想，从而增强了文学色彩；三是在语言叙述方面，赋予小说以象征意义，不仅提升了小说的思想厚度与艺术品位，而且也增强了文学张力。古诗词多用于传统古典小说之中，成为闪耀在文学发展史上的璀璨明珠。但在当代小说中古诗词的创作几乎销声匿迹，一个重要原因是它的格律要求严格，用其表现当代内容，尤其是审计内容难度较大，一般作者都有意回避这一问题。据此，根据全书故事情节发展的需要及典型人物塑造的需要，我尝试用古诗词表现当代小说内容，创作了大量古诗词，并根据不同章节的内容，用古诗词提炼观点，赋予小说以象征或寓意，起到了画龙点睛的作用。按照古诗词反映的内容，大体上可划分为三个方面：

一是反映审计人员家国情怀的作品，如《审计》《审计人》《初心》《使命》《念奴娇·审计抒怀》《如梦令·审计抒怀》《蝶恋花·审计抒怀》等，其中《念奴娇·审计抒怀》的内容为："职责神圣，扛肩上，家国重托铭记。万水千山总关爱，纵横山河万里。依法担当，文明从审，激浊扬清气。誓言无悔，雨霜风雪何惧。　评点经济责任，考量功过，纠正违法纪。推动改革惩腐恶，维护公平正义。心系苍生，胸怀社稷，不负平生意。志存高远，会当千顷澄碧。"全词生动地诠释了审计人员不忘初心，牢记使命，敢于担当的家国情怀，有力地深化了小说主题。

二是反映咏物寄意的作品，如《乘船有感》《咏秋》《登山即兴》《梅》《兰》《竹》《菊》等，"风平浪静大河流，野树奇峰堤外游。水面涵天如玉镜，暗流涌动正侵舟"（《乘船有感》），这是《审计利剑》的开端篇，大河东流水，堤岸微风摇，水天合一清如镜，在这风平浪静人易醉的环境中，暗流涌动的潜在危机正在侵蚀着行船，正义与邪恶较量的序幕由此展开。再如，"飘飘洒洒树披银，大地凝寒孕早春。守望街灯依旧在，照亮风雪夜归人"（《雪夜》），通过对雪夜的描绘，揭示了"凝寒孕春"的自然规律，讴歌了"街灯守望"的可贵，从一个侧面揭示了作者的人生体验、感悟与启示，并赋予作品多重思想内涵，升华了对某些社会本质的认识，引人思考。

三是反映祖国山河的作品，如《念奴娇·黄河》《水调歌头·黄河》《水调歌头·太行晨曦》《菩萨蛮·山行》《浪淘沙·雪》等，其中《水调歌头·太行晨曦》的内容为："春染太行绿，云霭伴东风。凌空千嶂横起，旭日冉冉升。四季气象千万，昏晓阴阳不同，万古立奇峰。孕育江湖海，浩气贯长虹。　寻宝藏，凿隧道，百业兴。巨龙横穿东西，关隘变途通。开辟悬崖峭壁，引入天河云雨，润物万千种。人世沧桑变，当惊愚公翁。"全词由太行山的雄伟及孕育的太行精神，歌颂了中华民族自强不息、改天换地的豪情壮志及丰功伟业。

从总体上分析，审计"三部曲"主要采取写景、叙事、抒情、描写等多种艺术手法，生动描绘了当代审计活动的真实场景，展示了人物活动空间，深化了作品主题。需要说明的是，我既追求清新朴实的文风，也喜欢飘逸、洒脱的风格。因此，在作品叙述中鲜有对自然景物的细致刻画，主要采取粗线条勾勒的方法，留足空白与想象空间，体现了一种挥洒点染的特点。其中创作的古诗词，便是此特点的集中反映。"眼前景物口头语，便是诗家绝妙词"，是我写作的座右铭，以清新朴实的语言写平常事，从一个侧面揭示人物活动规律及人生真谛，给读者以思考、联想与启发，是我坚持不懈的思想与艺术追求。

四、总结与思考

作为系列展示当代中国审计活动剪影的长篇小说，与传统小说最大的不同就是，对故事发展逻辑及结果进行了系统性的总结与思考，看似画蛇添足，实则有其内在的必然性，是小说整体内容不可或缺的部分。由于我国审计发展已进入了一个新的发展阶段，如何进一步发挥审计在党和国家监督体系中的重要作用，不断促进审计在完善国家治理体系及治理能力现代化中的重要作用，积极探索中国特色社会主义审计发展路子，是一个时代性的课题。审计"三部曲"所展示的系列故事，无疑提供了新的视角和有益的探索。

一是腐败根源及防控问题。审计"三部曲",没有单纯地停留在事物表面的客观描述方面,而是从不同层面揭示产生腐败的原因。外因是变化的条件,内因是变化的根据,外因通过内因而起作用。联系到目前社会上存在的腐败现象,既与滋生腐败的社会土壤污染有直接的关系,也与人的心理污染有直接的关系。以《审计使命》中的秦大川、郑桐为例,他们本是德才兼备的领导干部,为华原市经济社会发展做出过突出贡献,但随着职务的升迁,相应的权力越来越大,在位高权重不受监督的环境中,逐渐放松了自我改造与自我约束,理想信念淡化、宗旨意识淡薄、人生观价值观严重扭曲,渐渐发展成为一种污染心理,表现为私欲膨胀、利令智昏、为所欲为,成为不受约束和监督的特权人物,而遭受污染的社会土壤又强化了个人的污染心理,他们的不法行为又反过来加重了社会土壤的污染,使之恶性循环,连锁反应,产生了极为消极的后果。如何避免"政怠宦成""人息政亡"的历史周期律的支配呢?小说开出的药方是:应注意从体制、机制、制度及法律等层面寻求解决问题的治本之策。最关键的是坚定不移地推进全面从严治党,始终坚持把政治建设放在首位,全面加强组织建设、思想建设、纪律建设和作风建设,营造风清气正的良好政治生态,始终坚持反腐斗争的高压态势,坚持无禁区、全覆盖、零容忍,坚持重遏制、强高压、长震慑,重点查处政治腐败与经济腐败相互交织的案件。深化标本兼治,强化不敢腐的威慑,扎牢不能腐的笼子,增强不想腐的自觉,以反腐败永远在路上的坚韧与执着,推动反腐败斗争的深入开展。只有这样,才能真正跳出"其兴也勃焉,其亡也忽焉"的历史周期律,确保党和国家的长治久安。

二是审计风险及防控问题。审计风险已成为影响制约审计科学发展的重要问题,主要包括保密风险、廉政风险、质量风险和人身安全风险等。审计机关要认真履行审计监督职责,就必须坚持依法审计原则，依法揭露和查处经济社会运行中的各种风险隐患，依法揭露和查处各种违法乱纪问题，同各种形式的违法犯罪分子进行坚决的斗争，而这一切都涉及审计安全问题。腐败问题往往与黑恶社会势力交织在一起，其背后往往有黑社会的影子，小说中多次出现的审计人员遭受黑恶势力袭击事件，无疑给审计人员以深刻的警示。因此，在现实审计活动中，审计人员要始终坚持把审计风险防控放在第一位，既要高度警惕小概率的"黑天鹅"事件，又要防范化解司空见惯容易忽略的"灰犀牛"现象，将防范化解审计风险的先手，与应对化解风险挑战的措施结合起来，将打好防范化解风险的有准备之战，与打好转危为机的战略主动结合起来，从容应对风险挑战，确保审计工作的顺利进行。

三是审计创新及质量效率问题。现阶段，各专业审计内容的深度融合，已成为审计发展的一个明显趋势，审计组织模式创新与审计技术方法创新已成为推动审计发展的强大动力。现实审计中创新动力不足应引起高度重视，创新动力不足主要体现在，工作中还习惯于按照传统思维方式思考问题，一切按部就班，循规蹈矩，还不适应"多专业融合、多角度分析、多方式结合"的审计组织模式，对可能出现的重大问题把握不准确，对一些关键证据取得还缺乏科学的方法，尤其是缺乏"临门一脚"的方法本领，从而导致一些重大问题长时间无法取得突破。表现为，每个审计项目都能够按照审计方案的要求完成"规定动作"，但不善于在规定动作之外，结合当地经济社会发展实际及项目特点选取"自选动作"，不善于研究宏观政策走势和经济发展新形势，把握政策实质，增强审计监督的穿透性，揭示和反映经济社会运行中的风险隐患，及时提出解决问题的思路与建议，从而创造性地开展工作，巩固和扩大审计成果。审计"三部曲"所展示的审计过程的曲折性与复杂性则说明了强化创新意识与提高创新能力的重要意义。

四是审计全覆盖及大数据运用问题。构建"集中统一、全面覆盖、权威高效"的审计管理体制，是政治体制改革的重要内容。

审计全覆盖要求，中央重大政策部署到哪里、国家利益延伸到哪里、公共资金运用到哪里、公共权力运行到哪里，审计监督就跟进到哪里。实现审计全覆盖的根本出路在于大数据的科学运用。在数字化、信息化、网络化高度发达的今天，审计人员不掌握"三化"生成机理及运行特征，将会在海量数据面前束手无策。因此，熟练掌握"三化"原理及运行特征，尤其是大数据采集、储存、转换、分析、运用等基本功能，是搞好审计的必修课。就现实情况而言，相当一部分审计人员还习惯于传统的审计方法，不适应大数据的采集与运用，审计手段与方法滞后，严重影响了工作效率；更重要的是由于目前管理体制原因，各行业、各单位之间信息数据管理条块分割，信息共享机制尚未形成，一旦审计超出本单位或本系统之外，采集信息将变得十分困难，既增加了审计时间，也降低了工作效率。小说中反映的审计取证难及干扰因素多，则形象地说明了大数据采集与运用的重要性。解决这一问题的出路在于科技强审，向信息化要资源，向大数据要效率，通过信息化、数字化，提高审计监督、过程控制、决策支撑能力，努力抢占审计事业发展的制高点，从而实现审计技术手段的"逆袭"及审计成果的"蝶变"。

  审计是党和国家监督体系的重要组成部分，在经济社会发展中发挥着越来越重要的作用。从事这项工作的审计人为此付出了艰辛的努力，创造了可歌可泣的丰功伟绩，得到了党和人民的高度认可，受到了社会各界的广泛赞誉。本人有幸成为其中的一员，感到无上的光荣与自豪。在与同志们长期的摸爬滚打中，深感审计人品格之高尚、家国情怀之浓郁、担当意识之强烈、奉献精神之可贵，是圆梦中华征途中一道亮丽的风景线。每每想起这些总让人感慨不已，也促使我对审计工作进行系统性的思考。基于这些考虑，我将三十多年来组织参与的、发生在身边的以及与之关联的审计故事，进行了粗线条梳理与艺术性构思，用十年时间相继创作完成了长篇小说审计"三部曲"，形成了三个独立完整的审计故事，艺术再现了十多年来我国审计活动的发展轨迹与大体脉络。当然与文心史笔的要求相比，还有相当大的差距，与优秀文学作品的追求相比，还需要走相当长的路。

据说，文学作品的最高境界是透过白纸黑字，将作者的人生体验、思考感悟灌输到读者心中。对于仅有业余作者水准的我来说，无疑是一个难以达到的标高。如果审计"三部曲"能够给从事审计工作的同仁提供思考的视角和借鉴，给读者带来些微的联想或心灵触动，将是对本人最大的奖赏与鼓励。

康俊廷

2021年10月于郑州